de Bibliotheek
Breda Centrum

D1336415

Zes jaar

Harlan Coben bij Boekerij:

Dood spel
Genezing
Vals spel
Tegenwerking
Vermist
Ontwricht
Schijnbeweging (voorheen *Foute boel*)
Schaduwleven (voorheen *Klein detail*)
Laatste kans (voorheen *Oud zeer*)
Niemand vertellen
Spoorloos
Geen tweede kans
Momentopname
De onschuldigen
Eens beloofd
Geleende tijd
Houvast
Verloren
Verzoeking
Levenslijn
Blijf dichtbij
Schuilplaats (jeugdthriller)
Zes jaar

www.boekerij.nl

Harlan Coben

Zes jaar

ISBN 978-90-225-5910-9
ISBN 978-94-6023-567-2 (e-boek)
NUR 330

Oorspronkelijke titel: *Six Years*
Oorspronkelijke uitgever: Dutton, Penguin Group
Vertaling: Sabine Mutsaers
Omslagontwerp: Wil Immink Design
Omslagbeeld: iStockphoto
Zetwerk: Mat-Zet bv, Soest

© 2013 by Harlan Coben
© 2013 voor de Nederlandse taal: De Boekerij bv, Amsterdam

Published by arrangement with Lennart Sane Agency AB

Niets uit deze uitgave mag openbaar worden gemaakt door middel van druk, fotokopie, internet of op welke andere wijze ook, zonder voorafgaande schriftelijke toestemming van de uitgever.

Voor Brad Bradbeer
Zonder jou, beste vriend, had Win niet bestaan

I

Ik zat daar in het kerkbankje op de achterste rij toe te kijken hoe de enige vrouw van wie ik ooit zou houden in het huwelijk trad met een andere man.

Natalie was natuurlijk in het wit, en ze gaf me nog een trap na door er oogverblindend uit te zien. Haar schoonheid had altijd al iets breekbaars gehad, maar tegelijk was het een soort stille kracht. Daar voor het altaar straalde Natalie iets ongrijpbaars uit, bijna alsof ze niet van deze wereld was.

Ze beet op haar onderlip. In een flits dacht ik terug aan de luie ochtenden waarop we de liefde hadden bedreven, waarna zij mijn blauwe overhemd aantrok voordat we samen naar beneden gingen. Dan gingen we samen in de ontbijthoek de krant zitten lezen, en uiteindelijk haalde ze haar schetsboek tevoorschijn en begon te tekenen. Wanneer ze mij op papier vastlegde, beet ze op precies diezelfde manier op haar onderlip.

Twee handen drongen mijn borstkas binnen, pakten aan weerskanten mijn broze hart beet en braken het in tweeën.

Waarom was ik gekomen?

Geloof jij in liefde op het eerste gezicht? Ik ook niet. Maar ik geloof wel in een sterke, meer dan puur fysieke aantrekkingskracht op het eerste gezicht. Ik geloof dat je zo nu en dan – één of misschien twee keer in je leven – hevig door iemand wordt aangetrokken, vanuit een soort oergevoel dat sterker is dan een magneet. Zo ging het bij mij met Natalie. Soms blijft het daarbij. Soms groeit het uit tot méér, neemt het in hevigheid toe en verandert het in een schitterend inferno waarvan je weet dat het echt is, en voor altijd.

En soms laat je je om de tuin leiden en zie je het eerste aan voor het tweede.

Ik was zo naïef geweest om te denken dat wat wij samen hadden voor altijd was. Ik, die nooit echt had geloofd in vastigheid en die alles had gedaan om me niet te laten ketenen, wist meteen – nou ja, binnen een week – dat dit de vrouw was naast wie ik iedere ochtend wakker zou worden. Dit was de vrouw die ik met mijn eigen leven zou beschermen. Dit was de vrouw – ja, ik weet hoe klef het klinkt – met wie ik kon nietsdoen, met wie zelfs de onbenulligste dingen zinnig zouden zijn.

Ja, pak maar even een teiltje.

Een geestelijke met een kaalgeschoren hoofd deed het woord, maar het bloed gonsde zo luidruchtig in mijn oren dat ik hem onmogelijk kon volgen. Ik staarde naar Natalie. Ik wilde dat ze gelukkig was. Dat waren niet zomaar mooie woorden, de leugens die we onszelf vaak voorhouden; want als degene die we liefhebben ons niet wil, wensen we toch eigenlijk gewoon dat ze ongelukkig is? Maar in dit geval meende ik het. Als ik echt dacht dat Natalie zonder mij gelukkiger zou zijn, zou ik haar laten gaan, hoe vreselijk ik dat ook vond. Maar ik geloofde niet dat ze gelukkiger zou worden, wat ze ook beweerde of deed. Misschien is dat ook wel een vorm van zelfrationalisatie, iets wat we onszelf op de mouw spelden.

Natalie keurde me geen blik waardig, maar ik zag haar mond verstrakken. Ze wist dat ik in de kerk aanwezig was, ook al hield ze haar ogen strak gericht op haar aanstaande. Hij heette Todd, zo was ik pas te weten gekomen. Vreselijke naam vind ik dat, Todd. Todd. Waarschijnlijk werd hij Toddy of Todd-Man of Toddster genoemd.

Todds haar was te lang, en hij had zo'n stoppelbaardje van vier dagen dat sommige mensen hip vinden en anderen, zoals ik, eerder een reden om de drager ervan een stomp in het gezicht te geven. Hij liet soepeltjes en zelfvoldaan zijn ogen langs de aanwezigen gaan voordat zijn blik bleef rusten op… mij. Hij nam me even op voordat hij besloot dat ik zijn tijd niet waard was.

Waarom was Natalie naar hem teruggegaan?

Natalies getuige was haar zus Julie. Ze stond op de verhoging met een boeket bloemen in haar handen en een levenloze robotglimlach om haar mond. We hadden elkaar nooit ontmoet, maar ik had foto's van haar gezien en meegeluisterd met telefoongesprekken tussen Natalie en haar. Ook Julie leek verbijsterd te zijn door deze ontwikkeling. Ik probeerde haar blik te vangen, maar ze deed hard haar best om een kilometer voor zich uit te staren.

Toen ik weer naar Natalie keek, was het alsof er rotjes afgingen in mijn borstkas. Boem, boem, boem. Man, wat was dit een slecht idee geweest. Toen Todds getuige de ringen tevoorschijn haalde, werden mijn longen dichtgeknepen. Ik kreeg bijna geen lucht meer.

Genoeg.

Ik geloof dat ik was gekomen om het met eigen ogen te zien. Daar heb ik behoefte aan; iets wat ik door schade en schande heb geleerd. Mijn vader is gestorven aan een hartaanval toen ik achttien was. Hij had nooit eerder hartklachten gehad en was op alle fronten fit en gezond. Ik weet nog dat ik in de wachtkamer zat, dat ik de spreekkamer van de dokter binnengeroepen werd en het verpletterende nieuws te horen kreeg – en ik herinner me nog goed dat me werd gevraagd, daar bij de dokter en later in het rouwcentrum, of ik zijn lichaam wilde zien. Ik weigerde. Ik wilde niet het beeld op mijn netvlies van mijn vader op een brancard of in een kist, dacht ik toen. Ik wilde me hem herinneren zoals hij was.

Maar naarmate de maanden verstreken, kreeg ik er steeds meer moeite mee om zijn dood te aanvaarden. Hij was zo levendig en levenslustig geweest. Twee dagen voor zijn dood waren we nog naar een ijshockeywedstrijd van de New York Rangers geweest – pa had een seizoenskaart – en toen het op verlenging uitdraaide, hadden we gebruld en gejuicht... dus hoe kon hij nu dood zijn? Ergens in mijn binnenste begon ik me af te vragen of er niet een fout was gemaakt, of het niet allemaal één grote fout was en mijn vader op de een of andere manier nog leefde. Ik weet dat dat onzin is, maar wanhoop kan met je op de loop gaan, en als je die wanhoop ook maar een klein beetje de ruimte geeft, vindt hij vanzelf alternatieve verklaringen.

Een deel van mij zit er nog steeds mee dat ik het lichaam van mijn dode vader nooit heb gezien. En nu wilde ik niet dezelfde fout maken. Maar deze keer – om maar bij de waardeloze metafoor te blijven – had ik het lijk gezien. Er was geen enkele reden om na te gaan of het hart nog klopte of om langer te blijven dan nodig was.

Ik deed mijn best om zo onopvallend mogelijk te vertrekken. Dat valt nog niet mee als je één meter vijfennegentig bent en de bouw hebt, zoals Natalie altijd zei, van een houthakker. Ik heb grote handen. Natalie was daar gek op. Ze nam vaak mijn handen in de hare en volgde dan met een vingertopje de lijnen in mijn handpalm. Ik had echte handen, zei ze, mannenhanden. Ze had ze getekend, omdat ze volgens haar mijn verhaal vertelden: mijn jeugd in een arbeidersgezin, het feit dat ik tijdens mijn studie aan Lanford College had gewerkt als uitsmijter in een plaatselijke nachtclub, en om de een of andere reden ook het feit dat ik nu de jongste docent was aan de faculteit politicologie.

Wankelend liep ik het witte kapelletje uit, de warme zomerlucht in. Zomer. Was het uiteindelijk niet méér geweest dan dat: een zomerliefde? In plaats van twee hitsige tieners op zoek naar actie op schoolkamp waren wij twee volwassenen geweest die de afzondering van een zomerkamp zochten – zij om te tekenen, ik om mijn politicologieproefschrift te schrijven – en die als een blok voor elkaar gevallen waren, en nu september naderde... tja, aan alles komt een eind. Zoiets? Onze relatie had inderdaad iets onwerkelijks gehad: we waren allebei ver verwijderd van ons gewone bestaan, van alle dagelijkse beslommeringen die daarbij hoorden. Misschien was het daarom zo fantastisch geweest. Misschien had het feit dat we samen niets anders dan die cocon hadden gekend, ver weg van de realiteit, onze relatie wel beter en intenser gemaakt. En misschien lulde ik maar wat.

Achter de kerkdeuren hoorde ik gejuich en applaus. Dat haalde me met een ruk uit mijn overpeinzingen. De dienst was afgelopen. Todd en Natalie waren nu officieel de heer en mevrouw Stoppelsmoel. Dadelijk zouden ze samen door het middenpad schrijden. Ik vroeg me af of er met rijst gestrooid zou worden. Todd zou daar vast niet blij mee zijn. Het spul zou maar in zijn haar en in die stoppelbaard terechtkomen.

Meer hoefde ik niet te zien.

Ik liep naar de achterkant van het witte kapelletje, waar ik uit het zicht verdween vlak voordat de kerkdeuren openzwaaiden. Ik staarde voor me uit over de open plek. Er was niets te zien, alleen maar… een open plek. En bomen in de verte. De blokhutten stonden aan de andere kant van de heuvel. Het kapelletje maakte deel uit van het kunstenaarskamp waar Natalie verbleef. Mijn eigen schrijverskamp lag even verderop. Beide waren gevestigd in een oude boerderij in Vermont, waar nog op kleine schaal biologische groenten werden geteeld.

'Hallo, Jake.'

Ik draaide me om naar die vertrouwde stem. Daar, op nog geen tien meter afstand, stond Natalie. Mijn blik ging vliegensvlug naar haar linkerringvinger. Alsof ze mijn gedachten kon lezen, stak ze haar hand op om me de nieuwe trouwring te laten zien.

'Gefeliciteerd,' zei ik. 'Ik vind het heel fijn voor je.'

Ze deed alsof ze het niet hoorde. 'Niet te geloven dat je bent gekomen.'

Ik spreidde mijn armen. 'Ik hoorde dat er heerlijke hapjes geserveerd zouden worden. Dan ben ik niet te houden.'

'Grapjas.'

Ik haalde mijn schouders op, terwijl mijn hart tot stof verging en wegwaaide.

'Iedereen zei dat je niet zou komen,' zei Natalie. 'Maar ik wist wel beter.'

'Ik hou nog steeds van je.'

'Dat weet ik.'

'En jij houdt van mij.'

'Niet waar, Jake. Kijk dan.' Ze zwaaide met de ring voor mijn gezicht.

'Schat?' Todd en zijn baardhaar kwamen de hoek om. Hij zag me en fronste zijn voorhoofd. 'Wie is dit?'

Maar het was duidelijk dat hij dat al lang wist.

'Jake Fisher,' zei ik. 'Gefeliciteerd met je huwelijk.'

'Waar ken ik jou van?'

Het beantwoorden van die vraag liet ik aan Natalie over. Ze legde geruststellend een hand op zijn schouder en zei: 'Jake heeft veel voor ons geposeerd. Ik denk dat je hem herkent van sommige tekeningen.'

De frons verdween niet. Natalie ging voor hem staan en zei: 'Geef ons even een minuutje, oké? Ik kom zo.'

Todd keek mijn kant op. Ik verroerde me niet. Deinsde niet achteruit. Wendde mijn blik niet af.

Met tegenzin zei hij: 'Goed. Maar blijf niet te lang weg.'

Hij wierp me nog één boze blik toe en liep toen om het kapelletje heen. Natalie nam me van top tot teen op. Ik wees naar de plek waar Todd was verdwenen.

'Gezellige kerel,' zei ik.

'Wat kom je hier doen?'

'Ik moest je laten weten dat ik van je hou,' antwoordde ik. 'En dat ik altijd van je zal blijven houden.'

'Het is voorbij, Jake. Je redt het heus wel.'

Ik zweeg.

'Jake?'

'Ja?'

Ze hield haar hoofd een beetje schuin. Ze wist wat dat gebaar met me deed. 'Beloof me dat je ons met rust zult laten.'

Ik stond daar maar te staan.

'Beloof me dat je ons niet zult volgen of bellen of zelfs maar mailen.'

De pijn in mijn borst werd heviger, veranderde in iets scherps en zwaars.

'Beloof het me, Jake. Beloof me dat je ons met rust zult laten.'

Ze hield mijn blik vast.

'Goed,' zei ik. 'Ik beloof het.'

Zonder nog een woord te zeggen liep Natalie weg, terug naar de voorkant van het kapelletje, naar de man met wie ze zojuist was getrouwd. Ik bleef even staan en probeerde op adem te komen, probeerde kwaad te worden, luchtig te doen, het van me af te zetten en haar na te roepen dat ze niet wist wat ze miste. Dat alles wilde ik doen, en zelfs toen nog probeerde ik me volwassen op te stellen, maar ik besefte al die tijd dat het een uitsteltechniek was, zodat ik niet onder ogen hoefde te zien dat mijn hart voorgoed gebroken was.

Ik bleef achter het kapelletje staan tot ik ervan uitging dat iedereen was vertrokken. Toen pas liep ik weer naar de voorkant. De geestelijke met het kaalgeschoren hoofd stond op de trap bij de ingang. Net als Natalies zus Julie. Ze legde een hand op mijn arm. 'Gaat het wel, Jake?'

'Uitstekend,' antwoordde ik.

De geestelijke glimlachte naar me. 'Wat een mooie dag voor een huwelijk, vindt u ook niet?'

Ik knipperde in het felle zonlicht. 'Ja, dat zal ook wel,' zei ik, en ik liep weg.

Ik zou doen wat Natalie me had gevraagd. Ik zou haar met rust laten. Ik zou iedere dag aan haar denken, maar haar niet bellen of mailen en haar zelfs niet opzoeken op internet. Ik zou me aan mijn belofte houden.

Zes jaar lang.

2

Zes jaar later

De grootste verandering in mijn leven, al kon ik dat destijds niet weten, zou zich voltrekken tussen 15.29 en 15.30 uur.

Mijn eerstejaarscollege over politiek moralisme was net afgelopen. Ik liep naar Brard Hall. Het was een ideale campusdag: de zon stond hoog aan de hemel, op het centrale plein werd een frisbeewedstrijd gehouden en overal zaten studenten, alsof ze er door een reuzenhand waren neergestrooid. Er schalde muziek over het terrein. Het was alsof een brochure van de ideale universiteitscampus tot leven was gewekt.

Ik ben gek op dit soort dagen, maar ja, wie niet?

'Professor Fisher?'

Ik draaide me om in de richting waar de stem vandaan kwam. Zeven studenten zaten in een halve cirkel in het gras. Het meisje dat me had geroepen zat in het midden. 'Komt u bij ons zitten?' vroeg ze.

Ik wuifde het aanbod glimlachend weg. 'Bedankt, maar ik heb dadelijk spreekuur.'

Ik liep door. Ik zou het sowieso niet gedaan hebben. Niet dat ik me niet graag bij hen had gevoegd op deze heerlijke dag – wie wil dat nou niet? – maar omdat de grens tussen docent en student niet erg scherp was afgebakend, en hoe hardvochtig dat misschien ook klinkt, ik wilde niet dat soort docent zijn, als je begrijpt wat ik bedoel. Zo iemand die net een beetje te veel met de studenten optrekt, zo nu en dan een feestje bijwoont in een van de studentenhuizen en misschien een rondje geeft tijdens de picknick na een footballwedstrijd. Als docent hoor je je studenten te steunen en benaderbaar te zijn, maar je moet geen vriend of surrogaatouder van hen worden.

Toen ik bij Clark House aankwam, begroette mevrouw Dinsmore me met haar bekende frons. Mevrouw Dinsmore, een klassieke dragonder, was al receptioniste bij de faculteit politicologie sinds de tijd dat Hoover nog president was, als ik me niet vergis. Ze was minstens tweehonderd jaar oud, maar met het ongeduld en de onvriendelijkheid van iemand die de helft jonger was.

'Goedemiddag, lekker ding,' zei ik. 'Zijn er nog berichten voor me?'

'Op je bureau,' antwoordde mevrouw Dinsmore. Zelfs in haar stem klonk haar frons door. 'En voor je deur staat weer de gebruikelijke rij studentes.'

'Goed, dank u wel.'

'Het lijkt wel een auditie voor de Rockettes.'

'Begrepen.'

'Je voorganger is nooit zo toegankelijk geweest.'

'Kom op, mevrouw Dinsmore, ik kwam als student vaak genoeg hier bij hem langs.'

'Ja, maar jouw broeken hadden tenminste een fatsoenlijke lengte.'

'Dat vond u stiekem best een beetje jammer, of niet?'

Mevrouw Dinsmore deed haar best om niet naar me te glimlachen. 'Verdwijn uit mijn ogen jij.'

'Geef het maar toe.'

'Wil je een schop onder je achterste? Wegwezen.'

Ik wierp haar een handkus toe en nam de achteringang, om de rij studenten te ontlopen die op vrijdag altijd voor mijn deur stond als ik spreekuur hield. Ik houd iedere vrijdag twee uur 'inloopspreekuur', van drie tot vijf. Zonder afspraak, negen minuten per student, geen aanmelding vooraf. Ze komen gewoon langs, wie het eerst komt, die het eerst maalt. We houden ons strikt aan de tijden: je krijgt negen minuten. Niet meer, niet minder, en een minuut om te vertrekken en de volgende de kans te geven zich te installeren. Als je meer tijd nodig hebt of wanneer ik je scriptiebegeleider ben of wat dan ook, kun je bij mevrouw Dinsmore een afspraak maken voor een langer gesprek.

Klokslag drie uur liet ik de eerste studente binnen. Ze wilde theorieën met me doornemen over Locke en Rousseau, twee politicologen die tegenwoordig bekender zijn door hun reïncarnaties in de tv-serie *Lost* dan vanwege hun filosofische theorieën. De tweede studente had niets te zoeken op mijn spreekuur en kwam alleen maar – ik zeg het gewoon ronduit – mijn hielen likken. Soms zou ik een hand willen opsteken en willen zeggen: 'Bak liever koekjes voor me.' Maar ik snap het wel. De derde studente kwam om een hoger cijfer bedelen. Zij meende dat haar 8+ eigenlijk een 9- had moeten zijn, terwijl in mijn ogen een gewone 8 meer op z'n plaats was.

Zo ging het altijd. Sommige studenten kwamen naar mijn kamer om iets te leren, andere om indruk te maken, een enkeling kwam om kruiperig te doen en weer een ander om een praatje te maken – dat was allemaal prima. Ik oordeel niet op basis van hun bezoekjes. Dat zou verkeerd zijn. Iedere student die binnenloopt krijgt van mij dezelfde behandeling, want we zijn hier om iets te leren, is het niet over politicologie, dan kan ik ze misschien iets bijbrengen over kritisch denken of – help! – het leven zelf. Als de studenten hier al volledig gevormd en zonder onzekerheden aankwamen, wat zou hun studie dan nog voor zin hebben?

'Het blijft een 8+,' zei ik toen ze haar verhaal had afgestoken. 'Maar ik heb er alle vertrouwen in dat je met je volgende paper je cijfer kunt opkrikken.'

Het wekkertje ging. Ja, zoals ik al zei: ik hou de tijd hier nauwgezet bij. Het was 15.29 uur. Zo kwam het dat ik later, terugkijkend op de gebeurtenissen, precies wist dat het allemaal was begonnen tussen 15.29 en 15.30 uur die middag.

'Bedankt, professor,' zei ze, en ze stond op om te vertrekken. Ik kwam ook overeind uit mijn stoel.

Mijn werkkamer was geen greintje veranderd sinds ik vier jaar eerder faculteitshoofd was geworden en ik het kantoor had overgenomen van mijn voorganger en mentor, professor Malcolm Hume, administrateur van het ene faculteitsbestuur, hoofd van een ander. De kamer had nog altijd die heerlijk nostalgische sfeer van academische wanorde – antieke globes, enorme boeken, vergeelde manuscripten, loslatende posters aan de muren en ingelijste portretten van mannen met baarden. Er stond geen bureau, alleen een grote eiken tafel waar twaalf man aan kon zitten, het exacte aantal van mijn afstudeergroep.

Overal lag rommel. Ik had de kamer nooit opnieuw ingericht, en dat was niet zozeer om mijn mentor te eren, zoals de meeste mensen dachten, maar ten eerste omdat ik lui was en ik het te veel moeite vond, ten tweede omdat ik niet echt een persoonlijke smaak had, geen familiefoto's om op te hangen, en ik geen aanhanger was van flauwekultheorieën als 'je kantoor weerspiegelt je persoonlijkheid' – en al was ik dat wel geweest: dit wás mijn persoonlijkheid – en ten derde heb ik rommel altijd bevorderlijk gevonden voor de individuele uitdrukkingsvrijheid. Steriliteit en een opgeruimde werkkamer remmen op een of andere manier de spontaniteit van studenten af. Een kamer vol rommel lijkt hen op te roepen zich vrijelijk te uiten, alsof ze denken: het is hier toch al een troep, wat zouden mijn belachelijke ideeën nou nog voor schade kunnen aanrichten?

Maar de voornaamste reden was toch wel dat ik lui was en ik het te veel moeite vond.

We stonden allebei op van de grote eiken tafel en gaven elkaar een hand. Zij hield de mijne net een tel langer vast dan nodig was, dus maakte ik me nadrukkelijk van haar los. Nee, zo gaat het niet altijd. Maar het komt voor. Ik ben nu vijfendertig, maar toen ik hier begon – de jonge docent van in de twintig – gebeurde het vaker. Ken je die scène uit *Raiders of the Lost Ark* waarin een studente LOVE YOU op haar oogleden heeft geschreven? Iets soortgelijks is mij overkomen in mijn eerste semester, alleen luidde het eerste woord niet LOVE en stond er op het tweede oog niet YOU maar ME. Ik maak mezelf niets wijs: wij universitair docenten bevinden ons in een positie waarin we behoorlijk wat macht hebben. De mannen die voor dit soort acties vallen of menen dat ze de aandacht verdienen (ik wil niet seksistisch zijn, maar het zijn bijna altijd mannen) zijn meestal onzekerder en behoeftiger dan de gemiddelde studente met een vadercomplex.

Toen ik ging zitten om op de volgende student te wachten, wierp ik een snelle blik op de computer die rechts op de tafel stond. De homepage van de universiteit was in beeld. Die was tamelijk doorsnee, geloof ik. Links kwamen foto's voorbij van het leven op de campus, met studenten in alle kleuren en maten en geloofsovertuigingen, zowel mannen als vrouwen, allemaal mensen die het krampachtig naar de zin hadden, met elkaar en hun professoren, en tijdens buitenschoolse activiteiten. Het plaatje is wel duidelijk, denk ik. Bovenaan in beeld een banner met het logo van de instelling en de meest herkenbare gebouwen, waaronder de prestigieuze Johnson-kapel, een grootschalige versie van het kapelletje waar ik Natalie in het huwelijk had zien treden.

Op het rechtergedeelte van het computerscherm liep een nieuwsbalk, en op het moment dat Barry Watkins, de derde student op mijn inloopspreekuur, binnenkwam met de woorden 'Yo, professor, alles goed?' zag ik op die balk een overlijdensbericht dat mijn aandacht trok.

'Hallo Barry,' zei ik zonder mijn ogen van de monitor te halen. 'Ga zitten.'

Dat deed hij, en hij legde zijn voeten op tafel. Hij wist dat ik dat niet erg vond. Barry kwam iedere week. We praatten over van alles en nog wat. Zijn bezoekjes waren eerder een slap aftreksel van therapiesessies dan ook maar enigszins academisch van aard, maar ook dat vond ik prima.

Ik boog me wat dichter naar de monitor toe. Wat mijn aandacht had getrokken, was de foto van de overledene, ter grootte van een postzegel. Ik herkende de man niet van die afstand, maar hij zag er jong uit. Op zich was dat niet ongebruikelijk voor overlijdensadvertenties. Vaak scande de universiteit de jaarboekfoto van de dode, in plaats van op zoek te gaan naar een recenter exemplaar, maar hier kon ik zien dat dat niet het geval was. Dit was geen kapsel uit, pak 'm beet, de jaren zestig of zeventig. En het was geen zwart-witfoto, terwijl het jaarboek pas vanaf 1989 in kleur verscheen.

De universiteit was maar klein, met zo'n vierhonderd studenten per studiejaar. De dood was hier niet vreemd, maar misschien kwam het door de besloten omvang van het instituut of mijn nauwe betrokkenheid erbij, eerst als student en nu als faculteitslid, dat ik het me altijd persoonlijk aantrok wanneer er iemand van hier doodging.

'Yo, meester?'

'Ogenblikje, Barry.'

Zijn negen minuten waren al ingegaan. Ik gebruikte een draagbaar scorebordklokje, zo'n ding dat je in heel Amerika in basketbalzalen ziet, met van die loeigrote rode digitale cijfers. Dat heb ik ooit gekregen van een vriend, die er gezien mijn lengte van uitging dat ik wel basketbal gespeeld moest hebben. Dat was niet het geval, maar ik vond het een prachtklok. Aangezien ik hem zo had ingesteld dat hij automatisch aftelde vanaf negen minuten, kon ik nu zien dat we inmiddels op 8.49 zaten.

Ik klikte het fotootje aan. Toen het vergroot in beeld kwam, kon ik nog net een kreet onderdrukken.

De naam van de overledene was Todd Sanderson.

Ik had Todds achternaam uit mijn geheugen gebannen – op de uitnodiging voor het huwelijk had alleen maar 'de bruiloft van Natalie en Todd' gestaan – maar zijn gezicht herkende ik wel degelijk. Het hippe stoppelbaardje was verdwenen. Hier was hij gladgeschoren, en zijn haar was vrijwel gemillimeterd. Ik vroeg me af of dat Natalies invloed was – ze had altijd geklaagd dat mijn stoppels haar kin irriteerden – en vervolgens begreep ik niet hoe ik op dat moment aan zoiets stompzinnigs kon denken.

'De klok tikt, meester.'

'Heel even nog, Barry. En noem me niet "meester".'

Todds leeftijd stond erbij: tweeënveertig. Dat was iets ouder dan ik had verwacht. Natalie was vierendertig, een jaar jonger dan ik. Ik was ervan uitgegaan dat Todd ongeveer van onze leeftijd was. Volgens het overlijdensbericht was Todd *tight end* geweest in het All-League footballteam en had hij een Oxfordonderscheiding op zijn naam. Indrukwekkend. Hij was summa cum laude afgestudeerd in geschiedenis, had een liefdadigheidsinstelling opgericht, Fresh Start genaamd, en in zijn laatste studiejaar was hij preses geweest van Psi U, mijn studentenvereniging.

Todd was niet alleen afgestudeerd aan dezelfde universiteit als ik, we hadden ook bij dezelfde studentenvereniging gezeten. Hoe was het mogelijk dat ik daar niets van had geweten?

Er stond nog meer bij, veel meer, maar ik ging meteen door naar de slotregel:

De uitvaart vindt aanstaande zaterdag plaats in Palmetto Bluff, South Carolina, vlak bij Savannah, Georgia. De heer Sanderson laat een vrouw en twee kinderen na.

Twee kinderen?

'Professor Fisher?' Barry's stem klonk een beetje vreemd.

'Sorry, ik zat even…'

'Nee, u hoeft geen sorry te zeggen. Maar gaat het wel goed?'

'Ja, hoor.'

'Zeker weten? Man, u ziet lijkbleek.' Barry liet zijn sneakers op de grond zakken en legde zijn handen op de tafel. 'Ik kan ook een andere keer terugkomen.'

'Nee,' zei ik.

Ik wendde mijn blik af van de computer. Dit zou moeten wachten. Natalies echtgenoot was jong gestorven. Dat was triest, jazeker, tragisch zelfs, maar het had niets met mij te maken. Het was geen reden om werk af te zeggen of mijn studenten overlast te bezorgen. Het nieuws had me flink van mijn stuk gebracht, natuurlijk: niet alleen dat Todd dood was, maar ook het feit dat hij aan dezelfde universiteit had gestudeerd als ik. Dat leek me een nogal bizar toeval, maar ook weer niet wereldschokkend.

Misschien viel Natalie gewoon op Lanforders.

'Zeg het eens,' zei ik tegen Barry.

'Kent u professor Byrner?'

'Jazeker.'

'Een lul van een vent.'

Dat was hij inderdaad, maar dat zei ik niet. 'Wat is er aan de hand?'

Ik had in het overlijdensbericht niets gezien over de doodsoorzaak. Die stond er in de berichten van de campus niet altijd bij. Ik zou straks nog een keer kijken. Als de doodsoorzaak niet was vermeld, kon ik misschien online een overlijdensbericht opzoeken dat meer informatie verschafte.

Maar waarom zou ik er eigenlijk meer van willen weten? Wat maakte het voor verschil?

Ik moest het laten gaan.

Hoe dan ook, het zou moeten wachten tot na mijn spreekuur. Ik rondde het gesprek met Barry af en ging door naar de volgende student. Ik probeerde het overlijdensbericht uit mijn hoofd te zetten en me te concentreren op de gesprekken. Ik was er met mijn hoofd niet bij, maar daar merkten ze niets van. Studenten kunnen zich niet voorstellen dat hun docenten ook een eigen leven hebben, net zoals ze zich niet kunnen voorstellen dat hun ouders aan seks doen. Aan de ene kant vond ik dat prima. Aan de andere kant wees ik ze er voortdurend op dat ze verder moesten kijken dan hun neus lang was. Het zit in de aard van de mens om te denken dat we als enige heel complex in elkaar zitten, terwijl alle anderen eenvoudiger te volgen zijn. Dat is uiteraard niet waar. We hebben allemaal onze eigen dromen en hoop, onze behoeften en lustgevoelens en verdriet. Iedereen heeft zijn eigen gekte.

Mijn gedachten dwaalden af. Ik keek naar het trage verstrijken van de tijd als de meest verveelde leerling tijdens het allersaaiste lesuur. Toen het eindelijk vijf uur was, richtte ik me weer op de computer en riep het complete overlijdensbericht van Todd Sanderson op.

Nee, er werd geen doodsoorzaak genoemd.

Vreemd. Soms kon je een hint vinden bij de suggestie voor donaties. Dan stond er bijvoorbeeld: *in plaats van bloemen graag een bijdrage aan het kankerfonds*, of iets dergelijks. Hier vond ik niets van dien aard. Er werd ook geen melding gemaakt van Todds beroep. Maar wat deed het er eigenlijk toe?

De deur van mijn werkkamer vloog open en daar stond Benedict Edwards, docent aan de faculteit klassieke talen en mijn beste vriend. Hij klopte nooit, maar daar had hij ook nooit aanleiding voor gehad of de behoefte toe gevoeld. We troffen elkaar vaak op vrijdag om vijf uur en gingen dan naar de bar waar ik in mijn studententijd als uitsmijter had gewerkt. Die was toen nieuw geweest, glimmend en hip en trendy. Nu was hij oud en krakkemikkig en ongeveer net zo hip en trendy als Betamax.

Benedict was fysiek min of meer mijn tegenpool: klein en tenger, en zwart. Zijn ogen werden vergroot door een enorme Ant-Man-bril, die leek op een veiligheidsbril uit het scheikundelab. De inspiratie voor zijn te grote snor en zijn te volumineuze afro had hij waarschijnlijk opgedaan bij Apollo Creed. Benedict had de slanke vingers van een pianiste en voeten waar een ballerina jaloers op zou zijn, en zelfs een blinde zou hem niet aanzien voor een houthakker. Desondanks – of misschien wel juist daardoor – was Benedict een enorme player en versierde hij meer vrouwen dan een rapper met een radiohit.

'Wat is er aan de hand?' vroeg Benedict.

Ik sloeg 'Niks' of 'Hoe weet je dat er iets is?' over en antwoordde meteen: 'Heb jij ooit gehoord van een zekere Todd Sanderson?'

'De naam zegt me zo niets. Wie is dat?'

'Oud-student. Zijn overlijdensbericht staat online.'

Ik draaide de computer naar hem toe. Benedict schoof zijn enorme bril wat verder op zijn neus. 'Ik ken hem niet. Hoe kan dat?'

'Ken je Natalie nog?'

Er trok een schaduw over zijn gezicht. 'Ik heb je haar naam al in geen…'

'Ja, ja. Waar het om gaat, is dat hij haar man is. Of was.'

'Die kerel voor wie ze jou heeft gedumpt?'

'Ja.'

'En nu is hij dood.'

'Blijkbaar.'

Benedict trok een wenkbrauw op. 'En dus is zij weer vrij.'

'Gevoelig van je.'

'Ik maak me zorgen. Jij bent de beste stapmaat die ik me kan wensen. Ik mag dan een vlotte babbel hebben, jij bent de knappe vent die de dames aantrekt. Ik wil je niet kwijt.'

'Gevoelig van je,' zei ik nog een keer.

'Ga je haar bellen?'

'Wie?' vroeg ik.

'Condoleezza Rice, nou goed? Wie denk je? Natalie.'

'Ja joh, tuurlijk. Dan zeg ik: "Hé, die kerel voor wie je me hebt gedumpt is dood. Zin om een bioscoopje te pikken?"'

Benedict las het overlijdensbericht. 'Wacht even.'

'Wat?'

'Hier staat dat ze twee kinderen heeft.'

'Ja, en?'

'Dat maakt de zaak ingewikkelder.'

'Zeg, hou eens op.'

'Twee kinderen, man. Misschien is ze wel heel dik geworden.' Benedict keek me met zijn vergrote ogen aan. 'Hoe zal Natalie er nu uitzien? Ik bedoel: twee kinderen. Ze is vast uitgedijd, of niet?'

'Hoe moet ik dat weten?'

'Eh, zoals iedereen zulke dingen weet. Via Google, Facebook, dat soort kanalen.'

Ik schudde mijn hoofd. 'Ik heb haar niet opgezocht.'

'Hè? Dat doet toch iedereen. Man, ik zoek al mijn exen op.'

'Kan internet dat wel aan, zo veel dataverkeer?'

Benedict grijnsde. 'Ik heb wel mijn eigen server nodig.'

'Ik hoop niet dat dat een eufemisme is.'

Maar ik zag iets treurigs achter zijn grijns. Ik dacht terug aan die keer dat Benedict in een bar stomdronken was geworden en ik hem had betrapt terwijl hij naar een beduimelde foto zat te staren die hij uit zijn portefeuille had opgediept. Ik vroeg hem wie de vrouw op de foto was. 'De enige vrouw van wie ik ooit zal houden,' antwoordde hij met dubbele tong. Daarna had Benedict de foto weer weggestopt achter zijn creditcard, en hoewel ik af en toe een hint liet vallen, had hij er nooit meer wat over losgelaten.

Hij had toen diezelfde treurige grijns gehad als nu.

'Ik heb Natalie een belofte gedaan,' zei ik.

'Wat voor belofte?'

'Dat ik hen met rust zou laten. Dat ik hen nooit zou opzoeken of lastigvallen.'

Daar dacht Benedict even over na. 'Volgens mij heb je je aan die belofte gehouden, Jake.'

Ik zei niets. Benedict had zojuist gelogen. Hij keek helemaal niet op Facebook naar zijn exen, of als hij dat wel deed, was het met weinig enthousiasme. Ik was een keer zijn werkkamer binnengevallen – net als hij klopte ik nooit aan – en had toen een Facebook-pagina zien openstaan. Een snelle blik leerde me dat het hier ging om dezelfde vrouw van wie hij een foto in zijn portefeuille had. Benedict klikte de pagina snel weg, maar het lag er duimendik bovenop dat hij die heel vaak bekeek, misschien wel dagelijks. Ik durf te wedden dat hij elke nieuwe foto opzocht van de enige vrouw van wie hij ooit had gehouden. Dat hij haar leven volgde, misschien wel haar gezin bekeek, en de man met wie ze het bed deelde, starend zoals hij destijds naar de foto in zijn portefeuille had gestaard. Ik kan het absoluut niet bewijzen, het is niet meer dan een gevoel, maar volgens mij zit ik er niet ver naast.

Zoals ik al zei: iedereen heeft zijn eigen gekte.

'Wat wil je nou eigenlijk zeggen?' vroeg ik hem.

'Ik zeg alleen dat het hele "wij"-verhaal nu voorbij is.'

'Natalie maakt al heel lang geen deel meer uit van mijn leven.'

'Geloof je het zelf?' vroeg Benedict. 'Heb je haar soms ook moeten beloven je gevoelens voor haar te vergeten?'

'Zeg, ik dacht dat jij bang was je stapmaat te verliezen?'

'Zo knap ben je nou ook weer niet.'

'Botterik.'

Hij kwam overeind. 'Laat dat maar aan een docent klassieke talen over.'

Benedict liet me alleen. Ik stond op en liep naar het raam. Keek uit over het grote gazon. Terwijl ik naar de langslopende studenten staarde, vroeg ik me af, zoals ik vaak deed wanneer ik werd geconfronteerd met een belangrijke kwestie, wat ik een van hen zou adviseren wanneer zij in mijn schoenen zouden staan. Opeens, zonder enige waarschuwing, kwam het allemaal terug: het witte kapelletje, hoe Natalies haar die dag had gezeten, de ringvinger die ze naar me had opgehouden, de pijn, het verlangen, de emoties, de liefde. Mijn knieën knikten. Ik had gedacht dat ik niet langer een zwak voor haar had. Ze had me keihard laten vallen, maar ik had de scherven bij elkaar geveegd, mijn rug gerecht en de draad van mijn leven opgepakt.

Wat stom van me om zo te denken. Wat zelfzuchtig. Ongepast. Deze vrouw had zojuist haar man verloren, en ik was zo'n lul dat ik me alleen maar zorgen maakte om de mogelijke gevolgen voor mij. Laat het los, hield ik mezelf voor. Vergeet het – vergeet háár. Ga verdomme verder met je leven.

Maar ik kon het niet. Zo zat ik nou eenmaal niet in elkaar.

Ik had Natalie voor het laatst gezien bij de huwelijksvoltrekking. Nu zou ik haar bij de begrafenis zien. Sommige mensen zouden dat ironisch noemen – ik was niet een van hen.

Ik liep terug naar de computer en boekte de eerstvolgende vlucht naar Savannah.

3

Het eerste teken dat er iets niet klopte deed zich voor tijdens de afscheidsdienst.

Palmetto Bluff was eigenlijk meer een gigantische ommuurde wijk dan een stadje. Het pas gebouwde 'dorp' was mooi, schoon, keurig onderhouden en historisch accuraat; dat alles gaf het geheel een steriel Disney-gevoel. Het leek allemaal een beetje té volmaakt. De stralend witte kapel – ja, weer een witte kapel – stond op een heuveltje dat zo pittoresk was dat het wel een plaatje leek. Maar de hitte was maar al te echt: een levend monster, de vochtigheidsgraad zo hoog dat de lucht als kralengordijn had kunnen dienen.

Er diende zich weer een vlaag van redelijkheid aan waarin ik me afvroeg wat ik hier te zoeken had, maar ik wuifde het weg. Ik was er nu, dus de vraag had geen zin. The Inn at Palmetto Bluff zag eruit als een hotel op een filmset. Ik liep de aantrekkelijke bar in en bestelde bij een aantrekkelijke barkeepster een whisky zonder ijs.

'Ben je hier voor de uitvaart?' vroeg ze.

'Yep.'

'Tragisch verhaal.'

Ik knikte en staarde in mijn glas. De aantrekkelijke barkeepster begreep de hint en hield verder haar mond.

Ik ga er prat op een verlicht man te zijn. Ik geloof niet in het lot of in voorbestemming of dat soort bijgelovige flauwekul, en toch gebruikte ik op dat moment soortgelijke argumenten om mijn impulsieve gedrag te rechtvaardigen. Ik hóór hier te zijn, hield ik mezelf voor. Ik moest die vlucht nemen, ik wist ook niet waarom. Ik had Natalie met eigen ogen met een andere man zien trouwen, en toch kon ik het nog steeds niet helemaal accepteren. Ik had nog altijd die aangeboren behoefte om het voor mezelf af te sluiten. Zes jaar geleden had Natalie me gedumpt met een briefje waarin ze liet weten dat ze zou gaan trouwen met haar oude vrijer. De volgende dag kreeg ik een uitnodiging voor hun huwelijk. Geen wonder dat het allemaal nog... incompleet voelde. Nu was ik hier in de hoop het achter me te laten, of op z'n minst de cirkel rond te maken.

Ongelooflijk, zoals we alles voor onszelf kunnen goedpraten wanneer we iets echt graag willen.

Maar wat wilde ik nu eigenlijk zo graag?

Ik dronk mijn whisky op, bedankte de aantrekkelijke barkeepster en liep behoedzaam naar de kapel. Uiteraard bleef ik op afstand. Ik mocht dan een botte, gevoelloze kerel zijn die vooral met mezelf bezig was, ik ging ook weer niet zo ver dat ik een weduwe zou lastigvallen op de begrafenis van haar echtgenoot. Dus verschool ik me achter een grote boom – uiteraard een *palmetto*, ofwel een waaierpalm – en durfde zelfs maar amper naar de kerkgangers te kijken.

Toen ik de openingshymne hoorde, nam ik aan dat de kust veilig was. Een snelle blik bevestigde dat. Iedereen was nu in de kapel. Ik liep naar de ingang en hoorde een gospelkoor zingen. Het was in één woord prachtig. Ik wist niet goed wat ik moest doen en voelde aan de kerkdeur, die niet op slot bleek te zitten (duh!), dus ging ik naar binnen. Met gebogen hoofd en één hand voor mijn gezicht alsof ik jeuk had en moest krabben.

Over een waardeloze vermomming gesproken.

Het was niet nodig geweest. De kapel zat afgeladen vol. Ik bleef staan, achteraan bij de andere laatkomers die geen zitplaats hadden kunnen bemachtigen. Het koor rondde de bezielde hymne af, en een man – ik weet niet of het een predikant of een priester of wat dan ook was – nam plaats op de preekstoel. Hij noemde Todd een 'zorgzaam arts, een goede buur, een gulle vriend en een fantastische echtgenoot en vader'. Arts, dat wist ik niet. De man weidde welbespraakt uit over Todds sterke punten: zijn liefdadigheidswerk, zijn innemende persoonlijkheid, zijn gulle geest, het vermogen iedereen het gevoel te geven dat hij of zij bijzonder was, zijn bereidheid de mouwen op te stropen en een handje te helpen wanneer iemand hulp nodig had, of het nu een vreemde was of een vriend. Uiteraard deed ik de loftuitingen af als de bekende begrafenisverhalen – we hebben allemaal van nature de neiging om overdreven veel lof over een dode uit te storten – maar ik zag de tranen in de ogen van de aanwezigen, de manier waarop ze instemmend meeknikten, alsof er een lied werd gespeeld dat alleen zij konden horen.

Vanaf mijn plek achter in de kapel probeerde ik naar voren te gluren om een glimp op te vangen van Natalie, maar er zaten te veel hoofden in de weg. Ik wilde niet de aandacht trekken, dus hield ik ermee op. Bovendien: ik was de kapel binnengegaan, ik had om me heen gekeken en zelfs alle lof voor de overledene aangehoord. Was dat niet genoeg? Wat viel er verder nog te doen?

Het was tijd om te vertrekken.

'De eerste spreker,' zei de man op de preekstoel, 'is Eric Sanderson.'

Een bleke tiener – ik schatte hem rond de zestien – stond op en liep naar voren. Mijn eerste gedachte was dat Todd Sanderson zijn oom moest zijn geweest (en Natalie daarmee zijn tante), maar die gedachte verdween onmiddellijk bij het horen van zijn openingswoorden.

'Mijn vader was mijn held.'

Váder?

Het kostte me een paar tellen. De geest heeft de neiging ingesleten patronen te volgen. Toen ik klein was, vertelde mijn vader me een raadseltje waarmee hij me op het verkeerde been dacht te zetten. 'Een vader en zijn zoon krijgen een auto-ongeluk. De vader komt om, de jongen wordt met spoed naar het ziekenhuis gebracht. De chirurg zegt: "Ik kan die jongen niet opereren, hij is mijn zoon." Ra, ra, hoe kan dat?' Dat bedoel ik met ingesleten patronen. Voor de generatie van mijn vader was dit misschien een lastig raadsel, maar voor mensen van mijn leeftijd lag de oplossing – de chirurg was zijn moeder – zo voor de hand dat ik hardop begon te lachen, herinner ik me. 'Ga je dadelijk muziek luisteren op je bandrecorder, pa?'

Dit was iets soortgelijks. Hoe kon een man die pas zes jaar getrouwd was met Natalie een zoon in de tienerleeftijd hebben, vroeg ik me af. Het antwoord: Eric was de zoon van Todd, niet van Natalie. Of Todd was eerder getrouwd geweest of hij had een kind van een andere vrouw.

Ik probeerde nogmaals naar Natalie op de eerste rij te kijken en rekte mijn hals, maar de vrouw die naast me stond zuchtte geërgerd omdat ik haar het zicht benam. Op de verhoging maakte Todds zoon Eric grote indruk. Zijn toespraak was mooi en ontroerend. Niemand in de hele kapel hield het droog... behalve ik.

En nu? Gewoon maar blijven staan? De weduwe condoleren en haar in verwarring brengen, haar rouw verstoren? Wat wilde ik nou eigenlijk, egoïst die ik was? Wilde ik haar echt weer zien, wilde ik haar zien huilen om het verlies van haar grote liefde?

Nee, eigenlijk niet. Ik keek op mijn horloge. Ik had voor diezelfde avond de terugvlucht geboekt. Jawel, op en neer. Geen gedoe, geen toestanden, geen overnachting, geen hotelkosten. De zaak voor mezelf afsluiten – op een koopje.

Er zijn mensen die nu met een voor de hand liggende opmerking over Natalie en mij zouden aankomen: dat ik een ideaalbeeld had gevormd van onze tijd samen, volledig buiten proportie. Dat begrijp ik. Objectief bekeken zit daar wel wat in. Maar het hart is niet objectief. Ik, als aanhanger van de grote denkers, theoretici en filosofen van onze tijd, zou me nooit verlagen tot het gebruik van een afgezaagd axioma als 'Dat wéét ik gewoon'. Maar ik weet het wel degelijk. Ik weet hoe het zat tussen Natalie en mij. Ik bekijk het met een heel heldere blik, niet door een roze bril, en daarom kan ik niet bevatten wat er van ons is geworden.

Kort samengevat: ik kan niet bevatten dat het zo is gelopen.

Toen Eric zijn verhaal afsloot en ging zitten, galmde het geluid van gesnuf en zacht gesnik door de stralend witte kapel. De geestelijke die de dienst leidde liep weer naar de preekstoel en maakte het universele 'gaat u staan'-gebaar. Toen de kerkgangers overeind kwamen, maakte ik gebruik van die afleiding om weer naar buiten te glippen. Ik liep terug naar mijn schuilplaats achter de palm, waar ik tegen de stam aan leunde, uit het zicht van de kapel.

'Gaat het een beetje?'

Toen ik me omdraaide, zag ik de aantrekkelijke barkeepster staan.

'Ja hoor, dank je.'

'Een fijne man, dokter Sanderson.'

'Ja.'

'Had je een hechte band met hem?'

Ik gaf geen antwoord. Een paar minuten later gingen de deuren van de kapel open. De kist werd naar buiten gereden, de brandende zon in. Toen hij bijna bij de lijkwagen was, schaarden de dragers, onder wie Todds zoon Eric, zich eromheen. De volgende die naar buiten kwam, was een vrouw met een grote zwarte hoed op. Ze had een arm om een meisje van een jaar of veertien geslagen. Naast haar stond een lange man. Ze leunde tegen hem aan. De man leek wel een beetje op Todd. Ik nam aan dat dit zijn broer en zus waren, maar daar kon ik alleen maar naar raden. De dragers tilden de kist op en schoven die de lijkwagen in. De vrouw met de zwarte hoed en het meisje werden naar de eerste volgwagen geleid. De lange misschien-wel-broer hield het portier voor hen open. Eric stapte achter hen in. Ik keek naar de rest van de kerkgangers die het kapelletje uit kwamen.

Nog steeds geen spoor van Natalie.

Dat vond ik niet vreemd, want het kon twee kanten op gaan.

Soms kwam de echtgenote als eerste naar buiten, vlak achter de kist, waar ze vaak een hand op legde. En soms kwam ze als laatste, wachtte ze tot de hele kerk leeg was voordat ze de gang door het middenpad aandurfde. Ik herinnerde me nog dat mijn eigen moeder niemand had willen zien op de begrafenis van mijn vader. Ze was zelfs weggeglipt, door een zijdeur naar buiten, om de drom familieleden en vrienden te ontwijken.

Ik keek naar de mensen die de kerk uit kwamen. Hun verdriet was, net als de zuidelijke hitte, iets levends geworden, oprecht en tastbaar. Deze mensen waren niet slechts uit beleefdheid gekomen; ze gaven om deze man, ze waren aangedaan door zijn dood. Maar wat had ik dán verwacht? Had ik soms verwacht dat Natalie me zou dumpen voor een loser? Was het niet fijner om te verliezen van een geliefde geneesheer dan van een vervelende eikel?

Goede vraag.

De barkeepster stond nog steeds naast me. 'Hoe is hij gestorven?' fluisterde ik.

'Weet je dat niet?'

Ik schudde mijn hoofd. Stilte. Ik keek haar aan.

'Vermoord,' antwoordde ze.

Het woord bleef in de klamme lucht hangen, weigerde weg te gaan. Ik herhaalde het. 'Vermoord?'

'Ja.'

Opnieuw deed ik mijn mond open, en weer dicht, en ik waagde een tweede poging. 'Hoe? Wie?'

'Doodgeschoten, dacht ik. Dat gedeelte is me niet helemaal duidelijk. De politie weet niet wie het heeft gedaan. Ze denken aan een uit de hand gelopen overval. Je weet wel, een inbreker die niet doorhad dat er iemand in huis was.'

Nu sloeg de verdoving toe. Er was een einde gekomen aan de stroom mensen die de kapel uit kwam. Ik staarde naar de deur en wachtte tot Natalie zou verschijnen.

Maar ze kwam niet.

De man die de dienst had geleid kwam naar buiten en deed de deuren achter zich dicht. Hij liep naar de voorkant van de lijkwagen. Die begon langzaam te rijden. De eerste volgwagen kwam ook in beweging.

'Is er een zij-uitgang?' vroeg ik aan de barkeepster.

'Huh?'

'Van de kapel. Is er een uitgang?'

Ze fronste haar voorhoofd. 'Nee. Alleen die deuren daar.'

De stoet was nu onderweg. Waar was Natalie in godsnaam? Ga je niet naar het kerkhof?' vroeg de barkeepster.

'Nee,' antwoordde ik.

Ze legde een hand op mijn arm. 'Je ziet eruit alsof je wel een borrel kunt gebruiken.'

Daar kon ik niets tegen inbrengen. Ik strompelde achter haar aan naar de bar en plofte neer op dezelfde barkruk als waar ik eerder die dag had gezeten. Ze schonk weer een whisky voor me in. Ik keek aldoor naar de begrafenisstoet, naar de kerkdeuren en naar het dorpspleintje.

Geen Natalie.

'Ik heet trouwens Tess.'

'Jake,' zei ik.

'Waar ken je dokter Sanderson van?'

'We hebben aan dezelfde universiteit gestudeerd.'

'Echt?'

'Ja, hoezo?'

'Jij ziet er jonger uit.'

'Dat ben ik ook. Ik kende hem als oud-student.'

'O, vandaar.'

'Tess?'

'Ja?'

'Ken jij de familie van dokter Sanderson?'

'Zijn zoon Eric heeft iets gehad met mijn nichtje. Een leuke jongen.'

'Hoe oud is hij?'

'Zestien, misschien zeventien. Tragisch, hoor. Hij was heel close met zijn vader.'

Ik wist niet hoe ik het onderwerp moest aansnijden, dus vroeg ik het gewoon: 'Ken jij de vrouw van dokter Sanderson?'

Tess hield haar hoofd schuin. 'Jij niet dan?'

'Nee,' loog ik. 'Ik heb haar nooit ontmoet. We kenden elkaar alleen van een paar evenementen op de universiteit. Dan kwam hij in zijn eentje.'

'Je bent wel erg emotioneel voor iemand die hem alleen van een paar evenementen kende.'

Ik wist niet wat ik daar op moest zeggen, dus stelde ik de reactie uit door een slok whisky te nemen. Toen zei ik: 'Ik bedacht gewoon ineens dat ik haar niet heb gezien in de kerk.'

'Hoe weet je dat nou?'

'Hoe bedoel je?'

'Je zei net dat je haar nooit hebt ontmoet. Hoe weet je dat dan?'

Jezus, ik was hier echt niet goed in. 'Ik heb wel foto's van haar gezien.'

'Dat waren dan geen beste.'

'Hoezo niet?'

'Ze was hier net nog. Ze kwam vlak achter de kist naar buiten, met Katie.'

'Katie?'

'Hun dochter. Eric was een van de dragers. Achter hem kwam dokter Sandersons broer naar buiten met Katie en Delia.'

Dat wist ik natuurlijk nog wél. 'Delia?'

'De vrouw van dokter Sanderson.'

Mijn hoofd tolde. 'Ik dacht dat ze Natalie heette.'

Ze sloeg haar armen over elkaar en keek me met gefronste wenkbrauwen aan. 'Natalie? Nee, ze heet Delia. Dokter Sanderson en zij kenden elkaar al vanaf de middelbare school. Ze woonden als kind hier verderop in de straat. Ze zijn al ik weet niet hoe lang getrouwd.'

Ik staarde haar alleen maar aan.

'Jake?'

'Ja?'

'Weet je wel zeker dat je op de juiste begrafenis was?'

4

Ik keerde terug naar het vliegveld en nam de volgende vlucht naar huis. Wat moest ik anders? Ik had de rouwende weduwe aan het graf kunnen benaderen met de vraag waarom haar innig betreurde echtgenoot zes jaar geleden was getrouwd met de liefde van mijn leven, maar op dat moment voelde dat een tikkeltje ongepast. In die dingen ben ik heel gevoelig.

En dus, met mijn niet-restitueerbare vliegticket op een docentensalaris en het vooruitzicht van colleges en spreekuur de volgende dag, nam ik met tegenzin een van die 'express'-toestellen die te klein zijn voor een kerel van mijn formaat. Ik vouwde mijn benen dubbel tot ik het gevoel had dat mijn knieën onder mijn kin zaten en vloog terug naar Lanford. Daar woon ik in een campusflat die is ontdaan van ieder greintje persoonlijkheid, in een uitgeblust stenen gebouw dat je in een vriendelijke bui 'functioneel' zou kunnen noemen. Het is er op zich schoon en comfortabel, met zo'n bankstel bestaande uit een tweeënhalf- en een driezitter die je vaak ziet in advertenties van meubelzaken langs de snelweg, voor slechts 699 dollar. Het algehele effect is geloof ik eerder lusteloos dan ronduit lelijk, maar misschien probeer ik mezelf dat alleen maar wijs te maken. In het keukentje staan een magnetron en een mini-oventje – en ook een echte oven, maar ik geloof niet dat ik die ooit heb gebruikt – en de vaatwasser is vaak kapot. Zoals je misschien al hebt geraden, ontvang ik niet vaak gasten.

Niet dat ik nooit een date of zelfs een relatie van betekenis heb. Die heb ik wel degelijk, al komt zo'n relatie zelden verder dan de uiterste houdbaarheidsdatum van drie maanden. Sommige mensen zoeken de betekenis daarvan misschien in het feit dat ik iets meer dan drie maanden met Natalie samen ben geweest, maar ik hoor niet bij die mensen. Nee, ik leef niet met een gebroken hart. Ik huil mezelf niet in slaap om dit soort dingen. Ik ben eroverheen, hou ik mezelf voor. Maar ik voel wel een leegte, hoe verschrikkelijk dat ook klinkt. En – of ik het nu leuk vind of niet – ik denk nog iedere dag aan haar.

En wat nu?

De man die was getrouwd met de vrouw van mijn dromen leek een ándere echtgenote te hebben gehad – om maar te zwijgen van het feit dat hij, eh… dood was. Anders geformuleerd: Natalie was niet op de begrafenis van haar echtgenoot geweest. Dat leek toch te vragen om een reactie van mijn kant, of niet soms?

Ik dacht terug aan mijn belofte van zes jaar geleden. Natalie had gezegd: 'Beloof me dat je ons met rust zult laten.' Ons. Niet hem of haar. Ons. Op het gevaar af kil en misschien overdreven letterlijk over te komen: er was geen 'ons' meer. Todd was dood. Dat betekende, zo was mijn stellige overtuiging, dat de belofte, als die al overeind kon blijven nu 'ons' niet langer bestond, ongeldig verklaard diende te worden.

Ik startte de computer op – ja, het was een oudje – en gaf *Natalie Avery* op aan de zoekmachine. Er verscheen een lijst met links. Ik begon eraan, maar de moed zonk me al snel in de schoenen. Op haar oude galerie-site waren nog wat schilderijen te zien, maar er was niets aan toegevoegd in… zes jaar. Ik vond een paar artikelen over tentoonstellingen en dergelijke, maar ook die waren oud. Ik klikte door naar recentere links en kreeg twee hits, maar de ene Natalie Avery was negenzeventig jaar en getrouwd met een man die Harrison heette. De andere was zesenzestig en haar man heette Thomas. Verder alleen de routinevermeldingen die je bij vrijwel iedere naam ziet: sites met familiestambomen, oud-leerlingen van middelbare scholen en universiteiten en dergelijke.

Maar uiteindelijk kon ik helemaal niets relevants vinden. Wat was er met mijn Natalie gebeurd?

Ik besloot Todd Sanderson te googelen en te kijken wat dat opleverde. Hij was inderdaad arts geweest; chirurg, om precies te zijn. Indrukwekkend. Zijn praktijk was in Savannah, Georgia en hij was verbonden aan het Memorial University Medical Center, met als specialisatie plastische chirurgie. Ik wist niet of dat in zijn geval het herstel van open gehemeltes inhield of borstvergrotingen. Ik wist evenmin wat daar relevant aan zou kunnen zijn. Dokter Sanderson deed niet aan sociale media: geen Facebook, LinkedIn of Twitter. Niets van dat alles.

Er waren een paar vermeldingen van Todd Sanderson en zijn echtgenote Delia, bij diverse gelegenheden voor een liefdadigheidsinstelling die Fresh Start heette, maar verder viel er bijzonder weinig over hem te weten te komen. Ik probeerde zijn naam in combinatie met die van Natalie. Niets, nada. Ik leunde even achterover om na te denken. Toen boog ik me weer over het toetsenbord en probeerde de zoon, Eric Sanderson. Hij was nog jong, dus ik verwachtte er niet veel van, maar hij zou vast wel op Facebook te vinden zijn. Daar wilde ik mee beginnen. Ouders hadden zelden een Facebook-profiel aangemaakt, maar ik moest de eerste student zonder Facebook-account nog tegenkomen.

Een paar minuten later was het raak: Eric Sanderson uit Savannah, Georgia.

Op de profielfoto stond Eric wrang genoeg samen met wijlen zijn vader Todd. Ze probeerden, allebei met een brede grijns, een enorme vis omhoog te houden en worstelden genoeglijk met het zware beest. Een visuitstapje van vader en zoon, maakte ik eruit op met de steek in mijn hart van een man die zelf graag vader zou willen zijn. Achter hen ging de zon onder en hun gezichten waren in schaduw gehuld, maar je kon de tevredenheid dwars door het computerscherm heen voelen. Er viel me een merkwaardige gedachte in.

Todd Sanderson was een goed mens.

Ja, het was maar een foto en ja, ik wist ook wel dat mensen een glimlach of een compleet scenario konden faken, maar ik voelde zijn goedheid gewoon.

Ik bekeek de rest van Erics foto's. Op de meeste stond hij met zijn vrienden – we hebben het hier over een tiener – op school, op feesten, bij sportevenementen, je kent het wel. Waarom poseert iedereen tegenwoordig met een pruilmondje en van die handgebaren? Waar is dat goed voor? Stomme gedachte, maar je hoofd laat zich niet sturen.

Er was een album bij dat eenvoudig FAMILIE heette. De foto's besloegen vele jaren. Op sommige was Eric nog een baby. Later kwam zijn zusje erbij. Ik zag een reisje naar Disney World, nog andere visuitstapjes, etentjes met de familie, zijn plechtige communie, voetbalwedstrijden. Ik bekeek ze allemaal.

Todd had nergens lang haar, op geen enkele foto. Hij was overal gladgeschoren.

Wat wilde dat zeggen?

Geen flauw idee.

Ik klikte op Erics *wall*, of hoe je die openingspagina ook mag noemen. Er stonden tientallen condoleances op.

'Je vader was een topper. Ik vind het zo erg voor je.'

'Als ik iets voor je kan doen...'

'RIP dokter S. U was fantastisch.'

'Ik zal nooit vergeten hoe goed je vader ons destijds heeft geholpen met mijn zusje.'

Toen zag ik een bericht dat mijn aandacht trok:

'Wat een zinloze tragedie. Ik zal de wreedheid van de mens wel nooit begrijpen.'

Ik klikte op 'oudere berichten'. Daar, zes meldingen verderop, stond er weer een waar mijn oog op viel:

'Ik hoop dat ze de ^#&*% die dit op zijn geweten heeft te pakken nemen en dat hij de doodstraf krijgt.'

Ik klikte de zoekmachine weer aan en probeerde meer te weten te komen via oude nieuwsberichten. Algauw stuitte ik op het volgende artikel:

Moord in Savannah
PLAATSELIJKE CHIRURG OM HET LEVEN GEBRACHT
De populaire chirurg en weldoener dokter Todd Sanderson is gisteravond in zijn eigen huis vermoord. De politie vermoedt dat er sprake is van een uit de hand gelopen beroving.

Er werd aan mijn voordeur gemorreld, maar die zat op slot. Ik hoorde dat de deurmat werd verplaatst – in een vlaag van originaliteit had ik mijn reservesleutel onder de mat gelegd – en vervolgens het geluid van een sleutel die in het slot werd gestoken. De deur ging open en Benedict kwam binnen.

'Ha,' zei hij. 'Was je porno aan het surfen?'

Ik fronste mijn voorhoofd. 'Niemand gebruikt nog het woord "surfen".'

'Ik ben van de oude stempel.' Benedict liep naar de koelkast en pakte een biertje. 'Hoe was je reis?'

'Verrassend.'

'Vertel.'

Dat deed ik. Benedict kon heel goed luisteren. Hij was zo iemand die ieder woord hoorde en zijn aandacht gericht hield op jou en jou alleen, zonder door je verhaal heen te praten. En zijn aandacht was niet gespeeld, en evenmin gereserveerd voor zijn allerbeste vrienden. Hij vond mensen fascinerend. Ik zou het zijn allergrootste pluspunt als docent noemen, maar misschien is het gepaster om het zijn allergrootste pluspunt als donjuan te noemen. Vrouwen kunnen veel versiertechnieken weerstaan, maar een man die oprecht geïnteresseerd is in hun verhaal...?

Mocht je gigolo willen worden: knoop het in je oren.

Toen ik uitverteld was, nam Benedict een slok van zijn bier.

'Goh. Ik bedoel... goh. Meer kan ik er niet van zeggen.'

'Goh?'

'Ja.'

'Weet je zeker dat je niet liever docent hedendaagse taal was geworden?'

'Je beseft toch wel,' zei hij traag, 'dat er waarschijnlijk een logische verklaring is voor dit alles, hè?'

'Zoals?'

Hij wreef over zijn kin. 'Misschien is Todd zo iemand die meerdere gezinnen heeft, mensen die niets van elkaars bestaan weten.'

'Huh?'

'Zo'n Lothario met een heleboel vrouwen en kinderen. De een woont in, ik noem maar wat, Denver en de ander in Seattle, en hij verdeelt zijn tijd tussen hen zonder dat ze het weten. Dat zie je heel vaak bij *Dateline*. Bigamie. Of polygamie. Het blijft vaak jarenlang ongestraft.'

Ik trok een gezicht. 'Als dat jouw logische verklaring is, zou ik heel graag de vergezochte willen horen.'

'Ja, ja, oké. Zal ik je dan de meest voor de hand liggende verklaring geven?'

'De meest voor de hand liggende?'

'Ja.'

'Graag.'

Benedict spreidde zijn handen. 'Het is niet dezelfde Todd.'

Ik zei niets.

'Je wist zijn achternaam toch niet meer?'

'Klopt.'

'Weet je dan wel zeker dat het dezelfde is? Todd is niet bepaald een zeldzame naam. Denk er nou eens over na, Jake: je ziet na zes jaar een foto, je herinnering gaat met je op de loop en voilà, je denkt dat het je aartsvijand is.'

'Hij is mijn aartsvijand niet.'

'Wás je aartsvijand niet. Hij is dood, weet je nog? Verleden tijd dus. Maar even serieus: wil je de meest logische verklaring?' Hij boog zich naar me toe. 'Het is een eenvoudig geval van persoonsverwisseling.'

Daar had ik natuurlijk ook al aan gedacht. Ik had zelfs de sluwe-bigamistverklaring van Benedict overwogen. Ze leken me allebei logischer dan... ja, wat eigenlijk? Wat zou het nog meer kunnen zijn? Welke andere mogelijke – voor de hand liggende, logische, vergezochte – verklaring was er denkbaar?

'Nou?' zei Benedict.

'Er zit wat in.'

'Zie je nou wel.'

'Deze Todd – dokter Todd Sanderson – zag er anders uit dan Natalies Todd. Hij had korter haar en was gladgeschoren.'

'Daar heb je het al.'

Ik wendde mijn blik af.

'Wat nou?'

'Ik weet niet of ik het wel geloof.'

'Waarom niet?'

'Om te beginnen is hij vermoord.'

'Nou en? Als dat al iets wil zeggen, is het een ondersteuning van mijn polygamietheorie. Hij heeft de verkeerde vrouw benadeeld en *boem*.'

'Kom op, dat geloof je toch zelf niet?'

Benedict leunde achterover in zijn stoel en begon met twee vingers aan zijn onderlip te plukken. 'Ze is bij je weggegaan voor een andere man.'

Ik wachtte tot hij nog meer zou zeggen. Toen hij dat niet deed, zei ik: 'Ja, meneer Geen Nieuws, dat wist ik al.'

'Daar had je het moeilijk mee.' Hij klonk nu treurig, weemoedig. 'Ik begrijp dat. Ik begrijp het beter dan je denkt.' Ik dacht aan de foto van zijn verloren liefde en bedacht dat veel mensen rondlopen met een bepaald verdriet waarvan ze niets laten blijken. 'Jullie waren verliefd. Jij kunt het niet aanvaarden: hoe heeft ze je kunnen dumpen voor een ander?'

Ik fronste opnieuw mijn voorhoofd, maar ik voelde de steek in mijn borstkas. 'Weet je zeker dat je geen docent psychologie bent?'

'Jij wilt dit zo graag – deze tweede kans, deze kans op échte verlossing – dat je de waarheid niet meer ziet.'

'En welke waarheid mag dat dan wel zijn, Benedict?'

'Ze is weg,' zei hij eenvoudig. 'Ze heeft je gedumpt. Daar verandert dit niets aan.'

Ik slikte moeizaam en probeerde me door die glasheldere realiteit heen te worstelen. 'Volgens mij zit er meer achter.'

'Zoals?'

'Dat weet ik niet,' gaf ik toe.

Benedict dacht er even over na. 'Maar je rust niet voor je het hebt uitgezocht, hè?'

'Jawel,' zei ik. 'Maar vandaag zoek ik door. En morgen waarschijnlijk ook nog.'

Benedict haalde zijn schouders op en pakte nog een biertje. 'Kom maar op dan. Wat wordt je volgende stap?'

5

D aar had ik geen antwoord op, en het was al laat. Benedict stelde voor om een bar op te zoeken, voor een slemppartij tot diep in de nacht. Dat leek me een uitstekende afleiding, maar ik moest nog essays nakijken, dus haakte ik af. Ik slaagde erin me door drie stuks heen te worstelen voordat ik besefte dat ik zo ver weg was met mijn gedachten dat het niet fair was ten opzichte van mijn studenten om dit nu te doen.

Ik belegde een boterham en zocht nog een keer op Natalies naam, deze keer bij AFBEELDINGEN. Ik stuitte op een oude pasfoto van haar. Die kwam zo hard aan dat ik hem wegklikte. Ik vond ook nog wat oude tekeningen. Meerdere daarvan waren van mijn handen en mijn torso. De pijnlijke herinneringen slopen niet probleemloos naar binnen; ze ramden de deur keihard open, allemaal tegelijk. De manier waarop ze haar hoofd schuin hield, het zonlicht dat door het dakraam van haar studio naar binnen viel, die geconcentreerde blik, de speelse glimlach wanneer ze even pauze nam. De herinneringen maakten dat ik bijna dubbelklapte van de pijn. Ik miste haar zo. Ik miste haar met een pijn die fysiek was, en soms nog wel meer dan dat. Ik had het verlangen zes jaar lang geblokkeerd, met tussenpozen, maar plotseling kwam het in alle hevigheid terug, net zo sterk als de dag dat we voor het laatst de liefde hadden bedreven in het huisje in Vermont.

Bekijk het ook maar.

Ik wilde haar zien, en de gevolgen konden me geen donder

schelen. Als Natalie me recht in de ogen kon kijken en me een tweede keer kon afwijzen, oké, dan zou ik daar mee moeten leren leven. Maar nu niet, vanavond niet. Ik moest haar vinden.

Goed, eerst rustig worden. Goed nadenken. Wat moest ik doen? Allereerst uitzoeken of Todd Sanderson inderdaad Natalies Todd was. Er was veel wat erop wees, zoals Benedict me duidelijk had uitgelegd, dat er stomweg sprake was van persoonsverwisseling.

Als ik wilde aantonen hoe het zat, hoe moest ik dat dan aanpakken?

Ik moest meer over hem te weten komen. Wat had dokter Todd Sanderson, een gelukkig getrouwde vader van twee kinderen in Savannah, bijvoorbeeld zes jaar eerder te zoeken gehad in een kunstenaarskamp in Vermont? Ik moest meer foto's van hem zien. Meer achtergrondinformatie opzoeken, te beginnen...

Hier. Op Lanford.

Dat was het. De universiteit bewaarde alle studentendossiers, ook al mochten die alleen worden ingezien door de betrokkene zelf, of met zijn of haar toestemming. Ik bekeek mijn eigen dossier van een paar jaar terug. Op zich was er niets opmerkelijks te vinden, maar mijn docent Spaans uit het eerste jaar, een vak dat ik uiteindelijk had laten vallen, vermoedde dat ik 'aanpassingsproblemen' had en dat ik baat zou kunnen hebben bij een bezoekje aan de schoolpsycholoog. Dat sloeg natuurlijk nergens op. Ik was gewoon heel slecht in Spaans – vreemde talen zijn mijn academische achilleshiel – en je mag in het eerste jaar een vak laten vallen. De aantekening was opgeslagen in het handschrift van de betreffende docent, en op de een of andere manier maakte dat het nog erger.

Wat ik hiermee wil zeggen?

Misschien stond er wel iets in Todds dossier, als ik een manier kon verzinnen om dat op slinkse wijze in te zien, waardoor ik meer over hem te weten zou kunnen komen. Nu zou je kunnen vragen: 'Wat dan bijvoorbeeld?' En dan zou ik antwoorden: 'Al sla je me dood.' Toch voelde het als een goed uitgangspunt.

En verder?

Het lag voor de hand om Natalie na te trekken. Als ze nog steeds gelukkig getrouwd bleek te zijn met haar eigen Todd, kon ik dit meteen loslaten. Dat was toch de meest rechtstreekse route? De vraag was alleen hoe ik het moest aanpakken.

Ik ging door met mijn zoektocht via internet, in de hoop op een adres of een aanwijzing te stuiten, maar ik vond helemaal niets. Ik weet dat we tegenwoordig verondersteld worden ons hele leven online te zetten, maar ik kwam tot de ontdekking dat dat niet het geval was. Als iemand in de schaduw wilde blijven, dan kon dat. Het kostte wat moeite, maar het was wel degelijk mogelijk om buiten beeld blijven.

Je zou je natuurlijk kunnen afvragen waarom iemand die moeite zou nemen.

Ik overwoog om Natalies zus te bellen, als ik het nummer kon vinden, maar wat moest ik dan tegen haar zeggen? 'Eh, hallo, je spreekt met Jake Fisher, de oude, eh... vlam van je zus. Eh... is Natalies man dood?'

Dat leek me nogal een botte aanpak.

Ik dacht terug aan een telefoongesprek tussen de beide zusters waarin Natalie enthousiast tegen Julie had gezegd: 'Wacht maar tot je mijn fantastische nieuwe vriend ontmoet...' En we hadden elkaar inderdaad ontmoet. Min of meer. Op de dag dat Natalie met een ander trouwde.

Haar vader was dood. Haar moeder zou hetzelfde probleem opleveren als haar zus. Vrienden van Natalie... ook lastig. Natalie en ik hadden samen in Kraftsboro gezeten, in Vermont, ik op schrijfkamp en zij op tekenkamp. Ik werkte er aan mijn proefschrift voor politicologie, Natalie zat in een huisje bij de boerderij verderop. Ik zou zes weken blijven. Het werd uiteindelijk twee keer zo lang, ten eerste omdat ik Natalie had ontmoet en ten tweede omdat ik me na die ontmoeting maar moeilijk op het schrijven kon concentreren. Ik was nooit in de stad in New Jersey geweest waar ze woonde, en zij was maar één keer op de campus geweest, voor een kort bezoekje. Onze relatie had zich uitsluitend in die cocon in Vermont afgespeeld.

Ik zie iedereen al knikken. Aha, denken jullie, dat verklaart alles. Het was een zomerliefde, gebaseerd op een onwerkelijke wereld zonder verantwoordelijkheden, ver weg van de realiteit. Onder die omstandigheden kunnen liefde en obsessie makkelijk opbloeien zonder wortel te schieten, om te verpieteren en verwelken zodra de septemberkou zich aandient. Natalie was de meest realistische van ons beiden: zij had de waarheid ingezien en aanvaard. Ik niet.

Ik begrijp dat je er zo over denkt. Ik kan alleen maar zeggen dat het niet klopt.

De zus van Natalie heette Julie Pottham. Zes jaar geleden was Julie getrouwd geweest en had ze een baby gehad, een zoontje. Ik zocht haar online op. Deze zoektocht kostte heel wat minder tijd: Julie woonde in Ramsey, New Jersey. Ik schreef het telefoonnummer op een velletje papier – soms ben ik ook van de oude stempel, net als Benedict – en staarde ernaar. Buiten hoorde ik studenten lachen. Het was middernacht. Te laat om te bellen. Het leek me sowieso beter om eerst een nachtje over deze beslissing te slapen. Intussen moest ik ook nog die papers nakijken, en morgen had ik een college dat ik nog moest voorbereiden. Ik had een leven dat geleid moest worden.

Het had geen zin om te proberen te slapen. Ik richtte mijn aandacht op de essays. De meeste waren geestdodend saai en voorspelbaar, geschreven alsof ze moesten voldoen aan de verwachtingen van een middelbare-schooldocent. Dit waren uitstekende studenten, die vroeger op school hadden geleerd hoe ze een tien konden halen, met hun openingsparagraaf, inleidende zinnen en solide middenstuk, alles wat een essay degelijk en ook belachelijk saai maakt. Zoals ik al eerder zei: het is mijn taak om hen kritisch te leren denken. Dat is voor mij altijd belangrijker geweest dan dat ze de specifieke filosofieën van, laten we zeggen, Hobbes or Locke vanbuiten leren. Die kun je altijd opzoeken als je wilt weten wat ze ook alweer inhielden. Ik hoopte juist dat mijn studenten zouden leren Hobbes en Locke te respecteren en er tegelijkertijd de vloer mee aan te vegen. Ik wilde niet alleen dat ze het hokjesdenken afleerden, maar zelfs dat ze de hokjes finaal aan diggelen zouden slaan.

Sommigen slaagden daarin. De meesten waren nog niet zover. Maar ja, als ze meteen al op dat niveau waren, wat zou mijn werk dan voor zin hebben?

Om een uur of vier 's nachts kroop ik in bed en maakte mezelf wijs dat ik de slaap wel zou vatten. Dat gebeurde niet. Om zeven uur wist ik het zeker: ik zou Natalies zus bellen. Ik dacht aan haar robotglimlach in het witte kapelletje, het bleke gezicht, de manier waarop Julie me had gevraagd of het wel goed met me ging, alsof ze het echt begreep. Misschien stond ze aan mijn kant.

En zo niet: wat had ik te verliezen?

Gisteravond was het te laat geweest om te bellen, nu was het te vroeg. Ik nam een douche en maakte me klaar voor mijn rechtscollege van acht uur, in Vitale Hall. Meteen daarna zou ik Natalies zus bellen.

Ik verwachtte het college slaapwandelend te doorlopen, want ik was behoorlijk afwezig; en laten we wel wezen, voor de meeste studenten is acht uur 's morgens te vroeg. Maar vandaag niet. Vandaag was het college uitermate levendig: vingers schoten de lucht in, argumenten en tegenargumenten werden stevig verwoord, maar niet op vijandige toon. Ik koos vanzelfsprekend geen partij. Ik zat voor en verwonderde me. Deze groep was helemaal op dreef. Meestal kroop de wijzer van de klok bij zo'n vroeg college traag voort, alsof hij was ondergedompeld in stroop. Vandaag had ik diezelfde stomme wijzer het liefst beetgepakt en tegengehouden, zo hard vloog de tijd. Ik genoot van ieder moment. Anderhalf uur gingen in een roes voorbij, en ik besefte weer eens hoezeer ik het had getroffen met deze baan.

Gelukkig in mijn werk, ongelukkig in de liefde. Of zoiets.

Ik ging naar mijn werkkamer in Clark House voor het telefoontje. Onderweg liep ik bij mevrouw Dinsmore langs, en ik schonk haar mijn beste supercharmeursglimlach. Ze fronste haar wenkbrauwen en vroeg: 'Werkt dat tegenwoordig bij de vrouwtjes?'

'Wat, die charmante lach?'

'Ja.'

'Soms wel,' zei ik.

Ze schudde het hoofd. 'En dan zeggen ze dat we ons geen zorgen hoeven te maken over de toekomst.' Mevrouw Dinsmore slaakte een zucht en legde een stapel papieren recht. 'Goed, laten we net doen of ik hier opgewonden van word. Wat wil je van me?'

Ik probeerde het beeld van een opgewonden mevrouw Dinsmore uit mijn hoofd te zetten. Dat viel nog niet mee. 'Ik heb het dossier van een student nodig.'

'Heb je toestemming?'

'Nee.'

'Vandaar die charmante glimlach.'

'Juist.'

'Is het een van je huidige studenten?'

Ik blies de glimlach nieuw leven in. 'Nee. Het is nooit een student van mij geweest.'

Ze trok een wenkbrauw op.

'Sterker nog: hij is twintig jaar geleden afgestudeerd.'

'Dat meen je niet.'

'Zie ik eruit alsof ik hier grappen sta te maken?'

'Nee, met dat lachje zie je er eerder uit alsof je last hebt van obstipatie. Wat is de naam van de student?'

'Todd Sanderson.'

Ze leunde naar achteren en sloeg haar armen over elkaar. 'Volgens mij heb ik net zijn overlijdensbericht gelezen op de site.'

'Klopt.'

Mevrouw Dinsmore bekeek me aandachtig. Mijn glimlach was verdwenen. Een paar tellen later zette ze haar leesbril weer op en zei: 'Ik zal kijken wat ik voor je kan doen.'

'Dank u wel.'

Ik ging naar mijn werkkamer en deed de deur achter me dicht. Geen smoesjes meer. Het was nu bijna tien uur. Ik pakte het velletje papier en keek naar het nummer dat ik vannacht had neergekrabbeld. Ik pakte de telefoon, koos de buitenlijn en toetste het nummer in.

Ik had geoefend wat ik zou zeggen, maar omdat geen van mijn openingen zinnig klonk, had ik besloten te improviseren en maar te kijken hoe het ging. De telefoon ging twee keer over, en toen drie. Julie zou vast niet opnemen. Vaste lijnen werden sowieso nooit meer opgenomen, en al helemaal niet als het een onbekend nummer betrof. De nummermelder zou in dit geval LANFORD aangeven. Ik wist niet of dat een aansporing was om wel of juist niet op te nemen.

Bij de vierde keer werd er opgenomen. Ik kneep in de hoorn en wachtte af. Een vrouw zei aarzelend: 'Hallo?'

'Julie?'

'Met wie spreek ik?'

'Met Jake Fisher.'

Niets.

'Ik heb verkering gehad met je zus.'

'Wat was je naam, zei je?'

'Jake Fisher.'

'Kennen wij elkaar?'

'Zo'n beetje. We waren allebei op Natalies bruiloft...'

'Ik begrijp het niet. Wie ben je precies?'

'Voordat Natalie met Todd trouwde, hadden zij en ik... iets met elkaar.'

Stilte.

'Hallo?' zei ik.

'Is dit een geintje of zo?'

'Wat? Nee. In Vermont. Je zus en ik...'

'Ik zou niet weten wie je bent.'

'Je had je zus vaak aan de telefoon. Ik heb jullie twee zelfs over mij horen praten. Na de bruiloft legde je je hand op mijn arm en vroeg je of het wel goed met me ging.'

'Ik heb geen flauw idee waar je het over hebt.'

Ik kneep nu zo hard in de hoorn dat ik bang was dat ik hem zou vermorzelen. 'Zoals ik al zei, Natalie en ik hadden iets met...'

'Wat wil je van me? Waarom bel je me?'

Wauw, dat was een goede vraag. 'Ik wilde Natalie spreken.'

'Hè?'

'Ik wil graag weten dat het goed met haar gaat. Ik zag de overlijdensadvertentie van Todd en ik wil haar graag laten weten... Ik wil haar condoleren.'

Weer een stilte. Ik liet haar zo lang mogelijk aanhouden.

'Julie?'

'Ik weet niet wie je bent of wat je wilt, maar bel me alsjeblieft niet meer. Begrepen? Nooit meer.'

Ze hing op.

6

Ik probeerde terug te bellen, maar Julie nam niet meer op.

Ik begreep er niks van. Wist ze echt niet meer wie ik was? Dat betwijfelde ik. Had ik haar afgeschrikt met mijn volkomen onverwachte telefoontje? Ik wist het niet. Het hele gesprek had iets onwerkelijks en griezeligs gehad. Als ze nu had gezegd dat Natalie niets van me wilde weten, of dat ik me vergiste, dat Todd nog leefde, of zoiets... Maar ze wist niet eens wie ik wás.

Hoe was dat mogelijk?

En nu? Rustig blijven, om te beginnen. Diep ademhalen. Ik moest mijn dubbele aanval voortzetten: uitzoeken hoe het zat met wijlen Todd Sanderson en Natalie zien te vinden. Het tweede zou uiteraard het eerste overbodig maken. Als ik Natalie had gevonden, wist ik alles. Ik vroeg me af hoe ik het moest aanpakken. Ik had online naar haar gezocht en niets gevonden. Ook haar zus leek een dood spoor op te leveren. Waar moest ik nu heen? Ik wist het niet, maar hoe moeilijk kon het zijn om in deze tijd haar adres te achterhalen?

Toen kreeg ik een idee. Ik logde in op de website van de universiteit en bekeek de roosters. Shanta Newlin gaf over een uur college.

Ik belde mevrouw Dinsmore.

'Verwacht je nou echt dat ik dat dossier zo snel voor je heb?'

'Nee, daar bel ik niet voor. Ik vroeg me af of u weet waar professor Newlin is.'

'Zo zo, het wordt steeds interessanter. Je weet toch dat ze verloofd is, hè?'

Ik had beter moeten weten. 'Mevrouw Dinsmore...'

'Rustig maar. Ze heeft een ontbijt met haar scriptiestudenten, bij Valentine.'

Valentine was de kantine op de campus. Ik haastte me erheen. Gek was dat: als docent hoorde je altijd in functie te zijn. Met opgeheven hoofd. Lachen of zwaaien naar iedere student. Alle namen onthouden. Als je over de campus liep, was je op een eigenaardige manier een soort beroemdheid. Ik zou kunnen beweren dat dat me niets deed, maar ik vond die aandacht wel prettig en nam mijn taak tamelijk serieus. Dus zelfs nu, hoe gehaast en gespannen en afwezig ik ook was, verzekerde ik me ervan dat niemand zich genegeerd voelde.

Ik meed de twee grote eetzalen. Die waren voor de studenten. Docenten die zo nu en dan daar aten had ik altijd een beetje sneu gevonden. Er waren grenzen, en al moet ik toegeven dat die vaag, flinterdun en arbitrair konden zijn, ik trok ik ze wel degelijk en bleef altijd aan mijn eigen kant. Professor Newlin, in alle opzichten een klassevrouw, zou dat ook doen, en daarom was ik ervan overtuigd dat ze in een van de besloten eetzalen achterin zat, die speciaal gereserveerd waren voor faculteitstudentinteractie.

Ze zat in de Bradbeer-zaal. Ieder gebouw, elk lokaal, iedere stoel, tafel, kast en tegel is vernoemd naar iemand die geld heeft geschonken. Sommige mensen steigeren als ze dat horen, maar ik vind het wel mooi. Dit met klimop begroeide instituut is al afgezonderd genoeg, het kan geen kwaad om zo nu en dan de realiteit van de echte wereld en de harde valuta toe te laten.

Ik gluurde door het raam naar binnen. Shanta Newlin ving mijn blik en stak een vinger op om aan te geven dat ze nog een minuutje nodig had. Ik knikte en wachtte. Vijf minuten later ging de deur open en stroomden de studenten naar buiten. Shanta stond in de deuropening. Toen de studenten weg waren, zei ze: 'Loop even mee, ik moet nog ergens naartoe.'

Dat deed ik. Shanta Newlin had een van de indrukwekkend-ste cv's die ik ooit had gezien. Ze was met een prestigieuze beurs afgestudeerd aan Stanford en had rechten gestudeerd aan Columbia. Daarna had ze voor zowel de CIA als de FBI gewerkt, voordat ze in de vorige regering werd aangesteld tot staats-secretaris.

'Zeg het eens.'

Ze gedroeg zich bruusk, zoals altijd. Toen ze pas op de cam-pus was, waren we samen uit eten gegaan. Het was geen date, eerder een 'laten we eens kijken of we willen gaan daten'-eten-tje. Dat is net even wat anders. Na die keer had ze ervoor geko-zen het niet voort te zetten, en dat vond ik prima.

'Je moet iets voor me doen,' zei ik.

Shanta knikte uitnodigend.

'Ik zoek iemand. Een oude vriend. De gebruikelijke toegan-gen heb ik geprobeerd: Google, familie gebeld, dat soort din-gen, maar ik kan niet achter het adres komen.'

'En je nam aan dat ik je wel zou kunnen helpen, met mijn oude contacten.'

'Zoiets, ja,' zei ik. 'Of eigenlijk precies dat.'

'Haar naam?'

'Ik heb niet gezegd dat het een zij was.'

Shanta fronste haar voorhoofd. 'Naam?'

'Natalie Avery.'

'Wanneer heb je haar voor het laatst gezien – of had je haar adres nog?'

'Zes jaar geleden.'

Shanta liep door, als een militair: met kaarsrechte rug en snelle passen. 'Was zij het, Jake?'

'Pardon?'

Er verscheen een glimlachje om haar mond. 'Weet je waarom ik na onze eerste date ben afgehaakt?'

'Het was niet echt een date,' zei ik. 'Het was meer: laten we eens kijken of we willen gaan daten.'

'Wat?'

'Laat maar. Ik nam aan dat je afhaakte omdat je geen belang-stelling had.'

'Eh, nou nee. Ik zal je zeggen hoe ik die avond heb beleefd: je bent een leuke vent, grappig, slim, met een fulltime baan en goddelijke blauwe ogen. Weet je hoeveel beschikbare hetero-mannen ik ooit ben tegengekomen die aan die criteria vol-doen?'

Ik wist niet goed wat ik daarop moest zeggen, dus hield ik mijn mond.

'Maar ik kon het aan je merken. Misschien door mijn speur-dersachtergrond. Ik bestudeer lichaamstaal, let op kleine dinge-tjes.'

'Wat kon je merken?'

'Dat jij beschadigd bent.'

'Nou, dank je wel.'

Ze haalde haar schouders op. 'Sommige mannen houden al-tijd een zwak voor een oude liefde, en andere – niet veel, maar ze zijn er – worden er helemaal door opgeslokt. Het is vragen om moeilijkheden als je met zo'n man verdergaat.'

Ik zei niets.

'Die Natalie Avery die jij ineens zo nodig moet vinden,' zei Shanta. 'Is zij je oude liefde?'

Wat had het voor zin om te liegen? 'Ja.'

Ze zweeg en keek naar me op. 'Was het heel erg?'

'Je moest eens weten.'

Shanta Newlin knikte en liep bij me vandaan. 'Tegen het ein-de van de middag heb ik haar adres voor je.'

7

Op televisie ging de rechercheur altijd terug naar de plaats delict. Of misschien was dat de crimineel, nu ik erover nadacht. Nou ja, hoe dan ook: ik was vastgelopen en besloot terug te gaan naar de plek waar het allemaal was begonnen.

Het schrijfkamp in Vermont.

Lanford lag op slechts drie kwartier van de grens met Vermont, maar vanaf daar was het nog twee uur naar de plaats waar ik Natalie had ontmoet. Noord-Vermont is heel landelijk. Ik ben opgegroeid in Philadelphia, Natalie in het noorden van New Jersey. Wij waren dat niet gewend, zo veel platteland. Jawel, een objectieve toeschouwer zou er nu misschien op wijzen dat de liefde op zo'n afgelegen plek op een onrealistische manier kan opbloeien. Ik zou daarmee instemmen, maar misschien tegenwerpen dat bij gebrek aan andere vormen van afleiding – zoals… alles – de liefde ook verstikt kan raken, doordat je zo op elkaars lip zit; een teken dat wat wij hadden veel dieper ging dan zomaar een zomerliefde.

De zon nam al af tegen de tijd dat ik mijn oude schrijfkamp aan Route 14 passeerde. De 'zelfvoorzienende' boerderij met tweeënhalve hectare grond werd gerund door residerend auteur Darly Wanatick, die het werk van de bezoekende schrijvers van commentaar voorzag. Voor wie het niet weet: een zelfvoorzienende boerderij levert voldoende eten voor de boer en zijn gezin, zonder extra voorraad voor de externe markt. Kortom: je verbouwt het, je eet het op en je verkoopt niets. En voor wie niet weet wat een residerend auteur is of wat hem of haar geschikt maakt om jouw werk te beoordelen: Darly was de eigenaar van de boerderij en de grond, en hij schreef een wekelijkse column over boodschappen in het lokale gratis krantje, de *Kraftboro Grocer*. Het schrijfkamp huisvestte zes auteurs per keer. Ieder van hen had een slaapkamer in het hoofdgebouw en een huisje of 'werkhok' om in te schrijven. We troffen elkaar dagelijks voor het avondeten, dat was alles. Er was geen internet, geen tv, geen telefoon, wel verlichting, maar geen auto's of andere luxe. Er scharrelden koeien, schapen en kippen rond. Aanvankelijk werkte het ontspannend en geruststellend en genoot ik van die losgekoppelde afzondering – toch zeker wel... een dag of drie, maar daarna begonnen mijn hersencellen te roesten en te kraken. De theorie luidt kennelijk dat als je ervoor zorgt dat een schrijver zich dood verveelt, hij of zij zich zal storten op de verlossing van zijn notitieblok of laptop en vele pagina's zal produceren. Dat werkte een poosje, maar daarna voelde het alsof ik was veroordeeld tot eenzame opsluiting. Ik heb eens een hele middag zitten kijken naar een kolonie mieren die een broodkruimel over de vloer van het 'schrijvershuisje' versleepte. Ik was zo blij met dat kleine beetje vermaak dat ik strategisch nog meer broodkruimels in diverse hoeken en gaten strooide, om op die manier insectenwedstrijdjes uit te lokken.

Het avondeten met mijn medeschrijvers bracht ook al weinig verlichting. Het waren allemaal van die pseudo-intellectuelen die werkten aan Amerika's nieuwste meesterwerk, en wanneer mijn non-fictie proefschrift aan bod kwam, belandde dat op de oude keukentafel met de doffe plof van een hoop ezelstront. Soms lazen deze topauteurs voor uit eigen werk. Het was allemaal pretentieuze, stomvervelende, zelfingenomen troep, geschreven in een stijl die je het beste zou kunnen omschrijven als: 'Kijk naar me. Kijk dan toch alsjeblieft naar me!' Dat zei ik uiteraard nooit hardop. Wanneer ze voorlazen, zat ik erbij met een blik van bestudeerde vervoering op mijn gezicht gepleisterd, en ik knikte met regelmatige tussenpozen om wijs en betrokken over te komen, en tevens om te voorkomen dat ik in slaap zou vallen. Een zekere Lars werkte aan een gedicht van zeshonderd pagina's over Hitlers laatste dagen in de bunker, geschreven vanuit het gezichtspunt van de hond van Eva Braun. Zijn eerste lezing bestond uit tien minuten blaffen.

'Zo zet ik de juiste stemming neer,' legde hij uit, en hij had helemaal gelijk: ik was meteen in de stemming om hem een stomp in zijn gezicht te geven.

Natalies tekenkamp was een ander verhaal. Het heette offici-eel 'Creatief bijtanken' en had een uitgesproken muesli-hennep-hippie-communesfeer. In de pauzes werkten de deelnemers in de tuin, waar onbespoten gewassen werden verbouwd (en dan heb ik het niet alleen over eten). 's Avonds verzamelde iedereen zich rond een kampvuur en werd er gezongen over vrede en harmonie – teksten waar Joan Baez nog van over haar nek zou gaan. Interessant genoeg werden buitenstaanders wantrou-wend bekeken (misschien vanwege bepaalde 'gewassen' die er verbouwd werden) en sommige medewerkers hadden een beet-je de uitstraling van sekteleden. Het terrein besloeg ruim veer-tig hectare, met een hoofdgebouw, echte huisjes met open haard en een eigen veranda, en een zwembad dat eruitzag als een vij-ver, plus een kantine waar je fantastische koffie en een breed as-sortiment belegde broodjes kon krijgen, die allemaal smaakten naar alfalfa met een laag zaagsel. Het kamp grensde aan het stadje Kraftboro, waar een wit kapelletje stond waar je desge-wenst kon trouwen.

Het eerste wat me opviel, was dat er geen bord meer bij de in-gang stond. De felgekleurde aankondiging CREATIEF BIJTANKEN, als een reclame voor een zomerkamp voor kinderen, was ver-dwenen. Een dikke ketting verhinderde dat ik met mijn auto de oprijlaan in reed. Ik stopte, zette de motor af en stapte uit. Er hingen diverse VERBODEN TOEGANG-bordjes, maar die waren er altijd al geweest. Toch kregen ze, door de ketting en het ontbre-ken van het oude welkomstbord, een onheilspellender toon.

Ik wist niet goed wat ik moest doen.

Het hoofdgebouw lag een paar honderd meter verderop, wist ik. Ik kon mijn auto laten staan en erheen lopen. Kijken hoe de zaken erbij stonden. Maar wat had dat voor zin? Ik was hier zes jaar niet geweest. Waarschijnlijk was de grond inmiddels verkocht en had de nieuwe eigenaar grote behoefte aan privacy. Dat zou een verklaring kunnen zijn.

Toch voelde het niet goed.

Wat kon het nou voor kwaad, dacht ik, om naar het hoofdgebouw te lopen en aan te kloppen? Maar ja, die dikke ketting en de verbodsbordjes waren niet bepaald een welkomstmat. Ik stond nog te dubben toen er een surveillancewagen van de politie van Kraftsboro naast me stopte. Er stapten twee agenten uit. De ene was klein en gedrongen, met opgeblazen sportschoolspierballen. De andere was lang en dun, met achterovergekamd haar en het snorretje van een man uit een stomme film. Ze droegen beiden een pilotenbril, zodat je hun ogen niet kon zien.

De Kleine hees zijn broek op en zei: 'Kan ik u helpen?'

Ze wierpen me allebei een strakke blik toe. Althans, dat dacht ik, want ik kan hun ogen tenslotte niet zien.

'Ik zou graag het kamp "Creatief bijtanken" willen bezoeken.'

'Het wat?' vroeg de Kleine. 'Waarom?'

'Omdat ik op creatief gebied wil bijtanken.'

'Gaan we bijdehand doen?'

Zijn toon was net iets te scherp. Zijn houding stond me niet aan. En ik begreep ook niet waarom ze zich zo opstelden, ook al waren ze politieagent in een gehucht en was ik waarschijnlijk de eerste die ze konden lastigvallen om een andere reden dan drankgebruik bij minderjarigen.

'Nee, meneer de agent,' zei ik.

De Kleine keek naar de Dunne. De Dunne zweeg. 'Ik denk dat je het verkeerde adres hebt.'

'Ik weet tamelijk zeker dat ik hier moet zijn.'

'Er is hier geen creatief kamp. Dat is gesloten.'

'Wat is het nou?' vroeg ik.

'Pardon?'

'Ben ik op het verkeerde adres of is het "Creatief bijtanken"-kamp gesloten?'

Die opmerking beviel de Kleine niet. Hij zette zijn zonnebril af en gebruikte die om er priemend mee naar me te wijzen. 'Gaan we lollig doen?'

'Ik ben op zoek naar dat kamp.'

'Ik weet niets van een kamp. Deze grond is al jaren in handen van de familie Drachman. Hoe lang al, Jerry? Vijftig jaar?'

'Minstens,' antwoordde de Dunne.

'Ik was hier zes jaar geleden nog,' zei ik.

'Daar weet ik niets van,' zei de Kleine. 'Ik weet alleen dat dit privéterrein is en als je niet maakt dat je wegkomt, zal ik je moeten inrekenen.'

Ik keek naar mijn voeten. Ik bevond me niet op de oprijlaan of op privéterrein. Ik stond gewoon op de weg.

De Kleine kwam dichterbij, te dichtbij. Ik moet toegeven dat ik bang was, maar ik had in mijn jaren als uitsmijter geleerd dat je nooit je angst moet tonen. Dat is iets wat je altijd hoort over het dierenrijk, maar geloof me, er zijn geen wildere dieren dan de mens die zich 's avonds laat 'ontspant' in een bar. Dus ook al stond de situatie me niet aan, ook al kon ik geen kant op en probeerde ik verwoed een oplossing te bedenken, ik deinsde niet terug toen de Kleine zich aan me opdrong. Dat vond hij niet leuk. Ik hield voet bij stuk en keek op hem neer. Van grote hoogte. Dat vond hij helemáál niet leuk.

'Laat je papieren maar eens zien, met je grote mond.'

'Waarom?' vroeg ik.

De Kleine keek naar de Dunne. 'Jerry, haal jij zijn kenteken eens door de computer.'

Jerry knikte en liep terug naar de surveillancewagen.

'Waarvoor?' vroeg ik. 'Ik begrijp het niet. Ik kom gewoon voor dat kamp.'

'We kunnen twee dingen doen,' zei de Kleine tegen me. 'Eén,' – hij stak een mollig vingertje omhoog – 'je laat me je identiteitsbewijs zien zonder weerwoord. Twee,' – jawel, weer zo'n dik stompje – 'ik arresteer je wegens het betreden van verboden terrein.'

Dit voelde niet goed. Ik keek naar de boom achter me en zag dat er een bewakingscamera op ons was gericht. Dat beviel me niet. Het beviel me helemaal niet, maar ik had er niks aan om een politieman tegen me in het harnas te jagen. Ik moest mijn grote mond houden.

Toen ik mijn portefeuille uit mijn zak wilde pakken, stak de Kleine een hand op en zei: 'Rustig. Rustig aan, jij.'

'Wat?'

'Je mag je hand in je zak steken, maar geen onverwachte bewegingen.'

'Je maakt een geintje.'

Goed, ik hield mijn grote mond dus niet.

'Zie ik eruit alsof ik een geintje maak? Je mag twee vingers gebruiken, duim en wijsvinger. Rustig aan.'

Mijn portefeuille zat heel diep in mijn zak. Het kostte me onnodig veel tijd om hem er met twee vingers uit te vissen.

'Ik wacht,' zei hij.

'Ogenblikje.'

Toen ik de portefeuille eindelijk te pakken had, gaf ik hem aan de Kleine. Hij doorzocht hem alsof hij jacht maakte op een prooi. Bij mijn Lanford-pasje hield hij stil; hij keek naar de foto en toen naar mij, met gefronst voorhoofd. 'Ben jij dit?'

'Ja.'

'Jacob Fisher.'

'Iedereen noemt me Jake.'

Hij keek fronsend naar mijn foto.

'Ik weet het,' zei ik. 'Mijn dierlijke aantrekkingskracht komt niet echt over.'

'Er zit hier een pasje in van een universiteit.'

Ik hoorde geen vraag, dus gaf ik geen antwoord.

'Je lijkt me een beetje te oud om student te zijn.'

'Ik ben geen student, ik ben professor. Zie je niet dat er "personeel" bij staat?'

De Dunne kwam teruggelopen van de auto. Hij schudde zijn hoofd. Ik nam aan dat dat betekende dat het kenteken niets had opgeleverd.

'Waarom zou een gewichtige professor ons stadje bezoeken?'

Ik herinnerde me iets wat ik ooit op televisie had gezien. 'Ik moet weer even in mijn zak graaien. Mag dat?'

'Waarvoor?'

'Dat zie je dadelijk wel.'

Ik haalde mijn telefoon tevoorschijn.

'Waar heb je die voor nodig?' vroeg de Kleine.

Ik richtte de telefoon op hem in camerastand en drukte op 'opnemen'. 'Deze is live verbonden met mijn computer thuis, meneer de agent.' Dat was gelogen. Het ding nam alleen op via mijn telefoon, maar wat gaf het? 'Mijn collega's kunnen alles zien wat u zegt en doet.' Ook gelogen, maar wel goed gevonden. 'Ik wil heel graag weten waarom u mijn identiteitsbewijs moet zien en waarom u me zo veel vragen stelt.'

De Kleine zette zijn zonnebril weer op, alsof hij daarmee zijn woede kon verhullen. Hij perste zijn lippen zo hard op elkaar dat ze trilden. Toen gaf hij me mijn portefeuille terug en zei: 'Er was een klacht gekomen omdat u zich op verboden terrein begaf. Hoewel we u op privégrond hebben aangetroffen en we een verhaal moesten aanhoren over een kamp dat niet bestaat, hebben we besloten dat u er met een waarschuwing vanaf komt. Wilt u alstublieft het terrein verlaten. Nog een prettige dag verder.'

De Kleine en de Dunne liepen naar hun surveillancewagen. Ze gingen voorin zitten wachten tot ik in mijn auto was gestapt. Ik had geen keus. Ik stapte in en reed weg.

8

Ik reed niet ver. Ik ging naar Kraftsboro. Als het stadje plotseling een forse injectie aan nieuwbouw en financiële middelen zou krijgen, zou het misschien kunnen opklimmen tot het niveau van kleinsteeds Amerika. Het zag eruit als een gehucht uit een oude film. Ik verwachtte bijna een muzikaal mannenkwartet met strooien hoedjes tegen te komen. Er was een kruidenierszaak (op het uithangbord stond letterlijk: KRUIDENIERSZAAK), een oude graanmolen met een onbemand 'bezoekerscentrum', een benzinestation waar tevens de kapper zat – met één stoel – en een boekwinkel met koffiehoek. In die koffiehoek hadden Natalie en ik heel wat tijd doorgebracht. De boekwinkel zelf was klein, dus er viel weinig te snuffelen, maar aan ons tafeltje in de hoek hadden we samen de krant gelezen en koffie gedronken. Cookie, een bakker die de grote stad was ontvlucht, runde de zaak samen met haar partner Denise. Ze draaide altijd *Redemption's Son* van Joseph Arthur of *O* van Damien Rice, en na een tijdje waren Natalie en ik die cd's gaan beschouwen als – teiltje! – 'onze' albums. Ik vroeg me af of Cookie er nog was. Ze bakte volgens Natalie de lekkerste scones van de hele wereld, maar Natalie was dan ook gek op scones. Zelf proef ik weinig verschil met gortdroog, keihard brood.

Zie je wel? We hadden heus wel onze verschillen.

Ik parkeerde de auto verderop in de straat en liep hetzelfde pad op dat ik zes jaar eerder af gestrompeld was. Het was bedekt met houtsnippers en besloeg zo'n honderd meter. Op de open plek aan de rand van het terrein dat ik zojuist had moeten ver-

laten zag ik het witte kapelletje. Er was net een dienst of bijeenkomst afgelopen. Ik keek naar de kerkgangers, die met hun
ogen knipperend het afnemende zonlicht in liepen. De kapel
was, voor zover ik wist, niet aan een bepaald geloof verbonden.
Hij leek eerder utilitair dan unitair, meer een verzamelplaats
dan een zwaar gelovig gebedshuis.

Ik wachtte af, met een glimlach alsof ik daar thuishoorde, en
knikte uiterst vriendelijk toen een tiental mensen me passeerde
op het pad. Ik speurde de gezichten af, maar er was niemand bij
die ik nog kende van zes jaar geleden. Niet zo verrassend eigenlijk.

Een lange vrouw met een strenge knot stond te wachten bij
het trapje voor de kapeldeuren. Ik liep naar haar toe, nog steeds
met mijn vriendelijkste glimlach.

'Kan ik u helpen?' vroeg ze.

Goede vraag. Wat hoopte ik hier te vinden? Ik had niet bepaald een plan.

'Zoekt u pastoor Kelly? Die is er op het moment niet.'

'Werkt u hier?' vroeg ik.

'Min of meer. Ik ben Lucy Cutting van de administratie. Ik
werk hier als vrijwilliger.'

Ik stond daar maar.

'Kan ik u ergens mee van dienst zijn?'

'Ik weet niet goed hoe ik dit moet zeggen...' begon ik. En
toen: 'Zes jaar geleden heb ik hier een huwelijk bijgewoond. De
bruid kende ik wel, maar de bruidegom niet.'

Ze kneep haar ogen tot spleetjes, eerder nieuwsgierig dan
wantrouwend. Ik zette door. 'Pas geleden zag ik een overlijdensbericht van een zekere Todd, en zo heette de bruidegom
destijds.'

'Todd is een veelvoorkomende naam.'

'Ja, natuurlijk, maar er stond een foto bij van de overledene.
Hij leek op... Ik weet hoe dit klinkt, maar hij leek op de man die
destijds met een vriendin van me is getrouwd. Het probleem is
dat ik Todds achternaam niet weet, dus weet ik ook niet of hij

het was. En mocht hij nu dood zijn, dan wil ik zijn weduwe graag condoleren.'

Lucy Cutting krabde aan haar wang. 'Kunt u niet gewoon bellen?'

'Was dat maar waar.' Ik besloot voor de eerlijke aanpak. Het voelde goed. 'Om te beginnen weet ik niet waar Natalie – dat is de bruid – is of waar ze momenteel woont. Ze heeft zijn achternaam aangenomen, denk ik, dus ik kan haar niet opsporen. En bovendien, om heel eerlijk te zijn: ik heb iets met deze vrouw gehad.'

'Op die manier.'

'Dus als de man uit de overlijdensadvertentie niet haar echtgenoot was...'

'... dan is uw communicatie misschien ongewenst,' maakte ze de zin voor me af.

'Precies.'

Daar dacht ze even over na. 'En als hij wel haar echtgenoot was?'

Ik haalde mijn schouders op. Ze krabde nog eens aan haar wang. Ik deed mijn best om niet-bedreigend over te komen, gedwee zelfs, wat niet makkelijk is voor een man van mijn postuur. Ik wapperde nog net niet met mijn wimpers.

'Zes jaar geleden werkte ik hier nog niet,' zei ze.

'O.'

'Maar we kunnen wel in de boeken kijken. Die zijn altijd heel secuur bijgehouden. Ieder huwelijk, elke doop, communie, besnijdenis, et cetera.

Besnijdenis? 'Dat zou fijn zijn.'

Ze ging me voor het trapje af. 'Weet u de datum van het huwelijk nog?'

Natuurlijk wist ik die nog. Ik gaf haar de precieze datum.

We kwamen bij een kantoortje. Lucy Cutting maakte een dossierkast open, bladerde wat mappen door en haalde er een uit. Toen ze hem opensloeg, zag ik dat ze niet overdreven had: alles was zeer secuur bijgehouden. Er waren kolommen voor de datum, het soort gelegenheid, de namen van de betrokkenen, begin- en eindtijd – allemaal in een handschrift dat voor kalligrafie zou kunnen doorgaan.

'Eens kijken wat we hier kunnen vinden...'

Ze zette met veel omhaal haar leesbril op, likte als een strenge schooljuf aan haar wijsvinger en bladerde verder tot ze had gevonden wat ze zocht. Dezelfde vinger liep de bladzijde langs. Toen ze haar voorhoofd fronste, dacht ik bij mezelf: o-o...

'Weet u zeker dat de datum juist is?' vroeg ze.

'Heel zeker.'

'Ik zie geen huwelijksvoltrekking op die dag. Twee dagen eerder wel, van Larry Rosen en Heidi Fleisher.'

'Die is het niet.'

'Kan ik u helpen?'

We schrokken allebei van de stem.

Lucy Cutting zei: 'O, dag meneer pastoor. Ik had u nog niet terug verwacht.'

Toen ik me omdraaide en de man zag staan, had ik hem wel kunnen omhelzen van blijdschap. Bingo. Het was dezelfde geestelijke met het kaalgeschoren hoofd die Natalies huwelijk had voltrokken. Hij gaf me een hand en had al een vormelijk lachje klaar, maar dat verdween zodra hij mijn gezicht zag.

'Hallo,' zei hij. 'Pastoor Kelly.'

'Jake Fisher. Wij hebben elkaar eerder ontmoet.'

Hij trok een sceptisch gezicht en wendde zich weer tot Lucy Cutting. 'Wat is er aan de hand. Lucy?'

'Ik zocht wat gegevens op voor deze meneer,' begon ze. Hij luisterde geduldig. Ik keek aandachtig naar zijn gezicht, maar ik kon niet met zekerheid zeggen wat ik daar zag. Ik wist alleen dat hij zijn best deed om zijn emoties te onderdrukken. Toen ze uitgepraat was, draaide hij zich naar mij om en hief zijn handen ten hemel. 'Als het niet in de boeken staat...'

'U was erbij,' zei ik.

'Pardon?'

'U hebt het huwelijk gesloten. Daar heb ik u ontmoet.'

'Daar kan ik me niets van herinneren. Zo veel gelegenheden, u begrijpt...'

'Na de huwelijksvoltrekking stond u voor de kapel met de zuster van de bruid. Julie Pottham heet ze. Toen ik langsliep, zei u nog dat het een mooie dag was voor een bruiloft.'

Hij trok een wenkbrauw op. 'Hoe zou ik dát nou kunnen vergeten?'

Sarcasme past gewoonlijk niet bij geestelijken, maar hem zat het als gegoten. Ik zette door. 'De bruid heette Natalie Avery, ze verbleef hier in het tekenkamp.'

'Het wat?'

'"Creatief bijtanken" heette het officieel. Dit terrein is van de organistaie.'

'Waar hebt u het over? Deze grond is van de gemeente.'

Ik wilde nu niet in discussie gaan over grondbezit. Ik probeerde een andere insteek. 'Die bruiloft was iets van het laatste moment. Misschien staan de gegevens daarom niet in de boeken.'

'Het spijt me, meneer...?'

'Fisher. Jake Fisher.'

'Meneer Fisher. Om te beginnen: al was het een lastminute-bruiloft, dan nog zouden de gegevens beslist in de boeken staan. Ten tweede begrijp ik niet zo goed waarnaar u nu eigenlijk op zoek bent.'

Lucy Cutting beantwoordde die vraag voor me. 'De achternaam van de bruidegom.'

Hij wierp haar een snelle blik toe. 'Het is niet aan ons om die informatie te verstrekken, juffrouw Cutting.'

Ze keek schuldbewust naar haar schoenen.

'U moet zich die bruiloft nog herinneren,' zei ik.

'Niet dus. Het spijt me.'

Ik deed een stap dichterbij en keek op hem neer. 'Wel waar. Ik weet zeker dat u het nog weet.'

Ik hoorde de wanhoop in mijn eigen stem, en die stond me niet aan. Pastoor Kelly probeerde me in de ogen te kijken, maar het lukte hem niet. 'Maakt u me nu voor leugenaar uit?'

'U herinnert het zich nog. Waarom helpt u me niet?'

'Ik herinner het me niet meer,' zei hij. 'Maar waarom bent u zo naarstig op zoek naar de echtgenote van een ander, of, als uw verhaal klopt, een recente weduwe?'

'Om haar te condoleren.' Mijn holle woorden bleven als een klamme deken in de lucht hangen. Niemand verroerde zich. Niemand zei iets. Uiteindelijk verbrak pastoor Kelly de stilte.

'Wat uw motief om deze vrouw te zoeken ook mag zijn, wij zijn er niet bij gebaat daaraan mee te werken.' Hij liep bij me vandaan en wees me de deur. 'Het lijkt me beter als u onmiddellijk vertrekt.'

Voor de tweede keer strompelde ik het pad af naar de dorpskern, versuft door verraad en een gebroken hart. Ik kon het gedrag van de pastoor bijna begrijpen. Als hij zich de bruiloft nog kon herinneren – en ik vermoedde dat dat het geval was – dan wilde hij de gedumpte ex van Natalie natuurlijk geen informatie verstrekken die eerdergenoemde nog niet had. Het leek me een overdreven hypothese, maar ik kon er tenminste wat mee. Waar ik niets mee kon, waar ik van geen enkele kant iets van begreep, was dat Lucy Cutting in de overdreven nauwgezette, pietluttige boekhouding niets had kunnen terugvinden over het huwelijk van Natalie en Todd. En waarom had verdorie niemand gehoord van dat 'Creatief bijtanken'-kamp?

Ik begreep er helemaal niets van.

Dus wat nu? Ik was hierheen gekomen in de hoop... Ja, wat eigenlijk? In de hoop achter Todds naam te komen, om te beginnen. Als ik die had, zou ik hier snel een eind aan kunnen maken. En anders was er hier misschien iemand die nog contact had met Natalie. Ook dan zou ik met mijn twijfels kunnen afrekenen.

'Beloof het me, Jake. Beloof me dat je ons met rust zult laten.'

Dat waren de laatste woorden die mijn grote liefde tegen me had gesproken. De allerlaatste. En hier, zes jaar later, op de plek waar het allemaal was begonnen, verbrak ik mijn belofte. Ik wachtte tot de ironie daarvan zich zou aandienen, maar er kwam niets.

Toen ik het centrum bereikte, maakte de geur van vers gebak dat ik halthield. De boekwinkel met de koffiehoek. Natalies lievelingsscones. Ik dacht er even over na en besloot dat het het proberen waard was.

Toen ik de deur opendeed, rinkelde er een belletje, maar dat geluid was ik al snel vergeten. Elton John zong: '*And he shall be Levon, and he shall be a good man.*' Mijn hart ging sneller kloppen en er trok een huivering langs mijn ruggengraat. Beide tafeltjes waren bezet, dus ook mijn oude favoriet. Ik stond daar maar, als een grote, logge slomerik, en heel even zou ik gezworen hebben dat ik Natalie hoorde lachen. Een man met een kastanjebruine honkbalpet op kwam achter me de zaak binnen. Ik blokkeerde nog altijd de deur.

'Eh, mag ik even?' zei hij.

Ik ging opzij om hem erdoor te laten. Mijn blik ging naar de koffiebar. Daar stond een vrouw met een bos woeste krullen in – jawel – een paars gebatikt t-shirt. Ze stond met haar rug naar me toe. Geen twijfel mogelijk: het was Cookie. Mijn hartslag versnelde weer. Ze draaide zich om, zag me en glimlachte. 'Zeg het maar.'

'Hallo, Cookie.'

'Hallo.'

Stilte.

'Ken je me nog?' vroeg ik.

Ze veegde met een theedoek glazuur van haar handen. 'Ik ben slecht in gezichten, maar nog slechter met namen. Wat kan ik voor je inschenken?'

'Ik kwam hier vroeger heel vaak,' zei ik. 'Zes jaar geleden. Mijn vriendin heette Natalie Avery. We zaten altijd daar in het hoekje.'

Ze knikte, maar niet alsof ze het zich herinnerde, eerder alsof ze deze mafkees een plezier wilde doen. 'Veel klanten, ze komen en gaan. Koffie? Een donut?'

'Natalie was gek op je scones.'

'Een scone dan. Met bosbessen?'

'Ik ben Jake Fisher. Destijds werkte ik aan mijn proefschrift over het rechtsbestel. Je informeerde er vaak naar. Natalie verbleef in het kunstenaarskamp. Ze haalde daar in de hoek dikwijls haar tekenblok tevoorschijn.' Ik wees naar de hoek, alsof dat zou helpen. 'Zes jaar geleden, in de zomer. Mens, je hebt me zelf op haar gewezen.'

'Hm-hm.' Ze speelde met haar halsketting alsof het een rozenkrans was. 'Dat is het mooie als je Cookie heet: iedereen onthoudt je naam. Die blijft hangen. Maar het nadeel is dat omdat iedereen jouw naam onthoudt, ze er allemaal van uitgaan dat jij omgekeerd hetzelfde doet. Snap je wel?'

'Ik snap het,' zei ik. 'Weet je het echt niet meer?'

Ze nam niet de moeite om antwoord te geven. Ik keek om me heen in de koffiehoek. De mensen aan de tafeltjes zaten ons nu aan te staren. De man met de kastanjebruine honkbalpet stond bij de tijdschriften en deed alsof hij ons niet afluisterde. Ik wendde me weer tot Cookie.

'Een kleine koffie, graag.'

'Geen scones?'

'Nee, dank je.'

Ze pakte een beker en schonk er koffie in.

'Ben je nog met Denise?' vroeg ik.

Haar hele lijf verstarde.

'Zij werkte ook in het kamp,' zei ik. 'Daar ken ik haar van.'

Ik zag Cookie slikken. 'We hebben nooit in het kamp gewerkt.'

'Nou en of. "Creatief bijtanken" heette het, verderop aan het pad. Denise bracht altijd koffie met jouw scones.'

Ze zette de volgeschonken beker koffie op de toonbank voor me neer. 'Luister eens, jongeman, ik moet aan het werk.'

Ik boog me naar haar toe. 'Natalie was gek op je scones.'

'Ja, dat zei je al.'

'Jullie hadden het er samen heel vaak over.'

'Ik praat met zo veel mensen over mijn scones, oké? Sorry dat ik je niet meer ken. Ik had misschien uit beleefdheid moeten doen alsof: "Natuurlijk, jij en die leuke vriendin van je, hoe gaat het nu met jullie?" Maar dat heb ik dus niet gedaan. Hier is je koffie. Anders nog iets?'

Ik pakte een visitekaartje met al mijn telefoonnummers erop. 'Mocht je je toch nog iets herinneren…'

'Anders nog iets?' vroeg ze weer, deze keer op scherpere toon.

'Nee.'

'Dat is dan één vijftig. Fijne dag verder.'

9

Nu begrijp ik dat mensen wel eens zeggen dat ze het gevoel hebben dat ze worden gevolgd.

Hoe ik het wist? Intuïtie misschien. Mijn zesde zintuig. Ik kon het bijna fysiek voelen. Bovendien reed al sinds mijn vertrek uit Kraftboro dezelfde auto – een grijze Chevrolet bestelwagen met een kenteken uit Vermont – achter me.

Ik zou het niet gezworen hebben, maar het leek alsof de bestuurder een kastanjebruine honkbalpet droeg.

Wat moest ik hier nou weer mee? Ik probeerde de nummerplaat te lezen, maar het was te donker geworden. Als ik vaart minderde, minderde hij ook vaart. Als ik harder ging rijden... nou ja, de rest snap je wel. Ik kreeg een idee. Bij een parkeerhaven stopte ik om te kijken wat hij zou doen, en ik zag hem vaart minderen en vervolgens doorrijden. Vanaf dat moment zag ik de bestelwagen niet meer.

Misschien had hij me toch niet gevolgd.

Ik was nog zo'n tien minuten van Lanford verwijderd toen mijn telefoon ging. Ik had hem in de auto op Bluetooth gezet – een handeling die me veel te veel tijd had gekost – en daarom kon ik op de radiodisplay zien dat de beller Shanta Newlin was. Ze had beloofd dat ze aan het eind van de middag het adres van Natalie voor me zou hebben. Ik nam op door de knop aan het stuur in te drukken.

'Met Shanta,' zei ze.

'Ja, dat zag ik. Ik heb een nummermelder.'

'En ik maar denken dat ik bijzonder ben met mijn FBI-verleden,' zei ze. 'Waar zit je?'

'Ik ben op de terugweg naar Lanford.'

'Vanaf waar?'

'Dat is een lang verhaal,' zei ik. 'Heb je haar adres?'

'Daar bel ik over,' zei Shanta. Ik hoorde iets op de achtergrond – een mannenstem, dacht ik. 'Ik heb het nog niet.'

'O?' zei ik, want wat moest ik anders zeggen? 'Is het zo lastig te vinden?'

'Geef me tot morgenvroeg de tijd, oké?'

'Prima.' Toen vroeg ik nog een keer: 'Is het zo lastig te vinden?'

De stilte die daarop viel duurde net iets te lang. 'Geef me nu maar gewoon tot morgenvroeg.' Ze hing op.

Wat kregen we nou?

Haar toon stond me niet aan. Plus het feit dat een vrouw met zulke uitgebreide contacten bij de FBI tot morgenvroeg de tijd nodig had om het adres te vinden van een doodgewoon iemand. Mijn telefoon piepte: e-mail. Ik negeerde het. Niet dat ik nou zo'n brave borst ben, maar ik zal nooit sms'en of e-mailen achter het stuur. Twee jaar geleden was een student van Lanford zwaargewond geraakt doordat hij in de auto zat te sms'en. Zijn passagier, een meisje van achttien dat in haar eerste studiejaar mijn colleges volgde, was daarbij omgekomen. Maar al vóór die tijd, nog voor de overvloed aan nogal voor de hand liggende voorlichtingscampagnes tegen sms'en achter het stuur, was ik er geen voorstander van geweest. Ik houd van autorijden. Ik houd van de afzondering en de muziek. Ondanks mijn eerdere opmerkingen over bijblijven op het gebied van technologie, vind ik dat we allemaal wat vaker die telefoon zouden moeten uitschakelen. Ik besef dat ik nu klink als een ouwe chagrijn – ik zie net iets te vaak een tafel vol 'vrienden' die stuk voor stuk zitten te sms'en met onzichtbare anderen, altijd weer op zoek naar iets beters, als je het mij vraagt: de eeuwige jacht naar een plek waar het gras digitaal groener is, naar rozengeur elders, ten koste van de mensen pal voor hun neus – maar er zijn momenten dat ik me rustiger voel, meer 'zen' zo je wilt, wanneer ik mezelf dwing mijn telefoon uit te zetten.

Op dit moment zapte ik langs de radiostations, en ik koos voor een zender die jaren-tachtigwave van de eerste lichting draaide. '*Where is the tenderness?*' vroeg General Public, en dat vroeg ik me ook af. Waar was de tederheid? En nu we het er toch over hadden: waar was Natalie?

Ik begon een beetje door te draaien.

Ik parkeerde de auto voor mijn gebouw op de campus. Ik sprak nooit van 'mijn huis' of 'mijn appartement', voor mij was het niet meer dan een gebouw waarin ik woonde. Het was inmiddels donker, maar op de universiteitscampus was altijd voldoende kunstlicht. Toen ik de binnengekomen e-mail bekeek, zag ik dat die afkomstig was van mevrouw Dinsmore. Het onderwerp luidde: HIERBIJ HET DOSSIER WAAR JE OM HAD GEVRAAGD.

Goed gedaan, sexy beest, dacht ik. Ik klikte het bericht aan en las de tekst: WAS 'HIERBIJ HET DOSSIER WAAR JE OM HAD GEVRAAGD' SOMS NIET DUIDELIJK GENOEG?

Jawel, eigenlijk wel.

Het schermpje van mijn telefoon was te klein om het bijgevoegde bestand erop te lezen, dus haastte ik me de oprit op om het op mijn laptop te kunnen bekijken. Ik stak de sleutel in het slot, maakte de voordeur open en deed het licht aan. Om de een of andere reden had ik verwacht dat het binnen een puinhoop zou zijn, dat de boel overhoopgehaald was. Maar ik had te veel films gezien: de flat was, om het vriendelijk te zeggen, nog net zo onopvallend als voorheen.

Ik snelde naar mijn computer en opende mijn mailprogramma. Na het ophalen van de mail van mevrouw Dinsmore downloadde ik de bijlage. Zoals ik al heb verteld, had ik jaren daarvoor ooit mijn eigen dossier bekeken. Ik vond het toen best verontrustend om opmerkingen van docenten te lezen die niet voor mijn ogen bedoeld waren. Ik denk dat de universiteit op zeker moment had besloten dat het te veel werd om al die oude dossiers te bewaren, waarna ze in digitale vorm waren opgeslagen.

Ik begon bij Todds eerste studiejaar. Er stond niets spectaculairs in het dossier, behalve dat Todd zelf vrij spectaculair was. Alleen maar tienen. Geen enkele eerstejaars haalde uitsluitend tienen. Professor Charles Powell liet optekenen dat Todd *een exceptionele student* was. Ruth Kugelmass jubelde: *Een bijzondere jongen*. Zelfs Malcolm Hume, die nooit zo makkelijk met lof strooide, schreef: *Todd Sanderson is bijna bovennatuurlijk begaafd*.

Goh. Ik vond het eigenaardig. Zelf was ik een goede student geweest, maar de enige aantekening in mijn dossier was negatief. De enige opmerkingen die ik als docent ooit in een studentendossier had verwerkt waren negatief. Als alles goed ging, dan spraken de cijfers voor zich. De vuistregel voor studentendossiers leek te zijn: 'Als je niets negatiefs te melden hebt, zeg dan niets.'

Maar dat gold dus niet voor die goeie ouwe Todd.

Het eerste semester van zijn tweede studiejaar vertoonde hetzelfde patroon – onvoorstelbaar hoge cijfers – maar daarna trad er abrupt een verandering in. Bij het tweede semester stond heel groot: *buitengewoon verlof*.

Hm. Ik zocht naar een reden, maar er stond alleen *persoonlijk* bij. Dat was heel eigenaardig. We laten het zelden of nooit bij 'persoonlijk' in een studentendossier, juist omdat de dossiers besloten en vertrouwelijk zijn. Of zouden moeten zijn. Je kon er dus openlijk alles in noteren.

Vanwaar dan die terughoudendheid over Todds verlof?

Meestal hebben 'persoonlijke' omstandigheden iets van doen met financiële problemen of een ziekte, van de student zelf of in de nabije familie, hetzij fysiek, hetzij mentaal. Maar die redenen worden dan genoemd in de besloten dossiers. Hier was niets vermeld.

Interessant.

Of niet. Om te beginnen was men twintig jaar geleden waarschijnlijk discreter geweest over persoonlijke kwesties. Maar van de andere kant... wat deed het er eigenlijk toe? Wat kon Todds verlof in zijn studententijd in godsnaam te maken hebben met het feit dat hij met Natalie was getrouwd, was gestorven en vervolgens een andere vrouw had achtergelaten?

In de periode na Todds terugkeer aan de universiteit waren er meer opmerkingen van docenten – en niet het soort opmerkingen waar je als student op zat te wachten. Eén professor noemde hem *afwezig*. Iemand anders zei dat Todd *merkbaar verbitterd* was, en *niet meer zichzelf*. Een ander opperde dat hij meer tijd zou moeten nemen *om de situatie te verwerken*. Niemand vermeldde wat 'de situatie' was.

Ik klikte de volgende pagina aan. Todd had voor de tuchtraad moeten verschijnen. Er zijn instituten die strafzaken overlaten aan studenten, maar wij hebben een roterend panel van drie docenten. Ik had daar vorig jaar nog twee maanden zitting in gehad. De meeste gevallen die voor de tuchtraad kwamen hadden te maken met twee campusepidemieën: alcoholgebruik door minderjarigen en fraude. De rest was een handjevol zaken rond diefstal, dreiging met geweld, verschillende gradaties van ongewenste intimiteiten en agressie; problemen waar de politie niet bij werd gehaald.

De zaak die in dit geval voor de tuchtraad was verschenen betrof de onenigheid tussen Todd en een medestudent, Ryan McCarthy. Die laatste was in het ziekenhuis beland met kneuzingen en een gebroken neus. De universiteit riep op tot een zware of zelfs definitieve schorsing, maar het panel van drie professoren had Todd geheel vrijuit laten gaan. Dat verbaasde me. Er werden geen details vermeld over de hoorzitting zelf of de afwegingen die waren gemaakt. Ook dat verbaasde me.

Het handgeschreven besluit was gescand en aan het dossier toegevoegd:

Todd Sanderson, uitmuntend lid van de Lanford-gemeenschap, heeft een zware tijd achter de rug, maar wij menen dat hij weer aan het opkrabbelen is. Recentelijk heeft hij samen met een van de faculteitsleden een liefdadigheidsinstelling opgericht, ter compensatie van zijn eerdere daden. Hij beseft goed wat zijn gedrag voor gevolgen heeft gehad, en door de hoogst ongebruikelijke verzachtende omstandigheden in deze kwestie zijn wij tot het besluit gekomen dat Todd Sanderson niet geschorst dient te worden.

Ik liet mijn blik naar de onderkant van de bladzijde gaan, om te kijken wie de beslissing van het panel had ondertekend. Ik trok een gezicht. Eban Trainor. Ik had het kunnen weten. Trainor kende ik maar al te goed. We stonden niet wat je noemt op goede voet met elkaar.

Als ik meer wilde weten over de 'zware tijd' en de beslissing van het panel, zou ik dus met Eban moeten gaan praten. Niet iets om naar uit te kijken.

Het was al laat, maar ik was niet bang dat ik Benedict wakker zou bellen. Hij had alleen een mobiele telefoon, en die zette hij uit als hij ging slapen. Na drie keer rinkelen werd er opgenomen.

'Wat is er?'

'Eban Trainor,' zei ik.

'Wat is er met hem?'

'Heeft hij nog steeds de pest aan me?'

'Ik neem aan van wel. Hoezo?'

'Ik moet hem iets vragen over mijn goede vriend Todd Sanderson. Kun jij de boel een beetje gladstrijken, denk je?'

'Gladstrijken? Ja, hoor. Waarom noemen ze me anders Klaas Vaak?'

'Omdat je studenten bij je in slaap vallen?'

'Jij weet precies hoe je iemand moet paaien aan wie je een gunst wilt vragen. Ik bel je morgenvroeg.'

We hingen op. Ik leunde achterover in mijn stoel en vroeg me net af wat mijn volgende stap moest zijn, toen de monitor met een *ping* aangaf dat er mail was. Zoals de meeste mensen die ik ken, krijg ik te veel onzinmail, de hele dag door. Dit zou ongetwijfeld iets in die categorie zijn.

Toen zag ik het e-mailadres van de afzender:

Ik staarde ernaar tot ik tranen in mijn ogen kreeg. Mijn oren gonsden. Alles om me heen werd stil, en veel te roerloos. Ik bleef naar het adres staren, maar de letters veranderden niet.

RSvanJA

Het kostte me geen tijd om te begrijpen waar die letters voor stonden: *Redemption's Song* van Joseph Arthur: het album dat Natalie en ik zo vaak hadden beluisterd in de koffiehoek.

De onderwerpsregel was leeg. Mijn hand vond de muis. Ik wilde de cursor over het mailtje heen sturen om het te openen, maar eerst moest ik het trillen in bedwang krijgen. Ik haalde diep adem en dwong mijn hand om te blijven liggen. Het bleef merkwaardig stil in de kamer, bijna verwachtingsvol. Toen schoof ik met de cursor over de e-mail en klikte het bericht open.

Mijn hart stond stil.

Daar, op het scherm, stonden vier woorden. Meer niet, vier woorden, maar ze sneden door mijn borst als de zeis van de Dood, waardoor ik bijna geen lucht kreeg. Ik zakte naar achteren in de stoel, verloren, aangestaard door die vier woorden op het computerscherm:

Je had het beloofd.

10

De e-mail was niet ondertekend. Dat hoefde ook niet.

Ik klikte snel op 'beantwoorden' en typte:

Natalie? Is alles goed met je? Laat me dat alsjeblieft even weten.

Ik drukte op 'verzenden'.

Nu zou ik kunnen zeggen dat de tijd kroop terwijl ik wachtte op haar volgende mail, maar in werkelijkheid ging het anders. Ik kreeg de kans niet om af te wachten. Drie tellen later klonk weer de *ping* van een nieuw bericht. Mijn hart ging tekeer, tot ik de naam van de afzender zag:

POSTMASTER

Ik klikte het bericht open, maar ik wist al wat ik zou aantreffen.

Dit e-mailadres bestaat niet.

Bijna had ik van frustratie de computer een ram gegeven, alsof het een snoepautomaat was die mijn Milky Way vasthield. Ik riep zelfs hardop: 'Nee, hè?' Het wilde me niet te binnen schieten wat ik nu moest doen. Ik zat daar maar, en ik verdronk langzaam maar zeker. Ik voelde me alsof ik onder water zakte en niet meer boven kon komen, hoe hard ik ook met mijn armen maaide.

Terug naar Google. Ik zocht op het e-mailadres en diverse varianten daarop, maar het was tijdverspilling. Ik las haar mailtje nog een keer:

Je had het beloofd.

Dat had ik inderdaad. En als je er goed over nadacht: waarom had ik me eigenlijk niet aan mijn belofte gehouden? Er was een man gestorven. Misschien was het haar echtgenoot. Misschien ook niet. Maar was dat een reden om mijn belofte aan Natalie te verbreken? Misschien. In eerste instantie misschien. Nu was ze echter heel duidelijk geweest. Dat was het doel van haar e-mail: Natalie wees me op mijn belofte. Ze herinnerde me eraan, omdat ze weet dat ik nooit zomaar iets beloof.

Daarom had ze me destijds ook de belofte laten doen om uit haar buurt te blijven.

Daar dacht ik nu over na. Ik dacht terug aan de begrafenis en mijn bezoekje aan Vermont, aan het studentendossier. Wat wilde dat alles zeggen? Ik wist het niet. Als het al een reden had geleken om op mijn belofte terug te komen, dan kon ik me daar niet langer achter verschuilen. Natalies boodschap had niet duidelijker kunnen zijn.

Je had het beloofd.

Met een aarzelende vinger raakte ik de woorden op het scherm aan. Mijn hart ging opnieuw aan diggelen. Jammer dan, stoere jongen. Gebroken hart of niet, ik moest het laten gaan. Me terugtrekken. Ik zou me aan mijn woord houden.

Ik kroop in bed en viel vrijwel onmiddellijk in slaap. Inderdaad, dat verbaasde mij ook, maar ik denk dat alle heftige gebeurtenissen na het lezen van het overlijdensbericht, de draaikolk van herinneringen en emoties, van hartenpijn en verwarring, me hadden uitgeput als een bokser die twaalf ronden lang klappen heeft opgevangen. Uiteindelijk stortte ik gewoon in.

Anders dan Benedict vergat ik vaak mijn telefoon uit te zetten. Hij belde me om acht uur 's ochtends wakker.

'Eban heeft met tegenzin toegestemd in een gesprek.'

'Heb je erbij gezegd waar het over gaat?'

'Dat heb jij mij niet eens verteld.'

'O. Nee.'

'Je hebt om negen uur college. Hij wacht na afloop bij hem thuis op je.'

Ik voelde een steek diep in mijn borstkas. 'Bij hem thuis?'

'Ja. Ik dacht wel dat je dat niks zou vinden. Hij stond erop.'

'Wat een luizenstreek.'

'Hij valt best mee.'

'Het is een grote geilaard.'

'Wat is daar mis mee?'

'Je weet niet wat hij allemaal uitspookt.'

'Dat weet jij ook niet. Ga er nu maar gewoon heen en wees aardig voor hem. Zorg dat je krijgt wat je hebben wilt.'

Benedict hing op. Ik checkte mijn mail en sms'jes. Niets. Deze merkwaardige wending in mijn leven had iets onwerkelijks gekregen, alsof ik het allemaal had gedroomd. Ik deed mijn best om het uit mijn hoofd te zetten.

Ik had inderdaad om negen uur college, over staatsinrichting en de Amerikaanse grondwet. Dat moest nu weer mijn prioriteit zijn. Ja, ik had het achter me gelaten. Ik zong zelfs onder de douche. Nadat ik me had aangekleed, liep ik met een brede glimlach en met geheven hoofd over de campus. Er lag zelfs een klein huppeltje in mijn pas. De zon wierp een warm, hemels schijnsel over het terrein. Ik bleef glimlachen. Ik glimlachte naar de stenen gebouwen die naar klimop smachtten. Ik glimlachte naar de bomen, het weelderige gras, de standbeelden van beroemde alumni, de aanblik van de sportvelden heuvelafwaarts. Wanneer studenten me begroetten, beantwoordde ik hun groet met zo veel enthousiasme dat je bang zou worden dat ik hen wilde bekeren tot een of ander geloof.

Bij aanvang van het college ging ik vooraan in de zaal staan en brulde 'Goedemorgen allemaal!' als een fanatieke cheerleader op een overdosis Red Bull. De studenten keken me bevreemd aan. Ik werd een beetje bang van mezelf, dus probeerde ik een tandje terug te schakelen.

Je had het beloofd.

En jij dan, Natalie? Bevatten jouw woorden en daden ook niet op z'n minst een impliciete belofte? Hoe kun je iemands hart veroveren en het dan op die manier breken? Jawel, ik was een grote jongen. Ik kende de risico's van verliefd worden. Maar we hadden bepaalde dingen tegen elkaar gezegd. We hadden bepaalde gevoelens voor elkaar. Dat was niet gelogen. En toch. Toch had je me gedumpt. Me uitgenodigd voor je bruiloft. Waarom? Waarom zou iemand zo wreed zijn, of probeerde je me op die manier duidelijk te maken dat ik verder moest met mijn leven?

Ik was verdergegaan. Jij had mijn hart uit mijn lijf gerukt en aan stukken gescheurd en daarna was je opgestapt, maar ik had de scherven opgeraapt en de draad weer opgepakt.

Ik schudde mijn hoofd. De scherven opgeraapt? Jezus, wat een uitdrukking. Dat is het probleem met verliefd worden: je gaat ervan praten als een goedkoop countrynummer.

Natalie had me gemaild. Althans, ik dacht dat het Natalie was. Wie kon het anders zijn? In ieder geval was me te verstaan gegeven haar met rust te laten, er was communicatie. Ze had een beroep op me gedaan. Ja, toch? Maar ze had dat specifieke e-mailadres gebruikt. RSVANJA. Dat had ze onthouden. Het betekende iets voor haar, iets wat was blijven hangen en wat mij... ik weet niet, hoop gaf. Hoop is wreed. Hoop doet denken aan alles wat had kunnen zijn. Hoop brengt de fysieke pijn terug.

Ik gaf het woord aan Eileen Sinagra, een van mijn beste studenten. Ze begon aan een uitleg van een van de specifieke onderdelen van Madison en *The Federalist Papers.* Toen ik haar met een knikje aanspoorde, zag ik iets vanuit mijn ooghoek. Ik liep dichter naar het raam om het beter te bekijken. Ik bleef met een ruk staan.

'Professor Fisher?'

Op het parkeerterrein stond een grijze Chevrolet bestelbus. Ik keek naar de nummerplaat. Die kon ik vanaf hier niet lezen, maar ik zag wel de kleur en het patroon.

Vermont.

Ik hoefde er niet over na te denken. Het kwam geen moment bij me op dat het waarschijnlijk niets wilde zeggen, dat grijze Chevrolet bestelbusjes allesbehalve zeldzaam zijn en dat er genoeg nummerplaten uit Vermont rondrijden in Massachusetts. Dat maakte allemaal geen verschil.

Ik spurtte al naar de deur, riep nog 'Zo terug, blijf daar!' en rende de gang door. De vloer was net gedweild. Ik vloog om het waarschuwingsbord met de opdruk NAT heen en gooide de deur open. Het parkeerterrein lag aan de overkant van het grote gazon. Ik ontweek een struik en holde op volle snelheid over het gras. Mijn studenten zullen wel gedacht hebben dat ik knettergek was geworden. Het kon me weinig schelen.

'Vangen, professor Fisher!'

Een student die mijn sprintje aanzag voor enthousiasme wierp me een frisbee toe. Ik liet het ding langs me heen zeilen en rende door.

'Nou, daar mag u nog wel even op oefenen.'

Ik negeerde de stem. Toen ik bijna bij de Chevrolet was, zag ik dat de lichten aangingen.

De bestuurder had de motor gestart.

Ik ging nog harder rennen. Het felle baken van de zon bescheen de voorruit en ontnam me het zicht op de bestuurder. Ik bukte me en liet mijn benen pompen, maar de Chevrolet reed achteruit het parkeervak uit. Ik was te ver weg, ik haalde het niet.

De bestelwagen trok op.

Toen ik nog wat dichterbij was, probeerde ik een glimp op te vangen van de chauffeur. Zonder succes. Te veel weerkaatsing van het licht, maar toch meende ik...

Zag ik daar een kastanjebruine honkbalpet?

Ik kon het niet met zekerheid zeggen. Maar ik onthield het kenteken – alsof dat zou helpen, alsof ik er wat mee op zou schieten – en bleef hijgend de wegscheurende bestelwagen na staan kijken.

11

Professor Eban Trainor zat op de veranda aan de voorkant van zijn schitterende victoriaanse woning. Ik kende het huis goed: een halve eeuw lang had het onderdak geboden aan professor Malcolm Hume, mijn mentor. Wat had ik hier veel mooie momenten beleefd. Wijnproeverijen met de faculteit, personeelsfeesten, cognacjes laat op de avond, filosofische discussies, literaire gesprekken – alles wat bij het academische leven hoort. Maar God heeft een interessant gevoel voor humor. De vrouw van professor Hume was gestorven na achtenveertig jaar huwelijk, waarna het met zijn gezondheid snel bergafwaarts was gegaan. Uiteindelijk had hij dit grote oude huis niet meer zelf kunnen onderhouden. Hij woonde nu in een seniorenwijk in Vero Beach in Florida, terwijl Eban Trainor, zo'n beetje mijn vijand hier op de campus, deze geliefde woning had gekocht en zichzelf had benoemd tot de nieuwe heer des huizes.

Ik voelde mijn telefoon trillen in mijn zak. Het was een sms van Shanta:

Judie's. 13.00 uur.

Een ware woordkunstenares. Maar ik wist wat ze bedoelde. Ze wilde om één uur met me afspreken bij Judie's Restaurant op Main Avenue. Oké, mij best. Ik legde de telefoon weg en liep het trapje naar de veranda op.

Eban kwam overeind en schonk me een minzaam glimlachje. 'Jacob. Wat fijn dat je er bent.'

Zijn hand voelde vettig. Hij had gemanicuurde nagels. Vrouwen vonden hem aantrekkelijk, het type 'oudere playboy', met zijn lange warrige haar en die grote groene ogen. Hij had een wasachtige huid, alsof zijn gezicht begon te smelten, alsof hij herstellende was van een behandeling. Ik vermoedde botox. Hij droeg een pantalon die net iets te strak zat en een overhemd dat nog wel een extra gesloten knoopje had kunnen gebruiken. Zijn eau de toilette rook naar te veel Europese zakenmannen 's ochtends in een lift.

'Zullen we op de veranda gaan zitten?' vroeg hij. 'Het is heerlijk buiten.'

Ik stemde gretig in. Ik wilde niet zien wat hij binnen had aangericht. Het huis was grondig verbouwd, wist ik. Ongetwijfeld was al het donkere hout verdwenen, samen met de sfeer van cognac en sigaren, ingeruild voor licht hout, banken in kleuren als 'eierschaal' en 'gekarnde boter' en meubilair waarop alleen witte wijn en Sprite geserveerd werden, zodat er geen vlekken op de bekleding zouden komen.

En jawel, Eban bood me witte wijn aan. Ik weigerde beleefd. Hij had zelf al een glas in de hand, en het was nog niet eens middag. We namen allebei plaats op een rieten stoel met grote kussens.

'Wat kan ik voor je doen, Jacob?' vroeg hij.

Ik had in mijn tweede studiejaar zijn colleges 'Mid-twintigste-eeuws drama' gevolgd. Hij was geen slechte docent, effectief maar ook geaffecteerd, zo iemand die niets liever hoort dan zijn eigen stem, en hoewel hij zelden saai was – saaiheid is dodelijk in ieder leslokaal – waren zijn colleges altijd een tikkeltje... professorgericht. Een bepaalde week had hij *Les Bonnes* van Genet in zijn geheel voorgelezen, alle rollen, genietend van zijn eigen optreden, om maar te zwijgen van de sm-scènes. Hij deed het goed, daar niet van, maar jammer genoeg was híj het de hele tijd.

'Ik wilde je iets vragen over een student,' zei ik.

Eban trok zijn wenkbrauwen op, alsof mijn woorden niet

alleen intrigerend maar ook verrassend waren. 'O?'

'Todd Sanderson.'

Ik zag hem verstijven. Het was niet de bedoeling dat ik dat zag. Maar ik zag het. Hij wendde zijn blik af en wreef over zijn kin.

'Je weet het nog,' zei ik.

Eban Trainor wreef nog eens over zijn kin. 'De naam zegt me wel iets, maar...' Nog wat gewrijf, en toen gaf Eban het op, schouderophalend. 'Het spijt me. Al die jaren al die studenten.'

Waarom geloofde ik hem niet?

'Hij is nooit een van jouw studenten geweest,' zei ik.

'O?'

Weer dat ge-'O?' van hem.

'Hij is voor de tuchtraad verschenen toen jij die voorzat, zo'n twintig jaar geleden.'

'En jij verwacht dat ik dat nog weet?'

'Jij hebt geholpen zijn schorsing te voorkomen na een meningsverschil. Hier, ik zal het je laten zien.' Ik haalde mijn laptop tevoorschijn en riep de scan van zijn handgeschreven beslissing op. Ik draaide de laptop naar hem toe. Eban aarzelde alsof het ding explosieven zou kunnen bevatten. Toen pakte hij zijn leesbril en bekeek de brief aandachtig.

'Wacht eens, hoe kom je hieraan?'

'Het is belangrijk, Eban.'

'Dit is afkomstig uit een vertrouwelijk studentendossier.' Er verscheen een lachje om zijn mond. 'Overtreed je de regels niet door dit te lezen, Jacob? Zou je niet zeggen dat dat grensoverschrijdend gedrag is?'

Daar gingen we dan. Zes jaar geleden, luttele weken voordat ik naar het schrijfkamp in Vermont vertrok, had professor Eban Trainor een afstudeerfeest gegeven in zijn toenmalige huis. Trainor gaf vaak thuis feesten. Sterker nog: hij was min of meer legendarisch vanwege het geven en bijwonen van studentenfeesten. Toen ik in mijn tweede studiejaar zat, had er een tamelijk berucht voorval plaatsgevonden op Jones College, een nabijgelegen school met alleen vrouwelijke leerlingen, waarbij om drie uur 's nachts het brandalarm was afgegaan en er een complete gang met studentenkamers ontruimd had moeten worden, en daar stond professor Trainor, slechts half gekleed. Oké, de studente met wie hij die nacht werd gezien was meerderjarig en volgde geen colleges bij hem. Maar het was wel typisch iets voor Trainor. Hij was een geilaard en een zuiplap en ik moest hem niet.

Het afstudeerfeest zes jaar geleden werd voornamelijk bijgewoond door studenten, onder wie veel eerstejaars en minderjarigen. Er werd alcohol geschonken. Veel alcohol. De campuspolitie had eraan te pas moeten komen. Twee studenten waren naar het ziekenhuis afgevoerd wegens alcoholvergiftiging, iets wat steeds vaker gebeurt op diverse campussen. Of misschien maak ik mezelf dat alleen maar wijs, omdat ik me niet kan voorstellen dat het in 'mijn tijd' ook al zo erg was.

Professor Trainor had vanwege zijn rol in het verhaal voor het bestuur moeten verschijnen. Er werd aangestuurd op vrijwillig ontslag. Hij weigerde. Hij hield vol dat hij, al had hij inderdaad alcohol geschonken aan de aanwezigen, er alleen studenten van boven de eenentwintig uitgenodigd waren. Als er dan ongevraagd ook eerstejaars op het feest opdoken, was dat niet zijn verantwoordelijkheid. Hij suggereerde bovendien dat een groot deel van de alcohol al vóór het feest was genuttigd, op een zuipfestijn in een nabijgelegen studentenhuis.

De docenten, hoogleraren en professoren op de campus doen aan zelfbestuur. We delen zelden zwaardere straffen uit dan een corrigerend tikje. Net als bij de tuchtraad voor studenten rouleert de commissie daarbij. Ik had de mazzel er zitting in te hebben toen dit incident werd besproken. Trainor had een vaste aanstelling en kon niet worden ontslagen, maar ik vond dat hij beslist straf verdiende. Er gingen stemmen op om Trainor te laten afzetten als hoofd van de faculteit Engels. Ik was vóór. Er waren in het verleden gewoon al te veel soortgelijke incidenten geweest. Interessant genoeg was mijn geliefde mentor Malcolm Hume het niet met me eens.

'Wil je Eban nu echt in de schoenen schuiven dat die studenten te veel gedronken hebben?' vroeg hij me.

'We hebben niet voor niets regels opgesteld over de omgang met studenten wanneer er alcohol wordt geschonken.'

'Doen de verzachtende omstandigheden je dan helemaal niets?'

Dat zou misschien het geval zijn geweest als ik niet al eerder getuige was geweest van Ebans overduidelijke patroon van wangedrag en verkeerde keuzes. Dit was geen rechtbank en het ging niet om rechten; hij had een fantastische baan en privileges. In mijn ogen vroegen zijn daden om afzetting uit zijn functie – we hadden studenten weggestuurd met veel minder bewijzen – maar een degradatie was wel het minste. Ondanks aandringen van mijn mentor stemde ik vóór het afnemen van zijn voorzitterschap, maar ik werd door een grote meerderheid overstemd.

De bewuste hoorzitting mocht dan lang geleden zijn, de wrok was nog niet verdwenen. Ik had letterlijk dezelfde woorden gebruikt – 'regels overtreden', 'grensoverschrijdend gedrag' – in de bespreking destijds, die achter gesloten deuren had moeten blijven. Leuk om je eigen woorden voor de voeten geworpen te krijgen, maar misschien was dat wel terecht.

'De student in kwestie,' zei ik nu, 'is dood.'

'En dus mag zijn vertrouwelijke dossier zomaar ingekeken worden?'

'Ik ben niet gekomen om de juridische kant van de zaak met je te bespreken.'

'Nee Jacob, jij kijkt liever naar het grote geheel, nietwaar?'

Dit was tijdverspilling. 'Ik begrijp je terughoudendheid niet.'

'Dat verbaast me, Jacob. Meestal ben jij toch de man van de regeltjes. De informatie waar je om vraagt is vertrouwelijk. Ik bescherm hier de privacy van de heer Sanderson.'

'Nogmaals,' zei ik, 'die is dood.'

Ik wilde hier geen moment langer blijven zitten, op de veranda waar mijn geliefde mentor zo veel mooie uren had doorgebracht. Ik stond op en reikte naar mijn laptop. Eban schoof hem niet naar me door. Hij begon weer over zijn kin te wrijven.

'Ga zitten,' zei hij.

Ik ging zitten.

'Kun je me vertellen waarom deze oude kwestie nu opeens relevant voor je is?'

'Het is heel moeilijk uit te leggen,' zei ik.

'Maar kennelijk is het heel belangrijk voor je.'

'Ja.'

'Hoe is Todd Sanderson gestorven?'

'Hij is vermoord.'

Eban sloot zijn ogen, alsof die onthulling het allemaal nog veel erger maakte. 'Door wie?'

'Daar is de politie nog niet achter.'

'Ironisch.'

'Hoezo?'

'Dat hij door geweld om het leven gekomen is. Ik kan me zijn zaak nog wel herinneren. Todd Sanderson had een medestudent verwond bij een hevige ruzie. Nou nee, dat is geen adequate omschrijving. Ik moet eigenlijk zeggen dat Todd Sanderson zijn medestudent bijna vermoord had.'

Eban Trainor wendde zijn blik weer af en nam een forse slok wijn. Ik wachtte tot hij meer zou zeggen. Het duurde even, maar toen vervolgde hij: 'Het is gebeurd op een zuipfestijn bij Chi Psi, op een donderdagavond.'

Chi Psi gaf al sinds mensenheugenis zuipfeesten op donderdagavond. De hogere machten hadden twaalf jaar geleden geprobeerd daar een einde aan te maken, maar toen had een rijke oud-student eenvoudigweg speciaal voor de feesten een huis gekocht buiten de campus. Hij had het geld ook aan een goed doel kunnen schenken, maar in plaats daarvan kocht hij een feestpand voor zijn jongere studentenverenigingsbroeders, zodat ze zich konden bezatten. Kun je nagaan.

'Uiteraard waren beide betrokkenen dronken,' zei Eban. 'Er is een woordenwisseling geweest, maar het leed geen twijfel dat

Todd Sanderson de verbale strijd heeft omgezet in een afschuwelijke fysieke worsteling. Uiteindelijk belandde de ander – het spijt me, ik kan me zijn naam niet herinneren, ik meen dat het iets van McCarthy of McCaffrey was – in het ziekenhuis. Hij had een gebroken neus en een verbrijzeld jukbeen. Maar dat was nog niet het ergste.'

Hij zweeg weer. Ik begreep de hint.

'Wat was het ergste?' vroeg ik.

'Todd Sanderson had die andere student bijna gewurgd. Er waren vijf mensen voor nodig om hem van hem af te trekken. De tegenstander was toen bewusteloos. Hij moest gereanimeerd worden.'

'Goh,' zei ik.

Eban Trainor sloot even zijn ogen. 'Ik zie niet in waarom dat nu nog belangrijk zou kunnen zijn. Laat hem toch rusten in vrede.'

'Ik vraag het heus niet alleen maar om mijn nieuwsgierigheid te bevredigen.'

Er verscheen weer een lachje om zijn mond. 'O, maar dat weet ik wel, Jacob. Jij bent boven alles een rechtschapen man. Ik ben ervan overtuigd dat je belangstelling zeer gezond en uitermate goedbedoeld is.'

Ik ging er niet op in.

'Waarom is Sanderson niet weggestuurd?' vroeg ik.

'Je hebt mijn beslissing gelezen.'

'Inderdaad,' zei ik. 'Iets over zeer verzachtende omstandigheden.'

'Dat is juist.'

Ik wachtte af, ervan uitgaand dat de volgende vraag voor zichzelf sprak. Toen Trainor niets meer zei, gaf ik hem de benodigde aansporing: 'Wat voor verzachtende omstandigheden waren er?'

'De andere student... McCarthy, zo heette hij. Nu weet ik het weer.' Trainor haalde diep adem. 'Die McCarthy had smalende opmerkingen gemaakt over een bepaald incident. Toen

Sanderson die opmerkingen hoorde, is hij min of meer – begrijpelijk – doorgedraaid.' Eban stak vlak voor mijn gezicht een hand op alsof ik bezwaar wilde maken, wat ik helemaal niet van plan was. 'Ja, Jacob, ik wéét dat er geen excuus is voor geweld, onder wat voor omstandigheden dan ook. Dat is natuurlijk jouw standpunt. Maar we hebben dit bijzondere geval van alle kanten bekeken. Diverse steunbetuigers van Todd Sanderson aan het woord gelaten. Een van hen in het bijzonder heeft hem uit alle macht verdedigd.'

Ik keek hem aan en zag iets spottends in zijn blik. 'En wie mag dat dan wel zijn, Eban?'

'Hint: dit huis is van hem geweest.'

Daar keek ik van op. 'Heeft professor Hume het voor Todd Sanderson opgenomen?'

'Welk woord gebruiken advocaten dan ook alweer?' Hij wreef nog een keer over zijn kin. '*Verwoed*. Hij nam het verwoed voor hem op. Na afloop van de zaak heeft hij hem zelfs geholpen een liefdadigheidsinstelling op te zetten.'

Ik probeerde het voor mezelf op een rijtje te krijgen. Hume verafschuwde geweld, in alle vormen. Hij was zo iemand met te veel gevoel. Wreedheid kon hij niet verdragen, op geen enkel niveau. Als jij leed, leed hij met je mee.

'Ik moet toegeven,' vervolgde Eban, 'dat ik ook verbaasd was, maar je mentor heeft altijd begrip gehad voor verzachtende omstandigheden, nietwaar?'

We hadden het niet meer over Todd Sanderson, dus bracht ik het gesprek weer op hem.

'En wat waren in dit geval de verzachtende omstandigheden?'

'Om te beginnen was Todd Sanderson net terug na een lange afwezigheid. Hij had het voorafgaande semester gemist door zijn persoonlijke situatie.'

Ik had er genoeg van. 'Eban?'

'Ja?'

'Kunnen we ermee ophouden om de hete brij heen te draaien? Wat is er met Todd Sanderson gebeurd? Waarom is hij vertrokken? Wat waren de verzachtende omstandigheden die ervoor hebben gezorgd dat een man als Malcolm Hume, die zo fel is gekant tegen iedere vorm van geweld, een dergelijke extreme uitbarsting heeft verdedigd?'

'Staat dat niet in het dossier?'

'Nee, en dat weet je best. Alles behalve de beslissing zelf is uit de boeken gehouden. Wat is er met hem gebeurd?'

'Niet met hem,' verbeterde Trainor me. 'Met zijn vader.'

Hij pakte achter zich een glas en gaf dat aan mij. Zonder iets te vragen, ik kreeg het gewoon aangereikt. Ik pakte het aan en liet hem wijn inschenken. Het was nog steeds geen twaalf uur, maar dit leek me niet het geschikte moment om commentaar te leveren op drankgebruik-vóór-de-middag. Ik nam het glas aan en hoopte dat de wijn zijn tong zou losmaken.

Eban Trainor leunde achterover en sloeg zijn benen over elkaar. Hij staarde in zijn wijnglas alsof het een glazen bol was. 'Kun je je het incident van de Martindale Little League nog herinneren?'

Nu was het mijn beurt om in het wijnglas te staren. Ik nam een slokje. 'Het pedofilieschandaal?'

'Ja.'

Dat was zo'n vijftien, misschien wel twintig jaar geleden, maar ik herinnerde het me omdat het een van de eerste zaken was geweest die veel aandacht kregen van de pers. 'De trainer van of het hoofd van de Little League verkrachtte toch jonge jongetjes?'

'Zo luidde de beschuldiging, ja.'

'Was het niet waar?'

'Nee,' zei Eban traag, en hij nam nog een flinke slok. 'Het was niet waar.'

We zaten daar maar.

'Wat heeft dat met Todd Sanderson te maken?'

'Niet met hem.' Eban sprak nu enigszins met dubbele tong. 'Maar wel met de trainer of het hoofd van de Little League, zoals jij hem net noemde.'

Nu begreep ik het. 'Was dat zijn vader?'

Eban wees naar me. 'Bingo.'

Ik wist niet wat ik daarop moest zeggen.

'Todd Sanderson had dat semester overgeslagen om zijn vader bij te staan,' zei Eban. 'Hij steunde zijn familie financieel – zijn vader was immers ontslagen als leraar – en ook moreel, hij deed wat hij kon.'

Ik was verbaasd en van mijn stuk gebracht, maar dit alles leidde weer tot die ene centrale vraag: wat kon het in vredesnaam te maken hebben met mijn Natalie?

'Ik herinner me niet zo heel veel van die zaak,' zei ik. 'Hoe is het afgelopen? Heeft Todds vader in de gevangenis gezeten?'

'Nee. Hij is onschuldig verklaard.'

'O?'

'De uitspraak heeft niet al te veel pers gekregen. Zo gaan die dingen: de beschuldiging komt op de voorpagina's, het intrekken daarvan niet.'

'Dus hij is niet schuldig bevonden?'

'Juist.'

'Er is wel een groot verschil tussen niet schuldig en onschuldig.'

'Klopt,' zei Eban. 'Maar in dit geval niet. Al in de eerste week van de rechtszaak kwam aan het licht dat een wraakzuchtige ouder de beschuldiging uit zijn duim gezogen had, omdat Todds vader zijn zoon niet liet pitchen. De leugen was volledig uit de hand gelopen. Maar uiteindelijk is Todds vader vrijgesproken van alle beschuldigingen.'

'En toen heeft Todd zijn studie weer opgepakt?'

'Ja.'

'En ik neem aan dat de smalende opmerking waarover je het had iets te maken had met de beschuldigingen jegens Todds vader?'

Eban hief een onvaste hand voor een sarcastische toost. 'Dat hebt u goed gezien, meneer. Ondanks de nieuwe bewijzen dachten namelijk velen, net als jij daarnet: waar rook is, is vuur.

Die ouwe Sanderson zal toch wel íéts uitgespookt hebben. Vooral toen hij na de rechtszaak...'

'Wat gebeurde er na de rechtszaak?'

Hij staarde weer in zijn glas. Ik raakte zijn aandacht kwijt.

'Eban?'

'Ja, ik kom er zo op.'

Ik wachtte af en gaf hem de ruimte.

'Todd Sanderson kwam uit een klein stadje in het Zuiden.
Zijn vader woonde daar al zijn hele leven. Maar nu... Nou ja,
dat kun je je wel voorstellen. Hij kreeg geen werk. Zijn vrienden wilden niet meer met hem praten. Niemand geloofde hem
echt. Zulke geruchten maak je niet ongedaan, Jacob. Dat leren
we onze studenten toch ook? Er was maar één persoon die echt
in hem geloofde.'

'Todd,' zei ik.

'Ja.'

'Was er verder geen familie? Todds moeder?'

'Lang geleden gestorven.'

'En wat is er gebeurd?'

'Zijn vader was er natuurlijk kapot van, maar hij stond erop
dat Todd weer ging studeren. Heb je zijn dossier gelezen?'

'Ja.'

'Dan weet je het al. Hij was een uitmuntend student, een van
de beste die Lanford ooit heeft gekend. Hij had een gouden
toekomst. Dat zag zijn vader ook in. Maar Todd wilde niet
terug, hij had het gevoel dat hij dan zijn vader in de steek zou
laten op het moment dat die hem het hardst nodig had. Todd
weigerde ronduit om terug te gaan voordat de situatie thuis was
verbeterd. Maar we weten natuurlijk allemaal dat zulke situaties
niet verbeteren. Daarom deed Todds vader het enige wat hij
kon bedenken om een einde te maken aan zijn eigen verdriet en
zijn zoon de vrijheid te geven zijn studie af te maken.'

We keken elkaar aan. Hij had nu tranen in zijn ogen.

'Nee, hè?' zei ik.

'Jawel.'

'Hoe...?'

'Zijn vader heeft ingebroken in de school waar hij vroeger werkte en zich door het hoofd geschoten. Hij wilde namelijk niet dat zijn zoon degene zou zijn die zijn lichaam vond.'

12

Drie weken voordat Natalie me dumpte, toen we smoorverliefd op elkaar waren, waren we een keer weggeglipt uit onze verblijven in Kraftsboro om een bezoek te brengen aan Lanford. 'Ik wil de universiteit zien die zo veel voor je betekent,' zei ze.

Ik weet nog hoe haar ogen oplichtten toen ze met me over de campus liep. Hand in hand. Natalie droeg een grote strohoed, wat ik zowel vertederend als eigenaardig vond, en een zonnebril. Ze zag er een beetje uit als een vermomde filmster.

'Toen je hier studeerde,' vroeg ze me, 'waar nam je de spannende meisjes dan mee naartoe?'

'Rechtstreeks mijn bed in.'

Natalie gaf speels een mep tegen mijn arm. 'Ik meen het. Ik heb honger.'

Dus waren we naar Judie's Restaurant op Main Avenue gegaan. Judie's soezen en haar zelfgemaakte appelmoes waren verrukkelijk. Dat vond Natalie ook. Ik zag hoe ze alles gretig in zich opnam: de kunst aan de muren, de inrichting, het jonge personeel en de menukaart. 'Dus hier nam je je vriendinnetjes mee naartoe?'

'De betere vriendinnetjes.'

'Wacht even. Waar ging je dan met de… mindere naartoe?'

'Barsolotti, de donkere kroeg hiernaast.' Ik moest lachen.

'Wat lach je nou?'

'Daar deden we condoomroulette.'

'Pardon?'

'Niet met meisjes, dat was een grapje. Ik kwam er met mijn vrienden. Op de heren-wc hing een condoomautomaat.'

Natalie knikte. 'Chic.'

'Ja, hè?'

'En hoe ging dat, condoomroulette?'

'Het was heel stom.'

'Zo makkelijk kom je niet van me af. Ik wil het horen.'

Daar was die glimlach, die me compleet van mijn stuk bracht.

'Oké,' zei ik. 'Je speelt het met vier jongens... O, het is echt stom.'

'Kom op, nou. Ik vind het prachtig. Je speelt het dus met vier jongens...' Ze gebaarde dat ik verder moest vertellen.

'Er waren vier kleuren condooms,' legde ik uit. 'Midnight Black, Cherry Red, Lemon Yellow en Orange Orange.'

'Die laatste twee verzin je zelf.'

'Nou ja, zoiets was het. Waar het om ging, is dat je vier kleuren had, maar nooit wist welke je kreeg. We legden ieder drie dollar in en kozen een kleur. Vervolgens ging een van ons naar de automaat en trok er een verpakt condoom uit. Ook dan wist je pas welke kleur je had nadat je het had uitgepakt. Iemand zorgde voor "tromgeroffel" op tafel. Een ander bracht verslag uit alsof het om een olympische gebeurtenis ging. Uiteindelijk werd de verpakking geopend, en het geld ging naar degene die de juiste kleur had gekozen.'

'Wauw, gaaf spel.'

'Ach ja,' zei ik. 'De winnaar moest natuurlijk de volgende karaf bier gaan halen, dus financieel schoot het niet echt op. Op het laatst heeft Barsy – de eigenaar van de zaak – het uitgeroepen tot een officieel spel, met regels en een competitie en een scorebord.'

Ze pakte mijn hand. 'Zullen we het samen doen?'

'Hè, nu? Nee.'

'Toe nou.'

'Echt niet.'

'Dan kunnen we na afloop,' fluisterde Natalie, en ze wierp

me een blik toe waarmee ze mijn wenkbrauwen verschroeide, 'het condoom gebruiken.'

'Ik kies Midnight Black,' zei ik.

Ze begon te lachen. Ik hoorde het in gedachten weer nu ik Judie's Restaurant binnenliep, alsof haar lach nog in de lucht hing, nagalmend. Alsof ik werd uitgelachen. Ik was in, even denken, zes jaar niet meer bij Judie's geweest. Toen ik naar het tafeltje keek waar we hadden gezeten, was het leeg.

'Jake?'

Ik draaide me met een ruk naar rechts. Shanta Newlin zat aan een rustig tafeltje bij het erkerraam. Ze zwaaide of knikte niet. Haar lichaamstaal, meestal één en al zelfvertrouwen, leek niet te kloppen. Ik ging tegenover haar zitten. Ze keek amper op.

'Hallo,' zei ik.

Shanta bleef strak naar het tafeltje staren en zei: 'Vertel me het hele verhaal, Jake.'

'Waarom? Wat is er aan de hand?'

Ze keek nu op en doorboorde me met haar blik, alsof ik in een verhoor beland was. Ik zag nu de FBI-agente in haar. 'Is ze echt een ex van je?'

'Hè? Ja, natuurlijk.'

'En waarom ben je opeens naar haar op zoek?'

Ik aarzelde.

'Jake?'

Ik dacht weer aan de e-mail.

Je had het beloofd.

'Ik heb je om een gunst gevraagd,' zei ik.

'Dat weet ik.'

'Dus je kunt me vertellen wat je hebt gevonden of we laten het hierbij. Ik geloof niet dat ik inzie waarom jij hier méér van zou moeten weten.'

De jonge serveerster – Julie had altijd studenten in dienst – gaf ons de menukaart en vroeg wat we wilden drinken. We bestelden allebei ijsthee. Toen de serveerster weg was, richtte Shanta haar doordringende blik weer op me.

'Ik wil je alleen maar helpen, Jake.'

'Misschien moeten we het maar vergeten.'

'Dat meen je niet.'

'Jawel. Ze heeft me gevraagd haar met rust te laten. Ik had naar haar moeten luisteren.'

'Wanneer?'

'Wanneer wat?'

'Wanneer heeft ze je gevraagd haar met rust te laten?' vroeg Shanta.

'Wat maakt dat nou uit?'

'Vertel het me nu maar gewoon. Het kan belangrijk zijn.'

'Hoezo dan?' Toen, nadat ik me had afgevraagd wat voor kwaad het zou kunnen, antwoordde ik: 'Zes jaar geleden.'

'Je zei dat je verliefd op haar was.'

'Klopt.'

'Vroeg ze het je toen jullie uit elkaar gingen?'

Ik schudde mijn hoofd. 'Nee, toen ze met een andere man trouwde.'

Ze knipperde even met haar ogen. Mijn woorden verzachtten haar indringende blik, in ieder geval tijdelijk. 'Even voor de duidelijkheid: je bent naar haar bruiloft gegaan. Was je toen nog verliefd op haar? Domme vraag. Natuurlijk was je verliefd op haar, dat ben je nog steeds. Dus je ging naar haar bruiloft, en daar zei Natalie dat je haar met rust moest laten?'

'Zoiets, ja.'

'Dat moet me een scène geweest zijn.'

'Het is anders gegaan dan het nu klinkt. Het was net uit tussen ons. Ze koos voor een ander. Een ex van haar. Een paar dagen later zijn ze getrouwd.' Ik probeerde het met een schouderophalen af te doen. 'Die dingen gebeuren.'

'Zou je denken?' Shanta hield verbaasd haar hoofd schuin, als een leergierige eerstejaars. 'Ga door.'

'Waarmee? Ik ben naar de huwelijksvoltrekking gegaan. Natalie vroeg me haar keuze te respecteren en hen met rust te laten. Dat heb ik beloofd.'

'Op die manier. Heb je in de afgelopen zes jaar nog contact met haar gehad?'

'Nee.'

'Op geen enkele manier?'

Het drong nu tot me door hoe goed Shanta hierin was. Ik had besloten mijn mond te houden, en intussen ratelde ik maar verder. 'Op geen enkele manier.'

'En je weet heel zeker dat ze Natalie Avery heet?'

'Dat zijn geen dingen waar je je in vergist. Genoeg gevraagd. Wat ben je te weten gekomen, Shanta?'

'Niets.'

'Niets?'

De serveerster kwam terug, met een brede glimlach en onze ijsthee. 'Kijk eens, een paar verse soesjes van Judie.' Haar stem had de blije klank van de jeugd. De geur van de soesjes voerde me terug naar mijn laatste bezoekje. Inderdaad, zes jaar geleden.

'Hebt u vragen over de kaart?' vroeg de opgewekte serveerster.

Ik kon geen antwoord geven.

'Jake?' zei Shanta.

Ik slikte. 'Nee, geen vragen.'

Shanta bestelde een sandwich met geroosterde portobello. Ik koos voor volkorenbrood met kalkoen, sla en tomaat. Toen de serveerster weg was, boog ik me over de tafel heen. 'Hoezo heb je niks gevonden?'

'Welk gedeelte van "niks" begrijp je niet, Jake? Ik heb niks kunnen vinden over je ex – noppes, nada, niets. Geen adres, geen belastingaangiften, geen bankrekening, geen creditcard. Er is geen greintje bewijs dat jouw Natalie Avery zelfs maar bestaat.'

Dat probeerde ik tot me door te laten dringen.

Shanta legde haar handen op tafel. 'Weet je hoe moeilijk het is om helemaal nergens geregistreerd te staan?'

'Niet echt, nee.'

'In dit computertijdperk, met alle technologie? Het is vrijwel onmogelijk.'

'Misschien is er een logische verklaring.'

'Zoals?'

'Misschien is ze naar het buitenland verhuisd.'

'Dat staat dan nergens geregistreerd. Geen paspoort op haar naam. Geen douane gepasseerd, volgens de computer. Zoals ik al zei…'

'Niets te vinden,' maakte ik het voor haar af.

Shanta knikte.

'Ze is een méns, Shanta. Ze bestaat.'

'Nou, ze bestónd. Zes jaar geleden. Dat is de laatste keer dat we een adres van haar hebben. Ze heeft een zus, Julie Pottham. Haar moeder, Sylvia Avery, is opgenomen in een verzorgingstehuis. Wist je dat wel?'

'Ja.'

'Met wie is ze getrouwd?'

Moest ik daar antwoord op geven? Ik zag er weinig kwaad in. 'Todd Sanderson.'

Ze noteerde de naam. 'En waarom wilde jij haar nu vinden?'

Je had het beloofd.

'Doet er niet toe,' zei ik. 'Ik moet het gewoon laten rusten.'

'Meen je dat nou?'

'Ja, ik meen het. Het was een opwelling. Ik bedoel, het is zes jaar geleden. Ze is met een ander getrouwd en heeft me laten beloven haar met rust te laten. Wat zoek ik dan eigenlijk?'

'Dat maakt me nu juist zo nieuwsgierig, Jake.'

'Wat?'

'Je hebt je zes jaar aan je belofte gehouden. Waarom verbreek je die nu ineens?'

Die vraag wilde ik niet beantwoorden, en er begon nog iets

anders aan me te knagen. 'Waarom wil je dat zo graag weten?'

Ze gaf geen antwoord.

'Ik heb je gevraagd iemand na te trekken. Je had me gewoon kunnen laten weten dat je niets hebt gevonden. Waarom stel je me al die vragen over haar?'

Daar leek Shanta even niet van terug te hebben. 'Ik wilde je alleen maar helpen.'

'Je verzwijgt iets voor me.'

'Jij ook voor mij,' zei Shanta. 'Waarom nú, Jake? Waarom ga je nu op zoek naar je oude liefde?'

Ik staarde naar mijn soesje en dacht terug aan die dag in ditzelfde restaurant zes jaar geleden, aan de manier waarop Natalie met kleine hapjes had gegeten, met een geconcentreerd gezicht, genietend, zoals ze van alles kon genieten. Als we samen waren, was zelfs het kleinste dingetje waardevol. Iedere aanraking bezorgde me plezier.

Je had het beloofd.

Zelfs nu nog, na alles wat er was gebeurd, kon ik haar niet verraden. Stom? Jawel. Naïef? O, nog wel een paar stapjes erger dan dat. Maar ik kon het niet.

'Vertel het me dan, Jake.'

Ik schudde mijn hoofd. 'Nee.'

'Waarom verdomme niet?'

'Voor wie was de kalkoen?' Het was een andere serveerster, minder springerig, een beetje afgetobd. Ik stak mijn hand op.

'En de geroosterde portobello?'

'Pak die maar voor me in,' zei Shanta, en ze stond op. 'Ik heb geen trek meer.'

13

Bij de eerste keer dat ik Natalie zag, droeg ze binnen een zonnebril. Om het nog erger te maken was het avond.

Ik rolde afkeurend met mijn ogen, ervan uitgaand dat ze er een bepaald effect mee wilde bereiken. Ze beschouwde zichzelf natuurlijk als Kunstenares, met een hoofdletter K. Het was een gezamenlijke avond van het teken- en het schrijfkamp, waarbij de deelnemers elkaar hun werk toonden. Het was de eerste keer dat ik zo'n avond bijwoonde, maar ik zou al snel tot de ontdekking komen dat het een wekelijkse bijeenkomst was. De kunstwerken waren tentoongesteld in Darly Wanaticks schuur, en voor de voordrachten uit eigen werk waren stoelen klaargezet.

De vrouw met de zonnebril – ik had haar nog niet ontmoet – zat op de achterste rij, met haar armen over elkaar geslagen. Naast haar zat een man met een baard en donkere krullen. Ik vroeg me af of ze bij elkaar hoorden. Herinner je je de gewichtige Lars die gedichten schreef vanuit het perspectief van de hond van Hitler? Hij begon voor te lezen. Het duurde heel, heel lang. Ik schuifelde onrustig heen en weer op mijn stoel. De vrouw met de zonnebril bleef stil zitten.

Toen ik het niet langer kon aanhoren liep ik, onbeleefd of niet, naar het achterste gedeelte van de schuur om de diverse tentoongestelde werken te bekijken. De meeste makers hadden het niet echt in de vingers, om het maar eens vriendelijk te zeggen. Er was een installatie met als titel *Breakfast in America*, bestaande uit omgevallen pakken ontbijtgranen op een keukentafel. Meer niet. Dozen Cap'n Crunch naturel, Cap'n Crunch pinda (er was een bezoeker die mompelde: 'Valt het jullie ook op dat de kunstenaar geen Cap'n Crunch bosbessen heeft gebruikt? Waarom niet? Wat wil hij daarmee zeggen?'), Lucky Charms, Cocoa Puffs, Sugar Smacks en zelfs mijn oude favoriet: Quisp. Ik keek naar de laag gemorste cereals op het tafelblad. Het zei me niets, al begon mijn maag wel licht te knorren.

Toen iemand vroeg 'Wat vind jij ervan?' kwam ik in de verleiding om te zeggen dat ik de melk miste.

Bij het bekijken van de kunst was er maar één werk dat maakte dat ik bleef staan. Het was een schilderij van een huisje op een heuvel. De zijkant werd beschenen door een zachte ochtendgloed, in de kleur roze die bij het eerste daglicht hoort. Ik zou niet kunnen zeggen waarom, maar ik kreeg er een brok van in mijn keel. Misschien kwam het door de donkere ramen, alsof het ooit lekker warm was geweest in het huisje, maar het nu verlaten was. Ik weet het niet. Maar ik stond daar voor het schilderij en voelde me verloren en geroerd. Langzaam liep ik naar het volgende werk van dezelfde kunstenaar. Ze raakten me stuk voor stuk. Van sommige werd ik melancholiek, van andere nostalgisch, vrolijk of hartstochtelijk. Ze lieten me geen van alle koud.

De 'grote onthulling' dat de schilderijen van Natalies hand bleken te zijn zal ik je besparen.

Een vrouw moest lachen om mijn reactie. 'Vind je ze mooi?'

'Heel mooi,' zei ik. 'Hebt u ze geschilderd?'

'Hemel, nee. Ik run de koffiehoek in de boekwinkel in het dorp.' Ze gaf me een hand. 'Iedereen noemt me Cookie.'

Ik schudde haar de hand. 'Wacht even. Cookie die koekjes bakt?'

'Ja, erg hè?'

'Best wel.'

'De schilderijen zijn van Natalie Avery. Ze staat daarginds.'

Cookie wees naar de vrouw met de zonnebril.

'O,' zei ik.

'O wat?'

Ik had haar, met die zonnebril binnenshuis, ingeschat als de schepper van *Breakfast in America*. Lars was net klaar met zijn gedicht. Het publiek gaf hem een beleefd applausje, maar Lars, met zijn halsdoek, maakte een buiging alsof hij een donderende staande ovatie kreeg.

Iedereen stond op, behalve Natalie. De man met de baard en de krullen fluisterde iets tegen haar toen hij ging staan, maar ze verroerde zich nog altijd niet. Ze bleef daar zitten met haar armen over elkaar, nog altijd in vervoering van het diepste wezen van Hitlers hond, zo leek het.

Ik liep naar haar toe. Ze keek dwars door me heen.

'Dat huisje op je schilderij, waar staat dat ergens?'

'Huh?' vroeg ze geschrokken. 'Nergens. Welk schilderij?'

Ik fronste mijn voorhoofd. 'Jij bent toch Natalie Avery?'

'Ik?' De vraag leek haar enorm in verwarring te brengen. 'Ja, hoezo?'

'Het schilderij van het huisje op de berg. Ik vond het prachtig. Het... Ik weet niet. Het raakt me.'

'Huisje?' Ze ging wat rechter zitten, zette de zonnebril af en wreef in haar ogen. 'O ja, het huisje.'

Ik fronste nog een keer mijn voorhoofd. Ik weet niet precies wat voor reactie ik had verwacht, maar toch wel iets uitgesprokeners dan dit. Ik keek op haar neer. Ik mag dan niet het allerscherpste mes in de lade zijn, maar toen ze nog een keer in haar ogen wreef, drong het tot me door.

'Zat je te slapen?' vroeg ik.

'Hè? Nee.'

Maar ze wreef nogmaals in haar ogen.

'Holy shit,' zei ik. 'Dus daarom had je een zonnebril op. Zodat niemand het doorhad.'

'Sst.'

'Je hebt al die tijd zitten slapen!'

'Niet zo hard.'

Ze keek me eindelijk aan, en ik weet nog dat ik vond dat ze

een mooi, lief gezicht had. Ik zou algauw tot de ontdekking komen dat Natalie in het bezit was van 'een trage schoonheid', zoals ik het noem: eerst valt het je niet op, dan sla je steil achterover, en vervolgens wordt ze met iedere keer dat je haar ziet mooier en mooier, tot je je niet kunt voorstellen dat je haar ooit minder dan oogverblindend hebt gevonden. Telkens wanneer ik haar zag, reageerde mijn hele lichaam op haar alsof het de eerste keer was, of nog beter.

'Lag het er zo dik bovenop?' vroeg ze op fluistertoon.

'Helemaal niet. Ik dacht dat je gewoon een aanstelster was.'

Ze trok een wenkbrauw op. 'Er is toch geen betere vermomming in dit gezelschap?'

Ik schudde mijn hoofd. 'En toen ik je schilderijen zag, vond ik je een genie.'

'Echt?' Ze leek van haar stuk gebracht door het compliment.

'Echt.'

Ze schraapte haar keel. 'En nu je hebt gezien hoe ik de boel kan bedriegen?'

'Nu vind ik je een duivels genie.'

Dat vond Natalie leuk. 'Je kunt het me moeilijk kwalijk nemen. Die Lars is een wandelend slaapmiddel. Zodra hij zijn mond opendoet, ben ik vertrokken.'

'Ik ben Jake Fisher.'

'Natalie Avery.'

'Heb je zin in een kop koffie, Natalie Avery? Zo te zien kun je die wel gebruiken.'

Ze aarzelde en bestudeerde mijn gezicht zo aandachtig dat ik dacht dat ik begon te blozen. Toen streek ze een zwart krulletje achter haar oor en stond op uit de stoel. Ze kwam dichter bij me staan, en ik weet nog dat ik haar prachtig petieterig vond, kleiner dan ik had gedacht toen ze nog zat. Ze keek het hele eind naar me op en er verscheen langzaam een glimlach op haar gezicht. Een prachtige glimlach, moet ik zeggen. 'Prima, waarom niet?'

Het beeld van die glimlach nestelde zich even in mijn brein voordat het genadig oploste.

Ik was met Benedict in de Library Bar. De naam Library Bar dekte precies de lading: een oude campusbibliotheek met veel donker hout, die pasgeleden was verbouwd tot retro-trendy dranklokaal. De eigenaars waren zo slim geweest om heel weinig te veranderen aan de oude bibliotheek. De boeken stonden nog in de eiken kasten, op alfabet of gesorteerd via het deweysysteem, ik weet niet wat ze hier vroeger hadden gebruikt. De 'bar' was de oude uitleenbalie, de onderzetters geplastificeerde uitleenkaartjes. Er stonden groene notarislampen.

De meisjes achter de bar hadden hun haar in een streng knotje, droegen degelijke kleding en natuurlijk een bril met een dik montuur. Inderdaad, de fantasie van de opwindende bibliothecaresse. Ieder uur klonk er een luid *Sst* door de speakers, waarna de barkeepsters hun bril afrukten en hun knotje en de bovenste knoopjes van hun blouse losmaakten.

Cliché, maar het werkte.

Benedict en ik begonnen zo langzamerhand flink bezopen te raken. Ik sloeg losjes een arm om hem heen en leunde tegen hem aan. 'Weet je wat wij moeten doen?' vroeg ik hem.

Benedict trok een gezicht. 'Nuchter zien te worden?'

'Ha! Da's een goeie! Nee, we zouden een condoomroulettetoernooi moeten organiseren. De winnaar gaat door naar de volgende ronde. Ik dacht aan vierenzestig teams. Ons eigen kampioenschap.'

'We zijn niet bij Barsolotti, Jake. Er hangt hier geen condoomautomaat.'

'Niet?'

'Nee.'

'Jammer.'

'Ja,' zei Benedict. En toen, op fluistertoon: 'Lekkere hapjes op drie uur. Die zou ik wel eens een tik op de billen willen verkopen.'

Ik wilde links kijken, toen rechts, en opeens wist ik niet meer wat 'drie uur' nou eigenlijk wilde zeggen. 'Wacht even,' zei ik. 'Waar zit de twaalf ook alweer?'

Benedict zuchtte. 'Pal voor je neus.'

'Dus dan is drie uur...?'

'Kijk nou maar gewoon naar rechts, Jake.'

Je hebt misschien al geraden dat ik niet zo goed tegen drank kan. Daar staan mensen vaak van te kijken. Als ze iemand van mijn postuur zien, verwachten ze dat ik kleinere lieden onder de tafel drink. Ik kan dat niet. Ik reageer hetzelfde op alcohol als een kersverse studente op haar eerste mixdrankje.

'Nou?'

Ik wist al wat voor types het zouden zijn voordat ik ze goed en wel kon bekijken: twee blondines die er in het gedempte licht van de Library Bar goed tot zeer goed uitzagen, en die de volgende ochtend gewoontjes tot angstaanjagend zouden zijn. Benedict schuifelde naar hen toe en begon een praatje. Benedict kon nog een dossierkast versieren. De twee vrouwen keken langs hem heen mijn kant op. Benedict wenkte me.

Wat kon mij het verdomme ook schelen?

Je had het beloofd.

En of ik het had beloofd. Bedankt dat je me er nog even op wijst. Dan kon ik net zo goed proberen een lekker ding te scoren, of niet soms? Ik baande me een weg naar hen toe.

'Dames, dit is de legendarische professor Jacob Fisher.'

'Wauw,' zei een van de blondines, 'wat is hij groot.' En omdat Benedict nu eenmaal de voor de hand liggende opmerking moest maken, zei hij met een knipoog: 'Je moest eens weten, schat.'

Ik onderdrukte een zucht, begroette hen en ging zitten. Benedict bestookte de vrouwen met versierteksten, speciaal uitgekozen voor deze bar: 'Het is een bibliotheek, dus ik mag jullie best een nachtje lenen.' 'Krijg ik een boete als ik je te laat terugbreng?' De meisjes vonden het prachtig. Ik probeerde mee te doen, maar ik ben nooit zo goed geweest in oppervlakkige gesprekjes. Ik zag steeds Natalies gezicht voor me. Ik zette het telkens weer uit mijn hoofd. We bestelden nog een rondje. En nog een.

Na een poos strompelden we met z'n allen naar de banken die in de voormalige kinderhoek stonden. Zodra ik zat, zakte mijn hoofd opzij, en het zou kunnen dat ik even van de wereld was. Toen ik wakker werd, begon een van de blondjes tegen me te praten. Ik stelde me voor.

'Ik ben Windy,' zei ze.

'Wendy?'

'Nee, Windy. Met een i in plaats van een e.' Ze zei het alsof ze het al duizenden keren eerder had gezegd, wat waarschijnlijk ook het geval was.

'Zoals in het liedje?' vroeg ik.

Ze keek me verrast aan. 'Ken je dat dan? Daar lijk je me niet oud genoeg voor.'

'*Everyone knows it's Windy,*' zong ik. 'Mijn vader was gek op The Association.'

'Wauw, mijn vader ook. Daar komt mijn naam vandaan.'

Het liep, verrassend genoeg, uit op een echt gesprek. Windy was eenendertig en werkte als lokettiste bij een bank, maar ze volgde hier in de buurt een opleiding tot kinderverpleegkundige, haar droombaan. Ze zorgde voor haar gehandicapte broer.

'Alex heeft hersenverlamming,' zei Windy, en ze liet me een foto zien van haar broer in een rolstoel. Het gezicht van de jongen straalde. Ik staarde ernaar alsof de goedheid op de een of andere manier vanaf de foto op mijzelf zou kunnen overslaan. Windy zag het, knikte en zei heel zachtjes: 'Hij is alles voor me.'

Er ging een uur voorbij. Of misschien twee. Ik kletste met Windy. Op avonden als deze komt er altijd een moment waarop je weet of je – ahum – de koop gaat doorzetten (of, om in de bibliotheekmetaforen te blijven: of je je kaart laat afstempelen) of niet. We waren op dat punt aanbeland, en het was duidelijk dat het antwoord ja was.

De dames gingen hun neus poederen. Ik was overdreven relaxed door de drank. Ergens in mijn achterhoofd vroeg ik me af of ik wel zou kunnen presteren. Maar eigenlijk kon het me niet eens veel schelen.

'Weet je wat ik leuk aan hen allebei vind?' Benedict wees naar een rij boeken. 'Ze zijn niet gebonden. Snap je? Gebonden... boeken...?'

Ik kreunde hardop. 'Ik geloof dat ik moet overgeven.'

'Heel grappig,' zei Benedict. 'Waar was je trouwens gisteravond?'

'Heb ik je dat niet verteld?'

'Nee.'

'Ik ben naar Vermont gereden,' zei ik. 'Naar het oude kamp van Natalie.'

Hij keek me aan. 'Waarvoor?'

Het was heel raar, maar als Benedict te veel gedronken had, kreeg hij een beetje een Brits accent. Ik nam aan dat het met zijn kostschooltijd te maken had. Hoe meer hij dronk, hoe sterker het accent werd.

'Omdat ik met vragen zat,' zei ik.

'En heb je antwoorden gekregen?'

'Ja.'

'Vertel.'

'Eén,' – ik stak een vinger in de lucht – 'niemand kent Natalie daar nog. Twee,' – weer een vinger – 'niemand kent mij daar nog. Drie,' – dat van die vingers snap je inmiddels wel – 'in de boeken van de kapel staat haar huwelijk niet geregistreerd. Vier: de geestelijke die ik het huwelijk heb zien voltrekken zweert dat het nooit heeft plaatsgevonden. Vijf: de eigenares van de koffiehoek in de boekwinkel waar we altijd kwamen en die me destijds op Natalie heeft gewezen had geen idee wie ik was en kon zich Natalie en mij geen van beiden herinneren.'

Ik liet mijn hand zakken.

'O ja, en dat kunstenaarskamp waar Natalie zat?' zei ik. '"Creatief bijtanken", weet je wel? Dat is er niet meer en iedereen zweert dat het nooit heeft bestaan, dat op die plek altijd een familieboerderij heeft gestaan. Kortom: ik geloof dat ik gek aan het worden ben.'

Benedict wendde zijn blik af en nam een slok van zijn bier.

'Wat is er?' vroeg ik.

'Niks.'

Ik stootte hem aan. 'Kom op, man. Wat is er nou?'

Benedict hield zijn hoofd gebogen. 'Zes jaar geleden, toen je naar dat kamp vertrok, was je er beroerd aan toe.'

'Misschien een beetje, ja. En?'

'Je vader was pas gestorven. Je voelde je alleen. Je proefschrift wilde niet vlotten. Je was van streek en gespannen. Je was kwaad omdat Trainor er met een berisping van afgekomen was.'

'Wat wil je nou eigenlijk zeggen?'

'Niks. Laat maar.'

Mijn hoofd tolde nu echt. Ik had vele glazen terug moeten stoppen. Ik weet nog dat ik een keer te veel had gedronken in mijn eerste studiejaar en terug wilde lopen naar mijn kamer. Ik kwam er nooit aan. Toen ik wakker werd, lag ik boven op een struik. Ik herinner me dat ik naar de sterrenhemel staarde en me afvroeg waarom de grond zo prikte. Dat draaierige gevoel had ik nu ook, alsof ik in een bootje op ruwe zee dobberde.

'Natalie,' zei Benedict.

'Wat is er met haar?'

Hij keek me aan, met die vergrote ogen achter zijn brillenglazen. 'Waarom heb ik haar eigenlijk nooit ontmoet?'

'Omdat we al die tijd in Vermont hebben gezeten.'

'Ben je nooit met haar hier op de campus geweest?'

'Eén keer. We hebben samen bij Judie's gegeten.'

'En waarom heb je haar toen niet aan me voorgesteld?'

Ik schokschouderde net iets te fel. 'Weet ik veel. Misschien was je er niet of zo.'

'Ik ben die hele zomer hier geweest.'

Stilte. Ik probeerde het terug te halen. Had ik geprobeerd haar aan Benedict voor te stellen?

'Ik ben je beste vriend, of niet?' vroeg hij.

'Ja.'

'Als je met haar was getrouwd, was ik je getuige geweest.'

'Dat weet je.'

'Vind je het dan niet bizar dat ik haar nooit heb ontmoet?'

'Als je het zo bekijkt...' Ik fronste mijn voorhoofd. 'Wacht even, probeer je me nu iets duidelijk te maken?'

'Nee,' zei hij zacht. 'Het is alleen raar, meer niet.'

'Wat bedoel je precies met "raar"?'

Hij zweeg.

'Raar in de zin dat ik haar verzonnen zou hebben? Bedoel je dat?'

'Nee. Ik wilde alleen maar zeggen...'

'Wát wil je zeggen?'

'Die zomer. Je had iets nodig om je aan vast te klampen.'

'En dat heb ik gevonden. En weer verloren.'

'Goed, laat verder maar zitten.'

Maar nee, dat wilde ik niet. Nog niet. Niet nu mijn woede en de drank de teugels overnamen. 'Nu we het er toch over hebben,' zei ik. 'Hoe komt het eigenlijk dat ik jouw grote liefde nooit heb ontmoet?'

'Waar heb je het over?'

Man, wat was ik bezopen. 'Die foto in je portefeuille. Waarom ken ik haar niet?'

Hij reageerde alsof ik hem een klap in het gezicht had gegeven. 'Hou erover op, Jake.'

'Ik zeg het alleen maar.'

'Hou erover op. Nu.'

Ik deed mijn mond open en weer dicht. De meisjes kwamen terug. Benedict schudde even zijn hoofd en daar was de glimlach weer.

'Welke wil jij?' vroeg hij aan mij.

Ik keek hem aan. 'Serieus?'

'Ja.'

'Windy,' zei ik.

'Welke is dat?'

'Serieus?'

'Ik ben niet goed in namen,' zei Benedict.

'Windy is degene met wie ik de hele avond heb zitten praten.'

'Met andere woorden,' zei Benedict, 'jij wilt de lekkerste. Mij best, hoor.'

Ik ging met Windy mee. We deden het rustig aan, tot we er flink tegenaan gingen. Het was niet het allergrootste genot, maar wel heel lief en leuk. Om een uur of drie die nacht liet Windy me uit.

Omdat ik niet goed wist wat ik moest zeggen, zei ik onnozel: 'Eh, dank je wel.'

'Eh, graag gedaan?'

We kusten elkaar luchtig op de mond. Dit was niet iets blijvends, dat wisten we allebei, maar het was een kleine, kortstondige vreugde, en soms is daar helemaal niets mis mee in deze wereld.

Ik zwalkte terug naar de campus. Er waren nog studenten op de been. Ik probeerde in de schemer te blijven, maar Barry, degene die elke week naar mijn inloopspreekuur kwam, zag me lopen en riep: 'Stiekem in een ander bedje geslapen, meester?'

Betrapt.

Ik zwaaide goedmoedig naar hem en zigzagde terug naar mijn bescheiden optrekje.

Toen ik binnenkwam, steeg het bloed ineens naar mijn hoofd. Ik bleef stilstaan en wachtte tot mijn benen het weer deden. Nadat de draaierigheid was gezakt, liep ik naar de keuken om een glas ijswater te pakken. Ik dronk het met grote teugen leeg en nam er nog een. Dat zou morgen hoofdpijn worden, geen twijfel mogelijk.

De vermoeidheid maakte mijn botten loodzwaar. Ik ging naar de slaapkamer en deed het licht aan. Daar, op de rand van mijn bed, zat de man met de kastanjebruine honkbalpet. Geschrokken deinsde ik achteruit.

De man zwaaide vriendelijk naar me. 'Hallo, Jake. Jezus, wat zie je eruit. Heb je liggen rollebollen?'

Heel even, niet langer dan één tel, stond ik daar maar. De man glimlachte naar me alsof dit de normaalste ontmoeting ter wereld was. Hij tikte zelfs zijn pet aan, als een profgolfer die zijn publiek groet.

'Wie ben jij verdomme?' vroeg ik.

'Dat doet er niet toe, Jake.'

'En of het ertoe doet. Zeg op.'

De man zuchtte. Teleurgesteld, zo leek het, vanwege mijn onredelijke eis om zijn identiteit te onthullen. 'Laten we zeggen dat ik een vriend van je ben.'

'Jij was in de koffiehoek. In Vermont.'

'Betrapt.'

'En je bent me hierheen gevolgd. In een bestelwagen.'

'Alweer betrapt. Man, je stinkt naar goedkope drank en nog goedkopere seks. Niet dat daar iets op aan te merken is.'

Ik probeerde stevig op mijn benen te blijven staan. 'Wat wil je van me?'

'We gaan een ritje maken.'

'Waarheen?'

'Waarheen?' Hij trok een wenkbrauw op. 'Laten we nou geen spelletjes spelen, Jake. Je weet heel goed waarheen.'

'Ik heb geen flauw idee waar je het over hebt,' zei ik. 'Hoe ben je hier trouwens binnengekomen?'

De man rolde nog net niet met zijn ogen. 'Tuurlijk Jake, laten we onze tijd verdoen met een gesprek over de manier waarop ik erin geslaagd ben langs dat speelgoedslotje op jouw achterdeur te komen. Je kunt de boel nog beter met plakband dichtmaken.'

Ik deed mijn mond open en weer dicht. 'Wie ben jij verdomme?'

'Bob, nou goed, Jake? Als jij de namenkwestie niet kunt loslaten, dan heet ik Bob. Jij bent Jake, ik ben Bob. Kunnen we dan nu alsjeblieft gaan?'

De man kwam overeind. Ik zette me schrap, klaar om mijn tijd als uitsmijter opnieuw te beleven. Ik zou deze kerel mooi niet laten vertrekken zonder een verklaring. Maar als hij zich geïntimideerd voelde, wist hij dat behoorlijk goed te verbergen.

'Ben je klaar?' vroeg hij. 'Of wil je nog meer tijd verspillen voordat we gaan?'

'Gaan? Waarheen?'

Bob fronste zijn voorhoofd alsof ik hem voor de gek hield. 'Kom op, Jake. Wat denk je zelf?' Hij wees naar de deur achter me. 'Naar Natalie, natuurlijk. We moeten opschieten.'

14

De bestelbus stond op het parkeerterrein van de faculteit, achter het Moore-gebouw.

Het was nu stil op de campus. De muziek had plaatsgemaakt voor een niet-aflatend getjirp van krekels. In de verte zag ik de silhouetten van een paar studenten, maar drie uur 's nachts leek toch vooral het spookuur te zijn.

Bob en ik liepen naast elkaar, twee vrienden die een nachtelijk ommetje maakten. De drank schopte nog steeds bepaalde hersensynapsen in de war, maar de combinatie van de nachtlucht en de onverwachte bezoeker werkte ontnuchterend. Toen we de vertrouwde Chevrolet naderden, gingen de achterdeuren open. Er kwam een man naar buiten.

Dit stond me niet aan.

De man was lang en dun en had jukbeenderen waarmee je tomaten had kunnen snijden, en een overdreven net kapsel. Hij zag eruit als een fotomodel, compleet met die vage, veelbetekenende frons. In mijn jaren als uitsmijter heb ik een zesde zintuig ontwikkeld voor problemen. Dat gaat vanzelf als je lang genoeg een dergelijke baan hebt. Soms loopt er een man langs je heen en voel je het gevaar in warme golven van hem afstralen, als van die bibberlijntjes in een tekenfilm. De gevarengolven die van deze man afstraalden leken afkomstig te zijn van een exploderende supernova.

Ik bleef staan. 'Wie is dit?'

'Gaan we weer over namen zeuren?' zei Bob. Toen voegde hij er met een theatrale zucht aan toe: 'Otto. Jake, dit is mijn vriend Otto.'

'Otto en Bob,' zei ik.

'Ja.'

'Twee palindromen.'

'Professoren en hun dure woorden.' We waren bij de bestelwagen aangekomen. Otto deed een stap opzij om me te laten instappen, maar ik bleef staan waar ik stond. 'Instappen,' zei Bob.

Ik schudde mijn hoofd. 'Mijn mama zegt dat ik niet bij vreemde mannen in de auto mag.'

'Yo, meester!'

Ik sperde mijn ogen open en draaide me om naar de plek waar de stem vandaan kwam. Barry kwam op een drafje naar me toe gelopen. Het was duidelijk dat hij gedronken had: hij zag eruit als een marionet waarvan de touwtjes verstrikt waren geraakt. 'Yo meester, even een vraagje. Kan ik…?'

Barry kreeg de kans niet om zijn zin af te maken. Zonder enige waarschuwing of aarzeling stapte Otto naar voren, haalde uit en ramde Barry vol in het gezicht. Ik bleef even staan kijken, geschokt door de onverwachte aanval. Barry vloog horizontaal door de lucht. Hij landde met een harde klap op het asfalt en zijn hoofd rolde opzij. Zijn ogen waren dicht. Er stroomde bloed uit zijn neus.

Ik liet me op één knie zakken. 'Barry?'

Hij verroerde zich niet.

Otto haalde een pistool tevoorschijn.

Ik schoof een stukje naar links, zodat ik Barry kon afschermen voor Otto's pistool.

'Jou zal hij niet neerschieten,' zei Bob op diezelfde kalme toon. 'Otto schiet alleen op studenten, net zo lang tot jij instapt.'

Ik nam Barry's hoofd in mijn armen. Ik zag dat hij nog ademde. Net toen ik zijn polsslag wilde voelen, hoorde ik iemand roepen.

'Barry?' Het was een medestudent. 'Waar zit je nou, jongen?'

Ik werd bevangen door angst toen Otto zijn pistool hief. Ik

wilde iets doen, maar Otto deed een stap bij me vandaan, alsof hij mijn gedachten had gelezen.

Een andere student riep: 'Volgens mij is hij daar, bij dat busje. Barry?'

Otto richtte het wapen op de plek waar de stem vandaan kwam. Bob keek me aan en schokschouderde even.

'Oké!' fluister-brulde ik. 'Ik ga al! Niet schieten.'

Snel kroop ik via de achterdeuren de bestelwagen in. De stoelen waren eruit gehaald. Tegen één zijwand stond een bankje – meer zitplaatsen waren er niet. Otto liet het pistool zakken en stapte na mij in. Bob ging achter het stuur zitten. Barry was nog bewusteloos. De andere studenten kwamen dichterbij terwijl we wegreden. Ik hoorde een van hen roepen: *'What the...* O, shit! Barry?'

Als Bob en Otto bang waren dat iemand de nummerplaat zou zien, dan lieten ze dat niet blijken. Bob reed irritant langzaam weg. Ik wilde dat hij een dot gas gaf; dat hij opschoot. Ik wilde Otto en Bob zo ver mogelijk bij de studenten vandaan hebben.

Ik vroeg aan Otto: 'Waarom moest je hem verdomme slaan?'

Otto keek me aan, en zijn ogen stonden zo kil dat het me ijskoud werd om het hart. Het was een levenloze blik, zonder zelfs maar het kleinste glimpje licht. Het was alsof ik in de ogen van een levenloos voorwerp keek. Een tafeltje of een kartonnen doos, om maar wat te noemen.

Bob zei vanaf de bestuurdersplaats: 'Gooi je portefeuille en je telefoon op de passagiersstoel.'

Ik deed wat hij wilde. Snel nam ik de laadruimte van de bestelwagen in me op, en de aanblik beviel me niet. De bekleding was eruit getrokken, zodat ik tegen de kale metalen vloer aan keek. Bij Otto's voeten stond een roetige gereedschapskist. Ik had geen idee wat erin zat. Aan de wand tegenover me was een stang gelast. Ik moest slikken toen ik de handboeien zag. Een daarvan was om de stang geklikt, de andere helft was open en wachtte waarschijnlijk op een pols.

Otto hield het pistool op me gericht.

Toen we de snelweg hadden bereikt, hield Bob losjes zijn handpalmen op het stuur, zoals mijn vader dat vroeger deed wanneer we naar de doe-het-zelfzaak reden voor een klusweekend. 'Jake?' riep Bob.

'Ja.'

'Waar moeten we heen?'

'Huh?'

'Het is heel simpel,' zei Bob. 'Jij gaat ons vertellen waar Natalie is.'

'Ik?'

'Ja, jij.'

'Ik heb geen flauw idee waar ze is. Ik dacht dat je zei...'

Dat was het moment dat Otto me keihard in mijn maag stompte. De lucht werd uit mijn longen geslagen en ik klapte dubbel als een koffer. Mijn knieën sloegen tegen de metalen vloer van de bestelwagen. Als je ooit hebt meegemaakt dat de lucht uit je longen wordt geslagen, weet je hoe verlammend dat werkt. Het voelt alsof je stikt. Je kunt je alleen maar tot een balletje opkrullen en vurig hopen dat de zuurstof terugkomt.

Bobs stem: 'Waar is ze?'

Zelfs al had ik het antwoord op die vraag geweten, dan nog had ik het hem niet kunnen geven. Ik had geen adem meer. Ik probeerde het uit te zitten, probeerde te onthouden dat als ik me niet verzette, de lucht vanzelf zou terugkeren, maar het was alsof iemand mijn hoofd onder water hield en ik er maar op moest vertrouwen dat hij me ooit weer zou loslaten.

Bobs stem weer: 'Jake?'

Otto schopte hard tegen de zijkant van mijn hoofd. Ik draaide op mijn rug en zag sterretjes. Mijn borstkas haperde en de lucht kwam eindelijk terug, in kleine, dankbare teugjes. Otto gaf weer een schop tegen mijn hoofd. Duisternis sloop de randen van mijn bewustzijn binnen. Mijn ogen draaiden weg. Mijn maag kwam in opstand. Ik dacht dat ik moest overgeven, en omdat de hersenen nu eenmaal vreemd in elkaar zitten, bedacht ik dat het maar goed was dat ze de bekleding uit de auto hadden gesloopt, zodat de boel straks makkelijker schoon te maken zou zijn.

'Waar is ze?' vroeg Bob nog een keer.

Ik krabbelde naar de verste hoek van de bestelwagen en slaagde erin uit te brengen: 'Dat weet ik niet, ik zweer het!'

Ik drukte mijn rug tegen de zijwand van de bestelbus. De stang met de handboeien hing boven mijn linkerschouder. Otto hield het wapen op me gericht. Ik verroerde me niet. Ik probeerde tijd te winnen, op adem te komen, me te herpakken, na te denken. De drank zat nog in mijn lijf en maakte alles nog steeds enigszins wazig, maar pijn is een efficiënte manier om de helderheid en scherpte terug te brengen in het leven.

Ik trok mijn knieën tegen mijn borst. Toen ik dat deed, voelde ik iets klein en scherps tegen mijn been. Een glasscherfje, nam ik aan, of misschien een ruw kiezelsteentje. Maar toen ik omlaag keek, zag ik met toenemende afschuw dat het geen van beide was.

Het was een tand.

Mijn adem stokte in mijn keel. Ik keek opzij en zag een vage glimlach op Otto's modellengezicht. Hij maakte de gereedschapskist open en onthulde de roestige inhoud. Ik zag een buigtang, een ijzerzaag, een stanleymes – en haakte af; meer wilde ik niet zien.

Bob vroeg: 'Waar is ze?'

'Ik heb al gezegd dat ik dat niet weet.'

'Dat antwoord,' zei Bob, en ik zag hem van achteren zijn hoofd schudden, 'is erg teleurstellend.'

Otto bleef onverstoorbaar. Hij hield het wapen op me gericht, maar zijn blik ging telkens even liefdevol naar zijn gereedschap. De dode ogen lichtten op wanneer hij naar de buigtang, de ijzerzaag en het stanleymes keek.

Bob weer: 'Jake?'

'Ja?'

'Otto gaat je handboeien omdoen. Je haalt geen gekke dingen uit. Hij heeft een pistool, en we kunnen altijd nog terugrijden naar de campus en je studenten als schietschijf gebruiken. Ben ik duidelijk?'

Ik slikte weer, en mijn gedachten maakten overuren. 'Ik weet van niets.'

Bob zuchtte theatraal. 'Ik vroeg niet of je iets wist, Jake. Nou ja, daarstraks wel, maar op dit moment vraag ik je alleen of ik duidelijk ben. Over de handboeien en je studenten die ik als schietschijf kan gebruiken. Was dat allemaal duidelijk, Jake?'

'Ja.'

'Goed zo. Stilzitten.' Bob zette de richtingaanwijzer aan en reed naar de linkerbaan. We waren nog steeds op de snelweg. 'Ga je gang, Otto.'

Ik had niet veel tijd. Dat wist ik. Het was misschien een kwestie van seconden. Als de handboei eenmaal was dichtgeklikt – en ik aan de stang vastzat – was het met me gedaan. Ik keek naar de tand op de grond, een duidelijke aanwijzing van wat me te wachten stond.

Otto kwam vanaf de achterdeuren naar me toe. Hij had het wapen nog in zijn hand. Ik zou me misschien op hem kunnen storten, maar dat verwachtte hij waarschijnlijk. Ik overwoog om de zijdeur open te schuiven en naar buiten te rollen, het risico te nemen bij een snelheid van honderd kilometer per uur, op de snelweg. Maar de deur was vergrendeld. Ik zou hem nooit op tijd open krijgen.

Otto nam eindelijk het woord: 'Pak met je linkerhand die stang beet, naast de handboei. Gebruik al je vingers.'

Ik begreep waarom hij dat wilde. Dan zou hij één hand minder in de gaten hoeven houden. Niet dat het uitmaakte: hij kon binnen een tel de handboei dichtklikken en dan was het voor mij einde oefening. Ik pakte de stang beet – en toen kreeg ik een idee.

Het was hoog gegrepen, misschien zelfs onmogelijk, maar als de handboei eenmaal dichtgeklikt was en Otto met me aan de slag zou gaan met zijn gereedschapskist...

Ik had geen keus.

Otto rekende erop dat ik me op hem zou storten. Maar hij verwachtte absoluut niet dat ik de andere kant op zou gaan.

Ik probeerde me te ontspannen. Alles hing af van de timing. Ik was lang. Als ik niet lang was geweest, had ik geen schijn van kans gehad. Bovendien rekende ik erop dat Otto me niet wilde doodschieten, dat ze me echt levend wilde inrekenen, zoals Bob had geïmpliceerd met zijn dreigement om in mijn plaats studenten dood te schieten.

Ik had misschien één seconde. Minder. Tienden van seconden.

Otto stak zijn arm uit naar de handboei. Toen zijn vingers het metaal hadden gevonden, sloeg ik toe.

Ik gebruikte de stang om me aan op te hijsen en zwaaide mijn benen omhoog, maar niet om Otto een trap te geven. Dat zou zinloos zijn, hij was erop voorbereid. In plaats daarvan zette ik me af tot mijn lange lijf horizontaal hing. Ik vloog niet bepaald als een doorgewinterde vechtsporter de bestelbus door, maar dankzij mijn lengte en vele ellendige buikspieroefeningen kon ik met mijn been als een zweep naar hem uithalen. Ik mikte met mijn hak op de zijkant van Bobs hoofd.

Otto reageerde pijlsnel. Precies op het moment dat mijn hak doel trof, tackelde Otto me in de lucht, waardoor ik tegen de vloer smakte. Hij pakte me bij mijn nek en kneep mijn keel dicht.

Maar hij was te laat.

Mijn trap raakte Bob keihard tegen de schedel en ramde zijn hoofd opzij. Bobs handen vlogen instinctief van het stuur. De auto zwenkte scherp, waardoor Otto en ik – en het pistool – op een hoop belandden.

Nu was het menens.

Otto had nog altijd zijn arm om mijn nek geslagen, maar zonder het wapen was het nu man tegen man. Hij was een goede, ervaren vechter. Ik was een goede, ervaren vechter. Hij was zo'n één meter tachtig en woog een kilo of tachtig. Ik ben bijna één meter vijfennegentig en weeg honderdvijf kilo.

In het voordeel: ik.

Ik ramde hem tegen de achterwand van de bestelbus. Zijn greep op mijn nek verslapte. Ik ramde hem nog een keer. Hij liet los. Mijn ogen speurden de bodem van de bus af op zoek naar het pistool.

Ik zag het nergens.

De wagen zwenkte nog steeds naar rechts, en toen naar links, alsof Bob probeerde de macht over het stuur terug te krijgen.

Ik strompelde naar voren en belandde op mijn knieën. Er was een schuivend geluid en daar, in de hoek voor me, lag het wapen. Ik kroop erheen, maar Otto pakte me bij mijn been en trok me terug. Er volgde getrouwtrek: ik probeerde dichter bij het pistool te komen, Otto trok me ervandaan. Ik probeerde hem in het gezicht te trappen, maar miste.

Toen boog Otto zijn hoofd en beet keihard in mijn been.

Ik slaakte een jammerkreet van de pijn.

Hij hield zijn tanden in het vlezige gedeelte van mijn kuit. In paniek begon ik harder te schoppen. Hij liet niet los. Door de pijn werd mijn blik weer troebel. Gelukkig zwenkte de wagen weer opzij. Otto vloog naar rechts, ik rolde naar links. Hij kwam bij de gereedschapskist terecht. Zijn vingers verdwenen de kist in.

Waar was dat pistool verdomme gebleven?

Ik kon het niet vinden.

Bob zei vanaf de voorstoel: 'Als je je nu overgeeft, zullen we geen studenten meer uitschakelen.'

Maar ik luisterde niet naar zijn geleuter. Ik keek naar links en naar rechts. Het wapen was nergens te zien.

Otto's hand kwam weer in zicht. Hij had nu het stanleymes vast, drukte met zijn duim op het knopje en liet het mes tevoorschijn komen.

Opeens deed het voordeel van mijn omvang er niet meer toe.

Hij kwam op me af met het scherpe mes voor zich uit gestoken. Ik was in een hoek gedreven, kon geen kant op. Nog steeds geen pistool te zien. Geen reële kans om hem te bespringen zonder opengereten te worden. Dan had ik nog maar één optie.

In geval van twijfel: doe wat al eerder heeft gewerkt.

Ik draaide me om en gaf Bob een ram tegen zijn achterhoofd.

Weer zwenkte de bestelbus opzij, waardoor Otto en ik door de lucht vlogen. Toen ik neerkwam, zag ik een kans. Ik liet mijn hoofd zakken en vloog op hem af. Otto had het stanleymes nog vast. Hij haalde ermee naar me uit, maar ik pakte hem bij de pols. Weer probeerde ik gebruik te maken van mijn postuur.

Voorin had Bob de grootste moeite om de auto in bedwang te houden.

Otto en ik begonnen te rollen. Ik hield met één hand zijn pols vast en sloeg mijn benen om zijn lijf. Toen ramde ik mijn vrije onderarm in het kuiltje van Otto's hals, in een poging de luchtpijp te raken. Hij duwde zijn kin naar beneden om dat plan te verijdelen, maar ik hield mijn arm tegen zijn keel. Als ik hem iets dieper zou kunnen doordrukken...

En toen gebeurde het.

Bob trapte keihard op de rem. De auto kwam met een ruk tot stilstand. Door de vaart vlogen Otto en ik door de lucht, en vervolgens werden we tegen de vloer gesmakt. Het punt was dat mijn onderarm al die tijd tegen Otto's keel gedrukt zat. Zie je het voor je? Mijn arm plus de vaart van de auto, die vervolgens abrupt stilstond: dat alles maakte mijn onderarm tot een beuk.

Ik hoorde een afschuwelijk krakend, bijna ritselend geluid, als van tientallen vochtige takjes die knapten. Otto's luchtpijp begaf het als een natte prop papier-maché. Mijn arm stootte tegen iets hards; ik voelde dwars door het vel en het kraakbeen van zijn hals heen de bodem van de bestelbus. Otto's lijf werd slap. Ik keek neer op zijn knappe modellengezicht. De ogen waren open, en deze keer zagen ze er niet alleen levenloos uit, ze wáren het ook.

Ik hoopte bijna dat hij ermee zou knipperen. Dat gebeurde niet.

Otto was dood.

Ik rolde van hem af.

'Otto?'

Dat was Bob. Ik zag hem op de bestuurdersstoel een hand in zijn zak steken en vroeg me af of hij een wapen wilde pakken, maar ik was niet in de stemming om de uitkomst af te wachten. Ik pakte de greep van de achterdeur van de bestelwagen beet en rukte die omhoog. Met de hendel in mijn hand keek ik nog één keer om voordat de deur openging.

Ja, Bob had een pistool, en dat was pal op mij gericht.

Ik bukte en de kogel vloog over mijn hoofd heen. En ik maar denken dat ze me niet dood wilden hebben. Ik liet me uit de bestelbus vallen en kwam keihard op mijn rechterschouder terecht. Ik zag koplampen naderen. Mijn ogen puilden uit. Er kwam een auto recht op me af.

Ik dook in elkaar en rolde verder. Piepende banden; de auto passeerde me zo rakelings dat ik het zand in mijn gezicht voelde. Claxons. Iemand vloekte.

Bobs busje kwam van zijn plaats. Opluchting stroomde door mijn aderen. Ik baande me klauwend een weg naar de relatieve veiligheid van de linkerberm. Nu er zo veel verkeer voorbijraasde, zou Bob wel wegrijden, nam ik aan.

Dat deed hij niet.

De bestelbus reed nu ook in de linkerberm, op zo'n twintig centimeter van de plek waar ik languit op de grond lag.

Bob sprong aan de bestuurderskant uit de wagen, met het pistool nog in zijn hand. Ik was kapot. Ik dacht dat ik me niet meer zou kunnen verroeren, maar weet je wat het is? Als iemand een wapen heeft, komen dingen als pijn en uitputting hooguit op de tweede plaats.

Een weer had ik maar één optie.

Ik dook de bosjes aan de kant van de weg in – zonder eerst te kijken, zonder te testen of het wel kon. Ik sprong. In het donker had ik de steile helling niet gezien. Ik tuimelde door het struikgewas en liet me door de zwaartekracht verder bij de weg vandaan voeren. Ik verwachtte al snel de bodem te bereiken, maar het leek heel lang te duren.

Ik viel lang en hard. Sloeg met mijn hoofd tegen een kei. Ramde met mijn been een boom. Kwam met mijn ribben tegen... Ik weet het niet eens. Ik rolde maar door, viel door een laag kreupelhout heen, en rolde en rolde door tot mijn ogen dichtvielen en de wereld zwart en roerloos werd.

15

Toen ik de koplampen zag, slaakte ik een kreet en probeerde nogmaals weg te rollen. De koplampen volgden me.

'Zitten?'

Ik lag plat op mijn rug en staarde omhoog naar de hemel. Dat was vreemd. Hoe kon er een auto frontaal op me af komen terwijl ik naar de lucht keek? Ik stak een arm op om het licht tegen te houden. Er schoot een bliksemschicht van pijn door mijn schoudergewricht.

'Meneer, gaat het wel?'

Ik schermde mijn ogen af en kneep ze tot spleetjes. De twee koplampen vloeiden samen tot één zaklamp. Degene die hem vasthield, haalde nu de lichtbundel weg van mijn ogen. Ik keek knipperend omhoog en zag dat er een politieagent over me heen gebogen stond. Langzaam ging ik rechtop zitten, waarbij mijn hele lijf het uitschreeuwde.

'Waar ben ik?' vroeg ik.

'Weet u niet waar u bent?'

Ik schudde mijn hoofd en probeerde helder te denken. Het was pikdonker. Ik lag in de struiken, leek het wel. Even keerde ik in een flits terug naar mijn eerste studiejaar, naar die keer dat ik na een avond met te veel onervaren drankgebruik was geëindigd op een struik.

'Wat is uw naam, meneer?' vroeg de agent.

'Jake Fisher.'

'Meneer Fisher, hebt u gedronken?'

'Ik ben aangevallen,' zei ik.

'Aangevallen?'

'Door twee mannen met pistolen.'

'Meneer Fisher?'

'Ja?'

De agent gebruikte dat aanmatigende patiënt-agenttoontje. 'Hebt u vanavond gedronken?'

'Ja. Veel vroeger op de avond.'

'Meneer Fisher, ik ben John Ong van de staatspolitie. U lijkt verwondingen te hebben. Wilt u dat we u naar het ziekenhuis brengen?'

Ik deed mijn uiterste best om me te concentreren. Het was alsof iedere hersencel door een douchedeur moest die het beeld vervormde. 'Ik weet het niet.'

'We bellen een ambulance,' besliste hij.

'Dat lijkt me niet nodig.' Ik keek om me heen. 'Waar ben ik?'

'Meneer Fisher, mag ik uw identiteitsbewijs zien?'

'Jazeker.' Ik stak mijn hand in mijn kontzak, maar toen besefte ik dat ik mijn portefeuille en mijn telefoon naast Bob op de passagiersstoel had gegooid. 'Zij hebben hem gejat.'

'Wie?'

'De mannen die me aanvielen.'

'De mannen met de pistolen?'

'Ja.'

'Dus het was een overval?'

'Nee.'

De beelden trokken aan me voorbij: mijn onderarm tegen Otto's keel, het stanleymes in zijn hand, de gereedschapskist, de handboeien, die pure, gruwelijke, verlammende angst, het onverwachte remmen en het krakende geluid toen zijn luchtpijp knapte als een twijgje. Ik deed mijn ogen dicht en probeerde de beelden te verdrijven.

Toen zei ik, eerder tegen mezelf dan tegen agent Ong: 'Ik heb een van hen gedood.'

'Pardon?'

Ik had nu tranen in mijn ogen. Ik wist me geen raad. Ik had een man gedood, maar het was zowel een ongeluk als zelfverdediging geweest. Dat moest ik uitleggen. Ik kon het niet voor me houden. Ik wist wel beter. Veel studenten die politicologie als hoofdvak hadden, volgden ook colleges aan de rechtenfaculteit. De meesten van mijn collega's hadden minimaal hun propedeuse rechten gehaald. Ik wist veel van de grondwet en het rechtssysteem. Het kwam er in het kort op neer dat je op je woorden moet passen. Gezegd is gezegd, dat kun je niet ongedaan maken. Ik wilde praten. Ik moest praten. Maar ik kon er niet zomaar een moordbekentenis uitflappen.

Toen hoorde ik sirenes, en er stopte een ambulance.

Agent John Ong van de staatspolitie scheen weer met de lamp in mijn ogen. Dat kon niet per ongeluk zijn. 'Meneer Fisher?'

'Ik wil graag mijn advocaat bellen,' zei ik.

Ik heb helemaal geen advocaat. Ik ben een alleenstaande docent aan een kleine universiteit, zonder strafblad en met heel weinig middelen. Waar zou ik een advocaat voor nodig hebben?

'Oké, ik heb goed nieuws en slecht nieuws,' zei Benedict.

In plaats van een advocaat had ik Benedict gebeld. Hij heeft ooit rechten gestudeerd aan Stanford. Ik zat op zo'n brancard met van dat slagerspapier erop, op de eerste hulp van een klein ziekenhuis. De dienstdoende arts – die er bijna net zo dodelijk vermoeid uitzag als ik me voelde – zei dat ik waarschijnlijk een hersenschudding had. Aan mijn hoofd te voelen kon dat best eens kloppen. Verder had ik blauwe plekken, schrammen en sneeën en misschien een verstuikinkje hier of daar. Hij wist alleen niet wat hij van de tandafdrukken moest denken. Nu de adrenaline langzaam wegebde, kreeg de pijn steeds meer voet aan de grond. De arts beloofde me een stevige pijnstiller.

'Ik luister,' zei ik tegen Benedict.

'Het goede nieuws is dat de politie denkt dat je knettergek

geworden was. Ze geloven geen woord van wat je hebt gezegd.'

'En het slechte nieuws?'

'Ik ben geneigd hetzelfde te denken, al sluit ik de mogelijkheid van hallucinaties door de alcohol ook niet uit.'

'Ik ben aangevallen.'

'Ja, dat had ik al begrepen,' zei Benedict. 'Twee mannen, pistolen, een bestelbus en nog iets van elektrisch gereedschap.'

'Gereedschap. Elektrisch heb ik niet gezegd.'

'Whatever. Maar je had ook flink gezopen en je ging raar doen.'

Ik trok mijn kuit naar me toe om de beet te bestuderen. 'Hoe wou je dit dan verklaren?'

'Wendy zal wel een wilde zijn geweest.'

'Windy,' verbeterde ik hem. Dit had geen zin. 'En nu?'

'Ik wil niet opscheppen,' zei Benedict, 'maar ik heb een fantastisch juridisch advies voor je, als je het horen wilt.'

'Ik wil het horen.'

'Biecht nooit op dat je een medemens hebt omgebracht.'

'Goh,' zei ik, 'en je zei nog wel dat je niet wilde opscheppen.'

'Het staat ook in veel studieboeken,' zei Benedict. 'Maar luister, het kenteken dat jij hebt opgegeven bestaat niet. Er is geen lijk gevonden en niets wat duidt op geweld of een misdrijf – alleen een overtreding omdat jij in dronken toestand, zoals je ook hebt toegegeven, ongeoorloofd iemands achtertuin hebt betreden door van een helling af te rollen. De politie is bereid je te laten gaan met een bekeuring. Laten we naar huis gaan, dan lossen we dit daar wel verder op, oké?'

Tegen die logica was weinig in te brengen. Het zou verstandig zijn als ik maakte dat ik hier wegkwam, terug naar de campus, uitrusten en me hernemen, en dan in het nuchtere, vertrouwde daglicht de gebeurtenissen opnieuw doorspitten. Bovendien had ik nog een semester 'Grondwet voor beginners' gegeven: het vijfde amendement, het recht om te zwijgen, beschermt je tegen zelf-verdachtmaking. Misschien moest ik daar nu maar eens gebruik van maken.

Benedict reed. Mijn hoofd tolde. De arts had me een injectie gegeven waardoor ik in één klap was weggezweefd naar het land der dwazen. Ik probeerde me te concentreren, maar naast de drank en de pijnstiller was de ernstige bedreiging moeilijk van me af te zetten. Ik had letterlijk moeten vechten voor mijn leven. Wat was hier aan de hand? Wat kon Natalie met dit alles te maken hebben?

Toen we het faculteitsparkeerterrein op reden, zag ik een wagen van de campuspolitie voor mijn deur staan. Benedict keek me vragend aan. Ik haalde mijn schouders op en stapte uit. Zodra ik naast de auto stond, werd het me zo licht in het hoofd dat ik bijna onderuitging. Langzaam rechtte ik mijn rug en ik liep heel voorzichtig het pad op. Evelyn Stemmer was hoofd van de beveiliging, een kleine, tengere vrouw die graag lachte. Maar nu even niet.

'We konden u niet bereiken, professor Fisher,' zei ze.

'Mijn telefoon is gestolen.'

'Op die manier. Kunt u even meekomen?'

'Waarnaartoe?'

'Naar het huis van de directeur. Meneer Tripp wil u spreken.'

Benedict kwam tussen ons in staan. 'Wat is er aan de hand, Evelyn?'

Ze bekeek hem alsof hij zojuist uit de anus van een nijlpaard tevoorschijn was gekomen. 'Ik laat liever de directeur het woord doen. Zelf ben ik niet meer dan zijn boodschappenmeisje.'

Ik was te ver heen om te protesteren. Wat zou het ook voor zin hebben? Benedict wilde met ons meegaan, maar het leek me niet echt gunstig voor mijn positie als ik mijn beste vriend meenam voor een bezoekje aan de baas.

Voorin in de surveillancewagen van de campuspolitie zat een soort computer ingebouwd. Ik moest achterin zitten, als een echte boef.

De directeur woonde in een huis van negenhonderd vierkante meter met tweeëntwintig kamers, in een bouwstijl die specialisten 'ingetogen neogotiek' noemden. Ik wist niet wat dat betekende, maar het was een behoorlijk indrukwekkend pand. Ik begreep ook niet waar de politieauto goed voor was, want de villa stond op een heuvel die uitkeek over de sportvelden, op hooguit vierhonderd meter van het parkeerterrein. Het huis was twee jaar eerder volledig gerenoveerd en bood niet alleen onderdak aan het jonge gezin van de directeur, maar ook – wat belangrijker was – aan een complete potpourri van liefdadigheidsgelegenheden.

Ik werd begeleid naar een kantoor dat er precies zo uitzag als je zou verwachten van iemand die een academisch instituut leidt, maar dan strakker, gladder, opgepoetster. Nu ik erover nadacht: dat gold ook voor de nieuwe directeur zelf. Jack Tripp was glad en opgepoetst en zakelijk, met een volle bos haar en kaarsrechte kronen. Hij probeerde zich aan te passen door zich in tweed te steken, maar zijn tweed was te getailleerd en te kostbaar om hem een professorenaanblik te bezorgen, de elleboogstukken te keurig uitgestanst. De studenten noemden hem minachtend een 'poseur'. Ook daarvan wist ik niet precies wat het betekende, maar het leek me wel gepast.

Ik heb geleerd dat bij de mens alles draait om drijfveren, dus moest ik niet te hard over de directeur oordelen. In zijn functie, al was die ingekleed in verheven termen van de academische, geleerde wereld, draaide alles om het binnenhalen van geld. Punt uit. Dat was zijn eerste prioriteit, en misschien hoorde het ook wel zo. De beste schooldirecteuren, zo was mij verteld, waren vaak degenen die dat inzagen en daarom de minst imposante agenda hadden. Volgens die definitie deed Tripp het heel goed.

'Ga zitten, Jacob,' zei Tripp, en hij keek langs me heen naar Stemmer, de agente. 'Evelyn, doe je de deur achter je dicht als je vertrekt?'

Ik deed wat me was gevraagd. Evelyn Stemmer ook.

Tripp nam plaats aan het rijk bewerkte bureau dat voor me stond. Het was groot. Te groot, en zakelijk en gewichtig. Als ik in een onaardige bui ben, merk ik vaak op dat het bureau van veel mannen, net als hun auto, een vorm van, eh… compensatie lijkt te zijn. Tripp vouwde zijn handen op het bureaublad, dat groot genoeg was om als helikopterlandplaats te dienen, en zei: 'Je ziet er belabberd uit, Jacob.'

Ik slikte mijn reactie 'Had je die andere vent moeten zien' in, want dat zou in dit geval nogal een smakeloze opmerking zijn. 'Het is laat geworden.'

'Je bent gewond, zo te zien.'

'Niks aan de hand.'

'Ik zou er toch maar naar laten kijken.'

'Dat is al gedaan.' Ik schuifelde heen en weer in de stoel. De medicijnen maakten alles wazig, alsof ik gaasjes voor mijn ogen had. 'Waarom wilde je me spreken, Jack?'

Hij spreidde even zijn handen en legde ze toen weer op het bureau. 'Kun je me vertellen over gisteravond?'

'Wat was er gisteravond?' vroeg ik.

'Zeg jij het maar.'

O, gingen we het zo spelen? Nou, mij best. Ik zou wel beginnen. 'Ik ben met een vriend wat gaan drinken in een bar. Iets te veel. Toen ik terugkwam bij mijn flat, werd ik belaagd door twee mannen. Die hebben me, eh… ontvoerd.'

Hij zette grote ogen op. 'Je bent ontvoerd door twee mannen?'

'Ja.'

'Wie waren dat?'

'Ze zeiden dat ze Bob en Otto heetten.'

'Bob en Otto?'

'Dat zeiden ze.'

'En waar zijn die mannen nu?'

'Dat weet ik niet.'

'Zijn ze in hechtenis genomen?'

'Nee.'

'Maar je hebt wel aangifte gedaan bij de politie?'

'Ja,' zei ik. 'Kun je me dan nu vertellen waarom ik hier zit?'

Tripp tilde zijn hand op alsof hij plotseling had gemerkt dat het bureau kleverig was. Hij drukte de onderkant van zijn hand-palmen tegen elkaar en liet de vingertoppen roffelen. 'Ken je Barry Watkins, een van de studenten?'

Mijn hart sloeg over. 'Is alles goed met hem?'

'Je kent hem?'

'Ja. Een van de mannen die me hebben meegenomen heeft hem een stomp in het gezicht gegeven.'

'Juist,' zei hij, op een toon alsof er niets juist aan was. 'Wanneer?'

'We stonden bij de bestelbus. Barry riep me en kwam aangelopen. Voordat ik de kans kreeg me om te draaien, gaf een van die mannen hem een stomp. Hoe is het met hem?'

De vingers roffelden door. 'Hij ligt in het ziekenhuis met breuken in het gezicht. De klap heeft ernstige schade aangericht.'

Ik leunde achterover. 'Godver.'

'Zijn ouders zijn behoorlijk van streek. Ze hebben het over een rechtszaak.'

Rechtszaak: dat woord zaait grote angst in het hart van iedere Amerikaanse bureaucraat. Ik verwachtte bijna een akelig muziekje uit een horrorfilm.

'Maar Barry Watkins herinnert zich geen twee andere mannen. Hij zegt dat hij je riep en dat hij naar je toe rende, meer niet. Twee andere studenten hebben je zien vluchten in een bestelbus.'

'Ik ben niet gevlucht, ik zat achterin.'

'Juist,' zei hij op diezelfde toon. 'Toen de twee bewuste studenten bij Barry aankwamen, lag hij bloedend op de grond. Jij reed weg.'

'Ik reed niet, ik zat achter in dat busje.'

'Juist.'

Weer dat 'juist'. Ik boog me naar hem toe. Het bureau was helemaal leeg, op één te keurige stapel papieren na, en uiteraard de verplichte familiefoto met een blonde vrouw, twee schattige kinderen en een hond met net zulk lang, dik haar als Tripp. Verder niets. Groot bureau. Niets erop.

'Ik wilde die mannen daar weg hebben, ver van de campus,' zei ik. 'Vooral na die geweldsuitbarsting. Dus heb ik snel mijn medewerking verleend.'

'En dan heb je het over de mannen die jou hebben... ontvoerd?'

'Ja.'

'Wie waren dat?'

'Geen idee.'

'Waarom hebben ze je dan ge... kidnapt? Voor het losgeld?'

'Dat betwijfel ik.' Ik besefte hoe idioot het allemaal klonk. 'Een van hen had bij me ingebroken. De ander wachtte in de bestelbus. Ze stonden erop dat ik met hen meeging.'

'Je bent een stevige kerel. Sterk. Fysiek intimiderend.'

Ik wachtte af.

'Hoe hebben ze je zover gekregen dat je met hen meeging?'

Ik liet het gedeelte over Natalie weg en kwam meteen met het schokkende nieuws. 'Ze waren gewapend.'

Weer die grote ogen. 'Met pistolen?'

'Ja.'

'Echt?'

'Het waren echte pistolen, ja.'

'Hoe weet je dat?'

Ik besloot niet te vertellen dat een van hen op me had geschoten. Zou de politie nog kogels vinden daar langs de snelweg? Dat moest ik nagaan.

'Heb je hier met iemand anders over gesproken?' vroeg Tripp toen ik geen antwoord gaf.

'Met de politie, maar ik vraag me af of ze me geloofden.'

Hij leunde achterover en begon aan zijn lip te pulken. Ik wist wat hij dacht: hoe zouden de studenten, hun ouders en belangrijke alumni reageren als ze wisten dat er gewapende mannen op de campus hadden rondgelopen? En niet alleen rondgelopen; als ik de waarheid sprak – wat in het beste geval twijfelachtig was – hadden ze zelfs een docent ontvoerd en een student in elkaar geslagen.

'Je was behoorlijk dronken toen het gebeurde, nietwaar?'

Daar gingen we. 'Inderdaad.'

'Er staat een bewakingscamera op het plein. Je liep nogal slingerend.'

'Zo gaat dat als je te veel drinkt.'

'Daarnaast is vastgesteld dat je om één uur de Library Bar verliet... en je liep om drie uur over de campus te zwalken.'

Weer wachtte ik af.

'Weer heb je de tussenliggende twee uur gezeten?'

'Waarom wil je dat weten?'

'Omdat ik onderzoek verricht naar een geweldsincident.'

'Waarvan we weten dat het na drie uur heeft plaatsgevonden. Denk je soms dat ik twee uur lang een aanval heb zitten beramen?'

'Ik heb nu bijzonder weinig behoefte aan sarcasme, Jacob. Dit is een ernstige zaak.'

Ik sloot mijn ogen en voelde het vertrek draaien. Er zat wat in. 'Ik ben vertrokken met een jongedame. Dat staat hier helemaal buiten. Ik zou Barry nooit slaan. Hij komt iedere week op mijn spreekuur.'

'Ja, hij heeft jou ook verdedigd. Hij zegt dat je zijn favoriete docent bent. Maar ik moet naar de feiten kijken, Jacob. Dat begrijp je toch wel?'

'Jawel.'

'Feit: je was dronken.'

'Ik geef les aan studenten. Drankgebruik is bijna een verplicht onderdeel van mijn functie.'

'Dat is niet grappig.'

'Maar wel waar. Jezus, ik heb hier ter plekke feesten gehad. Je bent zelf ook niet vies van een glaasje – of twee.'

'Je doet jezelf hier geen goed mee.'

'Dat was ook niet mijn bedoeling. Het gaat mij nu om de waarheid.'

'Volgend feit: je mag er dan vaag over doen, maar als ik het goed begrijp, heb je niet alleen gedronken maar ook een onenightstand gehad.'

'Daar hoeven we niet vaag over te doen,' zei ik. 'Dat is precies wat ik bedoel. Ze was boven de dertig en werkt hier niet. Dus wat is het probleem?'

'Dus daarná is een student in elkaar geslagen.'

'Niet door mij.'

'Toch is er een verband,' zei hij. 'Mijns inziens heb ik geen andere keus dan je te vragen verlof te nemen.'

'Wegens drankgebruik?'

'Wegens dit alles.'

'Ik zit midden in mijn collegeperiode...'

'We vinden wel een vervanger.'

'En ik heb een verantwoordelijkheid ten opzichte van mijn studenten. Ik kan ze niet zomaar in de steek laten.'

'Dat had je misschien eerder moeten bedenken,' zei hij, en zijn stem klonk nu scherp. 'Voordat je zo dronken werd.'

'Dronken worden is geen misdaad.'

'Nee, maar je daden daarna...' Hij maakte de zin niet af, en er verscheen een glimlach op zijn gezicht. 'Grappig.'

'Wat is er grappig?'

'Ik heb gehoord over je aanvaring met professor Trainor jaren geleden. De overeenkomst ontgaat je toch niet?'

Ik zei niets.

'Er is een oud Grieks gezegde,' vervolgde hij. 'De bultrug ziet nooit de bult op zijn eigen rug.'

Ik knikte. 'Diepzinnig.'

'Lach er maar om, Jacob. Ben je echt van mening dat jou in deze kwestie geen blaam treft?'

Ik wist niet wat ik ervan moest denken. 'Ik heb niet gezegd dat mij geen blaam treft.'

'Je bent alleen maar hypocriet?' Hij zuchtte net iets te diep. 'Ik vind het vervelend dat ik je dit moet aandoen, Jacob.'

'Ik hoor een "maar".'

'Je weet wat de maar is. Doet de politie onderzoek naar deze zaak?'

Ik wist niet wat ik daarop moest antwoorden, dus koos ik voor de waarheid. 'Dat weet ik niet.'

'Dan is het misschien beter dat je verlof neemt tot deze kwestie is opgelost.'

Ik wilde protesteren, maar ik hield me in. Hij had gelijk. Het ging nu even niet om de politieke implicaties of om dreigende rechtszaken. De waarheid was dat ik inderdaad studenten schade zou kunnen berokkenen. Sterker nog: door mijn toedoen was er al een student zwaargewond geraakt. Ik kon wel met allerlei uitvluchten komen, maar als ik me aan mijn belofte aan Natalie had gehouden, had Barry nu niet met breuken in zijn gezicht in het ziekenhuis gelegen.

Kon ik het risico nemen dat het nog een keer zou gebeuren?

Mocht ik het even vergeten zijn: Bob liep nog vrij rond. Misschien wilde hij wraak nemen voor Otto, of op z'n minst de klus afmaken of de getuige het zwijgen opleggen. Zou ik door hier te blijven niet het welzijn van mijn studenten in gevaar brengen?

Tripp begon de papieren op zijn bureau te sorteren, een duidelijk teken dat we uitgepraat waren. 'Ga je spullen pakken,' zei hij. 'Ik wil dat je binnen een uur de campus verlaat.'

16

Tegen twaalf uur de volgende dag was ik weer in Palmetto Bluff.

Ik klopte aan bij een huis dat aan een rustige, doodlopende straat lag. Delia Sanderson – de, eh... weduwe van Todd Sanderson, moet ik waarschijnlijk zeggen – deed met een treurig lachje open. Ze was een aantrekkelijke vrouw, zouden sommige mensen zeggen: pezig, een beetje het boerderij-type. Ze had uitgesproken gelaatstrekken en grote handen.

'Fijn dat u wilde komen, professor.'

'Zeg alsjeblieft gewoon Jake,' zei ik met een steekje schuldgevoel.

Ze deed een kleine stap opzij en nodigde me uit om binnen te komen. Het was een mooi huis, ingericht in die moderne quasi-victoriaanse stijl die kennelijk helemaal in was in dat soort gloednieuwe wijken. De achtertuin grensde aan een golfbaan. De sfeer was groen en sereen.

'Ik kan je niet vertellen hoezeer ik het waardeer dat u dat hele eind hierheen bent gereden.'

Weer dat schuldgevoel. 'Welnee,' zei ik. 'Ik voel me vereerd.'

'Maar toch, dat de universiteit een professor helemaal hierheen...'

'Het stelt niets voor, echt niet.' Ik probeerde te glimlachen. 'Het is ook wel eens fijn om er even uit te zijn.'

'Ik ben u er dankbaar voor,' zei Delia Sanderson. 'Onze kinderen zijn niet thuis. Ik heb ze weer naar school gestuurd. Je moet rouwen, maar je moet ook iets omhanden hebben, snapt u wat ik bedoel?'

'Ja, dat snap ik.'

Ik was niet specifiek geweest toen ik haar de vorige dag belde. Ik had alleen gezegd dat ik docent was aan Todds oude universiteit en dat ik graag wilde langskomen om over haar overleden echtgenoot te praten en haar te condoleren. Of ik de indruk had gewekt dat ik namens mijn werkgever zou komen? Laten we zeggen dat ik haar die gedachte niet uit het hoofd heb gepraat.

'Wilt u koffie?' vroeg ze.

Ik heb gemerkt dat mensen zich gemakkelijker ontspannen wanneer ze eenvoudige taken verrichten en het gevoel hebben dat ze het hun gasten naar de zin maken. Ik zei ja.

We stonden in de hal. De formele huiskamer, waar je normaal gesproken je gasten mee naartoe zou nemen, lag rechts. De wat huiselijker vertrekken, de zitkamer en de keuken, waren links. Ik liep met haar mee naar de keuken, met de gedachte dat de wat informelere omgeving haar misschien meer zou openstellen.

Niets wees op de recente inbraak, maar wat had ik nou eigenlijk verwacht? Bloed op de vloer? Omvergegooide meubelstukken? Opengetrokken laden? Geel politielint?

De gestroomlijnde keuken was enorm, met een doorloop naar een nog grotere 'mediakamer'. Daar hing een gigantische televisie aan de muur. De bank lag bezaaid met afstandsbedieningen en xbox-controllers. Ja, ik ken de xbox. Ik heb er zelf een, ik speel graag *Madden*. Sorry, hoor.

Ze liep naar een koffiezetter, zo'n apparaat waar individuele cupjes in gaan. Ik nam plaats op een kruk aan het granieten kookeiland. Ze toonde me een verrassend breed assortiment koffiecups.

'Welke wilt u?' vroeg ze.

'Zegt u het maar.'

'Houdt u van sterke koffie? Zo schat ik u wel in.'

'Dat hebt u dan goed ingeschat.'

Ze klapte de muil van het apparaat open en stopte er een cup met de naam Jet Fuel in. Het apparaat leek het cupje op te slokken en de koffie uit te pissen. Ja, een smakelijke vergelijking, ik weet het. 'Drinkt u hem zwart?' vroeg ze.

'Nee, dat is me iets té sterk.' Ik vroeg om een beetje melk en zoetjes.

Toen ze me de koffie gaf, zei ze: 'U ziet er helemaal niet uit als een professor.'

Dat hoor ik vaak.

'Mijn tweedjasje hangt bij de stomerij.' Toen: 'Gecondoleerd met uw verlies.'

'Dank u wel.'

Ik nam een slok koffie. Wat kwam ik hier nou eigenlijk doen? Ik moest erachter zien te komen of Delia Sandersons Todd dezelfde was als Natalies Todd. En zo ja: hoe kón dat? Wat betekende zijn dood? En wat voor geheimen had de vrouw die nu voor me zat?

Ik had uiteraard geen flauw idee, maar ik was bereid nu wat meer risico te nemen. Dat betekende dat ik zou moeten aandringen. Daar keek ik niet naar uit, een vrouw uithoren die duidelijk in de rouw was. Wat ik verder ook meende dat hier aan de hand was – en ik had echt geen idee – het was duidelijk dat Delia Sanderson verdriet had. Je zag het aan de spanning op haar gezicht, de afhangende schouders, de ontreddering in haar ogen.

'Ik weet niet hoe ik dit voorzichtig moet vragen...' begon ik.

Ik zweeg in de hoop dat ze zou toehappen. Dat deed ze. 'U wilt weten hoe hij is gestorven?'

'Als u er liever niet...'

'Het geeft niet.'

'Ik las in de krant dat er een inbraak is geweest.'

De kleur trok uit haar gezicht. Ze haastte zich terug naar het koffieapparaat, ging in de weer de cups, koos er een uit en ruilde het toen om voor een ander.

'Sorry,' zei ik. 'Ik had er niet over moeten beginnen.'

'Het was geen inbraak.'

Ik zei niets.

'Ik bedoel, er is niets gestolen. Dat is toch ongewoon? Als je ergens inbreekt, neem je toch iets mee. Maar ze hebben alleen...'

Ze klapte de muil van het koffieapparaat dicht.

Ik vroeg: '"Ze"?'

'Hè?'

'U zei "ze". Was er meer dan één inbreker?'

Ze stond nog met haar rug naar me toe. 'Dat weet ik niet. De politie wil er niet over speculeren. Ik zie niet in hoe één man zo veel...' Ze liet haar hoofd hangen. Ik meende haar knieën te zien knikken. Ik wilde al opstaan en naar haar toe lopen, maar wie dacht ik nou eigenlijk dat ik was? Stilletjes schoof ik terug op mijn kruk.

'We zouden hier veilig wonen,' zei Delia Sanderson. 'In deze ommuurde wijk. Dat was juist om het kwaad op afstand te houden.'

Het was een enorm project, met vele hectares gecultiveerde leegte. Er was een soort toegangspoort, een hokje bij de ingang, met een stalen slagboom voor auto's en een ingehuurd politiemannetje dat knikte en op een knopje drukte. Daarmee hield je het kwaad niet op afstand, niet als het kwaad vastberaden was. Misschien hield je met zo'n slagboom kleine ongemakken buiten de deur, omdat het een laagje extra inspanning was dat ervoor kon zorgen dat de veroorzakers van het kleine ongemak op zoek gingen naar een gemakkelijker doelwit. Maar echte bescherming? Nee. Dat hek was er meer voor de show.

'Waarom denkt u dat er meer dan één inbreker was?' vroeg ik.

'Omdat... omdat ik niet inzie hoe iemand in z'n eentje zo veel schade zou kunnen aanrichten.'

'Hoe bedoelt u?'

Ze schudde haar hoofd. Met één vinger wreef ze eerst onder het ene oog door en daarna onder het andere. Ze draaide zich om en keek me aan. 'Laten we het over iets anders hebben.'

Ik had het liefst aangedrongen, maar ik wist dat ik dat niet kon maken. Ik was hier op bezoek als professor van de oude universiteit van haar overleden man. Bovendien was ik ook nog een mens. Het werd tijd om een tandje terug te schakelen en een andere weg in te slaan.

Zo voorzichtig als ik kon stond ik op en liep naar de koelkast. Op de deur waren met magneetjes tientallen familiefoto's bevestigd. Ze waren heerlijk nietszeggend, bijna té doorsnee: een dagje vissen, Disneyland, balletuitvoeringen, Kerstmis op het strand, kerstconcert op school, diploma-uitreikingen. Niet één van de kleine mijlpalen in het leven ontbrak. Ik boog me ernaartoe en bestudeerde op zo veel mogelijk foto's Todds gezicht.

Was het dezelfde man?

Op iedere foto die op de koelkast hing was hij gladgeschoren. De man die ik had gezien had zo'n modieus irritant stoppelbaardje gehad. Nu kon je zo'n baardje natuurlijk in een paar dagen tijd laten groeien, maar toch vond ik het raar. Dus vroeg ik me nogmaals af: was dit de man die ik met Natalie had zien trouwen?

Ik voelde Delia's ogen in mijn rug.

'Ik heb uw man één keer ontmoet,' zei ik.

'O?'

Ik draaide me naar haar om. 'Zes jaar geleden.'

Ze pakte haar beker op – kennelijk dronk zij de koffie wel zwart – en ging op een van de andere krukken zitten. 'Waar was dat?'

Ik bleef haar aankijken terwijl ik antwoordde: 'In Vermont.'

Ze reageerde niet geschokt, maar ze trok wel een vragend gezicht. 'Vermont?'

'Ja. Kraftsboro heette dat plaatsje.'

'Weet u zeker dat het Todd was?'

'Het was eind augustus,' legde ik uit. 'Ik verbleef in een schrijfkamp.'

Nu keek ze me openlijk verbaasd aan. 'Ik kan me niet herinneren dat Todd ooit in Vermont is geweest.'

'Zes jaar geleden,' zei ik nog een keer. 'In augustus.'

'Ja, ik had het wel gehoord.' Er klonk nu ongeduld door in haar stem.

Ik wees naar de koelkast. 'Maar hij zag er toen anders uit dan op die foto's.'

'Ik kan u even niet volgen.'

'Hij had langer haar,' zei ik. 'En een stoppelbaardje.'

'Todd?'

'Ja.'

Daar dacht ze even over na, en er verscheen een lachje op haar gezicht. 'Nu snap ik het.'

'Wat snapt u?'

'Waarom u helemaal hierheen bent gekomen.'

Ik was heel benieuwd wat er zou komen.

'Ik begreep het al niet. Todd is nooit actief geweest in het alumniwereldje. De universiteit heeft nooit meer dan vage belangstelling voor hem gehad. En nu begint u over een man in Vermont...' Ze zweeg schouderophalend. 'U verwart mijn man met iemand anders. Met de Todd die u in Vermont hebt ontmoet.'

'Nee, ik weet tamelijk zeker dat hij...'

'Todd is nooit in Vermont geweest, dat weet ik zeker. En de afgelopen acht jaar zat hij in augustus altijd in Afrika, om hulpbehoevenden te opereren. Bovendien schoor hij zich dagelijks, zelfs op luie zondagen. Er ging geen dag voorbij zonder dat Todd zich schoor.'

Ik keek nog een keer naar de foto's op de koelkast. Zou het kunnen? Kon het echt zo eenvoudig zijn? Ik had de verkeerde voor me. Die mogelijkheid was al eerder bij me opgekomen, maar nu begon ik het eindelijk een beetje te geloven.

In zeker opzicht veranderde dat nauwelijks iets. Ik had nog steeds die e-mail van Natalie ontvangen. De gebeurtenissen met Otto en Bob hadden echt plaatsgevonden. Maar misschien kon ik deze link toch laten rusten.

Delia bekeek me nu openlijk. 'Wat is hier aan de hand? Wat is de ware reden van uw komst?'

Ik stak een hand in mijn zak en viste de foto van Natalie eruit. Vreemd genoeg had ik er maar een. Ze hield niet van foto's, maar deze had ik genomen toen ze sliep. Ik weet niet waarom. Of misschien ook wel. Ik gaf de foto aan Delia Sanderson en wachtte haar reactie af.

'Vreemd,' zei ze.

'Wat?'

'Ze heeft haar ogen dicht.' Ze keek naar me op. 'Hebt u deze genomen?'

'Ja.'

'Terwijl ze lag te slapen?'

'Ja. Kent u haar?'

'Nee.' Ze staarde naar de foto. 'Ze betekent iets voor u, hè?'

'Ja.'

'Wie is het?'

De voordeur ging open. 'Mam?'

Ze legde de foto neer en liep in de richting van de stem. 'Eric? Is er iets? Wat ben je vroeg thuis.'

Ik liep achter haar aan de gang in. Ik herkende haar zoon van zijn toespraak op de begrafenis. Hij keek langs zijn moeder heen en richtte zijn priemende blik op mij. 'Wie is dat?' vroeg hij. Zijn toon was verrassend vijandig, alsof hij verwachtte dat ik was gekomen om zijn moeder te versieren.

'Dit is professor Fisher van Lanford,' zei ze. 'Hij kwam naar je vader informeren.'

'Informeren?'

'Ik kwam jullie condoleren,' zei ik, en ik schudde de jongeman de hand. 'Ik vind het heel erg. Gecondoleerd namens de universiteit.'

Hij beantwoordde zwijgend mijn handdruk. We stonden daar in de hal als drie vreemden op een feestje die nog niet aan elkaar voorgesteld waren. Eric verbrak het stilzwijgen. 'Ik kon mijn voetbalschoenen niet vinden.'

'Die liggen nog in de auto.'

'O ja. Nou, dan ben ik weer weg.'

Hij stoof de deur weer uit. We keken hem allebei na, misschien wel met dezelfde gedachte aan zijn vaderloze toekomst die voor ons opdoemde. Ik had hier niets meer te zoeken. Het werd tijd dat ik deze mensen met rust liet.

'Ik ga maar eens,' zei ik. 'Bedankt voor uw tijd.'

'Graag gedaan.'

Toen ik me omdraaide naar de deur, gleed mijn blik door de huiskamer. Mijn hart stond stil.

'Professor Fisher?'

Ik had mijn hand al op de deurklink. De seconden verstreken. Ik weet niet hoeveel seconden. Ik duwde de klink niet naar beneden en verroerde me niet. Ik hield zelfs mijn adem in. Ik staarde alleen maar die huiskamer in, over het oosterse tapijt heen naar de plek boven de haard.

Delia Sanderson zei nog een keer: 'Professor Fisher?'

Haar stem leek van heel ver te komen.

Uiteindelijk liet ik de klink los en liep de huiskamer in, over het oosterse tapijt heen, en voor de haard staarde ik omhoog. Delia Sanderson liep achter me aan.

'Gaat het wel goed met u?'

Nee, het ging niet goed met me. En ik had me niet vergist. Als ik al mijn twijfels had gehad, vielen die nu allemaal weg. Geen toeval, geen vergissing, geen twijfel: Todd Sanderson was de man die ik zes jaar geleden met Natalie in het huwelijk had zien treden.

Ik voelde dat Delia Sanderson naast me kwam staan zonder dat ik haar zag. 'Het doet me wat,' zei ze. 'Ik kan er uren naar kijken en steeds weer iets nieuws ontdekken.'

Dat begreep ik. De zijkant werd beschenen door die zachte ochtendgloed, in de kleur roze die bij het eerste daglicht hoort. De donkere ramen wekten de indruk dat het ooit lekker warm was geweest in het huisje, maar dat het nu verlaten was.

Het was Natalies schilderij.

'Vindt u het mooi?' vroeg Delia Sanderson.

'Ja,' zei ik. 'Ik vind het heel erg mooi.'

17

Ik ging op de bank zitten. Deze keer bood Delia Sanderson me geen koffie aan. Ze schonk twee vingerbreedtes Macallan voor me in. Het was nog vroeg en we weten inmiddels dat ik niet zo'n drinker ben, maar ik nam het glas met trillende hand aan.

'Kunt u me dan nu vertellen wat er aan de hand is?' vroeg Delia Sanderson.

Ik wist niet zo goed hoe ik het allemaal moest uitleggen zonder over te komen als een gestoorde, dus begon ik met een vraag. 'Hoe komt u aan dat schilderij?'

'Dat heeft Todd gekocht.'

'Wanneer?'

'Dat weet ik niet.'

'Kunt u er even over nadenken?'

'Wat maakt het uit?'

'Alstublieft.' Ik probeerde mijn stem onder controle te houden. 'Kunt u me echt niet vertellen waar en wanneer hij het heeft gekocht?'

Ze keek peinzend naar het schilderij. 'Waar weet ik niet meer. Maar wanneer... Op onze trouwdag. Vijf of misschien zes jaar terug.'

'Zes,' zei ik.

'Weer die zes jaar,' zei ze. 'Ik begrijp er helemaal niets van.'

Ik zag geen reden om te liegen – en wat erger was: ik kon geen enkele manier bedenken om de klap te verzachten. 'Ik heb u een foto laten zien van een slapende vrouw, weet u dat nog?'

'Dat was twee minuten geleden.'

'Precies. Zij heeft dit schilderij gemaakt.'

Delia fronste haar voorhoofd. 'Waar hebt u het over?'

'Ze heet Natalie Avery. Dat was zij, op die foto.'

'Dat…' Ze schudde haar hoofd. 'Ik begrijp het niet. Ik dacht dat u politicologie gaf.'

'Dat doe ik ook.'

'Ben u ook kunsthistoricus of iets dergelijks? Is die vrouw ook afgestudeerd aan Lanford?'

'Nee, zo zit het niet.' Ik keek weer naar het huisje op de heuvel. 'Ik zoek haar.'

'De schilderes?'

'Ja.'

Ze keek aandachtig naar mijn gezicht. 'Wordt ze vermist?'

'Dat weet ik niet.'

Onze blikken troffen elkaar. Ze knikte niet, maar dat was niet nodig. 'Ze betekent heel veel voor u.'

Het was geen vraag, maar ik gaf toch antwoord. 'Ja. Ik begrijp dat dit allemaal niet te volgen is.'

'Nee,' zei Delia Sanderson instemmend. 'Maar u denkt dat mijn man iets van haar wist. Dat is de ware reden van uw komst.'

'Ja.'

'Waarom denk u dat?'

Ook nu zag ik geen reden om te liegen. 'Dit klinkt vast krankzinnig.'

Ze wachtte af.

'Zes jaar geleden heb ik uw man in het huwelijk zien treden met Natalie Avery, in een kapelletje in Vermont.'

Delia Sanderson knipperde twee keer met haar ogen. Ze stond op van de bank en liep achteruit bij me vandaan. 'Ik denk dat u beter kunt gaan.'

'Luistert u alstublieft naar me.'

Ze sloot haar ogen, maar ja, je kunt nu eenmaal niet je oren afsluiten. Ik praatte snel en vertelde over het huwelijk van zes jaar geleden, over Todds overlijdensbericht, en ik zei erbij dat ik naar de begrafenis was geweest en dat ik had gedacht dat ik me misschien vergiste.

'U vergist zich inderdaad,' zei ze toen ik uitgepraat was. 'Dat kan niet anders.'

'En het schilderij, is dat dan toeval?'

Ze zei niets.

'Mevrouw Sanderson?'

'Waar bent u op uit?' vroeg ze heel zacht.

'Ik wil haar vinden.'

'Waarom?'

'U weet waarom.'

Ze knikte. 'Omdat u verliefd op haar bent.'

'Ja.'

'Ook al hebt u zes jaar geleden gezien dat ze met een ander trouwde.'

Ik gaf niet eens antwoord. Het was gekmakend stil in huis. We draaiden ons allebei om om nog eens naar het huisje op de heuvel te kijken. Ik wilde dat het op de een of andere manier zou veranderen. Dat de zon wat hoger aan de hemel kwam te staan of dat ik licht zou zien branden achter een van de ramen.

Delia Sanderson liep nog een paar meter bij me vandaan en pakte haar telefoon.

'Wat gaat u doen?' vroeg ik.

'Ik heb u gisteren gegoogeld. Nadat u me had gebeld.'

'Oké.'

'Ik wilde zeker weten dat u echt was wie u beweerde te zijn.'

'Wie zou ik anders moeten zijn?'

Delia Sanderson deed alsof ze die vraag niet hoorde. 'Er stond een foto van u op de site van Lanford. Voordat ik opendeed, heb ik door het spionnetje gekeken of u de man van die foto was.'

'Ik kan u niet volgen.'

'Ik wilde het zekere voor het onzekere nemen. Ik was bang dat de moordenaar van mijn man…'

Nu begreep ik het. 'Dat hij het nu op u gemunt had?'

Ze haalde haar schouders op.

'Maar u zag dat ik het was.'

'Ja. Dus heb ik u binnengelaten. Maar nu vraag ik me af… Ik bedoel, u bent hier onder valse voorwendselen binnengekomen. Hoe weet ik dat u niet bij hen hoort?'

Ik wist niet wat ik daarop moest zeggen.

'Dus voorlopig houd ik afstand, als u het niet erg vindt. Ik sta niet ver van de voordeur. Als u overeind komt, druk ik op de sneltoets van het alarmnummer en maak dat ik wegkom. Begrepen?'

'Ik hoor niet bij…'

'Begrepen?'

'Natuurlijk,' zei ik. 'Ik kom niet uit deze stoel. Maar mag ik u iets vragen?'

Ze gebaarde alleen maar dat ik mijn gang kon gaan.

'Hoe weet u dat ik geen vuurwapen heb?'

'Ik heb u in de gaten gehouden sinds u binnen bent. In die kleren is nergens plaats om een pistool te verbergen.'

Ik knikte. Toen vroeg ik: 'U denkt toch niet echt dat ik u iets wil aandoen, hè?'

'Nee. Maar zoals ik al zei, neem ik liever het zekere voor het onzekere.'

'Ik weet ook wel dat het verhaal over een bruiloft in Vermont idioot klinkt,' zei ik.

'Inderdaad,' zei Delia Sanderson. 'Maar ook weer te idioot om een leugen te zijn.'

We gaven het nog wat tijd. Onze blikken gingen weer naar het huisje op de heuvel.

'Het was zo'n fijne man,' zei Delia Sanderson. 'Todd had een kapitaal kunnen verdienen in een privékliniek, maar hij werkte vrijwel uitsluitend voor Fresh Start. Weet u wat dat is?'

De naam kwam me wel bekend voor, maar ik kon hem niet plaatsen. 'Ik ben bang van niet.'

Daar moest ze zowaar om glimlachen. 'Goh, u had uw huiswerk wel eens mogen doen voordat u hierheen kwam. Fresh Start is de liefdadigheidsinstelling die Todd samen met enkele andere oud-Lanforders heeft opgericht. Het was zijn grote passie.'

Nu wist ik het weer. Er had iets over in zijn overlijdensbericht gestaan, maar ik wist niet dat Lanford ermee te maken had. 'Wat deed Fresh Start precies?'

'Ze opereerden in het buitenland mensen met een open gehemelte. Ze behandelden brandwonden en littekens en voerden diverse andere noodzakelijke kosmetische operaties uit. Daar veranderden ze levens mee. Ze gaven mensen een nieuwe start, vandaar de naam Fresh Start. Todd wijdde zijn leven eraan. Toen u zei dat u hem had gezien in Vermont, wist ik dat dat niet kon kloppen. Hij was toen aan het werk in Nigeria.'

'Maar dat was hij dus niet,' zei ik

'U zegt dus tegen deze weduwe dat haar man tegen haar gelogen heeft?'

'Nee, ik zeg tegen haar dat Todd Sanderson zes jaar geleden op 28 augustus in Vermont was.'

'Om daar te trouwen met uw ex, de kunstenares?'

Ik nam niet de moeite om daar antwoord op te geven.

Er biggelde een traan over haar wang. 'Ze hebben Todd toegetakeld. Voordat ze hem vermoordden. Vreselijk toegetakeld. Waarom zou iemand zoiets doen?'

'Dat weet ik niet.'

Ze schudde haar hoofd.

'Als u zegt "toegetakeld",' zei ik traag, 'bedoelt u dan dat ze meer hebben gedaan dan hem om het leven brengen?'

'Ja.'

Ook nu wist ik niet hoe ik de vraag nog enigszins gevoelig zou kunnen stellen, dus koos ik voor de rechtstreekse aanpak: 'Wat hebben ze met hem gedaan?'

Maar nog voordat ze antwoord gaf, meende ik te weten wat ze zou gaan zeggen.

'Gereedschap,' zei Delia Sanderson, en er ontsnapte een snik aan haar keel. 'Ze hebben hem met handboeien aan een stoel geketend en hem gemarteld met gereedschap.'

18

Toen mijn vliegtuig geland was in Boston, bleek Shanta Newlin een bericht te hebben ingesproken op mijn nieuwe telefoon. 'Ik heb gehoord dat je van de campus af geschopt bent. We moeten praten.'

Ik belde haar terug terwijl ik door het luchthavengebouw liep. Toen Shanta opnam, vroeg ze me waar ik was.

'Logan Airport,' zei ik.

'Fijne reis gehad?'

'Heerlijk. Je zei dat we moesten praten.'

'Onder vier ogen. Kom meteen vanaf het vliegveld naar mijn kamer.'

'Ik ben niet welkom op de campus.'

'O ja, dat was ik even vergeten. Judie's Restaurant dan maar weer? Ik ben er over een uur.'

Shanta zat aan een tafeltje in een hoek toen ik binnenkwam. Ze had een drankje voor zich staan. Het was knalroze, met een schijf ananas op de rand van het glas. Ik wees ernaar.

'Alleen het parapluutje ontbreekt nog,' zei ik.

'Hoezo, had je me eerder ingeschat als het whisky-sodatype?'

'Zonder de soda.'

'Sorry. Hoe fruitiger het drankje, hoe liever ik het heb.'

Ik ging op de stoel tegenover haar zitten. Shanta pakte het glas en dronk door het rietje.

'Ik heb gehoord dat er een student in elkaar geslagen is en dat jij daarbij betrokken was,' zei ze.

'Werk je tegenwoordig voor de directeur?'

Ze fronste haar voorhoofd boven het vruchtendrankje. 'Wat is er gebeurd?'

Ik vertelde haar het hele verhaal: Bob en Otto, de bestelbus, de man die ik had gedood uit zelfverdediging, mijn ontsnapping uit het busje en mijn val van de helling. Haar uitdrukking veranderde niet, maar ik zag de radertjes knarsen achter haar ogen.

'Heb je dit aan de politie verteld?'

'Min of meer.'

'Hoe bedoel je, "min of meer"?'

'Ik was behoorlijk dronken. Ze denken kennelijk dat ik het gedeelte over de ontvoering en het ombrengen van die vent heb verzonnen.'

Ze keek me aan alsof ik de grootste stomkop was die er ooit op deze planeet heeft rondgelopen. 'Heb je dat laatste echt aan de politie verteld?'

'Aanvankelijk wel. Daarna wees Benedict me erop dat het misschien niet zo slim was om op te biechten dat ik iemand had gedood, ook al was het uit zelfverdediging.'

'Krijg je je juridische adviezen van Benedict?'

Ik haalde mijn schouders op en bedacht weer dat ik mijn mond moest houden. Ik was immers gewaarschuwd. Bovendien had ik een belofte gedaan. Shanta leunde achterover en nipte aan haar drankje. De serveerster kwam vragen wat ik wilde drinken. Ik wees naar het vruchtendrankje en zei dat ik daar een alcoholvrije versie van wilde. Ik weet ook niet waarom, ik heb de pest aan drankjes met fruit.

'Wat ben je nou echt over Natalie te weten gekomen?' vroeg ik.

'Dat heb ik je al verteld.'

'Ja hoor, niets, nada, zero. Waarom wilde je me dan spreken?'

Er werd voor haar een portobellosandwich gebracht, en voor mij volkorenbrood met kalkoen. 'Ik ben zo vrij geweest om voor je te bestellen,' zei ze.

Ik raakte de sandwich niet aan.

'Wat is hier aan de hand, Shanta?'

'Dat zou ik ook graag willen weten. Waar ken je Natalie van?'

'Wat maakt dat uit?'

'Vertel het nou maar.'

Weer was zij degene die de vragen stelde, en ik gaf haar antwoord. Ik vertelde dat we elkaar zes jaar geleden tijdens mijn schrijfkamp in Vermont hadden leren kennen.

'Wat heeft ze je over haar vader verteld?'

'Alleen dat hij dood was.'

Shanta hield haar ogen strak op me gericht. 'Verder niets?'

'Zoals...?'

'Zoals, ik noem maar wat,' – ze nam een grote teug door het rietje en haalde theatraal haar schouders op – 'dat hij hier vroeger heeft gewerkt.'

Ik zette grote ogen op. 'Haar vader?'

'Yep.'

'Heeft haar vader lesgegeven op Lanford?'

'Nee, hij werkte in Judie's Restaurant, nou goed?' Shanta sloeg haar ogen ten hemel. 'Ja, natuurlijk op Lanford.'

Ik probeerde mijn hoofd helder te krijgen. 'Wanneer?'

'Hij is zo'n dertig jaar geleden begonnen en heeft zeven jaar lesgegeven. Bij politicologie.'

'Je houdt me voor de gek.'

'Ja, daarom heb ik je gebeld, omdat ik zin had om je eens lekker voor de gek te houden.'

Ik rekende terug. Natalie was nog heel jong geweest toen haar vader hier begon, en ze was nog een kind toen hij weer vertrok. Misschien kon ze het zich niet herinneren. Misschien had ze er daarom niets over gezegd. Maar zou ze er niet minstens van op de hoogte zijn geweest? Zou ze niet hebben gezegd: *Hé, mijn vader heeft hier ook gewerkt. Aan dezelfde faculteit als jij*?

Ik dacht aan die keer dat ze op de campus was geweest, met een zonnebril en een hoed op: ze had alles willen zien en had in gedachten verzonken met me over het terrein gelopen.

'Waarom heeft ze me dat niet verteld?' vroeg ik me hardop af.

'Dat weet ik niet.'

'Is hij ontslagen? Waar zijn ze vervolgens naartoe gegaan?'

Ze haalde haar schouders op. 'Je kunt beter vragen waarom Natalies moeder daarna haar meisjesnaam is gaan gebruiken.'

'Hè?'

'Haar vader heette Aaron Kleiner. De meisjesnaam van Natalies moeder was Avery. Die is ze weer gaan gebruiken. En ze heeft de achternamen van Natalie en Julie ook veranderd.'

'Wacht even. Wanneer is haar vader gestorven?'

'Heeft Natalie je dat niet verteld?'

'Ik kreeg de indruk dat hij al heel lang dood was. Misschien is dat het: ze zijn natuurlijk na zijn dood vertrokken van de campus.'

Shanta glimlachte. 'Ik denk het niet, Jake.'

'Waarom niet?'

'Omdat het hier pas echt interessant wordt. Nu blijkt dat pappie heel veel op zijn dochtertje leek.'

Ik zei niets.

'Er wordt nergens melding gemaakt van zijn dood.'

Ik slikte. 'Waar is hij dan?'

'Zo vader, zo dochter, Jake.'

'Wat wil je daar nou weer mee zeggen?' Maar misschien wist ik het al.

'Ik ben gaan uitzoeken waar professor Aaron Kleiner tegenwoordig woont,' zei Shanta. 'En raad eens wat ik heb gevonden?'

Ik wachtte af.

'Inderdaad: helemaal niets, nada, zero. Sinds hij een kwart eeuw geleden is vertrokken van Lanford is er geen enkel teken van leven meer geweest van professor Aaron Kleiner.'

19

Ik vond de oude jaarboeken in de bibliotheek van Lanford. Ze lagen in de kelder en roken naar schimmel. De glanzende bladzijden bleven aan elkaar plakken toen ik ze wilde doorbladeren. Maar daar stond hij: professor Aaron Kleiner. Het was een tamelijk nietszeggende foto. Kleiner was een vriendelijk uitziende man met de gebruikelijke geposeerde glimlach, die vrolijk bedoeld was maar nogal ongemakkelijk uitpakte. Ik staarde naar zijn gezicht en zocht naar enige gelijkenis met Natalie. Misschien was die er wel. Moeilijk te zeggen. De geest kan rare trucjes met ons uithalen, zoals we allemaal weten.

We hebben de neiging te zien wat we willen zien.

Ik staarde naar zijn gezicht alsof het antwoord daar te vinden was. Dat was niet het geval. Vervolgens bladerde ik door de andere jaarboeken. Er viel niets meer te ontdekken. Ik bekeek vluchtig het gedeelte van de faculteit politicologie en stopte bij een groepsfoto die was genomen voor Clark House. Alle docenten en het ondersteunend personeel stonden erop. Professor Kleiner stond pal naast faculteitshoofd Malcolm Hume. Op deze foto waren de lachjes ontspannener, natuurlijker. Mevrouw Dinsmore zag er hier ook al uit alsof ze tegen de honderd liep.

Wacht eens. Mevrouw Dinsmore...

Ik klemde een van de jaarboeken onder mijn arm en snelde naar Clark House. Het was geen kantoortijd meer, maar mevrouw Dinsmore woonde daar zo'n beetje. Ja, ik was geschorst en mocht niet op de campus komen, maar ik betwijfelde of de campuspolitie het vuur op me zou openen. Dus liep ik tussen de studenten door het plein over, met een bibliotheekboek onder de arm dat ik niet had uitgecheckt. Wat een spannend leven leidde ik toch.

Ik dacht terug aan de dag dat ik daar met Natalie had gelopen, zes jaar geleden. Waarom had ze niets over vroeger gezegd? Waren er tekenen geweest? Was ze stiller geworden of langzamer gaan lopen? Ik wist het niet meer. Ik herinnerde me alleen dat ik zelf opgewekt had lopen kwetteren over de campus, als een eerstejaarsgids die te veel Red Bull had gedronken.

Mevrouw Dinsmore keek naar me op over de smalle glazen van haar leesbril. 'Ik dacht dat jij hier weg was.'

'Lichamelijk misschien,' zei ik, 'maar ben ik ooit ver verwijderd van uw hart?'

Ze rolde geërgerd met haar ogen. 'Wat wil je van me?'

Ik legde het jaarboek voor haar neer, opengeslagen bij de groepsfoto. Ik wees Natalies vader aan. 'Kunt u zich een zekere professor Aaron Kleiner herinneren?'

Mevrouw Dinsmore nam de tijd. Het leesbrilletje hing aan een kettinkje om haar nek. Ze deed het af, maakte het met trillende vingers schoon en zette het weer op. Haar gezicht was roerloos als steen.

'Ik herinner me hem nog,' zei ze zacht. 'Waarom vraag je dat?'

'Weet u waarom hij is ontslagen?'

Ze keek naar me op. 'Wie zegt dat hij is ontslagen?'

'Of waarom hij is vertrokken? Kunt u me ook maar iets vertellen over wat er met hem is gebeurd?'

'Hij is hier in geen vijfentwintig jaar geweest. Jij moet een jaar of tien zijn geweest toen hij vertrok.'

'Dat weet ik.'

'Waarom vraag je dan naar hem?'

Ik wist niet eens hoe ik om die vraag heen zou moeten draaien. 'Kunt u zich zijn kinderen herinneren?'

'Meisjes, jong nog. Natalie en Julie.'

Geen enkele aarzeling. Dat verbaasde me. 'U weet hun namen nog?'

'Wat is er met ze?'

'Zes jaar geleden heb ik Natalie leren kennen op een schrijfkamp in Vermont. We werden verliefd op elkaar.'

Mevrouw Dinsmore wachtte tot ik zou doorgaan.

'Ik weet dat het krankzinnig klinkt, maar ik zoek haar. Ik ben bang dat ze gevaar loopt, en misschien heeft dat iets te maken met haar vader, dat weet ik niet.'

Mevrouw Dinsmore bleef me nog een paar tellen aankijken. Ze liet haar leesbril terug op haar borst vallen. 'Het was een goede docent. Jij zou hem graag gemogen hebben. Zijn colleges waren levendig. Hij was er heel goed in om de studenten op te peppen, energie te geven.'

Haar blik ging weer naar de foto in het jaarboek.

'In die tijd waren sommige jongere docenten ook opzichter in de studentenhuizen. Aaron Klein ook. Hij woonde met zijn gezin op de benedenverdieping van het Tingley-gebouw. De studenten liepen allemaal met hem weg. Ik weet nog dat ze een keer geld bij elkaar gelegd hadden om een schommel te kopen voor de meisjes. Die hebben ze toen met z'n allen op zaterdagochtend opgezet op de binnenplaats achter Pratt.'

Ze staarde melancholiek voor zich uit. 'Natalie was een schatje. Hoe ziet ze er nu uit?'

'Ze is de mooiste vrouw op aarde,' zei ik.

Mevrouw Dinsmore lachte wrang. 'Wat ben je toch romantisch.'

'Wat is er met hen gebeurd?'

'Een paar dingen,' antwoordde ze. 'Er gingen geruchten over hun huwelijk.'

'Wat voor geruchten?'

'Wat voor geruchten gaan er nou altijd op een campus? Jonge studentes, vrouw heeft het druk thuis, aantrekkelijke man op een terrein vol meisjes die van hem onder de indruk zijn. Ik plaag jou altijd over de studentes die naar je spreekuur komen, maar ik heb te veel levens zien stukgaan door de verleiding.'

'Had hij een verhouding met een studente?'

'Zou kunnen. Ik weet het niet. Dat waren de geruchten. Heb je ooit gehoord van vicevoorzitter Roy Horduck?'

'Ik ken zijn naam van de plaquettes.'

'Aaron Kleiner had hem beschuldigd van plagiaat. Het is nooit tot een strafzaak gekomen, maar vicevoorzitter is een positie die behoorlijk wat macht met zich meebrengt. Aaron Kleiner werd gedegradeerd, en vervolgens raakte hij betrokken bij een fraudeschandaal.'

'Een frauderende professor?'

'Nee, natuurlijk niet. Hij beschuldigde een student, of misschien twee studenten. De details heb ik niet precies onthouden. Het zou kunnen dat dat zijn ondergang is geworden, ik weet het niet. Hij ging drinken en gedroeg zich vreemd. Toen begonnen de geruchten.'

Ze staarde weer naar de foto.

'Is hem gevraagd zijn ontslag in te dienen?'

'Nee,' antwoordde mevrouw Dinsmore.

'Wat is er dan gebeurd?'

'Op een dag kwam zijn vrouw binnen door die deur.' Ze wees achter zich. Ik wist welke deur ze bedoelde, ik was er duizenden keren door naar binnen en naar buiten gelopen, maar toch keek ik, alsof Natalies moeder ieder moment zou kunnen binnenkomen. 'Ze huilde. Hysterisch, echt. Ik zat waar ik nu ook zit, op deze zelfde plek, aan dit bureau...' Haar stem stierf weg. 'Ze wilde professor Hume spreken. Hij was er niet, dus belde ik hem. Hij kwam meteen. Ze vertelde hem dat professor Kleiner verdwenen was.'

'Verdwenen?'

'Hij had zijn spullen gepakt en was ervandoor gegaan met een ander. Een oud-studente.'

'Wie was dat?'

'Dat weet ik niet. Zoals ik al zei: ze was hysterisch. In die tijd waren er nog geen mobiele telefoons. We konden hem niet bereiken. Dus wachtten we af. Ik weet nog dat hij die middag college had moeten geven. Zijn collega's namen beurtelings voor hem waar, tot het einde van het semester. De studenten waren behoorlijk aangedaan. Er belden ouders, maar professor Hume suste de boel door iedereen een negen te geven.' Ze haalde nog een keer haar schouders op, schoof het jaarboek naar me toe en deed alsof ze weer aan het werk ging.

'We hebben nooit meer wat van hem vernomen.'

Ik slikte. 'En wat is er met zijn vrouw en zijn dochters gebeurd?'

'Hetzelfde, neem ik aan.'

'Wat wil dat zeggen?'

'Ze zijn aan het einde van het semester verhuisd. Ook van hen heb ik nooit meer wat gehoord. Ik hoopte steeds dat ze samen op een andere universiteit terechtgekomen waren, dat het allemaal goed was afgelopen. Maar dat zal wel niet, hè?'

'Nee.'

'Wat is er dan met hen gebeurd?' vroeg mevrouw Dinsmore.

'Dat weet ik niet.'

20

Wie zou het wel weten?

Antwoord: Natalies zus Julie. Ze had me afgewimpeld aan de telefoon. Ik vroeg me af of ik meer geluk zou hebben als ik me tot haar zou wenden.

Toen ik naar mijn auto liep, ging mijn telefoon. Ik keek op het schermpje. Netnummer 802.

Vermont.

Ik nam op en zei hallo.

'Eh, hallo. Je hebt laatst je kaartje achtergelaten in de koffie-hoek.'

Ik herkende de stem. 'Cookie?'

'We moeten praten,' zei ze.

Ik verstevigde mijn greep op de telefoon. 'Ik luister.'

'Telefoons vertrouw ik niet.' De stem van Cookie klonk on-vast. 'Kun je nog een keer hierheen komen?'

'Ik kan nu in de auto stappen als je wilt.'

Cookie legde uit hoe ik bij haar huis moest komen, niet ver van de boekwinkel waar ze haar koffiehoek runde. Ik nam de 91 in noordelijke richting en deed tevergeefs mijn best om niet te hard te rijden. Mijn hart ging tekeer en leek gelijke tred te hou-den met ieder nummer dat op de radio kwam. Tegen de tijd dat ik bij de staatsgrens kwam, was het bijna middernacht. Ik was de dag begonnen met de vlucht naar Delia Sanderson, dus het was een lange dag geweest. Heel even voelde ik de vermoeidheid. In een flits dacht ik terug aan de eerste keer dat ik Natalies schilderij van het huisje op de heuvel had gezien, toen Cookie achter me kwam staan en vroeg of ik het mooi vond. Waarom, vroeg ik me nu af, had Cookie laatst in de koffiehoek gedaan alsof ze me niet meer kende?

Er schoot me nog iets anders te binnen. Alle anderen hadden gezegd dat er nooit een 'Creatief bijtanken'-kamp was geweest, maar Cookie had gezegd: 'We hebben nooit in het kamp gewerkt.'

Het was me op het moment zelf niet opgevallen, maar als er in die omgeving nooit een kamp was geweest, zou je toch eerder zeggen: 'Huh? Wat voor kamp?'

Ik minderde vaart toen ik langs de boekwinkel met Cookies koffiehoek reed. Er stonden maar twee lantaarnpalen, die allebei lange, dreigende schaduwen wierpen. Er was geen mens te zien. Het was doodstil in het centrum van het stadje, te stil, als in de scène in een zombiefilm vlak voordat de held wordt omringd door mensetende monsters. Aan het einde van de straat sloeg ik rechts af, en na een paar honderd meter nog een keer. Hier waren helemaal geen straatlantaarns, de enige verlichting was afkomstig van mijn koplampen. Ook in de huizen en gebouwen waar ik langsreed, brandde nergens licht. Kennelijk gebruikte niemand hier een tijdschakelaar tegen inbrekers. Heel verstandig. Ik betwijfelde of ze de huizen hier in het donker zouden kunnen vinden.

Mijn navigatiescherm gaf aan dat ik nog achthonderd meter van mijn bestemming verwijderd was. Nog twee afslagen. Iets wat veel op angst leek sloop mijn borstkas binnen. We hebben allemaal wel eens gelezen dat bepaalde dieren en zeeschepsels gevaar kunnen voelen. Ze voelen dreigingen of zelfs naderende natuurrampen letterlijk aankomen, bijna alsof ze een overlevingsradar hebben, of onzichtbare tentakels die alle kanten op gaan. Ooit moet de oermens dat vermogen ook hebben gehad. Die vorm van overleven verdwijnt niet zomaar. Misschien leidt dit vermogen een sluimerend bestaan. Kwijnt het weg omdat we het niet meer gebruiken. Maar die instinctieve Neanderthaler is er altijd, weggestopt onder onze kaki broeken en nette overhemden.

Op dit moment begon mijn Spider-zintuig te tintelen, om maar eens in het idioom uit mijn oude stripboeken te spreken.

Ik deed de koplampen uit en liet de auto in het pikdonker uitrollen langs de kant van de weg, bijna puur op de tast. Er was geen stoep, de straat ging gewoon over in gras. Ik wist niet wat ik moest doen, maar hoe langer ik erover nadacht, hoe zekerder ik wist dat voorzichtigheid geboden was.

Vanaf hier zou ik het laatste stuk lopen.

Ik glipte de auto uit. Toen ik het portier had dichtgedaan en alle lichten gedoofd waren, zag ik pas goed hoe donker het was. De nacht leek een levend wezen dat me opslokte, dat mijn ogen bedekte. Ik wachtte een paar minuten en bleef staan terwijl mijn ogen zich aanpasten aan het donker. Ogen die zich aanpassen aan het donker: weer zo'n talent dat we ongetwijfeld van de oermens hebben geërfd. Toen ik eindelijk een meter of wat zicht had, ging ik op pad. Mijn smartphone was er ook nog, boordevol apps die ik nooit gebruikte, maar een uitzondering – waarschijnlijk het meest nuttige en minst vernuftige snufje – was de zaklampfunctie. Die overwoog ik nu in te schakelen, maar ik zag er uiteindelijk van af.

Als ik gevaar liep – en ik kon me niet voorstellen wat dat gevaar dan zou inhouden of welke vorm het zou kunnen aannemen – dan wilde ik het niet nog erger maken door met een lichtbundel te gaan schijnen. Ik had de auto natuurlijk niet voor niets verderop geparkeerd om het laatste stuk te gaan lopen.

Ik dacht terug aan de bestelbus waarin ik opgesloten had gezeten. Achteraf had ik geen gewetenswroeging over wat ik had moeten doen om te ontsnappen – ik zou het uiteraard weer doen, duizend keer opnieuw – maar ik twijfelde er niet aan dat Otto's laatste momenten me in mijn slaap zouden achtervolgen tot aan mijn dood. Ik zou altijd het vochtige gekraak van zijn nek horen, me altijd het gevoel blijven herinneren van bot en kraakbeen dat het begaf, waarmee een leven werd beëindigd. Ik had iemand gedood. Ik had een mens van het leven beroofd.

Toen gingen mijn gedachten naar Bob.

Ik vertraagde mijn pas. Wat had Bob gedaan nadat ik de helling af was gerold? Hij moest zijn teruggekeerd naar zijn bestelbus, zijn weggereden, waarschijnlijk Otto's lijk ergens hebben gedumpt en toen...

Zou hij weer naar me op zoek gaan?

Ik dacht aan de gespannen klank van Cookies stem. Wat wilde ze me vertellen? En waarom was het ineens zo dringend? Waarom liet ze me zo laat op de avond hierheen komen, zonder me de kans te geven er goed over na te denken?

Ik was nu vlak bij Cookies huis. Achter enkele ramen in de straat brandde licht, kleine lichtjes waardoor de woningen een spookachtige uitstraling kregen, als Halloweenpompoenen. Het huis aan het einde van de doodlopende straat was beter verlicht dan de rest. Cookies huis.

Ik ging naar links om uit het zicht te blijven. Op de veranda aan de voorkant brandden lampen, dus daar moest ik wegblijven als ik niet gezien wilde worden. Het was een groot huis, gelijkvloers, ongewoon langgerekt en schots en scheef, alsof er lukraak stukken aangebouwd waren. Ik liep gebukt in een grote boog naar de zijkant van het huis en probeerde in het donker te blijven. De laatste tien meter kroop ik letterlijk naar het raam dat het felst verlicht was.

En nu?

Op handen en knieën zat ik onder het raam. Ik hield me doodstil en spitste mijn oren. Niets. Je hebt stilte en je hebt de stilte van het platteland, die je kunt voelen en aanraken, stilte met textuur en afstand. Daarmee werd ik nu omringd. Echte, ware plattelandsstilte.

Voorzichtig verplaatste ik mijn gewicht. Mijn knieën kraakten; het geluid was als een schreeuw in de roerloze nacht. Ik wist mijn voeten onder me te krijgen, mijn knieën sterk gebogen, mijn handen op mijn bovenbenen. Zo zat ik klaar om me omhoog te werken, als een levende springveer, zodat ik door het raam zou kunnen gluren.

Met mijn hoofd grotendeels uit het zicht gluurde ik door de onderste hoek, zodat binnen alleen één oog en de rechterbovenkant van mijn gezicht te zien zouden zijn. Ik knipperde met mijn ogen tegen het plotselinge licht en keek het vertrek in.

Daar zat Cookie, op de bank, met kaarsrechte rug. Haar mond vormde een strakke streep. Denise, haar vriendin, zat naast haar. Ze zaten hand in hand, maar ze zagen allebei lijkbleek. De spanning straalde van hen af.

Je hoefde geen expert in lichaamstaal te zijn om te zien dat ze nerveus waren. Het duurde even voordat ik doorhad waardoor die nervositeit werd veroorzaakt.

In de stoel tegenover hen zat een man.

Hij zat met zijn rug naar me toe, zodat ik eerst alleen zijn kruin zag.

Mijn eerste gedachte was paniekerig: zou het Bob kunnen zijn?

Ik duwde me nog een paar centimeter verder omhoog, in een poging de man wat beter te bekijken. Dat lukte niet. De stoel was hoog en dik gestoffeerd. De man zakte er diep in weg en werd erdoor aan het zicht onttrokken. Ik schoof naar de andere kant van het raam, waardoor deze keer de linkerbovenkant van mijn gezicht voor het raam kwam. Nu kon ik zien dat hij peper-en-zoutkleurige krullen had.

Dat was Bob niet. Beslist niet.

De man was aan het woord. De twee vrouwen luisterden ingespannen en knikten gelijktijdig om zijn woorden. Ik draaide een slag en drukte mijn oor tegen het raam. Het glas was koud. Ik probeerde te verstaan wat de man zei, maar het klonk te gedempt. Ik keek weer de kamer in. De man in de stoel boog zich een beetje naar voren om zijn woorden kracht bij te zetten. Toen draaide hij zijn kin enigszins opzij, zodat ik zijn profiel kon zien.

Het is niet uitgesloten dat ik hoorbaar naar lucht hapte.

De man had een baard. Daar zag ik het aan. Daardoor herkende ik hem, door de baard en zijn krullen. In een flits was ik terug bij die allereerste keer dat ik Natalie zag, in het zaaltje bij de voordracht van het gedicht, met haar zonnebril op. En op de stoel rechts naast haar had een man gezeten, een man met een baard en krullen.

Deze man.

What the…?

De man met de baard stond op uit de stoel. Hij begon te ijsberen, druk gebarend. Cookie en Denise verstarden. Ze knepen zo hard in elkaars hand dat ik zou zweren dat ik de knokkels wit zag wegtrekken. Dat was het moment dat ik iets anders zag waarvan ik steil achterover sloeg, iets waardoor ik met een verbijsterende doffe klap inzag hoe belangrijk het was dat ik deze verkenningsmissie uitvoerde voordat ik blindelings het huis betrad.

De man met de baard had een vuurwapen.

Ik verstarde ter plekke, daar op mijn hurken voor het raam. Mijn benen begonnen te trillen – van angst of van inspanning, dat weet ik niet. Ik liet me weer zakken. Wat nu?

Vluchten, sufkop.

Ja, dat leek me het beste. Terug naar mijn auto. De politie bellen. Laat hen dit maar afhandelen. Ik probeerde me voor te stellen hoe dat scenario zou verlopen. Allereerst: hoe lang zou het duren voordat de politie er was? En wacht eens, zou die me wel geloven? Zou die eerst Cookie en Denise opbellen? Zou er een SWAT-eenheid komen? En nu ik er goed over nadacht, wat was hier eigenlijk precies aan de hand? Had Baardmans Cookie of Denise ontvoerd en haar gedwongen mij te bellen – of speelden ze allemaal onder één hoedje? En wat zou er in dat geval gebeuren na mijn telefoontje? De politie zou komen en Cookie en Denise zouden alles ontkennen. Baardmans zou zijn wapen verstoppen en zeggen dat hij onschuldig was.

Maar ja, wat was het alternatief? Ik moest de politie er toch wel bij halen?

Baardmans liep nog te ijsberen. De spanning in de kamer leek te bonzen als een op hol geslagen hart. Baardmans keek op zijn horloge. Hij pakte zijn mobiele telefoon en hield die als een walkietalkie voor zijn mond. Blafte er iets in.

Tegen wie had hij het?

Ho! dacht ik toen. Stel dat er nog anderen waren. Ik moest maken dat ik wegkwam. De politie bellen – of niet de politie bellen, *whatever*. Die kerel was gewapend. Ik niet.

Hasta luego, motherfuckers.

Ik wierp net een laatste blik door het raam toen ik achter me een hond hoorde blaffen. Ik verstarde. Baardmans verstarde niet. Hij draaide zijn hoofd om naar het geblaf – en daarmee naar mij – met een ruk alsof er aan een touwtje werd getrokken.

Onze blikken kruisten elkaar door het raam. Hij zette grote ogen op van verbazing. Héél even – een honderdste van een seconde, of hooguit twee – verroerden we ons geen van beiden. We staarden elkaar alleen maar geschokt aan, zonder te weten wat we van de ander moesten denken, totdat Baardmans het wapen op me richtte en de trekker overhaalde.

Ik deinsde achteruit toen de kogel het raam versplinterde.

Ik liet me op de grond vallen. Het regende glasscherven. De hond bleef blaffen. Ik rolde opzij, waarbij ik me sneed aan het glas, en kwam overeind.

'Blijf staan!'

Het was een andere mannenstem, links van me. Hij kwam me niet bekend voor, maar het was dus iemand die buiten stond. O man, ik moest maken dat ik hier wegkwam. Geen tijd om na te denken of te aarzelen. Ik rende op volle snelheid de andere kant op, een hoek om, rennen, rennen, bijna in veiligheid.

Dacht ik.

Had ik daarstraks het aanvoelen van gevaar nog toegeschreven aan mijn Spider-zintuigen, nu moest ik toegeven dat diezelfde zintuigen me behoorlijk in de steek hadden gelaten.

Pal om de hoek stond nog een man. Hij wachtte me op met een geheven honkbalknuppel. Ik slaagde erin mijn benen een halt toe te roepen, maar voor iets anders was geen tijd. Geen enkele kans om te reageren. Om iets anders te doen dan daar onnozel te blijven staan. De klap landde vol op mijn voorhoofd.

Ik sloeg tegen de grond.

Het zou kunnen dat hij me daarna nog een keer met die knuppel heeft geslagen. Ik weet het niet. Mijn ogen rolden weg in hun kassen en ik was vertrokken.

21

Het eerste wat ik voelde toen ik wakker werd was pijn.

Dat was het enige waaraan ik kon denken: gigantische, allesoverheersende pijn en de vraag hoe ik die kon verminderen. Het voelde alsof mijn schedel verbrijzeld was en minuscule botsplinters met hun scherpe punten het gevoeligste hersenweefsel doorboorden.

Ik bewoog mijn hoofd enigszins opzij, maar de scherpe punten werden er alleen maar scherper door. Ik hield me stil en knipperde met mijn ogen – en nog een keer, in een vergeefse poging ze open te houden. Ik gaf het op.

'Hij is wakker.'

Dat was de stem van Cookie. Weer probeerde ik mijn ogen open te krijgen. Bijna had ik mijn vingers gebruikt om mijn oogleden open te trekken. Ik vocht me voorbij de pijn. Het duurde een paar tellen, maar eindelijk slaagde ik erin. Vervolgens kostte het me nog een paar tellen om mijn blik scherp te stellen en mijn nieuwe omgeving in me op te nemen.

Ik was niet meer buiten, zoveel was zeker.

Ik keek naar de houten balken aan het plafond. Ik was ook niet bij Cookie thuis, want zij had een lage woning. Dit leek meer op een schuur of een oude boerderij. Onder me was een houten vloer, geen zand, dus de optie 'schuur' streepte ik weg.

Cookie was er. En Denise. Baardmans kwam naar me toe en keek op me neer. Zijn blik was vervuld van pure, ongefilterde haat. Ik had geen idee waarom. Bij een deur links van me zag ik een tweede man staan. Nummer drie zat achter een computer-monitor. Ik kende hen geen van drieën.

Baardmans nam me afwachtend op. Waarschijnlijk vermoed-de hij dat ik iets voor de hand liggends als 'Waar ben ik?' zou vragen, maar dat deed ik niet. Ik gebruikte de tijd om mezelf tot bedaren te brengen en mijn gedachten op een rijtje te zetten.

Ik had geen flauw idee wat er aan de hand was.

Intussen liet ik mijn blik door het vertrek gaan om er een in-druk van te krijgen. Op zoek naar een ontsnappingsroute zag ik één deur en drie ramen, allemaal dicht. De deur werd boven-dien bewaakt. Ik herinnerde me dat minstens één van de man-nen een vuurwapen had.

Ik moest geduld hebben.

'Praten,' zei Baardmans tegen mij.

Ik zei niets. Hij gaf me een schop in mijn ribben. Ik kreunde, maar verroerde me niet.

'Jed,' zei Cookie. 'Niet doen.'

Baardmans Jed keek op me neer. Ik zag een vlammende woe-de in zijn ogen. 'Hoe heb je Todd gevonden?'

Daar keek ik van op. Ik weet niet wat voor vraag ik had ver-wacht, maar niet deze. 'Wat?'

'Je hebt me wel gehoord. Hoe heb je Todd gevonden?'

Mijn hoofd tolde. Ik zag niet in wat ik eraan zou hebben om te liegen, dus koos ik voor de waarheid. 'Ik zag zijn overlijdens-bericht.'

Jed keek naar Cookie. Nu zag ik verwarring op hun gezich-ten.

'Ik zag zijn overlijdensbericht,' zei ik nog een keer. 'Op de web-site van de universiteit. Toen ben ik naar zijn begrafenis gegaan.'

Jed wilde me weer een trap geven, maar Cookie hield hem te-gen door haar hoofd te schudden. 'Daar heb ik het niet over,' zei Jed. 'Daarvóór, bedoel ik.'

'Daarvóór?'

'Hou je niet van de domme. Hoe heb je Todd gevonden?'

'Ik weet niet waar je het over hebt,' zei ik.

De woede in zijn ogen explodeerde. Hij haalde het pistool tevoorschijn en richtte dat op me. 'Je liegt.'

Ik zei niets.

Cookie liep naar hem toe. 'Jed?'

'Ga weg,' beet hij haar toe. 'Weet je wat hij heeft gedaan? Nou?'

Ze knikte en deed wat haar werd gevraagd. Ik bleef stokstijf staan.

'Praten,' zei hij nogmaals.

'Ik weet niet wat je wilt horen.'

Ik wierp vluchtig een blik op de man achter de computer. Hij zag er bang uit. Net als de man bij de deur. Ik dacht aan Bob en Otto. Zij hadden er niet bang uitgezien. Zij waren gretig en ervaren geweest, deze mannen niet. Ik wist niet goed wat dat betekende, als het al iets betekende, behalve dat ik hoe dan ook flink in de nesten zat.

'Nog één keer,' begon Jed met opeengeklemde kaken. 'Hoe heb je Todd gevonden?'

'Dat heb ik je al gezegd.'

'Je hebt hem vermoord!' brulde Jed.

'Wat? Niet waar!'

Jed liet zich op zijn knieën vallen en zette de loop van het pistool tegen mijn slaap. Ik sloot mijn ogen en wachtte op de knal. Hij bracht zijn lippen naar mijn oor.

'Als je nog een keer liegt,' fluisterde hij, 'schiet ik je ter plekke dood.'

Cookie: 'Jed?'

'Hou je kop!'

Hij drukte de loop hard genoeg tegen mijn slaap om er een afdruk in achter te laten. 'Praten.'

'Ik heb hem niet...' Zijn blik vertelde me dat een nieuwe ontkenning mijn lot zou bezegelen. 'Waarom zou ik hem vermoorden?'

'Zeg jij het maar,' zei Jed. 'Maar eerst wil ik weten hoe je hem hebt gevonden.'

Jeds hand trilde, de loop van het pistool rammelde tegen mijn slaap. Er verzamelde zich spuug in zijn baard. Mijn pijn was nu verdwenen en had plaatsgemaakt voor pure angst. Jed wilde die trekker overhalen. Hij wilde me vermoorden.

'Dat heb ik je al verteld,' zei ik. 'Luister alsjeblieft naar me.'

'Je liegt!'

'Nee, ik…'

'Je hebt hem gemarteld, maar hij bleef zwijgen. Todd had je toch niet kunnen helpen. Hij wist niks. Hij was gewoon hulpeloos en dapper, en jij, vuile schoft…'

Ik was een paar seconden verwijderd van de dood. Ik hoorde de kwelling in zijn stem en wist dat hij niet voor rede vatbaar was. Ik moest iets doen, moest het erop wagen het wapen te grijpen, maar ik lag languit op mijn rug. Iedere handeling zou te lang duren.

'Ik heb hem niets gedaan, ik zweer het.'

'En nu ga je zeker ook beweren dat je vandaag niet bij zijn weduwe bent geweest.'

'Jawel, dat wel,' zei ik snel, blij dat ik hem tegemoet kon komen.

'Maar zij wist ook niets, hè?'

'Waarover?'

Weer drukte de loop dieper in mijn vel. 'Waarom ben je met de weduwe gaan praten?'

Ik keek hem aan. 'Dat weet je best,' zei ik.

'Wat zocht je daar?'

'Niet wat, maar wie,' zei ik. 'Ik zocht Natalie.'

Nu knikte hij. Er verscheen een kil lachje op zijn gezicht. Dat lachje vertelde me dat ik het juiste antwoord had gegeven – en het verkeerde. 'Waarom?' vroeg hij.

'Hoe bedoel je, "waarom"?'

'Wie heeft je ingehuurd?'

'Niemand.'

'Jed!'

Deze keer was het Cookie niet. Het was de man die achter de computer zat.

Jed draaide zich om, geërgerd omdat hij werd gestoord.

'Je kunt beter even komen kijken. We hebben bezoek.'

Jed haalde het pistool van mijn slaap. Ik slaakte een lange zucht van verlichting. De man achter de computer draaide de monitor zo dat Jed het beeld kon zien. Het was een zwart-witte beveiligingsvideo.

'Wat moeten ze hier?' vroeg Cookie. 'Als ze hem hier aantreffen...'

'Het zijn vrienden van ons,' antwoordde Jed. 'Laten we ons niet druk maken voordat...'

De rest wachtte ik niet af. Ik zag mijn kans en greep die. Zonder waarschuwing sprong ik overeind en rende op de man af die de deur blokkeerde. Het was alsof ik me in slow motion verplaatste, alsof het veel te lang duurde voordat ik de deur bereikte. Ik liet mijn schouders zakken, klaar om hem te rammen.

'Stop!'

Ik was misschien twee stappen verwijderd van de man die de deur bewaakte. Hij zat nu op zijn hurken en zette zich schrap voor mijn aanval. Mijn hersenen kraakten, rekenden en herberekenden. In minder dan seconden – minder dan milliseconden – had ik het hele scenario uitgedacht. Hoeveel tijd zou het me kosten om de man te vloeren? In het gunstigste geval twee, drie seconden. Dan moest ik de deurklink beetpakken, hem omlaag duwen, de deur openzwaaien, naar buiten rennen.

Hoe lang zou dat alles duren?

Antwoord: te lang.

Ik zou belaagd worden door twee andere mannen en misschien nog twee vrouwen. Of Jed zou me neerschieten. Sterker nog: als hij snel genoeg reageerde, had hij waarschijnlijk zijn pistool leeggeschoten voordat ik zelfs maar bij de deur was.

Kortom: bij het inschatten van mijn kansen besefte ik dat ik die deur nooit uit zou komen. En toch rende ik op volle kracht op mijn tegenstander af. Hij was klaar voor me. Hij verwachtte dat ik me op hem zou storten. Net als Jed en de anderen, nam ik aan.

Dat schoot dus niet op, hè?

Ik moest ze verrassen. Op het allerlaatste moment wierp ik mijn volle gewicht naar rechts, en zonder zelfs maar om te kijken of een moment te aarzelen dook ik op het raam af en vloog er dwars doorheen.

Terwijl ik door de lucht vloog, met een nieuwe lading glassplinters om me heen, hoorde ik Jed brullen: 'Houd hem tegen!'

Ik trok mijn armen en mijn hoofd in en rolde door na de landing, in de hoop dat ik mijn vaart zou kunnen gebruiken om uiteindelijk weer veilig op twee benen terecht te komen. Die fantasie kwam niet uit. Ik kwam wel overeind, maar mijn vaart was niet ineens voorbij. Ik viel meteen weer om en rolde door. Toen ik eindelijk stillag, krabbelde ik moeizaam overeind.

Waar was ik in godsnaam?

Geen tijd om na te denken. Ik lag waarschijnlijk in de achtertuin. Ik zag bomen, een bos. De oprit en de voorkant van het huis moesten achter me liggen. Daar wilde ik naartoe lopen, maar toen hoorde ik de voordeur opengaan. De drie mannen kwamen naar buiten.

O-o.

Ik draaide me om en rende het bos in. De duisternis slokte me volledig op. Ik had hooguit een meter zicht, maar mijn pas vertragen was geen optie. Ik werd achtervolgd door drie mannen, van wie minstens één een vuurwapen had.

'Die kant op!' hoorde ik iemand roepen.

'Dat kan niet, Jed. Je hebt het toch gezien op de monitor!'

Dus rende ik verder. Ik vloog het bos in, en uiteindelijk liep ik vol met mijn gezicht tegen een boom. Het ging zoals wanneer Wile E. Coyote op een hark trapt: een doffe klap, gevolgd door zware trillingen. Mijn hersenen werden door elkaar geschud. Door de klap viel ik op de grond. Mijn toch al pijnlijke hoofd schreeuwde het uit van de pijn.

Ik zag de lichtbundel van een zaklamp dichterbij komen.

Ik probeerde weg te rollen naar een plek waar ik me kon verbergen en raakte met mijn zij een andere boom, of misschien was het wel dezelfde. Weet ik veel. Mijn hoofd protesteerde luid. Ik rolde de andere kant op en probeerde zo laag mogelijk bij de grond te blijven. De lichtbundel doorkliefde de lucht boven me.

Ik hoorde voetstappen dichterbij komen.

Ik moest hier weg

In de richting van het huis hoorde ik het knerpen van autobanden op grind. Er kwam een auto de oprit op.

'Jed?'

Het was een schor gefluister. De zaklamp hield stil. Ik hoorde weer iemand om Jed roepen. Nu ging de zaklamp uit. Ik was opnieuw in pure duisternis gehuld. Ik hoorde dat de voetstappen zich verwijderden.

Sta op en maak dat je wegkomt, stomkop!

Mijn hoofd stond het niet toe. Ik bleef nog even liggen en keek toen om naar de oude boerderij in de verte. Het was voor het eerst dat ik die van buitenaf zag. Ik bleef er stil naar liggen staren. En weer leek de grond onder me weg te zakken.

Het was het hoofdgebouw van het kamp 'Creatief bijtanken'.

Ik werd vastgehouden op de plek waar Natalie haar tekenkamp had gehad.

Wat was hier in godsnaam aan de hand?

De auto kwam tot stilstand. Ik kwam net ver genoeg omhoog om hem te kunnen zien. Zodra ik de auto zag, voelde ik een geheel nieuwe opluchting.

Het was een surveillancewagen van de politie.

Nu begreep ik de paniek van de mannen. Jed en zijn gevolg hadden een bewakingscamera bij de ingang hangen. Ze hadden gezien dat die politiewagen mij te hulp kwam en reageerden daar paniekerig op. Nu was het me duidelijk.

Ik liep in de richting van mijn redders. Jed en zijn aanhang zouden me nu niet meer doodschieten, niet voor de ogen van de agenten die me kwamen bevrijden. Ik was bijna bij de bosrand, een meter of dertig van de auto verwijderd, toen me een andere gedachte te binnen schoot.

Hoe wist de politie dat ik hier was?

En nu ik erover nadacht: hoe hadden die agenten geweten dat ik in de problemen zat? En als ze me inderdaad kwamen redden, waarom waren ze dan in een slakkengangetje komen aanrijden? Waarom had Jed die opmerking gemaakt: 'Ze zijn vrienden van ons'? Terwijl ik vaart minderde en de opluchting steeds verder wegzakte, kwamen er nog meer vragen bij me op. Waarom liep Jed met een brede grijns naar de surveillancewagen en zwaaide hij nonchalant naar de politiemannen? Waarom zwaaiden de agenten bij het uitstappen al even nonchalant terug? Waarom werden er handen geschud en mepte iedereen elkaar als oude vrienden op de rug?

'Hallo, Jed,' riep een van de agenten.

Verdomme. Het was de Kleine. De andere agent was Jerry, de Dunne. Ik besloot te blijven waar ik was.

'Ha, jongens,' zei Jed. 'Alles goed?'

'Prima. Wanneer ben je teruggekomen?'

'Een paar dagen geleden. Is er iets loos?'

De Kleine vroeg: 'Ken jij een zekere Jake Fisher?'

Hè? Misschien kwamen ze me toch bevrijden.

'Nee, niet dat ik weet,' antwoordde Jed. De anderen waren ook naar buiten gekomen. Nog meer handdrukken en joviale rugklopjes. 'Jongens, kennen jullie een zekere... Hoe heet hij ook alweer?'

'Jacob Fisher.'

Ze schudden allemaal nee en mompelden iets ontkennends.

'Er is een opsporingsbericht naar hem uitgegaan,' zei de Kleine. 'Hij is professor. Heeft kennelijk iemand omgebracht.'

Mijn bloed werd ijskoud.

Jerry de Dunne voegde eraan toe: 'Die sukkel heeft het nog zelf opgebiecht ook.'

'Hij klinkt gevaarlijk,' zei Jed, 'maar ik snap niet wat wij ermee te maken hebben.'

'Om te beginnen hebben we hem een paar dagen geleden betrapt toen hij jouw terrein wilde betreden.'

'Mijn terrein?'

'Ja. Maar daar komen we nu niet voor.'

Ik dook dieper de bosjes in en wist niet wat ik moest doen.

'We zijn achter zijn mobiel aan gegaan met behulp van de gps,' zei de Kleine.

'Juist,' zei Jerry de Dunne. 'En de coördinaten leidden ons hierheen.'

'Ik begrijp het niet.'

'Heel eenvoudig, Jed. We volgen zijn iPhone. Dat is tegenwoordig niet zo moeilijk. Man, ik volg tegenwoordig zelfs mijn zoontje via zijn telefoon. We weten dat de verdachte zich op dit moment hier op het terrein bevindt.'

'Een gevaarlijke moordenaar?'

'Zou kunnen, ja. Als jullie nu eens binnen wachten?' Hij keek om naar zijn collega. 'Jerry?'

Jerry reikte in de auto en haalde er een apparaatje uit. Hij keek er een poosje aandachtig naar, raakte het scherm aan en verklaarde toen: 'Hij bevindt zich binnen een straal van vijftig meter – die kant op.'

Jerry de Dunne wees naar de plek waar ik me schuilhield.

Diverse scenario's schoten door mijn hoofd. Eén, het meest voor de hand liggende: me overgeven. Handen omhoog, met geheven hoofd het bos uit lopen en zo hard als ik kon roepen: 'Ik geef me over!' Als ik eenmaal in handen van de politie was, was ik in ieder geval veilig voor Jed en zijn aanhang.

Terwijl ik die mogelijkheid serieus overwoog – armen omhoog, roepen, overgeven – zag ik dat Jed zijn pistool tevoorschijn haalde.

O-o.

De Kleine zei: 'Jed, wat doe je nou?'

'Het is mijn pistool, ik heb een vergunning. En we staan hier op mijn terrein, of niet soms?'

'Jawel. En dus?'

'Als die man een moordenaar is...' begon Jed.

Nu was ik al een moordenaar.

'Hij kan wel vuurgevaarlijk zijn. We laten jullie niet zonder versterking naar hem zoeken.'

'We hebben geen versterking nodig, Jed. Stop dat ding weg.'

'We zijn hier op mijn grondgebied, of niet soms?'

'Ja.'

'Nou dan. Als het jullie om het even is, blijf ik hier.'

Het meest voor de hand liggende scenario leek ineens minder voor de hand te liggen. Jed was zelfs om twéé redenen van plan me te vermoorden: ten eerste dacht hij dat ik iets te maken had met de moord op Todd. Dat was aanvankelijk de reden geweest waarom ze me te pakken genomen hadden. Maar nu, ten tweede: een dode kan niet praten. Als ik me overgaf, zou ik de politie kunnen vertellen wat er die bewuste avond was gebeurd, dat de mannen me ontvoerd hadden en op me hadden geschoten. Het zou mijn woord tegen dat van hen zijn, maar de kogel die bij Cookies huis zou worden gevonden was in ieder geval afkomstig uit zijn wapen. Uit de telefoongegevens zou blijken dat Cookie me had gebeld. Het zou niet meevallen om mijn verhaal rond te krijgen, maar ik durfde te wedden dat Jed het risico niet wilde nemen.

Als Jed me daarentegen nu neerschoot – zelfs wanneer hij op me schoot terwijl ik me wilde overgeven – zou dat worden gezien als zelfverdediging, of desnoods alleen maar schrik. Hij zou me doodschieten en zeggen dat hij had gedacht dat ik een wapen had of iets dergelijks, en bovendien had ik volgens de Kleine en volgens Jerry de Dunne al eerder iemand gedood. Al deze vrienden uit Vermont zouden Jeds verhaal bevestigen, en de enige die hen tegensprak – ondergetekende – zou aan de wormen gevoerd worden.

Er speelde nog meer mee. Als ik me overgaf, hoe lang zou ik dan worden vastgehouden door de politie? Ik kwam steeds dichter bij de waarheid, dat voelde ik. Ze dachten dat ik iemand had vermoord. Sterker nog, dat had ik min of meer bekend. Hoe lang konden ze me vasthouden? Behoorlijk lang, gokte ik.

Als ze me nu inrekenden, zou ik waarschijnlijk nooit de kans krijgen om de confrontatie aan te gaan met Julie, Natalies zus.

'Daarheen,' zei Jerry de Dunne.

Ze kwamen mijn kant op gelopen. Jed hief zijn pistool, zo'n beetje schietklaar.

Ik schuifelde langzaam achteruit. Mijn hoofd voelde alsof het in stroop was gedoopt.

'Als er iemand is, daar in het bos,' riep de Kleine, 'kom dan nu tevoorschijn met je handen op je hoofd.'

Ze kwamen dichterbij. Ik deed nog een paar passen naar achteren en dook weg achter een boom. Het was een dicht bos. Als ik er diep genoeg in kon verdwijnen, zou ik voorlopig even veilig zijn. Ik raapte een steen op en gooide die zo ver naar links als ik kon. Alle ogen gingen die kant op. Er werden zaklampen aangeknipt en naar links gericht.

'Daarginds,' riep iemand.

Jed ging voorop, met getrokken pistool.

Me overgeven? Nou nee, toch maar niet.

De Kleine ging naast Jed lopen. Jed versnelde zijn pas en holde al bijna, maar de Kleine stak een arm uit om hem tegen te houden. 'Niet zo snel,' zei hij. 'Misschien is hij gewapend.'

Maar Jed wist natuurlijk wel beter, hè?

Hij wees nogmaals in mijn richting. Ze waren zo'n veertig, vijftig meter bij me vandaan. Gebukt in de struiken begroef ik snel mijn telefoon – de tweede in drie dagen die ik kwijtraakte – onder een berg bladeren en maakte dat ik weg kwam, waarbij ik mijn best deed om zo weinig mogelijk geluid te maken. Ik liep achteruit, dieper het bos in, ook weer zo geluidloos mogelijk. Ik hield een handvol stenen paraat om te gooien als ik hen moest afleiden.

De anderen schaarden zich weer om Jerry heen; ze naderden met z'n allen langzaam mijn telefoon.

Ik ging sneller lopen, dieper en dieper het bos in. Ik kon het groepje niet meer zien, alleen nog de zaklampen.

'Hij is vlakbij,' zei Jerry de Dunne.

'Of zijn telefoon is vlakbij,' zei Jed. Hij had blijkbaar het licht gezien.

Ik liep door, gebukt, zonder duidelijk plan. Ik had geen enkel benul welke kant ik op moest of hoe ver het bos doorliep. Misschien zou ik kunnen ontsnappen door almaar te blijven lopen, maar wat zou ik moeten doen als ik het bos niet uit kwam?

Misschien kon ik omkeren en teruglopen naar het huis.

Ik hoorde gedempte stemmen. Ze waren nu zo ver weg dat ik hen niet kon zien. Dat was gunstig. Ik zag geen beweging meer. De zaklamp scheen omlaag.

'Hij is er niet,' zei iemand.

De Kleine, geërgerd: 'Dat zie ik ook wel.'

'Misschien is je gps niet goed.'

Waarschijnlijk stonden ze boven op de hoop bladeren waaronder ik provisorisch mijn telefoon had begraven. Ik vroeg me af hoeveel tijd ik nog had. Niet veel, maar misschien genoeg. Ik kwam overeind om verder te rennen en toen gebeurde het.

Ik ben geen arts of natuurwetenschapper, dus ik weet niet precies hoe adrenaline werkt. Ik weet alleen dát het werkt. Het had me geholpen om door te gaan ondanks de pijn van de klap op mijn hoofd, en nadat ik door het raam was gesprongen en keihard tegen de grond was gesmakt. Het had me helpen herstellen nadat ik frontaal tegen een boom was gerend, terwijl ik voelde dat ik een dikke lip kreeg en ik bitter bloed op mijn tong proefde.

Wat ik ook weet – ik kwam er op dat moment achter – is dat adrenaline niet eindeloos werkt. Het is een hormoon in ons lichaam, meer niet – weliswaar de sterkste kick die we kennen, maar met een uitwerking die van korte duur is.

Die kick ebt uiteindelijk weg.

De pijn kondigde zich aan met een klap die me deed denken aan de zeis van de Dood. Er trok een pijnscheut door mijn hoofd die zo hevig was dat ik op mijn knieën viel. Ik moest een hand tegen mijn mond duwen om een schreeuw te onderdrukken.

Ik hoorde nog een auto de oprit op komen. Had de Kleine versterking ingeroepen?

In de verte hoorde ik stemmen:

'Het is zijn telefoon!'

'Wel godverde… Hij heeft hem begraven!'

'Verspreiden!'

Achter me hoorde ik geritsel. Ik vroeg me af hoeveel voorsprong ik had en in hoeverre die voorsprong bestand was tegen zaklampen en kogels. Waarschijnlijk niet veel en niet al te best. Opnieuw overwoog ik om me over te geven en het erop te wagen. Opnieuw stond het idee me niet aan.

Ik hoorde de Kleine zeggen: 'Hou je erbuiten, Jed. Laat dit aan ons over.'

'Het is mijn grond,' zei Jed. 'En jullie kunnen niet met z'n tweeën het hele terrein uitkammen.'

'Toch…'

'Mijn terrein, Jerry.' Jeds stem klonk nu snauwerig. 'Je hebt geen doorzoekingsbevel.'

'Een doorzoekingsbevel?' Dat was de Kleine. 'Wat krijgen we nou? We maken ons alleen maar zorgen om jouw veiligheid.'

'Ik ook,' zei Jed. 'Jullie hebben geen idee waar die moordenaar zich schuilhoudt, hè?'

'Nou…'

'Voor hetzelfde geld zit hij binnen. Heeft hij zich verstopt, wacht hij ons op. Echt niet, vriend, we blijven hier bij jullie.'

Stilte.

Schiet op nou, spoorde ik mezelf aan.

'Ik wil dat iedereen in het zicht blijft,' zei de Kleine. 'Geen heldengedrag. Als je iets ziet, roep je om hulp.'

Ik hoorde instemmend gemompel, en toen doorkliefde het licht van een zaklamp de duisternis. Ze verspreidden zich. Ik kon in het donker geen mensen onderscheiden, zag alleen dansende lichtbundels. Dat was genoeg om te weten dat ik zwaar de klos was.

Kom op nou, sukkel!

Ik was misselijk van de hoofdpijn, maar ik slaagde erin overeind te komen. Strompelend liep ik weg, als een of ander filmmonster dat zijn benen niet kan buigen. Na drie passen, hooguit vier, flitste er van achteren een lichtbundel langs me heen.

Snel dook ik achter een boom.

Hadden ze me gezien?

Ik wachtte op een kreet. Die kwam niet. Ik bleef met mijn rug tegen de boomstam gedrukt staan. Het enige geluid was nu mijn eigen ademhaling. Had die lichtbundel me beschenen? Ik was er tamelijk zeker van, maar niet helemaal. Ik bleef staan waar ik stond en wachtte af.

Er kwamen voetstappen mijn kant op.

Ik wist niet wat ik moest doen. Als iemand me had gezien, was het met me gedaan. Ontkomen leek onmogelijk. Ik wachtte tot iemand om versterking zou roepen.

Niets, alleen die naderende voetstappen.

Wacht eens even. Als ik gezien was, waarom werd er dan niet geroepen? Misschien viel het mee. Misschien was ik voor een boom aangezien, of iets dergelijks.

Of werd er niet geroepen omdat degene die daar liep me wilde neerschieten?

Dat probeerde ik even tot me te laten doordringen. Stel dat het Jed was. Zou hij de anderen roepen? Nee. Als hij riep, zou ik misschien wegrennen en daarmee de Kleine en Jerry de Dunne alarmeren, waardoor hij me niet meer zo makkelijk kon doodschieten. Maar stel dat hij me net had gezien met zijn zaklamp. Wat dan? Als dat het geval was, als hij wist dat ik me achter deze boom schuilhield, dan kon Jed me misschien op eigen houtje besluipen, het pistool in de aanslag, en…

Boem.

De voetstappen werden luider.

Mijn hersenen probeerden weer dat speciale zintuig op te roepen – het had me immers al eerder gered – maar na een paar tellen van brandende neuronen kwam ik tot een tamelijk schokkende maar onvermijdelijke conclusie: ik ging eraan, er was geen ontsnappen mogelijk.

Ik probeerde kracht te verzamelen voor een sprint, maar wat zou ik er eigenlijk aan hebben? Daarmee zou ik me zeker blootgeven, en in deze toestand kon ik nooit ver komen. Ik zou óf doodgeschoten óf ingerekend worden. Liever dat laatste, alstublieft. De vraag was nu hoe ik mijn kansen daarop zou kunnen maximaliseren.

Ik had geen flauw idee.

Voor me danste een lichtbundel. Ik drukte mijn rug tegen de boomstam en ging op mijn tenen staan. Alsof ik daar wat aan zou hebben. De voetstappen kwamen nog dichterbij. Op grond van het geluid en het fellere licht schatte ik dat de afstand nog zo'n tien meter bedroeg. De mogelijkheden schoten mijn hoofd in en uit. Ik kon hier blijven staan en me op die kerel storten. Als het Jed was, zou ik hem zijn wapen kunnen afpakken. Maar iedere worsteling van mijn kant zou niet alleen mijn locatie verraden, maar ook nog eens, als het Jed niet was – maar bijvoorbeeld de Kleine – de jacht openen en iedereen de gelegenheid geven om me dood te schieten.

Dus wat nu?

Hopen dat hij me niet had gezien.

Natuurlijk was 'hopen' geen plan of zelfs maar een optie. Het was wensen. Het was fantaseren. Ik legde mijn lot in handen van… ja, van het lot.

De voetstappen waren nog maar een meter of twee van me verwijderd. Ik zette me schrap, en omdat ik niet meer wist wat ik moest doen, liet ik het verder maar aan dat bijzondere zintuig over. Toen hoorde ik gefluister.

'Niets zeggen. Ik weet dat je achter die boom staat.'

Het was Cookie.

'Ik loop dadelijk langs je heen,' zei ze zachtjes. 'Als ik je passeer, loop dan pal achter me aan, zo dicht mogelijk bij mijn rug.'

'Hè?'

'Doe het nu maar.' Haar toon liet geen ruimte voor discussie. 'Vlak achter me.'

Cookie liep langs mijn boom, waar ze bijna tegenaan botste, en bleef lopen. Ik aarzelde geen moment en liep met haar mee, pal achter haar. In de verte zag ik de lichtbundels, zowel links als rechts van me.

'Dat was niet gespeeld, hè?' zei Cookie.

Ik wist niet wat ze bedoelde.

'Je hield echt van Natalie, hè?'

'Ja,' fluisterde ik.

'Ik loop zo snel als ik kan met je naar een pad. Ga daar naar rechts. Blijf laag en uit het zicht. Het pad voert naar de open plek waar het witte kappelletje staat. Vanaf daar weet je wel hoe je weg moet komen. Ik probeer ze hier bezig te houden. Maak dat je zo ver mogelijk weg komt. Ga niet naar huis, want daar weten ze je te vinden.'

'Wie dan?'

Ik probeerde haar bewegingen te volgen, voetstap voor voetstap, als een irritant kind dat een ander kind nadoet.

'Je moet ermee ophouden, Jake.'

'Wie weten me te vinden?'

'Dit is groter dan jij je kunt indenken. Je hebt geen idee waartegen je het moet opnemen. Echt niet.'

'Vertel het me dan.'

'Als je hier niet mee ophoudt, jaag je ons allemaal de dood in.' Cookie week uit naar links. Ik bleef vlak achter haar. 'Het pad ligt nu voor ons. Ik ga naar links, jij naar rechts. Begrepen?'

'Waar is Natalie? Leeft ze nog?'

'Je bent over tien seconden op het pad.'

'Zeg het me.'

'Je luistert niet naar me. Je zult dit alleen moeten doen.'

'Ik moet weten waar Natalie is.'

In de verte hoorde ik de Kleine iets roepen, maar ik kon het niet verstaan. Cookie vertraagde haar pas.

'Toe nou,' zei ik.

Haar stem klonk afstandelijk, hol. 'Ik weet niet waar Natalie is. Ik weet niet of ze nog leeft. Dat weet Jed ook niet. We weten het geen van allen.'

We kwamen bij een pad van grove kiezels. Ze liep naar links. 'Nog één ding, Jake.'

'Ja?'

'Als je terugkomt, zal ik niet degene zijn die je leven redt.' Cookie liet me het wapen zien dat ze in haar hand had. 'Dan ben ik degene die het beëindigt.'

22

Ik herkende het pad.

Rechts was een vijver. Daar waren Natalie en ik een keer 's avonds laat gaan zwemmen. Naderhand hadden we hijgend in elkaars armen gelegen, naakt, huid op huid. 'Dit heb ik nooit gehad,' zei ze langzaam. 'Ik bedoel, ik heb wel zoiets gehad, maar nooit... zó.'

Ik begreep wat ze bedoelde. Voor mij gold hetzelfde.

Ik liep langs het oude parkbankje waar Natalie en ik altijd zaten na de koffie met scones bij Cookie. Voor me zag ik vaag de omtrekken van de kapel. Ik keek er amper naar; op dit moment zat ik niet te wachten op herinneringen die me zouden vertragen. Ik nam het pad naar het stadje. Mijn auto stond maar een paar honderd meter verderop. Wellicht had de politie hem al gevonden, al zou ik niet weten hoe. Ver zou ik er niet mee kunnen reizen – waarschijnlijk was er ook een opsporingsbericht uitgegaan naar mijn auto – maar ik kon geen andere manier bedenken om de stad uit te komen. Ik zou het erop moeten wagen.

Ook op straat was het zo donker dat ik mijn auto puur op geheugen terugvond. Ik liep er bijna tegenaan. Zodra ik het portier opendeed, scheen de binnenverlichting fel de donkere nacht in. Ik stapte snel in en trok het portier dicht. Wat nu? Waarschijnlijk was ik een voortvluchtige. Ik herinnerde me dat ik ooit op tv had gezien dat iemand die op de vlucht was zijn nummerplaten verwisselde met die van een andere auto. Misschien zou dat helpen. Misschien kon ik een geparkeerde auto opzoeken en de platen er afschroeven. Alleen had ik dan natuurlijk wel een schroevendraaier nodig. Hoe kreeg ik die dingen eraf zonder schroevendraaier?

Dat zou me te veel tijd kosten.

Ik had wel een bestemming in gedachten. Ik reed in zuidelijke richting, nadrukkelijk niet te hard of te langzaam, voortdurend in de weer met gas- en rempedaal, alsof de juiste snelheid me op de een of andere manier onzichtbaar zou maken. Het was donker op de weg, dat zou waarschijnlijk helpen. Ik probeerde in gedachten te houden dat een opsporingsbericht ook niet alles was. Als ik de hoofdwegen meed, zou ik nog wel wat tijd hebben.

Nu had ik natuurlijk mijn iPhone niet meer. Zonder dat ding voelde ik me naakt en machteloos. Gek hoezeer we aan onze apparaten gehecht raken. Ik bleef in zuidelijke richting rijden.

Wat nu?

Ik had maar zestig dollar bij me. Daar zou ik niet ver mee komen. Als ik een creditcard gebruikte, zou de politie dat zien en me meteen oppakken. Nou ja, niet meteen. Eerst de melding zien en dan een wagen sturen of iets dergelijks. Ik wist niet hoe lang dat zou duren, maar ik betwijfelde of het zo snel zou gaan. De politie is goed, maar niet almachtig.

Ik had geen keus. Ik moest een afgewogen risico nemen. Interstate 91, de grootste snelweg in dit gebied, lag vlakbij. Ik reed naar een rustplaats en zette de auto helemaal achteraan op het parkeerterrein, op het minst verlichte gedeelte. Ik zette zelfs mijn kraag omhoog, alsof ik daarmee vermomd was, en ging naar binnen. Toen ik langs het winkeltje kwam, viel mijn oog ergens op: pennen en viltstiften. Niet veel, maar misschien...

Ik dacht er één seconde over na, hooguit twee, en liep toen het winkeltje binnen. Bij het bekijken van de kleine selectie kantoorartikelen sloeg de teleurstelling harder toe dan ik had verwacht.

'Kan ik je helpen?'

Het meisje achter de toonbank was hooguit twintig. Ze had

blond haar met roze strepen erin. Jawel, roze.

'Mooi, je haar,' zei ik, charmeur die ik ben.

'Dat roze?' Ze wees ernaar. 'Ik steun de borstkankerbeweging. Maar gaat het wel goed met je?'

'Ja hoor, hoezo?'

'Je hebt een grote bult op je hoofd. En volgens mij bloed je.'

'O, dat. Juist. Niks aan de hand.'

'We verkopen verbanddozen, als je denkt dat je daar wat aan hebt.'

'Ja, misschien wel.' Ik liep weer naar de pennen en de stiften. 'Ik zoek een dikke rode viltstift, maar die zie ik hier niet liggen.'

'Die hebben we niet. Alleen zwarte.'

'O.'

Ze keek aandachtig naar mijn gezicht. 'Ik heb er hier wel een.' Ze graaide in een laatje en haalde er een rode Sharpie-stift uit. 'Die gebruiken we voor de inventarislijst, om artikelen door te strepen.'

Ik probeerde mijn gretigheid niet te laten merken. 'Zou ik die niet van je kunnen kopen?'

'Ik geloof niet dat ik dat mag doen.'

'Alsjeblieft,' zei ik. 'Het is heel belangrijk.'

Ze dacht even na. 'Weet je wat? Als je een verbanddoos koopt en me belooft iets aan die bult te doen, dan doe ik die pen er gratis bij.'

We sloten de deal en ik haastte me naar de toiletten. De tijd raakte op, dat kon niet anders. Uiteindelijk zou een politieauto de rustplaatsen langs de snelweg langsgaan en alle auto's bekijken. Ja, toch? Of niet? Ik had geen idee. Ik probeerde regelmatig en rustig te blijven ademen en bekeek mijn gezicht in de spiegel. Ai. Er zat een zwelling op mijn voorhoofd en een flinke jaap boven mijn oog. Ik maakte de boel zo goed mogelijk schoon, maar met een groot verband zou ik veel te veel opvallen.

De pinautomaat was naast de snoep- en frisdrankautomaten, maar dat zou nog een paar minuten moeten wachten.

Ik haastte me naar mijn auto. Het nummerbord was 704 LI6. In Massachusetts waren de letters rood. Met de rode viltstift maakte ik van de o een 8, van de L een E, van de I een T en van de 6 nog een 8. Ik deed een stapje terug. Van dichtbij zou het de inspectie niet doorstaan, maar van enige afstand stond er nu 784 ET8.

Ik zou geglimlacht hebben om mijn eigen vindingrijkheid, maar daar had ik geen tijd voor. Ik snelde naar de pinautomaat en vroeg me af hoe ik die het beste kon naderen. Alle pinautomaten waren uitgerust met een camera – wie wist dat niet? – maar ook al zou ik uit beeld weten te blijven, de politie zou mijn creditcard er wel uit pikken.

Snelheid leek me hier belangrijker. Als ze een foto van me hadden, hadden ze een foto van me.

Ik had twee creditcards. Ik nam met allebei het maximumbedrag op en haastte me terug naar mijn auto. Op de snelweg nam ik de eerste afrit, en vanaf daar koos ik steeds de kleinere weggetjes. Bij Greenfield aangekomen parkeerde ik de auto in een zijstraat in het centrum. Ik overwoog om de eerste de beste bus te nemen, maar dat zou te voorspelbaar zijn. Ik zocht een taxi en liet me naar Springfield brengen. Uiteraard betaalde ik contant. In Springfield stapte ik op een Peter Pan-bus naar New York. En al die tijd dat ik onderweg was, schoten mijn ogen alle kanten op, op zoek naar... weet ik veel, een politieagent of een van de slechteriken die me zou zien en me zou inrekenen.

Paranoïde? Ik?

Eenmaal in Manhattan nam ik weer een taxi, deze keer naar Ramsey in New Jersey. Ik wist dat Julie Portham, de zus van Natalie, daar woonde.

In Ramsey aangekomen vroeg de taxichauffeur: 'Oké vriend, waar moeten we zijn?'

Het was vier uur 's nachts, uiteraard te laat (of te vroeg, afhankelijk van je uitgangspunt) om bij Natalies zus langs te gaan. Bovendien had ik mijn rust nodig. Mijn hoofd deed pijn. Mijn zenuwen waren aan gort. Ik voelde mijn lijf hevig trillen van uitputting.

'Naar een motel, graag.'

'Daar verderop is een Sheraton.'

Daar zouden ze een identiteitsbewijs en waarschijnlijk ook een creditcard willen zien. 'Nee, liever iets… goedkopers.'

We kwamen uiteindelijk bij zo'n mondjedichtmotel, speciaal bedoeld voor vrachtwagenchauffeurs en overspeligen, en voor ons voortvluchtigen. Het heette Fair Motel. Vooral 'fair' in de betekenis van 'redelijk' vond ik verfrissend eerlijk: we zijn niet geweldig, we zijn zelfs niet goed, we zijn 'redelijk'. Een bord boven de ingang prees het SPECIAAL UURTARIEF aan (het leek wel een Ritz-Carlton), KLEUREN-TV (als trap na voor alle concurrenten die nog zwart-wit hadden) en wat ik het mooist vond: NU OOK HANDDOEKEN!

Hier had je geen identiteitsbewijs of creditcard nodig. Niet eens een hartslag.

De vrouw aan de balie was in de zeventig. Ze bekeek me met ogen die alles al hadden gezien. Op haar naamplaatje stond: MABEL. Haar haar had de structuur van hooi. Ik vroeg om een kamer helemaal achterin.

'Heb je gereserveerd?' vroeg ze.

'Is dat een serieuze vraag?'

'Nee,' zei Mabel. 'Maar de kamers achterin zitten allemaal vol. Iederéén wil een kamer achterin. Het zal wel door het uitzicht op de vuilcontainers komen. Ik heb nog wel een mooie kamer die uitkijkt op een Staples-filiaal, als je wilt.'

Mabel gaf me de sleutel van kamer 12, die minder nachtmerrieachtig was dan ik had verwacht. Hij was zelfs *redelijk* schoon. Ik probeerde er niet aan te denken wat deze kamer hoogstwaarschijnlijk allemaal al had gezien in zijn bestaan, maar toen bedacht ik dat ik dat van het Ritz-Carlton ook niet zou willen weten.

Ik plofte op bed met mijn kleren nog aan en viel in slaap, zo'n diepe slaap waarvan je je later niet herinnert wanneer die begon, en als je wakker wordt heb je geen idee hoe laat het is. Tegen de ochtend tastte ik naar mijn iPhone op het nachtkastje, maar helaas, die had ik dus niet meer. Die was in handen van de politie. Doorzochten ze hem nu? Konden ze precies nagaan wat ik had opgezocht, welke sms'jes en e-mails ik had verstuurd? Deden ze hetzelfde met mijn huis op de campus? Als ze de benodigde papieren hadden om me via mijn telefoon op te sporen, was het dan niet logisch dat ze ook mijn woning mochten doorzoeken? Maar van de andere kant: wat maakte het uit? Ze zouden niets belastends aantreffen. Iets gênants misschien, maar wie had er nou geen gênante zoekacties in zijn computer zitten?

Mijn hoofd deed nog steeds pijn. Veel pijn. En ik stonk als een geit. Douchen zou helpen, maar niet als ik daarna weer dezelfde kleren aan moest. Ik strompelde het felle zonlicht in, mijn ogen afschermend als een vampier, of als zo'n kerel die te veel tijd doorbrengt in het casino. Mabel zat nog achter de balie.

'Zo! Hoe laat bent u eigenlijk klaar met werken?'

'Probeer je me nou te versieren?'

'Eh, nee.'

'Want in dat geval raad ik je aan je eerst een beetje op te frissen. Ik heb ook mijn grenzen.'

'Hebt u hier iets van aspirine?'

Mabel fronste haar voorhoofd, pakte haar tas en haalde een klein arsenaal pijnstillers tevoorschijn: Tylenol, Advil, Aleve en Bayer. Ik koos voor Tylenol, nam er twee in en bedankte haar.

'Bij Target hier verderop in de straat verkopen ze ook grote maten,' zei Mabel. 'Misschien moet je even nieuwe kleren gaan kopen.'

Goed idee. Ik liep erheen en kocht een spijkerbroek, een flanellen overhemd en niet te vergeten een paar onderbroeken. Verder nam ik een tandenborstel, tandpasta en deodorant mee. Het was mijn bedoeling om niet te lang op de vlucht te blijven, maar er was nog één ding dat ik wilde doen voordat ik me zou aangeven bij de politie: onder vier ogen met Natalies zus gaan praten.

Laatste aankoop: een prepaid telefoon. Daarmee belde ik

Benedict op zijn mobiel, thuis en op kantoor. Hij nam niet op. Waarschijnlijk was het nog te vroeg voor hem. Ik vroeg me af wie ik nog meer zou kunnen proberen, en ik besloot Shanta te bellen. Ze nam op na één keer overgaan.

'Hallo?'

'Met Jake.'

'Wat is dat voor nummer waar je me mee belt?'

'Het is een prepaid telefoon.'

Er viel een stilte. 'Zou je me willen vertellen wat er aan de hand is?'

'De politie in Vermont is naar me op zoek.'

'Waarom?'

Ik legde het in het kort uit.

'Wacht even,' zei Shanta. 'Ben je gevlucht voor de politie?'

'Ik vertrouwde het zaakje niet. Ik dacht dat die kerels me zouden doodschieten.'

'Geef je dan alsnog over.'

'Nu nog niet.'

'Jake, luister naar me. Als je voortvluchtig bent, als je wordt gezocht door de politie...'

'Ik moet eerst iets doen.'

'Je moet je overgeven.'

'Dat ga ik ook doen, maar...'

'Wat nou "maar"? Ben je gek geworden?'

Dat zou best eens kunnen. 'Eh, nee.'

'Waar zit je in godsnaam?'

Ik zei niets.

'Jake? Dit is geen spelletje. Waar zit je?'

'Ik bel je nog wel.'

Snel hing ik op, kwaad op mezelf. Het was een vergissing geweest om Shanta te bellen. Ze was een vriendin van me, maar ze had ook haar verantwoordelijkheden en haar eigen agenda.

Oké, diep ademhalen. En nu?

Ik belde Natalies zus.

'Hallo?'

Het was Julie. Ik hing op. Ze was thuis, meer hoefde ik niet te weten. In de motelkamer hing prominent het telefoonnummer van een taxicentrale. Waarschijnlijk waren er veel mensen die liever niet met hun eigen auto naar het Fair Motel kwamen. Ik belde het nummer en bestelde een taxi voor de ingang van de Target. Daar dook ik de toiletten in, waste me zo goed en zo kwaad als het kon aan de wasbak en trok mijn nieuwe outfit aan.

Een kwartier later belde ik aan bij Julie Pottham.

Ze had zo'n glazen tussendeur, zodat ze na het opendoen van de houten voordeur veilig van achter het glas kon kijken wie er was. Toen Julie zag wie er op haar eigen stoepje stond, zette ze grote ogen op en vloog haar hand naar haar mond.

'Wilde je nog steeds doen alsof je niet weet wie ik ben?' vroeg ik.

'Als je niet onmiddellijk vertrekt, bel ik de politie.'

'Waarom heb je tegen me gelogen, Julie?'

'Maak dat je wegkomt.'

'Nee. Je kunt de politie bellen en ze kunnen me hier vandaan sleuren, maar ik kom terug. Of ik volg je naar je werk. Of ik kom 's nachts. Ik ga niet weg voordat je mijn vragen hebt beantwoord.'

Julies blik schoot van links naar rechts. Ze had nog steeds muiskleurig haar en was in de afgelopen zes jaar weinig veranderd. 'Laat mijn zus met rust. Ze is gelukkig getrouwd.'

'Met wie?'

'Hè?'

'Todd is dood.'

Daar had ze niet van terug. 'Waar slaat dat op?'

'Hij is vermoord.'

Ze zette weer grote ogen op. 'Wat? O, god, wat heb je gedaan?'

'Hè? Ik? Nee! Dacht je dat ik...?' Dit gesprek ging in hoog tempo de verkeerde kant op. 'Ik heb er niks mee te maken. Todd is dood aangetroffen in het huis waar hij met zijn vrouw en twee kinderen woonde.'

'Kinderen? Ze hebben geen kinderen.'

Ik keek haar aan.

'Ik bedoel, dat zou ze me toch verteld...' Julies stem stierf weg. Ze keek me diep geschokt aan. Dat had ik niet verwacht. Ik was ervan uitgegaan dat ze wist wat er aan de hand was, dat ze deel uitmaakte van wat er ook aan de hand mocht zijn.

'Julie,' zei ik langzaam, in een poging haar aandacht terug te krijgen. 'Waarom deed je alsof je me niet kende toen ik je belde?'

Haar stem leek van heel ver te komen. 'Waar?' vroeg ze.

'Wat?'

'Waar is Todd vermoord?'

'Hij woonde in Palmetto Bluff, in Zuid-Californië.'

Ze schudde haar hoofd. 'Dat kan niet. Je vergist je. Of je liegt.'

'Nee.'

'Als Todd dood was – vermoord, volgens jou – dan zou Natalie me dat verteld hebben.'

Ik likte aan mijn lippen en probeerde de wanhoop uit mijn stem te weren. 'Dus je hebt wel contact met haar?'

Geen antwoord.

'Julie?'

'Natalie was al bang dat dit zou gebeuren.'

'Dat wat zou gebeuren?'

Eindelijk werd haar blik weer scherp. Haar ogen doorboorden me als een laserstraal. 'Natalie dacht al dat je op een dag naar me toe zou komen. Ze heeft me zelfs laten weten wat ik in dat geval tegen je moest zeggen.'

Ik slikte. 'Wat zei ze dan?'

'Herinner hem aan zijn belofte.'

Stilte.

Ik deed een stap dichter naar haar toe. 'Ik heb me eraan gehouden,' zei ik. 'Zes jaar lang. Laat me binnen, Julie.'

'Nee.'

'Todd is dood. Als er al een belofte is geweest, heb ik me daaraan gehouden. Nu is het voorbij.'

'Ik geloof je niet.'

'Kijk maar op de site van Lanford, daar kun je zijn overlijdensbericht zien.'

'Wat?'

'Op de computer. Todd Sanderson, zijn overlijdensbericht. Ga maar kijken, ik wacht hier.'

Zonder verder nog een woord te zeggen liep ze achteruit en deed de deur dicht. Ik wist niet wat dat wilde zeggen. Misschien ging ze de website bekijken, misschien had ze er genoeg van. Ik kon nergens naartoe en bleef staan wachten, daar voor de deur. Tien minuten later kwam Julie terug. Ze maakte de glazen tussendeur open en gebaarde me binnen te komen.

Ik ging op de bank zitten. Julie nam plaats tegenover me, verbijsterd. Haar ogen leken wel verbrijzelde knikkers.

'Ik begrijp het niet,' zei ze. 'Er staat bij dat hij getrouwd was en kinderen had. Ik dacht...'

'Wat dacht je?'

Ze schudde fel haar hoofd. 'Vanwaar die belangstelling? Natalie heeft je gedumpt. Ik heb je gezien op de bruiloft. Ik had nooit gedacht dat je zou komen, maar Natalie had het voorspeld. Waarom? Ben je een masochist of zo?'

'Wist Natalie dat ik zou komen?'

'Ja.'

Ik knikte.

'Wat nou?' vroeg ze.

'Ze wist dat ik het met eigen ogen moest zien.'

'Waarom?'

'Omdat ik het niet geloofde.'

'Dat ze verliefd kon worden op een andere man?'

'Ja.'

'Maar dat werd ze dus wel,' zei Julie. 'En ze heeft je laten beloven haar met rust te laten.'

'Ik wist toen al dat het niet deugde. Nog terwijl ik die belofte deed, zelfs al toen ik haar zag trouwen met een ander, geloofde ik niet dat Natalie niet meer van me hield. Ik weet dat het klinkt alsof ik waanideeën heb, alsof ik rondloop met de grootste roze bril in de geschiedenis van de mensheid, misschien alsof ik een of andere egocentrische idioot ben die de waarheid niet kan aanvaarden, maar ik wéét het gewoon. Ik weet hoe ik me voelde toen ik met haar samen was – en ik weet hoe zij zich voelde. Al dat geleuter over twee harten die kloppen als één, over de zon die schijnt op een bewolkte dag, over een band die verder gaat dan het fysieke, het spirituele: nu begrijp ik het. Dat alles hadden Natalie en ik samen. Daar kun je niet over liegen. Als een liefde zoals die van ons ook maar één valse noot vertoont, dan hoor je dat. Er zijn te veel adembenemende momenten geweest. Ik leefde voor haar lach. Als ik in haar ogen keek, zag ik de eeuwigheid. Als ik haar in mijn armen hield, wist ik het. Dat geluk tref je maar één keer in je leven. Wij hadden samen een zeldzaam en bijzonder plekje gevonden, vol kleur en structuur, en als dat op je pad komt, dan zul je ieder moment van je leven dat je niet op die plek bent betreuren, omdat het voelt als een triest verlies. Je hebt medelijden met anderen omdat zij die voortdurende uitbarstingen van pure hartstocht nooit zullen kennen. Door Natalie besefte ik dat ik leefde. Zij maakte dat alles om ons heen vonkte, verraste. Zo voelde ik het – en ik weet zeker dat Natalie het ook zo voelde. We werden niet verblind door verliefdheid, integendeel. We zagen alles juist allebei heel helder, en daarom zal het me nooit loslaten. Ik had die belofte niet moeten doen. In mijn hoofd is wel sprake geweest van verwarring, maar in mijn hart geen moment. Ik had naar mijn hart moeten blijven luisteren.'

Toen ik uitgepraat was, stroomden de tranen over mijn wangen.

'Daar geloof je echt in, hè?'

Ik knikte. 'Wat jij verder ook beweert.'

'En toch...' zei Julie.

Ik maakte de gedachte voor haar af. 'En toch heeft Natalie het uitgemaakt en is ze getrouwd met haar ex.'

Julie trok een gezicht. 'Haar ex?'

'Ja.'

'Todd was geen ex van haar.'

'Hè?'

'Ze kenden elkaar net. Het is belachelijk snel gegaan.'

Ik probeerde mijn hoofd helder te krijgen. 'Maar ze zei dat ze vroeger iets met hem had gehad, dat ze zelfs hadden samengewoond. Ze waren verliefd en hadden het uitgemaakt maar nu beseften ze dat ze bij elkaar hoorden...'

Julie schudde haar hoofd. De vloer zakte onder me weg.

'Ze waren halsoverkop verliefd op elkaar geworden,' zei ze. 'Dat zei Natalie. Ik begreep niet waarom ze zo nodig meteen moest trouwen. Maar ja, Natalie was kunstenares. Onvoorspelbaar. Ze had van die aanvallen van hevige hartstocht, zal ik maar zeggen.'

Ik snapte er helemaal niets van. Van het hele verhaal niet. Of misschien leidde de verwarring juist voor het eerst tot een soort helder inzicht.

'Waar is Natalie nu?' vroeg ik.

Julie streek een pluk haar achter haar oor en wendde haar blik af.

'Vertel het me alsjeblieft.'

'Ik begrijp hier helemaal niets van,' zei Julie.

'Dat weet ik. Ik wil je helpen.'

'Ze heeft me gewaarschuwd. Ik mocht je niks vertellen.'

Ik wist niet wat ik daarop moest antwoorden.

'Het lijkt me beter dat je nu gaat,' zei Julie.

Ik was kansloos, maar misschien werd het tijd om haar van een andere kant te naderen, om haar uit haar evenwicht te brengen. 'Waar is je vader?' vroeg ik.

Toen ik daarstraks voor de deur had gestaan, was er langzaam een zekere verbijstering over haar gezicht getrokken. Nu reageerde ze alsof ik haar een klap in het gezicht had gegeven. 'Wat?'

'Hij heeft lesgegeven aan Lanford, op mijn faculteit zelfs. Waar is hij nu?'

'Wat heeft dat hiermee te maken?'

Goede vraag, dacht ik. Héél goede vraag. 'Natalie heeft me nooit iets over hem verteld.'

'Niet?' Julie haalde halfslachtig haar schouders op. 'Misschien was jullie band toch minder hecht dan je dacht.'

'Ze heeft samen met mij de campus bezocht en heeft daar geen woord over hem losgelaten. Waarom niet?'

Daar dacht Julie even over na. 'Hij is vijfentwintig jaar geleden bij ons weggegaan. Ik was toen vijf, Natalie was negen. Ik kan me hem nauwelijks herinneren.'

'Waar is hij gebleven?'

'Wat maakt het voor verschil?'

'Toe nou. Waar is hij heen gegaan?'

'Hij ging ervandoor met een studente, maar dat hield geen stand. Mijn moeder… ze heeft het hem nooit vergeven. Hij is hertrouwd en heeft een nieuw gezin gesticht.'

'Waar wonen ze nu?'

'Ik weet het niet en het kan me niet schelen. Volgens mijn moeder woont hij ergens in het westen. Meer weet ik niet. Ik was er ook niet in geïnteresseerd.'

'En Natalie?'

'Wat is er met Natalie?'

'Was zij wel geïnteresseerd in haar vader?'

'Geïnteresseerd? Dat was niet aan haar. Hij was vertrokken.'

'Wist Natalie waar hij zat?'

'Nee. Maar… ik denk dat het door hem komt dat Natalie altijd zo'n rare verhouding met mannen had. Toen we klein waren, was ze ervan overtuigd dat pa op een dag terug zou komen en dat we weer een gezinnetje zouden vormen. Zelfs nadat hij was hertrouwd. Zelfs toen hij al andere kinderen had gekregen. Hij deugde niet, zei mijn moeder. Voor haar was hij dood – en voor mij ook.'

'Maar voor Natalie niet.'

Julie gaf geen antwoord. Ze leek in gedachten verzonken.

'Wat is er?' vroeg ik.

'Mijn moeder zit nu in een tehuis. Complicaties van haar diabetes. Ik heb geprobeerd voor haar te zorgen...' Haar stem stierf weg. 'Mijn moeder is namelijk nooit hertrouwd. Ze heeft geen leven gehad. Dat had mijn vader haar afgenomen. En toch verlangde Natalie naar een verzoening. Ze bleef maar denken... ik weet niet, dat het nog niet te laat was. Natalie was zo'n dromer. Alsof ze door het vinden van mijn vader iets zou kunnen bewijzen – alsof ze dan pas een man zou kunnen leren kennen die nooit bij haar wegging. Alsof zo'n man zou bewijzen dat mijn vader ook nooit echt van plan was geweest om ons in de steek te laten.'

'Julie?'

'Ja?'

Ik wachtte tot ze me in de ogen keek. 'Die man had ze gevonden.'

Julie staarde weer uit het raam en knipperde verwoed met haar ogen. Er liep een traan over haar wang.

'Waar is Natalie?' vroeg ik.

Ze schudde haar hoofd.

'Ik ga niet weg voordat je het me hebt verteld. Alsjeblieft. Als ze me nog steeds niet wil zien...'

'Natuurlijk wil ze je niet zien,' snauwde Julie, plotseling kwaad. 'Als ze je wilde zien, had ze toch wel contact met je opgenomen? Je had gelijk, daarstraks.'

'Waarmee?'

'Toen je zei dat je waanideeën had. En dat je rondliep met een grote roze bril op.'

'Help me dan om die bril af te zetten.' Ik hield voet bij stuk. 'Eens en voor altijd. Help me om de waarheid onder ogen te zien.'

Ik weet niet of ik tot haar doordrong. Ik zou me niet gewonnen geven. Misschien zag ze dat toen ik haar aankeek. Misschien was dat de reden dat ze uiteindelijk zwichtte.

'Na de bruiloft zijn Natalie en Todd verhuisd naar Denemarken,' zei Julie. 'Dat was hun thuisbasis, maar ze reisden veel.

Todd werkte als arts voor een liefdadigheidsinstelling, ik ben de naam even kwijt. Iets met een nieuw begin, dacht ik.'

'Fresh Start.'

'Ja, dat was het. Ze reisden veel naar arme landen. Todd gaf medische zorg aan hulpbehoevenden, Natalie tekende en gaf les. Ze vond het heerlijk. Ze waren gelukkig. Althans, dat dacht ik.'

'Wanneer heb je haar voor het laatst gezien?'

'Op de bruiloft.'

'Wacht even. Je hebt je zus al zes jaar niet gezien?'

'Klopt. Na de bruiloft zei Natalie tegen me dat haar leven met Todd één groot, fantastisch avontuur zou worden, en ze waarschuwde me dat het wel eens lang zou kunnen duren voordat ik haar weer zou zien.'

Ik geloofde mijn oren niet. 'En je bent haar nooit gaan opzoeken? Is ze nooit teruggekomen?'

'Nee. Zoals ik al zei: ze had me gewaarschuwd. Ik krijg wel eens een kaartje uit Denemarken, dat is alles.'

'Maar jullie mailen en bellen toch wel?'

'Ze heeft geen e-mail en geen telefoon. Ze vond dat de moderne technologie haar gedachten vertroebelde en haar werk schaadde.'

Ik trok een gezicht. 'Zei ze dat?'

'Ja.'

'En jij trapte daar in? En als zich nu eens een noodgeval had voorgedaan?'

Julie haalde haar schouders op. 'Dit was het leven dat ze graag wilde.'

'Vond je dat niet heel vreemd?'

'Jawel. Sterker nog: ik heb alle argumenten aangevoerd waar jij nu mee komt. Maar wat kon ik doen? Ze maakte duidelijk dat dit was wat ze wilde. Het was het begin van een nieuw avontuur. Wie was ik om haar daarbij iets in de weg te leggen?'

Ik schudde mijn hoofd, van ongeloof en om het helder te maken. 'Wanneer heb je voor het laatst een kaart van haar ontvangen?'

'Dat is al even geleden. Maanden, misschien wel een half jaar.'

Ik leunde achterover. 'Dus eigenlijk weet je helemaal niet waar ze is?'

'Ik zou zeggen in Denemarken, maar als ik heel eerlijk ben: nee, ik weet het niet. Ik snap ook niet hoe haar man met een andere vrouw in Zuid-Californië kon wonen, ik begrijp niks van dit alles. Helemaal niks. Ik weet niet waar ze is.'

We schrokken allebei op toen er op de deur werd geklopt. Julie pakte zelfs mijn hand, alsof ze steun zocht. Er werd nog een keer geklopt, en vervolgens klonk er een harde stem.

'Jacob Fisher? Dit is de politie. Het huis is omsingeld. Kom naar buiten met je handen omhoog.'

23

Ik weigerde een woord te zeggen voordat mijn advocaat – Benedict – er was.

Dat duurde nogal lang. De hoofdagent stelde zich voor als Jim Mulholland van de NYPD, de politie van New York. Dat begreep ik niet. Lanford ligt in Massachusetts. Otto had ik gedood langs Route 91, ook binnen die staat. Verder had ik me in Vermont gewaagd, en toen ik door de politie werd opgepakt was ik in New Jersey geweest. Behalve dat ik met het openbaar vervoer door Manhattan had gereisd, begreep ik niet wat de NYPD met deze puinhoop te maken zou kunnen hebben.

Mulholland was een forse kerel met een grote snor die me deed denken aan Magnum. Hij benadrukte dat ik niet onder arrest stond en dat het me vrij stond om te vertrekken, maar dat hij mijn medewerking zwáár op prijs zou stellen. Hij babbelde beleefd, bijna als een kip zonder kop, onderweg naar bureau Midtown. Daar bood hij me frisdrank, koffie en een broodje aan, wat ik maar wilde. Ik had plotseling flinke trek en aanvaardde het aanbod van een broodje. Net toen ik wilde toetasten, schoot het me te binnen dat mensen die schuldig waren altijd degenen waren die aten wanneer ze in hechtenis waren genomen. Dat had ik ergens gelezen. Wie schuldig is, weet wat er aan de hand is, dus kan hij eten en slapen. Mensen die onschuldig zijn, zijn zo verward en nerveus dat ze geen oog dichtdoen en geen hap door hun keel krijgen.

Maar tot welke categorie behoorde ik?

Ik at het broodje op en genoot van iedere hap. Zo nu en dan

probeerde Mulholland of zijn collega Susan Telesco, een lange blondine in spijkerbroek en coltrui, een gesprekje met me aan te knopen. Ik hield de boot af en herinnerde hen aan mijn recht op een advocaat. Drie uur later arriveerde Benedict. We gingen met z'n vieren – Mulholland, Telesco, Benedict en ondergetekende – om de tafel zitten in een verhoorkamer die zo was ingericht dat hij niet te intimiderend was. Natuurlijk had ik weinig ervaring met verhoorkamers, maar ik verwachtte toch dat ze iets kils en kaals hadden. Deze was zacht beige.

'Weet je waarom je hier bent?' vroeg Mulholland.

Benedict fronste zijn voorhoofd. 'Serieus?'

'Wat?'

'Wat voor antwoord verwacht je nou eigenlijk van ons? Een bekentenis misschien? "O ja, rechercheur Mulholland, ik neem aan dat u me hebt gearresteerd omdat ik twee slijterijen beroofd heb." Zoiets? Kunnen we het amateuruurtje overslaan en tot de kern van de zaak komen?'

'Moet je horen,' zei Mulholland, en hij ging verzitten in zijn stoel. 'Wij staan aan jouw kant.'

'O jee.'

'Nee, ik meen het. We hoeven alleen wat details door te nemen en dan kan iedereen weer naar huis. We worden er allemaal beter van.'

'Waar heb je het over?' vroeg Benedict.

Mulholland knikte naar Telesco. Ze sloeg een map open en schoof een vel papier over de tafel. Toen ik de politiefoto's zag – frontaal, en profil – begon het bloed in mijn aderen te gonzen.

Het was Otto.

'Ken je deze man?' vroeg Telesco aan mij.

'Geen antwoord geven.' Dat was ik ook niet van plan, maar Benedict legde voor de zekerheid een hand op mijn arm. 'Wie is dat?'

'Zijn naam is Otto Devereaux.'

Er trok een huivering door mijn lijf. Ze hadden me hun gezichten getoond. Ze hadden Otto's echte naam gebruikt. Dat kon maar één ding betekenen: ze waren nooit van plan geweest mij levend uit dat busje te laten stappen.

'Uw cliënt heeft onlangs beweerd dat hij onenigheid had gehad met een man die voldoet aan de beschrijving van Otto Devereaux, op een snelweg in Massachusetts. In die verklaring heeft uw cliënt beweerd dat hij gedwongen was geweest om de heer Devereaux te doden – uit zelfverdediging.'

'Die verklaring heeft mijn cliënt ingetrokken. Hij was gedesoriënteerd en onder invloed van alcohol.'

'U begrijpt ons verkeerd,' zei Mulholland. 'We zijn hier niet om hem erbij te lappen. Als we de kans kregen zouden we hem een medaille uitreiken.' Hij spreidde zijn handen. 'We staan allemaal aan dezelfde kant.'

'O?'

'Otto Devereaux was een beroepsschurk van bijna Bijbelse proporties. We zouden u zijn volledige oeuvre kunnen tonen, maar dat zou te veel tijd in beslag nemen. Laten we beginnen met enkele hoogtepunten. Moord, geweldpleging, afpersing. Zijn bijnaam was de Doe-het-zelver, omdat hij zijn slachtoffers graag bewerkte met gereedschap. Hij was werkzaam voor de legendarische gebroeders Ache, totdat iemand vaststelde dat hij te gewelddadig voor hen was. Daarna begon hij voor zichzelf en liet zich inhuren door iedere wanhopige slechterik die behoefte had aan een verknipte crimineel.' Hij glimlachte naar me. 'Moet je horen, Jake, ik weet niet hoe je die kerel hebt kunnen uitschakelen, maar wat jij hebt gedaan is een zegen voor de samenleving.'

Benedict zei: 'Dus theoretisch gezien willen jullie hem alleen maar bedanken?'

'Daar is niets theoretisch aan. Je bent een held, Jake. We willen je de hand schudden.'

Niemand schudde me de hand.

'Zeg eens,' zei Benedict. 'Waar hebben jullie zijn lijk gevonden?'

'Dat doet er niet toe.'

'Wat was de doodsoorzaak?'

'Ook dat is niet belangrijk.'

Benedict zei met een brede grijns: 'Willen jullie deze held nu echt zo behandelen?' Hij knikte naar mij. 'Als dat alles was, denk ik dat we maar eens gaan.'

Mulholland keek even naar Telesco. Ik meende een lachje op zijn gezicht te bespeuren. Het stond me niet aan. 'Goed,' zei hij, 'als jullie het zo willen spelen.'

'Wat wil je daarmee zeggen?'

'Niks. Jullie kunnen gaan.'

'Het spijt me dat we jullie niet hebben kunnen helpen,' zei Benedict.

'Geeft niks. Zoals ik al zei, wilden we alleen de man bedanken die die kerel heeft uitgeschakeld.'

'Hm-hm.' We waren nu allebei gaan staan. 'We komen er wel uit.'

We waren bijna bij de deur toen Susan Telesco zei: 'O, professor Fisher?'

Ik draaide me om.

'Mogen we u nog één foto laten zien?'

Ze keken allebei naar me op alsof het eigenlijk te veel moeite was, alsof ze alle tijd van de wereld hadden en mijn antwoord er niet toe deed. Ik kon de foto bekijken of nu gewoon vertrekken. Maakte niet uit. Ik verroerde me niet. Zij verroerden zich niet.

'Professor Fisher?' zei Telesco.

Ze schoof de foto ondersteboven de map uit, alsof we blackjack speelden in een casino. Ik zag de glinstering in haar ogen. Het werd een stuk kouder in het vertrek.

'Laat maar zien,' zei ik.

Ze draaide de foto om en ik verstarde.

Ja, natuurlijk kende ik die vrouw.

Het was Natalie.

'Professor Fisher?'

'Ik ken haar.'

Het was een zwart-witfoto, zo te zien een *still* van een of andere bewakingsvideo. Natalie snelde door een gang.

'Wat kun je me over haar vertellen?'

Benedict legde een hand op mijn schouder. 'Waarom vraagt u dat aan mijn cliënt?'

Telesco hield mijn blik vast. 'Je was bij haar zus toen we je vonden. Zou je ons willen vertellen wat je daar ging doen?'

'En nogmaals,' zei Benedict, 'waarom vraagt u dat aan mijn cliënt?'

'De vrouw heet Natalie Avery. We hebben haar zuster, Julie Pottham, uitgebreid gesproken. Zij beweert dat haar zus in Denemarken woont.'

Deze keer nam ik het woord. 'Wat willen jullie van haar?'

'Daar mag ik me niet over uitlaten.'

'Dan heb ik ook niets te zeggen,' zei ik.

Telesco keek Mulholland aan. Hij haalde zijn schouders op. 'Goed, dan kun je gaan.'

Daar stonden we dan met z'n vieren, te kijken wie de langste adem had. Om er nog maar eens een metafoor bij te halen: ik had geen fatsoenlijke kaarten, dus knipperde ik als eerste met mijn ogen. 'Ik heb iets met haar gehad,' gaf ik toe.

Ze wachtten af.

Benedict zei: 'Jake...' Maar ik wuifde het weg.

'Ik ben naar haar op zoek.'

'Waarom?'

Ik keek even naar Benedict. Hij leek net zo nieuwsgierig te zijn als de agenten. 'Ik hield van haar,' zei ik. 'Ik heb haar nooit echt uit mijn hoofd kunnen zetten. Dus hoopte ik... Ik weet het niet. Ik hoopte op de een of andere manier op een verzoening.'

Telesco noteerde iets. 'Waarom nú?'

Ik dacht aan het anonieme mailtje:

Je had het beloofd.

Ik ging weer zitten en schoof de foto naar me toe. Ik slikte. Natalie liep met gekromde schouders. Haar mooie gezicht... Ik voelde tranen opkomen. Ze zag er doodsbang uit. Mijn vinger vond haar gelaat, alsof ze mijn aanraking zou kunnen voelen en er troost in zou vinden. Ik vond het verschrikkelijk. Verschrikkelijk om haar zo bang te zien.

'Waar is deze genomen?' vroeg ik.

'Dat doet er niet toe.'

'Dat doet er verdomme wél toe. Jullie zoeken haar, hè? Waarom?'

Weer keken ze elkaar aan. Telesco knikte. 'Laten we het erop houden,' begon Mulholland traag, 'dat Natalie voor ons een belangwekkende persoon is.'

'Zit ze in de problemen?'

'Niet als het aan ons ligt.'

'Wat moet dat betekenen?'

'Wat denk je zelf?' Ik zag voor het eerst het masker vallen, en Mulhollands gezicht vertoonde een vlaag woede. 'Wij zijn naar haar op zoek,' – hij pakte de foto van Otto erbij, – 'maar dat waren hij en zijn vrienden ook. Wie heb je liever dat haar als eerste vindt?'

Ik staarde naar de foto, mijn zicht beurtelings wazig en weer scherp, tot me iets anders opviel. Ik deed mijn best me niet te verroeren, mijn gezichtsuitdrukking onveranderd te houden. In de rechterbenedenhoek waren datum en tijd vermeld: 23.47 uur, 24 mei... zes jaar geleden.

Deze foto was genomen zes weken voordat Natalie en ik elkaar ontmoetten.

'Professor Fisher?'

'Ik weet niet waar ze is.'

'Maar u zoekt haar?'

'Ja.'

'Waarom uitgerekend nu?'

Ik haalde mijn schouders op. 'Ik miste haar.'

'Maar waarom nu?'

'Het had ook een jaar geleden kunnen zijn. Of over een jaar. Het moment was gewoon aangebroken.'

Ze geloofden me niet. Jammer dan.

'Heeft de zoektocht iets opgeleverd?'

'Nee.'

'Wij kunnen haar helpen,' zei Mulholland.

Ik zweeg.

'Als Otto's vrienden haar vinden voordat wij...'

'Waarom zoeken ze haar nog? Trouwens, waarom zoeken júllie haar?'

Ze gingen over op een ander onderwerp.

'Je bent in Vermont geweest. Twee politiemensen zagen je daar en later hebben we er je iPhone gevonden. Waarom?'

'Daar had ik destijds iets met haar.'

'Verbleef ze in die boerderij?'

Ik praatte te veel. 'We hebben elkaar in Vermont leren kennen. Ze is getrouwd in het kapelletje daar.'

'En hoe is jouw telefoon daar terechtgekomen?'

'Hij zal hem wel hebben laten vallen,' zei Benedict. 'Mogen we hem trouwens terug?'

'Tuurlijk. Regelen we voor je, geen probleem.'

Stilte. Ik keek naar Telesco. 'Hebben jullie in de afgelopen zes jaar naar haar gezocht?'

'In het begin wel. De afgelopen jaren nauwelijks.'

'Waarom niet?' vroeg ik. 'Ik bedoel... dezelfde vraag als jullie aan mij stelden: waarom nu?'

Opnieuw wisselden ze een blik. Mulholland zei tegen Telesco: 'Vertel het hem maar.'

Telesco keek me aan. 'We zijn opgehouden met zoeken omdat we ervan overtuigd waren dat ze dood was.'

Op de een of andere manier had ik dat antwoord al verwacht. 'Waarom dachten jullie dat?'

'Het heeft niets met jou te maken. Je moet ons helpen.'

'Ik weet van niets.'

'Als je ons vertelt wat je weet,' zei Telesco, en haar stem klonk plotseling hard, 'dan vergeten we dat hele Otto-verhaal.'

Benedict vroeg: 'Waar slaat dat nou weer op?'

'Wat denk je? Je cliënt beweert dat het zelfverdediging was.'

'Ja, en?'

'Je vroeg daarstraks naar de doodsoorzaak. Ik heb nieuws voor je. Een gebroken nek is zelden het gevolg van zelfverdediging.'

'Om te beginnen ontkennen we dat hij ook maar iets te maken heeft met de dood van deze...'

Ze stak een hand op. 'Doe geen moeite.'

'Het doet er niet toe,' zei ik. 'Jullie kunnen dreigen wat je wilt, ik weet niets.'

'Otto geloofde dat niet, hè?'

Bobs stem: *Waar is ze?*

Mulholland boog zich naar me toe. 'Ben je nou echt zo dom om te denken dat het hiermee afgelopen is? Dat ze je vanaf nu gewoon zullen vergeten? De eerste keer hebben ze je onderschat. Dat zal niet nog een keer gebeuren.'

'Wie zijn "ze"?' vroeg ik.

'Een paar zeer foute figuren,' antwoordde hij. 'Meer hoef je niet te weten.'

'Dat zegt me niks,' zei Benedict.

'Luister even heel goed naar me. Of zij vinden Natalie als eersten,' bracht Mulholland in herinnering, 'of wij vinden haar. De keuze is aan jou.'

Ik zei nogmaals: 'Ik weet echt niks.'

En dat was nog waar ook. Maar wat belangrijker was: Mulholland had één optie weggelaten, hoe lastig die ook leek te zijn.

Ik kon haar ook zelf zien te vinden.

24

Benedict reed. 'Mag ik nog weten wat er aan de hand is?'

'Het is een lang verhaal,' zei ik.

'Het is ook een lange rit. En nu we het daar toch over hebben: waar moet ik je afzetten?'

Goede vraag. Ik kon niet terug naar de campus, niet alleen omdat ik daar niet welkom was, maar zoals de rechercheurs Mulholland en Telesco me al hadden laten weten, zouden er wel eens een paar zeer gevaarlijke types naar me op zoek kunnen zijn. Ik vroeg me af of Jed en Cookie bij dezelfde slechteriken hoorden als Bob en Otto, of dat ik twee groepen slechteriken achter me aan had. Twijfelachtig. Bob en Otto waren kille professionals. Mijn ontvoering was voor hen gewoon werk geweest, op een dag als elke andere. Jed en Cookie waren stuntelende amateurs: onzeker, woest en bang. Ik wist niet precies wat dat betekende, maar ik had zo'n vermoeden dat het belangrijk was.

'Dat weet ik eigenlijk niet.'

'Ik rijd in de richting van de campus, goed? Dan kun je me onderweg vertellen wat er aan de hand is.'

Dus dat deed ik. Benedict hield zijn blik op de weg gericht en knikte zo nu en dan. Zijn gezicht bleef uitdrukkingsloos, zijn handen voortdurend op tien voor twee. Toen ik uitverteld was, zei hij seconden lang niets. Toen: 'Jake?'

'Ja?'

'Je moet dit een halt toeroepen.'

'Ik weet niet of ik dat kan.'

'Een heleboel mensen willen je dood hebben.'

'Ik ben toch al nooit populair geweest,' merkte ik op.

'Dat is waar, maar nu zit je wel heel ernstig in de dunne kak.'

'Die professoren altijd met hun dure woorden.'

'Ik meen het.'

Dat wist ik.

'Die lui in Vermont,' zei Benedict. 'Wie waren dat?'

'Oude vrienden, in zekere zin. Ik bedoel, dat is nog het raarste. Jed en Cookie waren er allebei bij, de eerste keer dat ik Natalie ontmoette.'

'En nu willen ze je dood hebben?'

'Jed denkt dat ik iets te maken heb met de moord op Todd Sanderson. Maar ik kom er niet achter wat hem dat kan schelen of waar hij Todd van kende. Er moet een link zijn tussen die twee.'

'Een link tussen die Jed en Todd Sanderson?'

'Ja.'

'Het antwoord ligt toch voor de hand?'

Ik knikte. 'Natalie.'

'Juist.'

Daar dacht ik even over na. 'De eerste keer dat ik Natalie zag, zat ze naast Jed. Ik heb zelfs nog heel even gedacht dat ze iets met elkaar hadden.'

'Aha,' zei Benedict. 'Zo te horen hebben jullie alle drie een link met elkaar.'

'En dan bedoel je...?'

'Jullie hebben alle drie *vleselijke gemeenschap* gehad met Natalie.'

Dat vond ik niet leuk. 'Dat weet je niet zeker,' protesteerde ik zwakjes.

'Mag ik iets voor de hand liggends zeggen?'

'Als je het niet kunt laten...'

'Ik heb heel wat vrouwen gekend,' zei Benedict, 'en ik wil niet opscheppen, maar sommige mensen noemen me zelfs een expert op dat gebied.'

Ik trok een gezicht. 'En je wilt niet opscheppen?'

'Sommige vrouwen brengen nu eenmaal problemen met zich mee. Snap je wat ik bedoel?'

'Problemen.'

'Ja.'

'En nu ga jij me natuurlijk vertellen dat Natalie een van die vrouwen is.'

'Jij, Jed en Todd,' zei Benedict. 'Niet lullig bedoeld, maar er is maar één verklaring voor dit alles.'

'En dat is?'

'Die Natalie van jou is een waar wespennest.'

Ik fronste mijn voorhoofd. We reden een tijdje door.

'Ik heb een gastenhuisje dat ik als kantoor gebruik,' zei Benedict. 'Daar kun je blijven tot dit een beetje is weggeëbd.'

'Bedankt.'

We reden nog een tijdje.

'Jake?'

'Ja?'

'We vallen altijd het hardst voor vrouwen waar een draadje aan loszit. Dat is een groot probleem voor mannen. We beweren dat we een hekel hebben aan drama, maar dat is niet zo.'

'Diepzinnig, Benedict.'

'Mag ik je nog één ding vragen?'

'Ga je gang.'

Ik meende te zien dat hij in het stuur kneep. 'Hoe komt het dat je "toevallig" het overlijdensbericht van Todd zag?'

Ik draaide me zijn kant op. 'Hè?'

'Het overlijdensbericht. Hoe kwam je daar terecht?'

Ik vroeg me af of de verwarring van mijn gezicht te lezen was. 'Dat stond op de homepagina van de Lanford-site. Wat bedoel je nou eigenlijk?'

'Niks. Ik vroeg het me gewoon af.'

'Dat heb ik je op mijn kamer verteld. Jij spoorde me zelfs aan om naar de begrafenis te gaan, weet je nog?'

'Dat herinner ik me,' zei Benedict. 'En nu spoor ik je aan om het los te laten.'

Ik gaf geen antwoord. Een poos reden we zwijgend verder. Benedict verbrak de stilte.

'Eén ding zit me dwars,' zei hij.

'Wat dan?'

'Hoe denk je dat de politie je heeft gevonden bij Natalies zus?'

Dat had ik me ook al afgevraagd, maar nu besefte ik dat het antwoord voor zich sprak. 'Shanta.'

'Wist zij waar je was?'

Ik vertelde hem dat ik haar had gebeld en dat ik zo stom was geweest de prepaid telefoon niet weg te gooien. Als de politie je via je telefoon kon opsporen, hadden ze natuurlijk ook met behulp van het nummer (dat bij Shanta in beeld was verschenen toen ik haar belde) dat prepaid toestel kunnen vinden. Ik had het nog in mijn zak zitten en overwoog nu om het uit het raam te gooien. Maar dat leek me niet nodig. De politie was niet langer de partij die me zorgen baarde.

Nadat Lanford-directeur Tripp me had verzocht te vertrekken, had ik een koffer en mijn laptop gepakt en die in mijn werkkamer in Clark House gezet. Ik vroeg me af of misschien iemand... ik weet niet, mijn huis op de campus of mijn werkkamer in de gaten hield. Het leek overdreven, maar wat kon mij het schelen. Benedict kwam met het idee om de auto ver weg te parkeren. We keken om ons heen of we niets verdachts zagen. Dat was niet het geval.

'We kunnen een student sturen om je spullen te halen,' zei hij.

Ik schudde mijn hoofd. 'Er is door mij al een student in het ziekenhuis beland,' zei ik.

'In dit geval is er geen risico.'

'Dan nog.'

Clark House was gesloten. Ik ging voorzichtig naar binnen via de achteringang. Nadat ik mijn spullen had gepakt, haastte ik me terug naar Benedicts auto. Ik werd niet neergeschoten. Eén-nul voor de goeien. Benedict reed naar de achterkant van zijn huis en zette me af bij het gastenverblijf.

'Dank je wel,' zei ik.

'Ik moet nog een hoop werk nakijken. Red je het wel?'

'Ja, hoor.'

'Je zou eigenlijk naar je hoofd moeten laten kijken.'

Ik had inderdaad knallende koppijn. Het was een combinatie van iets van een hersenschudding, uitputting en stress. Ik wist het niet precies. In ieder geval had ik niet de indruk dat een dokter me zou kunnen helpen. Ik bedankte Benedict nogmaals en nam mijn intrek in het gastenverblijf. Mijn laptop installeerde ik op het bureau.

Het werd tijd voor wat speurwerk, vond ik.

Je vraagt je misschien af wat mij tot een superspeurder maakte en waar ik had geleerd internetrechercheur te spelen. Dat was ik niet en dat had ik niet. Maar ik kan wel aardig googelen, en daar begon ik nu mee.

Allereerst toetste ik een datum in: 24 mei, zes jaar geleden.

Dat was de datum op de foto van de bewakingsvideo die de politie van New York me had getoond. Het was duidelijk dat wat er die dag ook was gebeurd waarschijnlijk in de categorie misdaden viel. Misschien werd er melding van gemaakt in het nieuws. Was dat vergezocht? Waarschijnlijk wel. Maar het kon een begin zijn.

Toen ik op 'enter' drukte, verschenen er eerst een hoop hits over een tornado in Kansas. Ik moest de zoektocht inperken. Na het toevoegen van NYC in de googlebalk drukte ik weer op 'enter'. Het eerste artikel meldde dat de New York Rangers met 1-2 hadden verloren van de Buffalo Sabres. Tweede link: de New York Mets hadden de Arizona Diamondbacks met 5-3 verslagen. Man, wat zijn we als samenleving toch geobsedeerd door sport.

Uiteindelijk vond ik een site met de dagbladen van New York en hun archieven. De voorpagina's van de afgelopen weken werden gedomineerd door de reeks brutale bankovervallen in New York City. De overvallers sloegen 's nachts toe, lieten geen enkele aanwijzing achter en hadden de bijnaam De Onzichtbaren gekregen. Pakkend. Vervolgens klikte ik de link aan voor de archieven van 24 mei zes jaar eerder en begon te cyberbladeren door de stadskaternen.

Het belangrijkste nieuws die dag: een gewapende man had het Franse consulaat aangevallen. De politie had een Oekraïens heroïnekartel opgerold. Politieagent Jordan Smith moest voor de rechter verschijnen op beschuldiging van verkrachting. De brand in een woning op Staten Island werd als verdacht aangemerkt. Een hedgefondsbankier uit Solem Hamilton was opgepakt wegens zogenaamde pozifraude. Een beheerder van de staatskas werd beschuldigd van het overtreden van de gedragscode.

Dit schoot niet op. Of misschien juist wel. Misschien had Natalie deel uitgemaakt van die Oekraïense bende. Misschien kende ze de hedgefondsman – op de foto liep ze schijnbaar door een kantoorgebouw – of de beheerder van de staatskas. Waar was ik zelf geweest op die bewuste dag, zes jaar terug? 24 mei. Het schooljaar moest bijna afgelopen zijn geweest. Sterker nog, waarschijnlijk werden er al geen colleges meer gegeven.

Zes jaar geleden.

Mijn leven had op z'n kop gestaan, zoals Benedict me pas had ingewreven in de Library Bar. Een maand eerder was mijn vader gestorven aan een hartaanval. Mijn proefschrift wilde niet vlotten. 24 mei, dat was rond de tijd geweest dat professor Trainor het afstudeerfeest had gegeven waarbij minderjarigen waren betrapt op alcoholgebruik.

Ik had aangedrongen op een zware straf, waardoor de spanningen tussen professor Hume en mij waren opgelopen.

Maar het ging hier niet om mijn leven, het ging om dat van Natalie.

De foto van de bewakingsbeelden was genomen op 24 mei. Daar dacht ik even over na. Stel dat er de 24e een misdaad was gepleegd of iets ergs was gebeurd. Ja, daar had ik me steeds op gericht, maar nu werkte ik die gedachte wat verder uit. Als het voorval had plaatsgevonden op 24 mei, wanneer zou de krant er dan over berichten?

Op 25 mei, niet op de 24ᵉ.

Het was geen geniale inval, maar er zat wel wat in. Ik riep de kranten van 25 mei op en bekeek ook hier de stadskaternen. Belangrijkste koppen:

PLAATSELIJKE FILANTROOP ARCHER MINOR NEERGESCHOTEN

TWEE DODEN BIJ BRAND IN CHELSEA

ONGEWAPENDE TIENER DOODGESCHOTEN DOOR DE POLITIE

MAN VERMOORDT EX-VROUW

HOOFD MIDDELBARE SCHOOL GEARRESTEERD WEGENS VERDUISTERING SCHOOLGELDEN

Dit was tijdverspilling.

Ik sloot mijn ogen en wreef over mijn oogleden. Het was heel verlokkelijk om het nu op te geven. Ik zou kunnen gaan liggen en mijn ogen dichtdoen. Ik zou me aan mijn belofte kunnen houden en de wens respecteren van de vrouw die ik als mijn grote liefde beschouwde. Natuurlijk, zoals Benedict ook al had gezegd: misschien beschouwden Todd en Jed Natalie ook wel als hun grote liefde. Even vlamde er een oergevoel – laten we het jaloezie noemen – door me heen.

Sorry, ik geloofde er niks van.

Jeds aanval op mij was niet die van een jaloerse minnaar geweest. En Todd... Ik had geen flauw idee hoe het zat, maar dat deed er niet toe. Ik liet me niet wegjagen. Zo zat ik niet in elkaar – wie wel trouwens? Hoe zou een weldenkend mens kunnen leven met zo veel onbeantwoorde vragen?

Een stemmetje in mijn hoofd antwoordde: *Als je ermee leeft, dan lééf je tenminste nog.*

Het maakte niet uit. Onmogelijk. Ik was aangevallen, bedreigd, gearresteerd en ik had zelfs iemand omgebracht...

Ho, wacht even. Ik had een man omgebracht – en ik wist hoe hij heette.

Ik boog me naar de computer toe en googelde een naam: Otto Devereaux.

Boven aan de lijst had ik een overlijdensadvertentie verwacht. Dat bleek niet te kloppen. De eerste hit was een forum van 'gangsterliefhebbers'. Ja, echt. Ik klikte het forum aan, maar je moest eerst een profiel aanmaken. Dat deed ik snel.

Een van de topics had als titel: RIP OTTO. Ik klikte het aan.

Shit! Otto Devereaux, een van de hardste killers en afpersers van deze tijd, is niet meer. Gebroken nek! Zijn lijk is als oud vuil gedumpt langs de Saw Mill Parkway. Respect, Otto. Jij wist wat moorden was, maat.

Ik schudde mijn hoofd. Wat was de volgende stap, een fansite voor pedofielen?

Er stonden een stuk of vijftien commentaren bij van mensen die Otto's grootste gruweldaden memoreerden en, jawel, zijn werk prezen. Er wordt gezegd dat je op internet alle vormen van verdorvenheid kon vinden. Ik was gestuit op een site met bewonderaars van gewelddadige gangsters. Wat een wereld.

Bij het veertiende commentaar had ik beet:

Otto wordt zaterdag naar zijn laatste rustplaats gebracht bij rouwcentrum Franklin in Queens. De begrafenis zelf is besloten, maar bewonderaars kunnen wel bloemen laten bezorgen. Het adres is…

Er werd een adres vermeld in Flushing, Queens.

Op het bureau lag een notitieblok. Ik pakte een pen en ging er eens goed voor zitten. Links noteerde ik Natalies naam, met daaronder die van Todd. Ik schreef nog andere namen op – mezelf, Jed, Cookie, Bob, Otto; iedereen die ik kon verzinnen. Delia Sanderson, Eban Trainor, Julie Pottham en zelfs Malcolm Hume. Allemaal. Op de rechterkant van het papier tekende ik van boven naar beneden een tijdlijn.

Nu moest ik zo ver mogelijk terug in de tijd. Waar was dit begonnen?

Ik wist het niet.

Terug naar het begin dus.

Vijfentwintig jaar geleden was Natalies vader, die hier op Lanford lesgaf, ervandoor gegaan met een studente. Volgens Julie Pottham was die goeie ouwe pappie inmiddels verhuisd en hertrouwd. Het enige probleem was dat hij nergens te vinden was. Hoe had Shanta het ook alweer geformuleerd? Zo vader, zo dochter. Zowel Natalie als haar vader leek van de aardbodem verdwenen te zijn. Allebei volslagen onvindbaar.

Ik trok een verbindingslijn tussen Natalie en haar vader.

Hoe kon ik meer te weten komen over die band? Ik dacht aan Julies woorden. De informatie die zij had over het hertrouwen van haar vader was afkomstig van haar moeder. Misschien wist zij meer dan ze losliet. Misschien had ze een adres van pa. Ik moest hoe dan ook met haar praten. Maar hoe? Ze zat in een verzorgingstehuis, had Julie gezegd. Ik wist niet welk tehuis, en op de een of andere manier betwijfelde ik of Julie me dat zou vertellen. Toch kon het niet al te moeilijk zijn om mevrouw Avery op te sporen.

Ik omcirkelde Sylvia Avery op het papier. Natalies moeder.

Terug naar de tijdlijn. Ik ging naar twintig jaar geleden, toen Todd Sanderson student was geweest. Hij was bijna weggestuurd na de zelfmoord van zijn vader. Ik dacht terug aan zijn dossier en zijn overlijdensbericht. In beide was vermeld dat Todd zijn zonden had goedgemaakt met de oprichting van een liefdadigheidsinstelling.

Ik schreef *Fresh Start* op mijn notitieblok.

Ten eerste was Fresh Start opgezet op deze campus, in de nasleep van Todds persoonlijke problemen. Ten tweede had Natalie zes jaar geleden tegen haar zus gezegd dat Todd en zij de hele wereld over zouden gaan reizen om goed werk te verrichten voor Fresh Start. Ten derde had ik van Delia Sanderson, Todds ware echtgenote, gehoord dat Fresh Start de grote passie van haar man was geweest. Ten vierde was professor Hume, mijn eigen geliefde mentor, faculteitsadviseur geweest ten tijde van de oprichting van Fresh Start.

Ik tikte met mijn pen op het papier. Fresh Start speelde een belangrijke rol in dit geheel. Wat het 'geheel' ook mocht zijn.

Ik moest die liefdadigheidsinstelling aan een inspectie onderwerpen. Als Natalie inderdaad reisde voor Fresh Start, moest er toch iemand zijn die wist waar ze uithing. Opnieuw speurde ik internet af. Fresh Start hielp mensen een nieuwe start te maken, al leek de doelstelling niet al te scherp omlijnd. Ze opereerden bijvoorbeeld kinderen met een gespleten gehemelte. Ze hielpen politieke dissidenten met hun asielaanvraag, en mensen die een faillissement boven het hoofd hing. Ze hielpen je bij het vinden van een nieuwe baan, wat voor problemen je in het verleden ook had gehad. Kortom, zoals het motto onder aan de homepage luidde: 'Wij helpen iedereen die dringend behoefte heeft aan een nieuwe start.'

Ik fronste mijn voorhoofd. Kon het nog vager?

Er was een link voor donaties. Fresh Start had het officiële keurmerk voor goede doelen, wat betekende dat bijdragen aftrekbaar waren van de belasting. Op de site werden geen medewerkers vermeld, nergens iets over Todd Sanderson of Malcolm Hume of wie dan ook. Geen kantooradres. Het telefoonnummer begon met 843: South Carolina. Ik toetste het in en kreeg een antwoordapparaat. Ik sprak geen boodschap in.

Ik vond online een bedrijf dat liefdadigheidsinstellingen aan een kritisch onderzoek onderwierp, 'zodat u onbezorgd een schenking kunt doen'. Tegen een kleine vergoeding kreeg je een rapport toegestuurd van ieder goed doel, inclusief belastingformulier 990 (wat dat ook mocht zijn) en een 'uitgebreide analyse van alle financiële gegevens, ideologische besluiten, biografieën van medewerkers, verenigingsgegevens, de hoeveelheid geld die wordt besteed aan fondsenwerving en alle andere activiteiten'. Ik betaalde de kleine vergoeding en ontving een e-mail met de mededeling dat ik het digitale verslag de volgende dag in mijn mailbox mocht verwachten.

Zo lang kon ik wel wachten. Mijn hoofd bonsde als een afgebonden teen. Het slaapgebrek was nu zo hevig dat het tot diep in mijn botten was doorgedrongen. Morgenochtend zou ik naar de begrafenis van Otto Devereaux gaan, maar eerst had mijn lijf rust en voedsel nodig. Ik nam een douche, at wat en sliep als een dode, wat me gezien de gebeurtenissen van de laatste dagen wel gepast leek.

25

B enedict boog zich door het raampje van zijn eigen auto naar binnen. 'Dit bevalt me niks.'

Ik gaf niet eens antwoord. We hadden het hier al uitgebreid over gehad. 'Bedankt dat ik je auto mag lenen.'

Ik had mijn eigen auto met de veranderde nummerplaten in Greenfield op straat achtergelaten. Uiteindelijk zou ik iets moeten verzinnen om hem terug te krijgen, maar dat kon wel wachten.

'Zal ik met je meegaan?' vroeg Benedict.

'Jij moet college geven.'

Benedict sprak me niet tegen. We slaan nooit een college over. Ik had al genoeg studenten benadeeld door deze bizarre zoektocht op me te nemen. Ze mochten er niet nog meer last van hebben, al was het maar een beetje.

'Dus je bent van plan om je gezicht te laten zien op de begrafenis van die gangster?'

'Min of meer.'

'Eerder min dan meer, als je het mij vraagt.'

Daar kon ik weinig tegen inbrengen. Ik was van plan om Otto Devereaux' begrafenis van een afstand te observeren. Waar ik op hoopte, was dat ik er op de een of andere manier achter zou kunnen komen waarom hij me te grazen had genomen, voor wie hij werkte en waarom ze op zoek waren naar Natalie. De details – hoe ik dat voor elkaar zou krijgen, bijvoorbeeld – had ik nog niet echt uitgewerkt, maar ik zat op dat moment toch zonder werk, en lijdzaam afwachten tot Bob of Jed me zou vinden leek me geen al te beste optie.

Je moest proactief zijn. Dat hield ik mijn studenten ook altijd voor.

Route 95 door Connecticut en New York is eigenlijk weinig meer dan een reeks bouwputten die zich voordoen als snelweg. Toch deed ik niet eens zo lang over de rit. Rouwcentrum Franklin lag aan Northern Boulevard, in het gedeelte van Queens dat onder Flushing viel. Om de een of andere merkwaardige reden stond er op een website een foto van de geliefde Bow Bridge in Central Park, de brug waarop wordt getrouwd in zo'n beetje elke romantische komedie die zich in Manhattan afspeelt. Ik vroeg me af waarom ze die afbeelding gebruikten in plaats van foto's van hun eigen pand, tot ik daar aankwam.

Wat een laatste rustplaats.

Rouwcentrum Franklin zag eruit alsof het rond 1978 was gebouwd als dubbele tandartsenpraktijk, met misschien nog een afdeling voor een darmspecialist. Het stucwerk van de gevel had de vergeelde tint van een rokersgebit. Bruiloften en partijen zeggen vaak iets over het feestvarken. Voor een begrafenis geldt dat zelden. De dood is echt de grote gelijkmaker, zelfs zozeer dat iedere begrafenis hetzelfde is – behalve misschien in de film. Uitvaarten zijn altijd kleurloos en afgezaagd en bieden niet zozeer soelaas en troost als wel een vast stramien en ritueel.

Wat nu? Ik kon niet zomaar naar binnen gaan. Stel dat Bob daar was. Ik zou de achteringang kunnen proberen, maar iemand met mijn postuur gaat niet zomaar ongemerkt in zijn omgeving op. Een man in een zwart pak gaf de bezoekers aanwijzingen om te parkeren. Ik reed naar hem toe en probeerde te glimlachen alsof ik voor een begrafenis kwam, wat dat ook mocht betekenen. De man in het zwarte pak vroeg: 'Komt u voor de familie Devereaux of voor de familie Johnson?'

Omdat ik nogal snel van geest was, antwoordde ik: 'Johnson.'

'Dan mag u links parkeren.'

Ik reed het ruime terrein op. De begrafenis van meneer of mevrouw Johnson vond kennelijk plaats vlak bij de ingang. Verder naar achteren was een tent opgezet voor de familie Deve-.

reaux. Ik vond rechts in de hoek een plek voor mijn auto. Als ik achteruit inparkeerde, had ik goed zicht op de tent bij het graf voor Devereaux. Mocht iemand van het gezelschap Johnson of het personeel van het rouwcentrum me in de auto zien zitten, dan kon ik altijd nog zeggen dat ik overmand was door verdriet en een momentje voor mezelf nodig had.

Ik dacht terug aan de laatste keer dat ik een begrafenis had bijgewoond, nog maar zes dagen geleden, in dat witte kapelletje in Palmetto Bluff. Als ik het vel papier met de tijdlijn bij me had gehad, zou er een gat van zes jaar hebben gezeten tussen het huwelijk in de ene witte kapel en de uitvaart in de andere. Zes jaar. Ik vroeg me af hoeveel dagen daarvan waren verstreken zonder dat Natalie op de een of andere manier in mijn gedachten was geweest, en ik besefte dat het antwoord nul was.

Maar op dat moment was de grote vraag hoe die zes jaar voor háár waren geweest.

Er stopte een verlengde limousine bij de tent. Ook al zo'n raar ritueel rond de dood: de enige keer dat we allemaal in een auto mogen zitten die in onze ogen gelijkstaat aan luxe en overdaad, is wanneer we rouwen om de dood van een geliefde. Maar ja, wat is eigenlijk een beter moment? Twee mannen in donkere pakken kwamen aangelopen en hielden de portieren van de limousine open, alsof ze aan de rode loper stonden. Er stapte een slanke vrouw van in de dertig uit, met aan haar hand een jongetje van een jaar of zes, zeven met lang haar. Het ventje droeg een donker pak, wat in mijn ogen grensde aan het obscene. Kleine jongetjes horen geen donker pak te dragen.

Tot dat allerlaatste moment was het nog niet bij me opgekomen, terwijl het toch voor de hand lag: misschien had Otto wel een gezin. Misschien had Otto wel een slanke vrouw met wie hij zijn bed en zijn dromen had gedeeld. Misschien had hij een zoontje met lang haar dat van hem hield en met hem voetbalde in de tuin. Er stapten nog meer mensen uit de auto. Een oudere vrouw snikte in een zakdoek die ze verfrommeld in haar vuist hield. Toen ze naar de tent liep, moest ze ondersteund worden door een stel van in de dertig. Otto's moeder en misschien een broer en zus, ik wist het niet. De familie vormde een rij vooraan in de tent om de condoleances in ontvangst te nemen. Terwijl ze de aanwezigen begroetten, was het vreselijke verdriet aan hun houding en hun gezichten af te lezen. Het jongetje zag er verloren, verward en bang uit, alsof iemand hem had beslopen en hem een stomp in zijn maag had gegeven.

Die iemand was ik.

Ik bleef doodstil zitten. Tot dan toe had ik Otto beschouwd als een gesloten geheel. Dat ik hem had gedood, was niet meer geweest dan een persoonlijke tragedie, het einde van een op zichzelf staand mensenleven. Maar niemand staat helemaal op zichzelf. De doodt beroert, galmt na.

En toch, hoe zwaar het me ook mocht vallen om de gevolgen van mijn daad te moeten aanzien, het veranderde niets aan het feit dat mijn handelen gerechtvaardigd was. Ik rechtte mijn rug en hield de aanwezigen nauwlettend in de gaten. Ik had verwacht dat de rij wachtenden eruit zou zien als een stel figuranten voor *The Sopranos*. Zulke types waren er ook bij, zonder meer, maar het was een tamelijk gevarieerd gezelschap. Ze schudden de familieleden de hand, omhelsden of kusten hen. Soms duurde een innige omhelzing wat langer, soms werd de ander na een klopje op de rug meteen losgelaten. Op zeker moment viel de vrouw van wie ik aannam dat het Otto's moeder was bijna flauw, maar ze werd opgevangen door twee mannen.

Ik had haar zoon omgebracht. Het was een logische maar ook onwerkelijke gedachte.

Er kwam nog een verlengde limousine aangereden, die pal voor de rij wachtenden stopte. Het was alsof iedereen even verstarde. Twee mannen die eruitzagen als agressieve lijnrechters van de New York Jets hielden het achterportier open. Er stapte een lange, magere man met achterovergekamd haar uit. Ik zag dat de menigte begon te fluisteren. De man was in de zeventig, schatte ik, en kwam me vaag bekend voor, maar ik kon hem niet plaatsen. Hij sloot niet aan in de rij; de rij week voor hem uiteen als de Rode Zee voor Mozes. De man had een dun snorretje, zo een dat op zijn bovenlip getekend leek te zijn. Hij knikte toen hij de familie naderde en nam handdrukken en begroetingen in ontvangst.

Wie deze man ook mocht zijn, hij was belangrijk.

De magere man met het dunne snorretje bleef bij ieder familielid staan om hen te begroeten. Eén man – ik dacht dat het Otto's zwager was – liet zich op een knie zakken. De magere man schudde het hoofd en de zwager kwam verontschuldigend overeind. Een van de agressieve lijnrechters bleef één pas voor de magere man lopen, de andere een pas achter hem. Niemand volgde hen langs de rij familieleden.

Toen de magere man Otto's moeder, die als laatste stond opgesteld, een hand had gegeven, draaide hij zich om en liep terug naar zijn limousine. Een van de agressieve lijnrechters hield het achterportier open. De magere man stapte soepel in. Het portier werd gesloten. Eén agressieve lijnrechter reed. De andere ging op de passagiersstoel zitten. De verlengde limousine werd in z'n achteruit gezet. Iedereen bleef stokstijf staan toen de magere man de aftocht blies.

Een volle minuut nadat hij was vertrokken verroerde niemand zich. Ik zag een vrouw een kruis slaan. Toen begon de rij weer te schuifelen. De familie nam condoleances in ontvangst. Ik bleef zitten en vroeg me af wie de magere man was – en of dat er wat toe deed. Otto's moeder begon weer te snikken.

Terwijl ik toekeek, begaven haar knieën het. Ze belandde in de armen van een man en huilde tegen zijn borst. Ik verstarde. De man hield haar overeind en liet haar huilen. Ik zag dat hij over haar rug wreef en troostende woordjes tegen haar sprak. Ze klampte zich een hele tijd aan hem vast. De man bleef uitermate geduldig staan wachten.

Het was Bob.

Ik liet me onderuit zakken in mijn stoel, ook al zat ik misschien wel een volle honderd meter verderop. Mijn hart bonsde. Ik haalde diep adem en waagde nog een blik. Bob maakte zich voorzichtig los van Otto's moeder. Hij glimlachte naar haar en liep naar een groep mannen die een meter of tien verderop stonden.

Ze waren met z'n vijven. Een van hen haalde een pakje sigaretten tevoorschijn. Alle mannen namen een sigaret, behalve Bob. Goed om te weten dat mijn gangster toch een beetje op zijn gezondheid lette. Ik pakte mijn telefoon, opende de camera-app en zoomde in op Bobs gezicht. Ik nam vier foto's.

En nu?

Wachten maar. Wachten tot na de begrafenis en dan Bob naar zijn huis volgen.

En dan?

Ik wist het niet. Echt niet. De sleutel was om zijn ware naam en identiteit te achterhalen, en dan maar hopen dat die zouden leiden tot zijn motief om navraag te doen naar Natalie. Hij was duidelijk de baas geweest. Hij moest toch weten hoe het zat? Ik kon ook gewoon wachten tot hij in zijn auto stapte en het kenteken noteren. Misschien zou Shanta me willen helpen om met behulp daarvan zijn naam te achterhalen, alleen vertrouwde ik haar niet meer helemaal en bovendien was Bob misschien wel met zijn rokende vrienden meegereden.

Vier van de mannen maakten zich los van de groep en liepen naar binnen, zodat Bob met één man achterbleef. Die was jonger en droeg een pak dat zo glimmend was dat het wel een discobal leek. Zo te zien gaf Bob instructies aan Glimpak. Glimpak knikte veel. Toen Bob klaar was, liep hij naar het graf. Glimpak niet. Die paradeerde als een pauw, bijna overdreven als een stripfiguur, de andere kant op, naar een spierwitte Cadillac Escalade.

Ik beet op mijn onderlip en probeerde een besluit te nemen. De dienst zou wel even duren; een half uur, misschien een uur. Zoiets. Er was geen reden om hier te blijven zitten. Ik kon intussen net zo goed Glimpak volgen en kijken wat het opleverde.

Ik startte de auto en reed achter hem aan Northern Boulevard op. Het voelde raar – 'een verdachte achtervolgen' – maar vandaag leek een dag voor alles wat raar was. Ik wist niet hoe ver ik achter de Escalade moest blijven. Zou hij merken dat ik hem volgde? Dat betwijfelde ik, ook al reed ik door de staat New York met nummerplaten uit Massachusetts. Hij sloeg rechts af Francis Lewis Boulevard op. Ik bleef twee auto's achter hem. Geraffineerd. Ik voelde me net Starsky and Hutch. Nou ja, een van beiden in ieder geval.

Als ik zenuwachtig ben, maak ik altijd flauwe grapjes tegen mezelf.

Glimpak stopte bij een gigantisch tuincentrum, Global Garden. Fijn, dacht ik. Hij gaat een bloemstuk halen voor Otto's begrafenis. Ook zoiets raars aan begrafenissen: je draagt zwart, maar je laat zoiets kleurrijks als bloemen sneuvelen ter versiering. Maar de zaak was gesloten. Ik vroeg me af wat ik daarvan moest denken, dus dacht ik er nog maar even niets van. Glimpak parkeerde aan de achterkant. Ik deed hetzelfde, maar een behoorlijk eindje bij hem vandaan. Glimpak stapte uit aan de bestuurderskant van de Escalade en liep in die typische pauwenpas naar de achteringang van het tuincentrum. Glimpak was er goed in, paraderen als een pauw. Ik ben geen man van vooroordelen, maar afgaand op het gezelschap waarmee hij zich omringde, de glimmende stof van zijn pak en dat gewichtige loopje van hem, kreeg ik toch het vermoeden dat Glimpak iemand was die mijn studenten lul-de-behanger zouden noemen. Hij roffelde met zijn pinkring op de deur en wachtte af, heen en weer stuiterend op zijn tenen als een bokser die wacht tot hij de ring in mag. Ik dacht dat hij dat voor de show deed. Niet dus.

Een jongen – het had een van mijn studenten kunnen zijn – met een felgroen schort van het tuincentrum voor en een omgekeerd honkbalpetje van de Brooklyn Nets op zijn hoofd deed de deur open, kwam naar buiten en kreeg vol een vuist van Glimpak in zijn gezicht.

O, man! Waar was ik nu weer in terechtgekomen?

Het petje belandde op de grond, gevolgd door de jongen. Hij

greep naar zijn neus. Glimpak pakte hem bij zijn haar. Hij bracht zijn gezicht omlaag, waardoor ik bang was dat hij de jongen in zijn waarschijnlijk gebroken neus zou bijten, en begon iets tegen hem te schreeuwen. Toen kwam hij weer overeind en schopte de jongen in de ribben. Het slachtoffer rolde heen en weer van de pijn.

Oké, genoeg.

Gedreven door een nogal bedwelmende, maar ook gevaarlijke mengeling van angst en instinct deed ik mijn portier open. De angst kon ik onderdrukken, dat had ik geleerd in mijn jaren als uitsmijter. Iedereen met een greintje menselijkheid in zijn lijf voelt angst bij fysieke conflicten. Zo zitten we in elkaar. Waar het om gaat is dat je die angst gebruikt en je er niet door laat verlammen of verzwakken. Ervaring helpt daarbij.

'Hou op!' brulde ik, en toen – en daar kwam het instinct om de hoek kijken – voegde ik eraan toe: 'Politie!'

Glimpak draaide met een ruk zijn hoofd mijn kant op.

Ik stak een hand in mijn zak en pakte mijn portefeuille. Klapte die open. Nee, ik heb geen politiepenning, maar hij stond te ver weg om dat te kunnen zien. Mijn houding moest voldoende zijn. Ik bleef kalm en vastberaden.

De jongen krabbelde terug naar de deur. Hij hield even in om zijn Brooklyn Nets-petje te pakken, zette dat met de klep naar achteren op zijn hoofd en verdween het gebouw van het tuincentrum in. Ik vond het prima. Ik klapte mijn portefeuille dicht en liep naar Glimpak toe. Hij moest hier ook enige ervaring mee hebben, want hij sloeg niet op de vlucht. Hij zag er niet schuldbewust uit. Probeerde geen verklaring te geven. Hij wachtte gewoon geduldig tot ik bij hem was.

'Ik heb één vraag voor je,' zei ik. 'Als je daar antwoord op geeft, vergeten we dit verder.'

'Wat vergeten we?' vroeg Glimpak. Hij lachte. Zijn blinkende tanden leken net een rij Tic Tac-jes. 'Ik zie niets wat vergeten moet worden, jij wel?'

Ik hield de iPhone in mijn hand, met daarop de duidelijkste

foto van Bob die ik had genomen. 'Wie is deze man?'

Glimpak keek ernaar. Hij lachte weer naar me. 'Laat me je penning eens zien.'

O-o. En ik maar denken dat mijn houding voldoende was.

'Geef nou maar gewoon...'

'Jij bent geen smeris.' Dat vond Glimpak grappig. 'Weet je hoe ik dat weet?'

Ik gaf geen antwoord. De deur van het tuincentrumgebouw ging op een kiertje open. Ik zag de jongen naar buiten gluren. Hij keek me aan en knikte dankbaar.

'Als je een smeris was, zou je wel weten wie dat is.'

'Geef me nou maar gewoon zijn naam, dan...'

Glimpak stak een hand in zijn zak. Het zou kunnen dat hij een pistool wilde pakken. Het zou kunnen dat hij een mes wilde pakken. Het zou kunnen dat hij een zakdoek wilde pakken. Ik kon niet weten welke van die opties van toepassing was. Ik vroeg er ook niet naar. Waarschijnlijk omdat het me niet uitmaakte.

Ik was het zat.

Zonder iets te zeggen en zonder enige waarschuwing ramde ik een vuist tegen zijn neus. Ik hoorde gekraak alsof ik op een grote kever had getrapt. Het bloed stroomde langs zijn gezicht. Zelfs door het smalle kiertje in de deur kon ik de jongen zien grijnzen.

'Wat krijgen we...?'

Ik haalde nog een keer uit, richtte op de beslist gebroken neus. 'Wie is het?' vroeg ik. 'Hoe heet hij?'

Glimpak vouwde een hand om zijn neus alsof het een stervend vogeltje was dat hij wilde redden. Ik schopte zijn voet onder hem vandaan. Hij viel neer op vrijwel exact dezelfde plek waar nog geen minuut geleden de jongen had gelegen. Achter hem verdween de kier in de deur. De jongen wilde hier niks mee te maken hebben, gokte ik. Ik kon het hem niet kwalijk nemen. Het bloed bedierf nu het glimmende pak van onze vriend, maar mij leek het dat je het er zo af kon vegen. Ik bukte met gebalde vuist.

'Wie is het?'

'Jezus.' Er klonk een tikkeltje ontzag door in Glimpaks nasale stem. 'Jij bent er echt geweest, man.'

Dat hield me bijna tegen. Bijna. 'Wie is het?'

Ik liet hem mijn vuist weer zien. Hij deed een meelijwekkende poging om zich te verweren, maar ik had zijn opgeheven hand zo kunnen wegmeppen.

'Oké, oké,' zei hij. 'Danny Zuker. Dat is degene met wie jij van doen hebt, vriend. Danny Zuker.'

Anders dan Otto had Bob niet zijn echte naam gebruikt.

'Je bent er geweest, jongen.'

'Dat had je al gezegd,' snauwde ik, maar ik hoorde de angst in mijn eigen stem.

'Danny is niet bepaald vergevingsgezind. Man, man, wat ben jij er geweest. Hoor je me? Weet je wat je bent?'

'Ja, ja, ik ben er geweest. Ga op je buik liggen, met je wang tegen het wegdek.'

'Waarom?'

Ik balde mijn vuist weer. Hij ging op zijn buik liggen en drukte de verkeerde wang tegen het wegdek. Dat liet ik hem weten. Hij draaide zijn hoofd de andere kant op. Ik viste zijn portefeuille uit zijn kontzak.

'Ga je me nou beroven?'

'Kop dicht.'

Ik bekeek zijn identiteitsbewijs en las zijn naam hardop: 'Edward Locke, hier uit Flushing.'

'Ja, en?'

'Nu weet ik dus je naam. En waar je woont. Dat spelletje van jou kan ik ook spelen.'

Daar moest hij om grinniken.

'Wat nou?'

'Niemand speelt het spelletje zo goed als Danny Zuker.'

Ik gooide zijn portefeuille op straat. 'Was je van plan hem te vertellen over ons handgemeen?' vroeg ik.

'Ons wat?'

'Ga je hem hierover vertellen?'

Ik zag door al het bloed heen dat hij glimlachte. 'Zodra jij je hielen hebt gelicht. Hoezo, wou je weer gaan dreigen?'

'Nee, helemaal niet, ik vind juist dat je het hem moet vertellen,' zei ik zo kalm mogelijk. 'Maar hoe zal dat overkomen, denk je?'

Hij fronste zijn voorhoofd, met zijn gezicht nog tegen het wegdek gedrukt. 'Hoe zal wát overkomen?'

'Jij, Edward Locke, bent zojuist neergehaald door een of andere amateur die je niet eens kent. Hij heeft je neus gebroken en je mooie pak verpest – en hoe ben je onder een nog erger pak slaag uit gekomen? Door je mond voorbij te praten.'

'Wat?'

'Je hebt Danny Zuker al na twee klappen verraden.'

'Niet waar! Ik zou nooit…'

'Al na twee klappen gaf je me zijn naam. Denk je dat Danny daarvan onder de indruk zal zijn? Je kent hem blijkbaar vrij goed. Hoe zal hij reageren op het verhaal dat je hem op die manier hebt verraden?'

'Ik heb hem niet verraden!'

'Zal hij er ook zo over denken?'

Stilte.

'Het is aan jou,' zei ik. 'Maar ik heb een voorstel. Als jij je mond houdt, zal Danny dit nooit te weten komen. Hij hoeft niet te weten dat je het verknald hebt. Dat iemand je heeft belaagd. Hij hoeft niet te weten dat je hem na twee klappen hebt verraden.'

Nog meer stilte.

'Begrijpen wij elkaar, Edward?'

Hij gaf geen antwoord en ik drong niet aan. Het was tijd om te vertrekken. Ik betwijfelde of Edward van deze afstand de nummerplaat – Benedicts nummerplaat – zou kunnen lezen, maar ik wilde geen risico nemen.

'Ik ga nu vertrekken. Blijf zo liggen tot ik weg ben en je zult nergens last van hebben.'

'Behalve van mijn gebroken neus,' zei hij pruilend.

'Die geneest wel. Blijf liggen.'

Ik hield hem in de gaten terwijl ik achteruit naar mijn auto liep. Edward Locke verroerde zich niet. Ik stapte in mijn auto en reed weg. Ik was behoorlijk tevreden over mezelf, iets waar ik niet trots op ben. Ik reed terug naar Northern Boulevard en reed het rouwcentrum voorbij. Geen reden om er te stoppen, ik had voorlopig genoeg problemen veroorzaakt. Toen ik bij het stoplicht stond, bekeek ik snel mijn e-mail. Bingo. Er was een bericht van het bedrijf waar je goede doelen kon laten natrekken. De onderwerpregel luidde:

HIERBIJ UW VOLLEDIGE ANALYSE VAN FRESH START

Dat kon wel wachten tot ik terug was, toch? Of misschien... Ik richtte mijn blik weer op de weg. Het duurde niet lang: twee straten verder zag ik een zaak met de naam Cybercraft Internet Café. Het was ver genoeg van het rouwcentrum, al dacht ik niet dat ze op nabijgelegen parkeerplaatsen naar me zouden zoeken.

Het internetcafé zag eruit als een bomvol technisch bureau. Langs de wanden stonden tientallen computers in smalle hokjes. Ze waren allemaal bezet. Geen enkele klant, met uitzondering van ondergetekende, zag er ouder uit dan twintig.

'Er is een wachttijd,' kreeg ik te horen van de jongen achter de balie, het type relaxte werkweigeraar. Hij had meer piercings dan tanden.

'Geeft niet,' zei ik.

Het kon eigenlijk ook best wachten. Ik wilde naar huis. Net toen ik op het punt stond om op te stappen, steeg er gejuich op uit een groepje dat waarschijnlijk had zitten gamen. De klanten sloegen elkaar op de rug, feliciteerden elkaar met ingewikkelde high-fives en andere handdrukken en stonden toen op uit hun computerhokjes.

'Wie heeft er gewonnen?' vroeg de relaxte werkweigeraar.

'Randy Corwick, man.'

Dat vond de relaxte werkweigeraar mooi. 'Betalen.' Tegen mij zei hij: 'Hoe lang heb je die computer nodig, ouwe?'

'Tien minuten,' antwoordde ik.

'Je krijgt er vijf. Computer nummer zes. Die is hot, man, niet laten afkoelen met iets sufs, hè?'

Fijn. Ik logde snel in en opende mijn e-mail, waarna ik het financiële verslag van Fresh Start downloadde. Het waren achttien pagina's. Het verslag bevatte een inkomstenoverzicht, onkostentabellen, uitgavenlijsten, winstcijfers, een lijst van liquide middelen, een overzicht van de afschrijvingen op panden en apparatuur, iets met aansprakelijkheidsregelingen, een balans, iets wat 'vergelijkingsanalyse' werd genoemd...

Ik geef politicologie. Ik snap niks van zaken en cijfers.

Bijna helemaal achteraan trof ik iets aan over de geschiedenis. De organisatie was inderdaad twintig jaar geleden opgericht, door drie mensen. Professor Malcolm Hume stond vermeld als academisch adviseur, twee studenten als codirecteur. Een van hen was Todd Sanderson. De andere heette Jedediah Drachman.

Mijn bloed werd ijskoud. Hoe kort je Jedediah doorgaans af? Jed.

Ik had nog altijd geen idee hoe het in elkaar zat, maar alles draaide om Fresh Start.

'Je tijd is om, ouwe.' De relaxte werkweigeraar. 'Over een kwartier komt er weer een computer vrij.'

Ik schudde mijn hoofd. Na het betalen van de internettijd wankelde ik naar mijn auto. Was mijn oude mentor hier op de een of andere manier bij betrokken? Wat voor goed werk deed Fresh Start dat vroeg om een aanslag op mijn leven? Ik wist het niet. Het was tijd om naar huis te gaan en dit alles te bespreken met Benedict. Misschien snapte hij er iets van.

Ik startte Benedicts auto en reed, nog altijd een beetje verdwaasd, in westelijke richting over Northern Boulevard. Het adres van rouwcentrum Franklin was ingeprogrammeerd in het navigatiesysteem, maar ik bedacht dat ik voor de rit naar huis gewoon bij 'eerdere bestemmingen' kon kijken om Benedicts huisadres te selecteren. Bij het eerstvolgende rode stoplicht wilde ik de lijst met recente bestemmingen langslopen op zoek naar Benedicts adres in Lanford, maar mijn blik verstarde bij het bovenste adres dat in beeld kwam, de bestemming die Benedict als laatste had bezocht. Het was niet Lanford in Massachusetts.

Het was Kraftboro in Vermont.

26

Mijn wereld helde over, wankelde, werd hevig door elkaar geschud en belandde op z'n kop.

Ik staarde naar het navigatiescherm. Het volledige adres luidde: 260 VT-14, Kraftsboro, Vermont. Dat adres kende ik. Ik had het nog niet zo lang gelden ingetoetst in mijn eigen gps.

Het was het adres van het 'Creatief bijtanken'-kamp.

Mijn beste vriend had de plek bezocht waar Natalie zes jaar geleden verbleef; de plek waar ze met Todd was getrouwd. Hij had de plek bezocht waar nog maar zeer kort geleden Jed en zijn gevolg hadden geprobeerd mij te vermoorden.

Vele seconden lang, misschien wel langer, kon ik me niet verroeren. Ik zat daar maar in de auto. De radio stond aan, maar ik had je niet kunnen zeggen wat er werd gedraaid. Het voelde alsof de wereld uitgeschakeld was. Het duurde even voordat de werkelijkheid mijn roes binnendrong, maar toen dat gebeurde, trof de waarheid me als een onverwachte linkse hoek.

Ik stond er alleen voor.

Zelfs mijn beste vriend had tegen me gelogen – of nee: loog nog steeds tegen me.

Wacht even, zei ik tegen mezelf. Er moest een logische verklaring voor zijn.

Zoals? Hoe was het nou logisch te verklaren dat Benedict dat adres in zijn navigatiesysteem had staan? Wat was hier in godsnaam aan de hand? Wie kon ik nog vertrouwen?

Ik wist alleen op die laatste vraag het antwoord: niemand.

Ik ben een grote jongen. Ik beschouw mezelf als een tamelijk onafhankelijk iemand, maar ik had me nog nooit zo klein en zo gruwelijk eenzaam gevoeld als daar, op dat moment.

Ik schudde mijn hoofd. *Oké Jake, ophouden. Genoeg met dat zelfmedelijden. Tijd om tot actie over te gaan.*

Eerst bekeek ik de rest van de adressen in Benedicts gps. Niets interessants. Ik vond wel zijn huisadres, en ik toetste het in voor de terugrit. Onderweg zapte ik langs de radiozenders op zoek naar dat immer ongrijpbare perfecte nummer. Ik vond het niet. Ik floot maar wat mee met elk waardeloos plaatje dat voorbijkwam. Het hielp niet. De bouwputten van Route 95 rammelden het laatste restje gezond verstand uit mijn hoofd.

Het grootste deel van de rit voerde ik denkbeeldige gesprekken met Benedict. Ik oefende hoe ik hem zou benaderen, wat ik zou zeggen, wat hij zou kunnen antwoorden, hoe mijn weerwoord zou luiden.

Ik verstevigde mijn greep op het stuur toen ik Benedicts straat in reed. Ik keek hoe laat het was. Hij had een seminar dat nog een uur duurde, dus hij was niet thuis. Mooi. Ik parkeerde de auto bij het gastenverblijf en liep naar zijn huis, probeerde nogmaals te bedenken wat ik zou doen. De waarheid was dat ik meer informatie nodig had. Ik was er nog niet aan toe hem uit te horen. Daarvoor wist ik niet genoeg. Het simpele axioma van Francis Bacon, dat we voortdurend benadrukten tegen onze studenten, was hier van toepassing: kennis is macht.

Benedict verstopte zijn sleutel in een nepkei naast de vuilnisbak. Je vraagt je misschien af hoe ik dat wist, dus dat zal ik je vertellen: hij was mijn beste vriend. We hadden geen geheimen voor elkaar.

Weer een stemmetje in mijn hoofd: was dat niet allemaal een leugen? Was onze vriendschap nooit echt geweest?

In dacht aan wat Cookie tegen me had gefluisterd daar in het donkere bos: 'Als je hier niet mee ophoudt, jaag je ons allemaal de dood in.'

Dat was niet bedoeld als hyperbool, en toch ging ik stug door en zette, op een manier die ik nog steeds niet kon bevatten, 'al die levens' op het spel. Welke levens waren dat precies? Had ik ze al die tijd al op het spel gezet? Was het de bedoeling dat Benedict... weet ik veel, me in de gaten hield of zoiets?

Laten we nou niet helemáál paranoïde worden.

Goed, oké, één ding tegelijk. Er kon nog steeds een onschuldige verklaring zijn voor het feit dat dat adres in Vermont in zijn gps stond. Ik was niet de creatiefste man op aarde. Ik had de neiging nogal rechtlijnig te denken. Misschien had nog iemand anders zijn auto geleend, of zelfs gestolen. Misschien had een van zijn nachtelijke veroveringen een bezoekje willen brengen aan een organische boerderij. Misschien hield ik mezelf weer eens gigantisch voor de gek.

Ik stak de sleutel in het slot. Zou ik echt deze grens overschrijden? Ging ik lopen snuffelen in het huis van mijn beste vriend?

Nou en of.

Ik ging door de achterdeur naar binnen. Mijn eigen appartement zou je in het vriendelijkste geval 'functioneel' kunnen noemen. Dat van Benedict zag eruit als de harem van een prins uit een derdewereldland. In de studeerkamer stonden tientallen luxe zitzakken in allerlei felle kleuren. Aan de muren hingen levendige wandtapijten. In alle vier de hoeken stonden slanke Afrikaanse sculpturen. Het was op wel duizend manieren *over the top*, maar ik had me er altijd op mijn gemak gevoeld. De grote gele zitzak was mijn favoriet. Daar had ik heel wat footballwedstrijden in gekeken, en op de xbox gespeeld.

Nu lagen de controllers van de xbox op de zitzak. Ik staarde ernaar, al verwachtte ik niet dat zij me veel informatie zouden bieden. Wat zocht ik nu eigenlijk? Een aanwijzing; iets waaruit ik kon opmaken waarom Benedict naar een boerderij/tekenkamp/kidnappersschuilplaats in Kraftsboro, Vermont was gereden. Wat dat zou kunnen zijn... Ik had geen flauw idee.

Ik begon de laden te doorzoeken. Allereerst in de keuken. Niets. Vervolgens de logeerkamer. Niets. Ik probeerde de kast en het bureau in de studeerkamer. Weer niets. Ik liep naar de slaapkamer en zocht daar verder. Niets. Benedict had er een bureau staan, met een computer erop. Ik keek in de laden van het bureau. Niets.

Ik kwam een dossierkast tegen en bladerde tussen de dossiers. Gewone rekeningen. Werk van studenten. Lesroosters. Maar als het om echt persoonlijke dingen ging, was er – tromgeroffel – niets te vinden.

Helemaal niets.

Daar dacht ik over na. Wie heeft er nu niets persoonlijks in zijn huis? Van de andere kant: wat was er bij mij thuis voor persoonlijks te vinden? Nou, heel wat meer dan hier. Oude foto's, een paar persoonlijke brieven, van alles wat op mijn verleden duidde.

Benedict had niets van dat alles. Wat wilde dat zeggen?

Ik bleef zoeken, in de hoop iets te vinden wat Benedict in verband zou brengen met het 'Creatief bijtanken'-kamp of Vermont of wat dan ook. Ik probeerde aan zijn bureau te gaan zitten, maar Benedict is een stuk kleiner dan ik en mijn knieën pasten niet onder het blad. Ik boog me over de computer en raakte een toets aan. Het scherm lichtte op. Net als de meeste mensen had Benedict zijn computer niet uitgezet. Plotseling drong het tot me door hoe ouderwets mijn zoektocht in zijn huis tot dat moment was geweest. Niemand bewaart tegenwoordig nog geheimen in een laatje.

Die worden opgeslagen in de computer.

Ik opende Microsoft Office en zocht naar de meest recente documenten. Het bovenste van de lijst was een Word-bestand: vbm-wxy.doc. Vreemde naam. Ik klikte het aan.

Het bestand werd niet geopend. Het was beschermd met een wachtwoord.

Aha!

Het had geen zin om naar het wachtwoord te raden, want ik had geen flauw idee. Ik probeerde een andere manier te bedenken om het bestand te openen, maar zonder resultaat. Alle andere bestanden onder 'recent' waren aanbevelingsbrieven voor studenten, twee voor een studie geneeskunde, twee voor rechten en een voor een businessopleiding.

Wat stond er in dat bestand met het wachtwoord?

Geen idee. Ik klikte op het mailicoontje onder aan de pagina. Ook om de e-mail te bekijken was een wachtwoord vereist. Ik zocht op het bureau naar een papiertje waar het wachtwoord op stond – veel mensen bewaarden dat daar – maar ik vond niets. Weer een doodlopend spoor.

Wat nu?

Ik klikte zijn webbrowser aan. De nieuwssite van Yahoo! verscheen in beeld. Daar had ik niet veel aan. Ik ging naar 'geschiedenis', en daar had ik eindelijk min of meer beet. Benedict was pas nog op Facebook geweest. Ik klikte de link aan en er verscheen een profiel van een man met de naam – dit geloof je niet – John Smith. John Smith had geen foto van zichzelf geplaatst, hij had geen vrienden, geen statusupdates. Zijn adres luidde: 'New York, NY'.

Hij was met deze computer ingelogd op Facebook onder de naam John Smith.

Hm. Ik liet het even op me inwerken. Het was een nep-account. Ik weet dat veel mensen een nep-account hebben. Een vriend van me gebruikt een muziekservice die via Facebook loopt, zodat al zijn vrienden kunnen zien welke nummers hij beluistert. Dat vond hij maar niks, dus heeft hij een dummy-account aangemaakt, zoals dit hier. Nu kan niemand zien van welke muziek hij houdt.

Dat Benedict een dummy-account had, wilde niks zeggen. Maar wat interessanter was: toen ik zijn naam intoetste bij de zoekmachine, bleek dat Benedict Edwards geen eigen Facebook-account had. Er stonden twee Benedict Edwardsen in de lijst van Facebook. De ene was een muzikant uit Oklahoma City en de andere een danser uit Tampa, Florida. Geen van beiden was mijn Benedict Edwards.

Maar ook hier gold de vraag: wat dan nog? Er zijn zo veel

mensen die geen Facebook-account hebben. Zelf had ik er wel ooit een aangemaakt, maar ik gebruikte het bijna nooit. Mijn profielfoto was afkomstig uit het jaarboek van mijn oude school en ik accepteerde hooguit één keer per week een vriendschapsverzoek. Ik had een stuk of vijftig Facebook-vrienden. Ooit was ik eraan begonnen omdat mensen me linkjes van foto's en dergelijke stuurden die ik alleen kon lezen als ik zelf ook op Facebook zat. De sociale media oefenden erg weinig aantrekkingskracht op me uit.

Misschien gold voor Benedict hetzelfde. We waren veelal op dezelfde maillijsten aangesloten. Hij had dat nep-account waarschijnlijk geopend om de Facebook-links te kunnen bekijken.

Toen ik de geschiedenis bekeek, sneuvelde die theorie onmiddellijk. De eerste vermelding was ene Kevin Backus op Facebook. Ik klikte de link aan. Even dacht ik dat het nóg zo'n dummy-account van Benedict was, dat Kevin Backus gewoon een pseudoniem van hem was. Maar dat was niet het geval. Kevin Backus was een nietszeggende kerel die op zijn profielfoto een zonnebril droeg en poseerde met opgestoken duim. Ik fronste mijn voorhoofd.

Hoe zat dit? Kevin Backus. Noch de naam noch het gezicht zei me iets.

Ik klikte zijn bio aan. Blanco. Geen huisadres, geen school, geen beroep, niks. Het enige wat was ingevuld was: *heeft een relatie*. De naam die daarbij werd vermeld luidde: Marie-Anne Cantin.

Ik wreef over mijn kin. Marie-Anne Cantin. Ook deze naam zei me niets. Waarom had Benedict dan de pagina van Kevin Backus bezocht? Ik wist het niet, maar ik had ineens het vermoeden dat het oneindig belangrijk was. Ik zou hem kunnen googelen. Eerst keek ik nog een keer naar Marie-Anne Cantin. Haar naam was in blauw weergegeven, wat wilde zeggen dat zij ook een eigen profiel had. Ik hoefde de naam alleen maar aan te klikken.

Dus dat deed ik.

Toen haar Facebook-pagina verscheen – toen ik de foto van Marie-Anne Cantin zag – herkende ik het gezicht vrijwel onmiddellijk.

Benedict had een foto van haar in zijn portefeuille.

O, man. Ik slikte, leunde naar achteren en haalde diep adem. Nu begreep ik het. Ik kon Benedicts pijn bijna voelen. Ik had mijn grote liefde verloren; kennelijk gold voor Benedict hetzelfde. Marie-Anne Cantin was inderdaad een bloedmooie vrouw. Ik zou haar als volgt omschrijven: hoge jukbeenderen, statig, afro-Amerikaans. Maar toen ik de foto beter bekeek, zag ik dat dat laatste niet klopte.

Ze was niet afro-Amerikaans, ze was Afrikaans. Marie-Anne Cantin woonde volgens haar Facebook-pagina in Ghana.

Dat kon wel eens interessant zijn, al ging het me natuurlijk niets aan. Ergens in het verleden had Benedict deze vrouw ontmoet. Hij was verliefd op haar geworden. Zijn liefde voor haar ging niet over. Wat kon dat te maken hebben met zijn bezoek aan Kraftsboro, Vermont…?

Ogenblikje.

Was ik niet óók verliefd geworden op een vrouw? En mijn liefde voor haar ging ook niet over. Ook ik was in Kraftsboro, Vermont geweest.

Was Kevin Backus Benedicts eigen Todd Sanderson?

Ik fronste mijn voorhoofd. Dat leek me erg vergezocht. En onzinnig. Maar hoe onzinnig het ook leek, ik moest dit nader onderzoeken. Marie-Anne Cantin was de enige aanwijzing die ik had. Ik klikte haar biografie aan.

Indrukwekkend. Ze had economie gestudeerd aan Oxford en een rechtencertificaat behaald aan Harvard. Ze werkte als juridisch adviseur voor de Verenigde Naties. Ze woonde in Accra, de hoofdstad van Ghana, waar ze ook geboren was. En ze had, zoals ik al wist 'een relatie' met Kevin Backus.

Wat nu?

Ik klikte op haar foto's, maar die waren afgeschermd. Niet te bekijken door buitenstaanders. Toen kreeg ik een idee. Ik klikte op het 'terug'-pijltje tot ik weer op de pagina van Kevin Backus kwam. Zijn foto's waren niet afgeschermd. Ik kon ze allemaal bekijken. Mooi. Een voor een klikte ik ze aan, ik weet niet waarom. Ik weet niet wat ik verwachtte aan te treffen.

Kevin Backus had zijn foto's gesorteerd in albums. Ik begon met het album dat 'Mooie tijden' heette. Daar stonden zo'n twintig, vijfentwintig foto's van onze vriend Kevin met zijn wederhelft, Marie-Anne, of van Marie-Anne alleen, kennelijk gefotografeerd door Kevin. Ze zagen er gelukkig uit.

Nee, wacht. Zij zag er gelukkig uit, hij zag er dólgelukkig uit. Ik stelde me Benedict voor achter deze computer, kijkend naar de foto's waarop de vrouw van wie hij hield samen met die Kevin te zien was. Ik zag het glas whisky in zijn hand voor me. Zag het vertrek om hem heen langzaam donker worden. Ik zag voor me hoe het blauwe licht van de monitor weerkaatst werd door Benedicts grote Ant-Man-bril. Ik zag in gedachten een eenzame traan over zijn wang biggelen.

Ik ga te ver, hè?

Facebook deed niets liever dan voormalige geliefden kwellen met berichten en foto's. Je kon niet meer aan je exen ontsnappen. Hun leven werd breed uitgemeten. Klote was dat. Dus dat deed Benedict 's avonds: zichzelf aan deze marteling onderwerpen. Ik wist het natuurlijk niet zeker, maar ik was er min of meer van overtuigd dat het zo in elkaar zat. Ik dacht terug aan die dronken avond in de bar, toen hij heel zorgvuldig de beduimelde foto van Marie-Anne tevoorschijn had gehaald. Ik hoorde nog steeds de pijn in zijn woorden toen hij met dubbele tong zei: 'De enige vrouw van wie ik ooit zal houden.'

Benedict, arme kerel.

Ja, arme kerel misschien, maar ik had nog altijd geen flauw idee wat dit betekende of wat het te maken kon hebben met Benedicts recente bezoek aan Vermont. Ik bekeek nog wat andere albums. Een ervan had het label 'Familie'. Kevin had twee broers en een zus. Zijn moeder kwam op veel foto's voor. Ik zag nergens een vader. Er was nog een album 'waterval Kintampo' en een met de titel 'Mole National Park'. De meeste foto's waren kiekjes van wilde dieren en wonderen der natuur.

Het laatste album heette 'Afstuderen Oxford'. Vreemd, daar had Marie-Anne economie gestudeerd. Konden Kevin en Marie-Anne samen op Oxford gezeten hebben? Kon het een studentenliefde zijn? Dat betwijfelde ik. Dan hadden ze wel erg lang 'een relatie', zoals Facebook het vermeldde, maar je kon nooit weten.

De foto's in dit album waren aanzienlijk ouder. Aan de kapsels, de kleding en Kevins gezicht te zien zou ik zeggen dat ze dateerden van vijftien, misschien wel twintig jaar her. Ik schatte in dat ze genomen waren voordat er digitale camera's bestonden. Kevin had de oude foto's waarschijnlijk ingescand op zijn computer. Ik bekeek ze vluchtig omdat ik niets interessants verwachtte, maar veerde op toen ik een van de kleine fotootjes op de tweede rij zag.

Mijn hand trilde. Ik pakte de muis en slaagde erin de cursor naar het plaatje te schuiven en het aan te klikken. De foto werd vergroot. Het was een groepsportret. Acht mensen, allemaal in zwarte afstudeertoga's, stonden breed te grijnzen. Ik herkende Kevin Backus, helemaal rechts naast een vrouw die ik niet kende. Hun lichaamstaal duidde erop dat ze een stel waren. Toen ik wat beter keek, leek het erop dat dit vier stellen waren, op de dag van hun afstuderen. Dat kon ik natuurlijk niet met zekerheid zeggen; misschien zat het 'm alleen in de opstelling jongen-meisje, maar volgens mij was het meer dan dat.

Mijn blik werd onmiddellijk getrokken door de vrouw links: Marie-Anne Cantin. Ze had een prachtige lach, bijna dodelijk. Een glimlach waarmee je een mannenhart kunt raken. Je zou als man verliefd kunnen worden door alleen op die manier toegelachen te worden. Je zou als man iedere dag die lach willen zien, je zou degene willen zijn die hem aan haar ontlokte. Je zou die lach helemaal voor jezelf willen.

Benedict, ik begreep het. Ik begreep het volkomen.

Marie-Anne keek liefdevol naar een mij volstrekt onbekende man.

Althans, dat dacht ik eerst.

De man was ook Afrikaans of afro-Amerikaans. Hij had een kaalgeschoren hoofd. Geen baard of snor. Hij droeg geen bril. Daardoor herkende ik hem eerst niet. Dat was ook de reden dat ik twijfelde, ook na heel aandachtig kijken. Alleen kon het bijna niet anders.

Benedict.

Er waren twee problemen. Eén: Benedict was nooit afgestudeerd aan Oxford. Twee: de naam onder de foto luidde niet Benedict Edwards, maar Jamal W. Langston.

Hè?

Misschien was het Benedict niet. Misschien leek Jamal W. Langston gewoon op Benedict.

Ik fronste mijn wenkbrauwen. Ja, hoor, dat leek me logisch. En misschien was het puur toeval dat Benedict al jaren verliefd was op een vrouw die lang geleden iets had gehad met een man die sprekend op hem leek!

Idiote theorie.

Maar welke andere theorie had ik? De meest voor de hand liggende: Benedict Edwards was in werkelijkheid Jamal W. Langston.

Ik begreep het niet. Of misschien toch wel. De puzzelstukjes mochten dan nog niet in elkaar passen, ze lagen nu wel allemaal op dezelfde tafel. Ik googelde Jamal W. Langston. De eerste link was een krant, de *Statesman*. Het was naar eigen zeggen 'de oudste reguliere krant van Ghana, opgericht in 1949'.

Ik klikte het artikel aan. Toen ik het bericht zag, en de kop las, slaakte ik bijna hardop een kreet. Tegelijkertijd schoven alle puzzelstukjes steeds dichter naar elkaar toe.

Het was het overlijdensbericht van Jamal W. Langston.

Hoe kon dat nou…? Ik begon te lezen en zette grote ogen op toen enkele van de puzzelstukjes in elkaar klikten.

Achter me joeg een vermoeide stem een rilling langs mijn

ruggengraat. 'Man, wat zou ik graag willen dat je dat niet had gezien.'

Langzaam draaide ik me om naar Benedict. Hij had een pistool in zijn hand.

27

Als ik een ranglijst had moeten maken van de vele onwerkelijke momenten die ik de afgelopen dagen had beleefd, zou de aanblik van mijn beste vriend die een pistool op me richtte zich pijlsnel een weg naar de koppositie hebben gebaand. Ik schudde mijn hoofd. Hoe was het mogelijk dat ik het nooit had gezien of vermoed? Die bril van hem, dat montuur was ronduit belachelijk. Zijn kapsel daagde me bijna uit om zijn geestelijke gesteldheid in twijfel te trekken, of zijn gevoel voor de tijd waarin we leefden.

Benedict stond daar in een groene coltrui, een beige corduroy broek en een tweedjasje – met een pistool in de hand. Ergens wilde ik keihard gaan lachen. Ik had duizenden vragen voor hem, maar ik begon met die ene die ik van het begin af aan herhaaldelijk had gesteld: 'Waar is Natalie?'

Als de vraag hem al verbaasde, was dat niet aan zijn gezicht te zien. 'Dat weet ik niet.'

Ik wees naar het pistool in zijn hand. 'Ga je me daarmee neerschieten?'

'Ik heb een eed afgelegd. Een belofte gedaan.'

'De belofte om mij neer te schieten?'

'Om iedereen die achter mijn geheim komt te doden.'

'Zelfs je misschien-wel-beste vriend?'

'Zelfs hem.'

Ik knikte. 'Ik snap het trouwens.'

'Wat snap je?'

'Jamal W. Langston,' zei ik, en ik wees naar de monitor,

'voerde als openbare aanklager een ware kruistocht tegen de dodelijke drugkartels van Ghana, zonder zich druk te maken om zijn eigen veiligheid. Hij schakelde bendes uit waartegen niemand het durfde op te nemen. De man is als een held gestorven.'

Ik wachtte tot hij iets zou zeggen. Hij zei niets.

'Een dappere kerel,' vervolgde ik.

'Een dwaas,' verbeterde Benedict me.

'De kartels hebben wraak gezworen, en als je dat artikel moet geloven, hebben ze hun wraak gekregen. Jamal W. Langston is levend verbrand. Alleen is dat niet waar, hè?'

'Hangt ervan af.'

'Waarvan?'

'Nee, Jamal is niet levend verbrand,' zei Benedict, 'maar de kartels hebben hun wraak wel gekregen.'

De spreekwoordelijke schellen vielen me van de ogen. Of nee, het was eigenlijk meer alsof er een camera scherpgesteld werd. De vage vlek in de verte kreeg gestalte en vorm. Met iedere draai – of in dit geval iedere seconde – werd het beeld scherper. Natalie, het kamp, het plotselinge verbreken van onze relatie, de politie van New York, die foto van de bewakings-camera, haar geheimzinnige mailtje aan mij, de belofte die ze me zes jaar geleden had laten doen... Het viel nu allemaal op z'n plaats.

'Je hebt je eigen dood in scène gezet om deze vrouw te redden, nietwaar?'

'Haar en mezelf, denk ik.'

'Maar vooral haar.'

Hij gaf geen antwoord. Benedict – of moest ik hem voortaan Jamal noemen? – liep naar de monitor toe. Hij had tranen in zijn ogen toen hij een vinger uitstak en zachtjes Marie-Annes gezicht aanraakte.

'Wie is dat?' vroeg ik.

'Mijn vrouw.'

'Weet zij wat je hebt gedaan?'

'Nee.'

'Wacht even.' Mijn hoofd tolde toen het besef tot me doordrong. 'Zij denkt ook dat je dood bent?'

Hij knikte. 'Dat zijn de regels. Het is onderdeel van de eed die we afleggen. Dat is de enige manier om er zeker van te zijn dat iedereen veilig is.'

Weer zag ik hem daar in gedachten naar die foto's zitten staren, naar haar status, de nieuwtjes uit haar leven – zoals het feit dat ze 'een relatie' had met een andere man.

'Wie is Kevin Backus?' vroeg ik.

Benedict wist er een glimlach uit te persen. 'Een oude vriend van ons. Hij heeft zijn kans lang afgewacht. Het is goed zo. Ik wil niet dat ze alleen is. Het is een prima kerel.'

Zelfs de stilte sneed door mijn hart.

'Ga je me nog vertellen wat er aan de hand is?' vroeg ik toen.

'Er valt niks te vertellen.'

'Volgens mij wel.'

Hij schudde zijn hoofd. 'Ik heb je al gezegd dat ik niet weet waar Natalie is. Ik heb haar nooit ontmoet. Zelfs haar naam heb ik nooit gehoord, behalve via jou.'

'Dat vind ik erg moeilijk te geloven.'

'Jammer dan.' Hij had nog steeds het pistool in zijn hand. 'Waardoor ging je me verdenken?'

'Je navigatiesysteem. Ik zag dat je in Kraftboro bent geweest, in Vermont.'

Hij trok een gezicht. 'Stom van me.'

'Wat had je daar te zoeken?'

'Wat denk je?'

'Ik weet het niet.'

'Ik probeerde jouw leven te redden. Ik reed vlak na de politie Jeds terrein op, maar zo te zien had je mijn hulp niet nodig.'

Nu wist ik het weer: de auto die de oprit op was komen rijden toen de politie mijn begraven telefoon had gevonden.

'Ga je me doodschieten?' vroeg ik.

'Je had naar Cookie moeten luisteren.'

'Dat kon ik niet. Als iemand dat zou moeten begrijpen, ben jij het wel.'

'Ik?' Er klonk nu iets door in zijn stem dat grensde aan woede. 'Ben je niet goed bij je hoofd? Je zei het zelf al: ik heb alles gedaan om de vrouw van wie ik houd in veiligheid te brengen. Maar jij? Jij jaagt haar de dood in.'

'Ga je schieten, ja of nee?'

'Ik wil dat je het begrijpt.'

'Dat doe ik al, denk ik. Zoals we al hadden vastgesteld. Je werkte als openbare aanklager. Je hebt een paar heftige figuren achter slot en grendel gezet. Zij waren uit op wraak.'

'Met succes,' zei hij zacht, en zijn blik ging weer naar de foto van Marie-Anne. 'Ze hebben haar meegenomen. En zelfs… iets aangedaan.'

'O, nee,' zei ik.

Zijn ogen vulden zich met tranen. 'Het was een waarschuwing. Het lukte me om haar terug te krijgen, maar toen wist ik zeker dat we daar weg moesten.'

'Waarom ben je niet samen met haar vertrokken?'

'Dan zouden ze haar gevonden hebben. Het kartel in Ghana smokkelt drugs voor Latijns-Amerikaanse bendes. Hun tentakels reiken ver, ze komen overal. Waar we ook heen gegaan zouden zijn, ze zouden ons gevonden hebben. Ik heb overwogen om ook haar zogenaamd te laten omkomen, maar…'

'Maar wat?'

'Malcolm zei dat ze daar nooit in zouden trappen.'

Ik slikte. 'Malcolm Hume?'

Hij knikte. 'Er woonden een paar mensen van Fresh Start in dat gebied. Zij hadden van mijn situatie gehoord. Professor Hume kreeg mij onder zijn hoede, maar hij is van het protocol afgeweken door me hierheen te sturen omdat ik waardevol zou kunnen zijn als docent en, indien nodig, om anderen te helpen.'

'Je bedoelt mensen zoals Natalie?'

'Daar weet ik niets van.'

'Dat weet je wel.'

'Alles wordt streng afgebakend. Verschillende mensen handelen verschillende onderdelen af en houden zich bezig met verschillende leden. Ik heb alleen met Malcolm samengewerkt. Ik heb wel een tijdje in dat opleidingscentrum in Vermont gezeten, maar tot een paar dagen geleden had ik bijvoorbeeld nooit van Todd Sanderson gehoord.'

'En onze vriendschap?' vroeg ik. 'Was die ook onderdeel van je werk? Moest je mij in de gaten houden?'

'Nee. Waarom zouden we jou in de gaten moeten houden?'

'Vanwege Natalie.'

'Ik zeg het je toch, ik heb haar nooit ontmoet. Ik weet niets van haar zaak.'

'Maar ze heeft wel een "zaak", of niet?'

'Je begrijpt het niet. Dat weet ik dus niet.' Hij schudde zijn hoofd. 'Niemand heeft me ooit iets verteld over jouw Natalie.'

'Maar het klinkt logisch, of niet soms? Dat moet je toch toegeven.'

Hij gaf geen antwoord.

'Je zei niet "kamp",' zei ik. 'Je zei "opleidingscentrum". Briljant, echt waar, om het te vermommen als kunstenaarskamp in een afgelegen gebied. Wie vermoedt zoiets nou?'

'Ik heb al te veel gezegd,' zei Benedict. 'Het is niet belangrijk.'

'En óf het verdomme belangrijk is! Fresh Start. Ik had het kunnen weten, met zo'n naam. Dat is hun missie: mensen die dat nodig hebben een nieuwe start laten maken. Een drugskartel wilde jou dood hebben, dus heeft Fresh Start je gered, je een nieuwe start gegeven. Ik weet niet wat het allemaal inhoudt – een vals paspoort, neem ik aan. Een plausibele reden verzinnen voor iemands vertrek. Een lijk, in jouw geval. Of wie weet heb je een lijkschouwer of een politieman omgekocht, weet ik veel. Misschien heb je gedragstraining gekregen, een andere taal of een nieuw accent aangeleerd, en je hebt je vermomd, dat is wel duidelijk. Je kunt nu die idiote bril trouwens wel afzetten, hoor.'

Hij moest bijna lachen. 'Kan niet. Ik had vroeger contactlenzen.'

Ik schudde mijn hoofd. 'Dus Natalie zat zes jaar geleden in dat trainingscentrum. Waarom weet ik nog niet. Ik neem aan dat het iets te maken had met de foto van de bewakingscamera die de politie van New York ons laatst liet zien. Misschien heeft ze een misdaad gepleegd, maar ik gok dat ze ergens getuige van is geweest, getuige van iets heel belangrijks.'

Ik zweeg. Er klopte nog steeds iets niet, maar ik zette door.

'We ontmoetten elkaar,' zei ik. 'We werden verliefd. Dat viel waarschijnlijk niet in goede aarde, of, weet ik veel, misschien was ze daar om een andere reden toen onze relatie begon. Ik snap niet precies wat er is gebeurd, maar plotseling moest Natalie verdwijnen. En snel. Als ze mij had willen meenemen, hoe zou jullie organisatie dan gereageerd hebben?'

'Niet positief.'

'Juist. Net als bij jou en Marie-Anne.' Ik hoefde er nu amper over na te denken, alles paste in elkaar. 'Maar Natalie kende mij. Ze wist hoe ik over haar dacht. Ze wist dat als ze het alleen maar zou uitmaken, ik daar nooit in zou trappen. Ze wist dat als ze zou verdwijnen, spoorloos, ik haar tot in alle uithoeken van de aarde zou gaan zoeken. Dat ik haar nooit zou opgeven.'

Benedict staarde me aan en zei geen woord.

'En wat gebeurde er toen?' vroeg ik. 'Jullie organisatie had kunnen doen alsof ze dood was, net als bij jou, maar in haar geval had niemand dat geloofd. Als er kerels als Danny Zuker naar haar op zoek waren, en de politie van New York, dan zouden die behoorlijk sterke bewijzen willen zien van haar dood. Haar lijk plus DNA-materiaal, zoiets. Dat zat er niet in. Dus zette ze die neptrouwerij in elkaar. Ideaal, in meerdere opzichten. Ze kon mij ermee overtuigen en tegelijkertijd haar zus en haar goede vrienden bedotten. Meerdere vliegen in één klap. Tegen mij zei ze dat Todd een oude vlam was en dat ze tot de ontdekking was gekomen dat hij voor haar de ware was. Dat was een stuk plausibeler dan in het huwelijksbootje stappen met een kerel die ze net had ontmoet. Maar toen ik Julie naar hem vroeg, bleek zij Todd nooit ontmoet te hebben. Julie dacht dat Natalie halsoverkop verliefd geworden was. Hoe dan ook, iedereen vond het wel raar, maar wat konden we eraan doen? Natalie was getrouwd en ze vertrok.'

Ik keek hem aan.

'Klopt dat, Benedict? Of Jamal? Of hoe je ook mag heten? Ben ik op z'n minst warm?'

'Geen idee. Dat lieg ik niet: ik weet niets van Natalie.'

'Ga je me doodschieten?'

Hij had nog steeds het pistool in zijn hand. 'Nee, Jake. Ik denk het niet.'

'Waarom niet? Je hebt toch die o zo belangrijke eed afgelegd?'

'Die eed is een serieuze zaak. Je moest eens weten hoe serieus.' Hij stak een hand in zijn zak en haalde er een doosje uit. Mijn oma bewaarde vroeger haar pillen in precies zo'n doosje. 'Iedereen heeft er zo een.'

'Wat zit erin?'

Hij maakte het doosje open. Er zat één zwart-witte capsule in, meer niet. 'Cyaankali,' zei hij eenvoudig. Het woord verkilde de hele ruimte. 'Degene die Todd Sanderson te grazen heeft genomen, moet onverwacht hebben toegeslagen, voordat hij de kans kreeg zijn pil in te nemen.' Hij deed een stap in mijn richting. 'Nu snap je het toch wel? Waarom je van Natalie die belofte moest doen?'

Ik bleef stokstijf staan, kon me niet verroeren.

'Als je haar vindt, wordt dat haar dood. Dan wordt de organisatie geschonden en komen er een heleboel mensen om het leven. Mensen die deugen. Mensen zoals jouw Natalie en mijn Marie-Anne. Mensen zoals jij en ik. Begrijp je het nu? Begrijp je nu waarom je hiermee moet ophouden?'

Ik begreep het. Maar ik kon het niet aanvaarden. 'Er moet toch een oplossing zijn?'

'Nee, dus.'

'Je hebt er gewoon nog niet goed over nagedacht.'

'Dat heb ik wel,' zei hij op een milde toon die ik niet van hem kende. 'Vaker dan je je kunt voorstellen. Jaren en jaren. Je moest eens weten.'

Hij stopte het pillendoosje weer in zijn zak.

'Je weet dat ik je de waarheid heb verteld, Jake. Je bent mijn beste vriend. Behalve een vrouw die ik nooit meer zal mogen zien of aanraken, ben jij de belangrijkste persoon in mijn leven. Alsjeblieft, Jake, doe geen dingen waardoor ik gedwongen word je te doden.'

28

Hij had me bijna overtuigd.
Nee, wacht. In eerste instantie hád hij me overtuigd. Op het eerste gezicht leek Benedict – hij stond erop dat ik hem zo bleef noemen, zodat ik me nooit zou kunnen vergissen – helemaal gelijk te hebben: ik moest hiermee ophouden.

Natuurlijk kende ik niet alle details. Ik wist niet hoe Fresh Start precies in elkaar zat. Ik wist niet precies waarom Natalie was verdwenen en waar ze zat. Eerlijk gezegd wist ik niet eens of ze nog leefde. De politie van New York had het vermoeden dat ze dood was. Waarschijnlijk gingen ze ervan uit dat wanneer kerels zoals Danny Zuker en Otto Devereaux je dood wilden hebben, iemand als Natalie er niet in zou slagen zes jaar buiten beeld te blijven.

Er was wel meer wat ik niet wist. Ik wist niet hoe Fresh Start te werk ging, hoe het zat met dat trainingscentrum dat tevens dienstdeed als tekenkamp, en met Jed en Cookie en ieders rol binnen de organisatie. Ik wist niet hoeveel mensen ze hadden helpen verdwijnen of wanneer ze daarmee waren begonnen, al was Fresh Start volgens het rapport dat ik had opgevraagd twintig jaar geleden opgericht, toen Todd Sanderson nog student was. Ik kon een comfortabel huis bouwen van alles wat ik nog niet wist. Maar dat deed er nu niet meer toe. Wat er natuurlijk wel toe deed, was dat er levens op het spel stonden. Ik begreep de eed. Ik begreep dat de mensen die zulke offers hadden gebracht en zo veel risico hadden genomen bereid waren te doden, om zichzelf en hun dierbaren te beschermen.

Daarnaast was het een geweldige troost om te weten dat mijn relatie met Natalie geen leugen was geweest, dat zij hoogstwaarschijnlijk de grootste liefde die ik ooit had gekend had geofferd om ons beiden het leven te redden. Maar die wetenschap en de bijbehorende volslagen hulpeloosheid sloegen een gapend gat dwars door mijn hart. De pijn was terug – misschien anders, maar zelfs nog heviger.

Hoe verzacht je een dergelijke pijn? Je raadt het al. Benedict en ik gingen naar de Library Bar. Deze keer maakten we onszelf niet wijs dat de armen van een vreemde vrouw zouden helpen. We wisten dat alleen vrienden als Jack Daniel's en Ketel One dit soort schrijnende beelden konden wissen, of op z'n minst vervagen.

We waren tot over onze oren in onze Jack-Ketel-vriendschap verwikkeld toen ik die ene, eenvoudige vraag stelde: 'Waarom mag ik niet bij haar zijn?'

Benedict gaf geen antwoord. Hij werd plotseling in beslag genomen door iets fascinerends op de bodem van zijn glas. Hij hoopte dat ik niet zou doorvragen. Dat deed ik wel.

'Waarom kan ik niet ook verdwijnen en bij haar gaan wonen?'

'Daarom niet,' antwoordde hij.

'Daarom niet?' herhaalde ik. 'Je lijkt wel een kind van vijf.'

'Zou je daartoe bereid zijn, Jake? Je baan opgeven, je leven hier, alles?'

'Ja.' Geen enkele aarzeling. 'Natuurlijk zou ik daartoe bereid zijn.'

Benedict staarde weer in zijn glas. 'Ja, dat begrijp ik,' zei hij oneindig treurig.

'Nou?' vroeg ik.

Benedict sloot zijn ogen. 'Sorry. Het kan niet.'

'Waarom niet?'

'Om twee redenen,' zei hij. 'Ten eerste mag het niet. Dat is het protocol, we bakenen alles scherp af. Het is te gevaarlijk.'

'Het zou best kunnen,' zei ik, en ik hoorde de smekende toon in mijn eigen dronken stem. 'Het is al zes jaar geleden. Ik zeg gewoon dat ik in het buitenland ga wonen, of…'

'Je praat te hard.'

'Sorry.'

'Jake?'

'Ja?'

Hij keek me aan en hield mijn blik vast. 'Dit is de laatste keer dat we het hierover hebben. Over alles. Ik weet hoe moeilijk het is, maar je moet me beloven dat je er nooit meer over begint. Is dat duidelijk?'

Ik gaf niet meteen antwoord. 'Je zei dat er twee redenen waren waarom ik niet bij haar kon zijn.'

'Klopt.'

'Wat is de tweede?'

Hij sloeg zijn ogen neer en dronk in één grote teug zijn glas leeg, hield de drank vast in zijn mond en gebaarde de barkeeper om nog eens bij te schenken. De barkeeper trok zijn wenkbrauwen op. We hadden hem flink beziggehouden.

'Benedict?'

Hij pakte zijn glas weer en probeerde de laatste druppels eruit te krijgen. Toen zei hij: 'Niemand weet waar Natalie is.'

Ik trok een gezicht. 'Ik snap dat er geheimhoudings…'

'Het is niet alleen een kwestie van geheimhouding.' Hij wierp nog een ongeduldige blik op de barkeeper. 'Niemand weet waar ze is.'

'Kom op. Iemand moet het weten.'

Hij schudde zijn hoofd. 'Dat hoort er ook bij. Dat is onze redding, daardoor blijven onze mensen in leven. Althans, dat hoop ik. Todd is gemarteld. Dat wist je toch? Hij kon wel enkele dingen loslaten – over het kamp in Vermont en bepaalde leden – maar zelfs hij wist niet waar de mensen naartoe gaan nadat ze hun' – hij vormde aanhalingstekens in de lucht – 'nieuwe start hebben gemaakt.'

'Maar ze weten wel waar jij zit.'

'Alleen Malcolm. Ik was een uitzondering, omdat ik uit het

buitenland kwam. Maar de anderen? Ze worden door Fresh Start ergens geïnstalleerd. Ze krijgen de benodigde middelen. Daarna zijn ze, voor ieders veiligheid, op zichzelf aangewezen en vertellen ze niemand waar ze zijn. Dat bedoel ik met "afbakenen". We hebben allemaal net genoeg informatie – en niet meer dan dat.'

Niemand wist waar Natalie was. Dat probeerde ik even te laten bezinken. Het lukte niet. Natalie liep gevaar en ik kon niets voor haar doen. Natalie was op zichzelf aangewezen en ik kon niet naar haar toe.

Benedict liet verder niets meer los. Hij had meer verteld dan hij ooit nog zou doen, dat stond als een paal boven water. Toen we de bar hadden verlaten en op onvaste benen terug naar zijn huis liepen, deed ik mijn eigen belofte. Min of meer. Ik zou me er niet meer mee bemoeien. Ik zou haar loslaten. Ik kon wel leven met deze pijn – dat lukte me al zes jaar, in een andere vorm – in ruil voor de veiligheid van de vrouw van wie ik hield.

Zonder Natalie kon ik leven, maar ik zou niet kunnen leven met het besef dat ik haar leven in gevaar had gebracht. Ik was herhaaldelijk gewaarschuwd, het werd tijd dat ik naar die waarschuwingen ging luisteren.

Ik trok me terug.

Dat hield ik mezelf voor toen ik naar het gastenverblijf wankelde.

Dat was ik van plan toen ik mijn hoofd op het kussen legde en mijn ogen sloot.

Dat geloofde ik nog steeds toen ik me op mijn rug draaide en het plafond golvend op me af kwam omdat ik te veel gedronken had. En ik bleef bij die overtuiging tot – volgens de digitale wekker naast mijn bed – 06.18 uur de volgende morgen, toen me iets te binnen schoot wat ik even over het hoofd gezien had.

Natalies vader.

Ik kwam met een ruk overeind in mijn bed, mijn hele lijf plotseling verstard.

Ik wist nog altijd niet wat er precies was gebeurd met professor Aaron Kleiner.

Er was misschien een klein kansje dat Julie Pottham het bij het rechte eind had, dat haar vader ervandoor was gegaan met een studente en vervolgens was hertrouwd, maar als dat echt zo was, had Shanta hem gemakkelijk kunnen vinden. Nee, hij was verdwenen.

Net zoals zijn dochter Natalie zo'n twintig jaar later zou verdwijnen.

Misschien was er een eenvoudige verklaring. Misschien had Fresh Start ook hem geholpen. Maar nee, Fresh Start was pas twintig jaar geleden opgericht. Kon de verdwijning van professor Kleiner de voorloper zijn van deze organisatie? Malcolm Hume kende Natalies vader. Sterker nog: Natalies moeder was meteen naar hem toe gegaan toen Aaron Kleiner zijn gezin in de steek liet. Dus misschien had mijn mentor hem geholpen te verdwijnen en had hij... weet ik veel, jaren later een groep opgericht, vermomd als liefdadigheidsinstelling, om anderen zoals hij te helpen.

Zou kunnen.

Alleen moest zijn dochter twintig jaar na hem ook verdwijnen. Dat kon toch geen toeval zijn?

Er klopte iets niet.

En waarom had de politie van New York me een foto laten zien van een beveiligingsvideo van zes jaar geleden? Wat kon dat te maken hebben met Natalies vader? En hoe zat het met Danny Zuker en Otto Devereaux? Wat kon het verband zijn tussen wat er nu speelde, met Natalie, en de verdwijning van haar vader vijfentwintig jaar geleden?

Goede vragen.

Ik stond op en overdacht mijn volgende zet. Hoezo, volgende zet? Ik had Benedict beloofd dat ik me erbuiten zou houden. En wat belangrijker was: ik zag nu heel duidelijk de concrete gevaren van mijn eigen zoektocht, niet alleen voor mezelf, maar ook voor de vrouw van wie ik hield. Natalie had ervoor gekozen om te verdwijnen. Of ze dat nu had gedaan om zichzelf te beschermen of mij, of allebei, ik moest niet alleen haar wens respecteren, maar ook haar beoordelingsvermogen. Zij had haar eigen hachelijke situatie kunnen inschatten met meer kennis van zaken dan ik had, de voor- en nadelen tegen elkaar afgewogen en besloten dat ze moest verdwijnen.

Wie was ik om dat allemaal overhoop te halen?

En zo stond ik nogmaals op het punt om het los te laten, bereid om te leren leven met deze afschuwelijke maar noodzakelijke frustratie, toen me iets anders te binnen schoot. Het kwam zo hard aan dat ik bijna struikelde. Ik bleef roerloos staan terwijl ik het uitgebreid overdacht en het van alle mogelijke kanten bekeek. Ja, dat was het – iets wat we over het hoofd gezien hadden, iets wat een totaal ander licht wierp op de belofte waartoe Benedict me had overgehaald.

Benedict wilde net naar zijn college gaan toen ik naar buiten sprintte. Toen hij mijn gezicht zag, bleef ook hij stokstijf staan. 'Wat is er?'

'Ik kan het niet loslaten.'

Hij zuchtte. 'We hebben het hier uitgebreid over gehad.'

'Dat weet ik,' zei ik, 'maar we hebben iets over het hoofd gezien.'

Zijn ogen schoten van links naar rechts, alsof hij bang was dat er iemand in de buurt was die ons zou afluisteren. 'Jake, je hebt beloofd…'

'Het is niet met mij begonnen.'

'Wat?'

'Dit nieuwe gevaar. De politie die vragen stelt. Otto Devereaux en Danny Zuker. De hele aanval op Fresh Start. Het is niet met mij begonnen. Ik heb het niet in gang gezet met mijn zoektocht naar Natalie. Daar kwam het niet door.'

'Ik snap niet waar je het over hebt.'

'De moord op Todd,' zei ik. 'Zo ben ik erbij betrokken geraakt. Jullie denken steeds dat ik degene ben die de groepering heeft geschonden, maar dat is niet zo. Iemand wist er al van. Iemand is Todd op het spoor gekomen en heeft hem gemarteld en vermoord. Zo ben ik erbij betrokken geraakt – doordat ik Todds overlijdensbericht zag.'

'Dat verandert hier niets aan,' zei Benedict.

'Natuurlijk wel. Als Natalie ergens veilig opgeborgen was, oké, dan zou ik het begrijpen. Dan zou ik me erbuiten moeten houden. Maar snap je het dan niet? Ze loopt gevaar. Iemand weet dat ze niet echt is getrouwd en in het buitenland is gaan wonen. Iemand is zover gegaan om Todd te vermoorden. Iemand heeft het op haar gemunt – en Natalie weet van niks.'

Benedict begon over zijn kin te wrijven.

'Ze zoeken haar,' zei ik. 'Ik kan nu niet terugkrabbelen. Snap je het dan niet?'

Hij schudde zijn hoofd. 'Ik snap het niet.' Zijn stem klonk vermoeid; gebroken en dodelijk vermoeid. 'Ik snap niet wat je zou kunnen doen, behalve haar de dood in jagen. Luister goed naar me, Jake. Ik snap wat je wilt zeggen, maar we hebben dit van alle kanten bekeken. We hebben de groep beschermd. Iedereen is ondergedoken tot dit is overgewaaid.'

'Maar Natalie is...'

'Is veilig, zolang jij je erbuiten houdt. Zo niet – als we allemaal ontdekt worden – dan kan dat niet alleen haar dood betekenen, maar ook die van Marie-Anne en mij en van vele, vele anderen. Ik snap wat je bedoelt, maar je ziet de zaken niet meer helder. Jij wilt de waarheid niet accepteren. Je wilt haar zo graag terug hebben dat je de feiten verdraait naar een roep om actie. Zie je dat dan niet in?'

Ik schudde mijn hoofd. 'Niet waar. Echt niet.'

Hij keek op zijn horloge. 'Ik moet nu echt naar college. We hebben het er straks over. Tot die tijd doe je niets, oké?'

Ik zweeg.

'Je moet het beloven, Jake.'

Ik beloofde het. Maar deze keer hield ik me eerder zes minuten dan zes jaar aan mijn belofte.

29

Ik ging naar de bank en nam vierduizend dollar op. De lokettist moest toestemming vragen aan de hoofd-kasbediende, die de filiaalhouder erbij moest halen. Ik probeerde me te herinneren wanneer ik voor het laatst geld had opgenomen aan het loket in plaats van bij de pinautomaat, maar het was te lang geleden.

Bij een grote elektronicazaak kocht ik twee prepaid telefoons. Nu ik wist dat de politie je moeiteloos kon opsporen zolang je telefoon aanstond, zette ik mijn iPhone uit en stopte hem in mijn zak. Als ik moest bellen, zou ik de nieuwe toestellen gebruiken, en verder liet ik ze zo veel mogelijk uit staan. Want wat de politie kon, moest een type als Danny Zuker ook kunnen, leek me. Ik wist het niet zeker, maar mijn paranoianiveau was hoger dan ooit – en terecht.

Ik zou misschien niet heel lang onvindbaar kunnen blijven, maar een paar dagen moest wel lukken, en daar had ik genoeg aan.

Eerst het belangrijkste. Benedict zei dat niemand van Fresh Start wist waar Natalie was. Ik betwijfelde dat. De organisatie was ooit begonnen op Lanford, op verzoek – in ieder geval gedeeltelijk – van professor Malcolm Hume.

Het werd tijd om mijn oude mentor te bellen.

De laatste keer dat ik hem had gezien, de man wiens kantoor ik tegenwoordig het mijne mocht noemen, was twee jaar geleden geweest, op een politicologiecongres over constitutionele overtredingen. Hij was met het vliegtuig vanuit Florida gekomen en had er gezond uitgezien, gebruind door de zon en met schokkend witte tanden. Zoals veel gepensioneerden in Florida zag hij er uitgerust en tevreden uit, en heel oud. We hadden het best gezellig, maar er was een afstand tussen ons. Dat hoorde bij Malcolm Hume. Ik hield van die man; als ik al een voorbeeld had in het leven, dan was hij het – en mijn vader natuurlijk. Maar mijn oude mentor had me duidelijk gemaakt dat hij met zijn pensioen een streep onder zijn Lanford-tijd had gezet. Hij had altijd een hekel gehad aan 'plakkers', de oudere professoren en medewerkers die tot ver na hun uiterste houdbaarheids-datum op de universiteit bleven hangen, als profsporters op leeftijd die het onvermijdelijke niet onder ogen willen zien. Toen hij ons heiligdom eenmaal had verlaten, kwam professor Hume niet graag terug. Ook op tachtigjarige leeftijd keek Malcolm Hume liever vooruit. Het verleden was voor hem niet meer dan dat: verleden tijd.

Dus ondanks wat ik beschouwde als onze rijke gezamenlijke historie, spraken we elkaar niet meer regelmatig. Dat deel van zijn leven was voorbij. Malcolm Hume genoot nu van het gol-fen en zijn detective-leesclubje en zijn bridgegroep in Florida. Misschien had hij Fresh Start ook wel achter zich gelaten. Ik wist niet hoe hij op mijn telefoontje zou reageren – of het erger-nis zou opwekken. Het kon me weinig schelen.

Ik moest antwoorden hebben.

Ik belde zijn nummer in Vero Beach. Na vijf keer overgaan kreeg ik een antwoordapparaat. Malcolms elektronisch opge-nomen zware basstem, enigszins gruizig door zijn hoge leeftijd, nodigde me uit een boodschap in te spreken. Dat wilde ik net doen, toen ik besefte dat ik hem geen nummer kon geven om me terug te bellen, nu ik mijn telefoon vrijwel de hele tijd uit-geschakeld hield. Ik zou het straks nog wel een keer proberen.

En wat nu?

Mijn hersenen begonnen weer te kraken, en voor de zoveel-ste keer kwam ik uit bij Natalies vader. Hij was de sleutelfiguur. Wie zou er licht kunnen werpen op de vraag wat er met hem was gebeurd? Het antwoord was eigenlijk wel duidelijk: Natalies moeder.

Ik overwoog om Julie Pottham te bellen en haar te vragen of ik haar moeder zou kunnen spreken, maar dat voelde opnieuw als complete tijdverspilling. Ik ging naar de bibliotheek om te internetten. Na het inloggen startte ik mijn zoektocht naar Sylvia Avery. Als verblijfplaats stond het adres van Julie Pottham in Avery, New Jersey vermeld. Ik leunde even achterover in mijn stoel om daar over na te denken. Toen zocht ik in de digitale Gouden Gids op hoeveel verzorgingstehuizen er in Ramsey en omgeving waren. Ik kreeg drie namen. Ik belde ze alle drie en vroeg of ik Sylvia Avery kon spreken. In alle drie de gevallen kreeg ik te horen dat er geen 'bewoner' was die zo heette. Ik ging weer achter de computer zitten en breidde mijn zoektocht uit naar Bergen County, New Jersey. Te veel tehuizen. Ik pakte de kaart erbij en belde de instanties die het dichtst bij Ramsey gelegen waren. Bij het zesde telefoontje zei de telefoniste van verzorgingstehuis Hyde Park: 'Sylvia? Ik geloof dat ze handvaardigheid heeft bij Louise. Kan ik iets voor u doorgeven?'

Handvaardigheid bij Louise. Als een kind op schoolkamp. 'Nee, ik bel een andere keer wel terug, dank u wel. Hebt u daar vaste bezoektijden?'

'We hebben het liefst dat gasten tussen acht uur 's morgens en acht uur 's avonds komen.'

'Dank u wel.'

Ik hing op en keek op de website van verzorgingstehuis Hyde Park. Het dagprogramma was vermeld. Handvaardigheid bij Louise stond er ook bij. Volgens het rooster kwam hierna de Scrabble-club, gevolgd door 'leunstoelgesprekjes' – geen idee wat dat betekende – en dan 'keukenherinneringen'. Morgen was er een drie uur durend uitstapje naar winkelcentrum Paramus Park, maar vandaag stonden er geen activiteiten buiten de deur op het programma. Mooi.

Ik begaf me naar een autoverhuurbedrijf en vroeg om een *midsize*. Ik kreeg een Ford Fusion. Die moest ik met mijn creditcard betalen, daar kon ik niet omheen. Tijd om weer een ritje te maken, deze keer naar Natalies moeder. Ik was niet al te bang dat ze er niet zou zijn als ik aankwam. Bewoners van een verzorgingstehuis gaan zelden onverwacht de deur uit. En mocht de oude dame er onverhoopt toch niet zijn, dan zou ze nooit lang wegblijven. Ik kon wel wachten. Waar moest ik anders naartoe? Wie weet, misschien lag er wel weer een fijne avond met Mabel van het Fair Motel in het verschiet.

Zodra ik op Route 95 was aangekomen, gingen mijn gedachten terug naar de rit op deze weg, nog maar... Jezus, dat was gisteren geweest! Daar stond ik even bij stil. Ik stopte langs de kant van de weg en pakte mijn iPhone. Zette hem aan. Er waren diverse mailtjes en telefoontjes binnengekomen. Drie van Shanta, zag ik. Ik sloeg er geen acht op, opende internet en googelde snel op Danny Zuker. Er was een beroemde Danny Zuker werkzaam in Hollywood, die de hits domineerde. Ik voegde 'onderwereld' aan de naam toe. Niets. Vervolgens ging ik naar het forum met de gangsterliefhebbers. Niets over Danny Zuker.

En nu?

Misschien spelde ik de naam verkeerd. Ik probeerde Zucker en Zooker en Zoocker. Niets bijzonders. De afslag naar Flushing was vlakbij. Het was een omweg, maar ook weer niet zo'n heel lange. Ik besloot het erop te wagen. Na de afslag reed ik naar Francis Lewis Boulevard. Global Garden, het megagrote tuincentrum waar ik Edward een pak slaag had gegeven, was open. Ik dacht terug aan die klappen. Ik was er altijd prat op gegaan dat ik iemand was die zich aan de regels hield, en het geweld van de vorige dag had ik gerechtvaardigd met de bewering dat ik die jongen had moeten redden, maar eerlijk gezegd had ik Edward geen gebroken neus hoeven bezorgen. Ik wilde informatie en had de wet overtreden om die te krijgen. Het was makkelijk goed te praten. Veel mensen zouden in de verleiding gekomen zijn om Edward zijn verdiende loon te geven terwijl ze de informatie uit hem lospeuterden.

Maar waar het me nu om ging – iets waar ik me eens serieus over zou moeten buigen zodra ik er tijd voor had – was de vraag of ik er niet stiekem van had genoten. Had ik Edward per se moeten slaan om aan die informatie te komen? Niet echt. Er waren wel andere manieren. En hoe vreselijk het ook was om die gedachte zelfs maar toe te laten in mijn hoofd: had ik niet ergens diep in mijn hart plezier beleefd aan Otto's dood? In mijn colleges heb ik het vaak over het belang van het oerinstinct binnen de filosofische en politieke theorie. Dacht ik soms dat ik daar zelf immuun voor was? Misschien zijn de regels die ik koester er niet zozeer om anderen te beschermen als wel om ons tegen onszelf te beschermen.

In zijn colleges over vroeg-politieke opvattingen zei Malcolm Hume vaak dat de grenzen niet altijd even duidelijk waren. Ik had dat kletspraat genoemd. Je had goed en je had fout, klaar.

Maar aan welke kant stond ik nu dan?

Ik parkeerde de auto vlak bij de ingang, liep langs een grote kraam met 'vaste perk- en potplanten' en ging naar binnen. Het was een gigantische zaak, waar een sterke lucht van tuinaarde hing. Ik begon links en passeerde snijbloemen, laag struikgoed, woningaccessoires, tuinmeubilair, potgrond en veenmos, wat dat ook mocht zijn. Mijn blik ging speurend naar iedereen die een felgroen personeelsschort droeg. Het duurde vijf minuten voordat ik de jongen zag. Hij bleek op de afdeling Kunstmest te werken.

Zijn neus zat in het verband en hij had twee blauwe ogen. Hij droeg nog steeds het honkbalpetje van de Brooklyn Nets, met de klep naar achteren, en was bezig voor een klant zakken kunstmest in een kar te laden. De klant zei iets tegen hem en de jongen knikte enthousiast. Hij droeg een oorbelletje. Het haar dat onder de pet vandaan piepte was streperig blond, waarschijnlijk blond uit een flesje. De jongen werkte hard en glimlachte er de hele tijd bij. Alle wensen van de klant werden ingewilligd. Ik was onder de indruk.

Ik stelde me zo op dat hij met zijn rug naar me toe stond en wachtte af. Intussen probeerde ik te bepalen hoe ik hem zo zou kunnen benaderen dat hij er niet vandoor kon gaan. Toen hij klaar was met zijn klant, ging hij onmiddellijk op zoek naar de volgende die hij zou kunnen helpen. Ik liep naar hem toe en tikte hem op de schouder.

Hij draaide zich om, nog steeds met die bereidwillige glimlach. 'Kan ik u…?'

Toen hij mijn gezicht zag, viel hij stil. Ik was erop voorbereid dat hij een sprintje zou trekken, maar ik wist nog niet wat ik in dat geval zou doen. Ik stond dicht genoeg bij hem om hem te kunnen tegenhouden, maar dat zou ongewenste aandacht trekken. Ik zette me schrap voor zijn reactie.

'Gast!' Hij sloeg zijn armen om me heen en trok me tegen zich aan in een stevige omhelzing. Dat had ik niet verwacht, maar ik ging erin mee. 'Bedankt, man. Heel erg bedankt.'

'Eh, graag gedaan.'

'Man, je bent mijn held, weet je dat? Edward is zo'n oetlul. Hij moet mij altijd hebben, omdat hij weet dat ik niet zo'n stoere ben. Bedankt, man. Hartelijk dank.'

Ik zei nog een keer: 'Graag gedaan.'

'Wat ben jij eigenlijk voor iemand?' vroeg hij toen. 'Je bent niet van de politie, dat weet ik wel. Maar wat dan, een superheld of zo?'

'Of ik een superheld ben?'

'Ik bedoel, je schiet mensen te hulp en zo. En dan vraag je naar zijn contacten bij mm?' Zijn gezicht betrok. 'Man, ik hoop dat je het hele team van de Wrekers achter je hebt staan of zoiets, als je het tegen hem opneemt.'

'Ik wilde jou eigenlijk iets vragen,' zei ik.

'O?'

'Edward werkt toch voor een zekere Danny Zuker?'

'Dat weet je dus al.'

'Wie is Danny Zuker?'

'De gestoordste kerel op aarde. Hij zou nog een jong hondje

vermoorden omdat hij er last van had. Je moest eens weten wat een zieke idioot dat is. Voor hem doet Edward het in zijn broek, echt waar.'

Lekker dan. 'Voor wie werkt Danny?'

De jongen deed een klein stapje terug. 'Weet je dat niet?'

'Nee. Daarom vraag ik het jou.'

'Echt niet?'

'Nee.'

'Dat was een geintje, gast – van die superheld. Ik dacht: jij zag dat ik klappen kreeg en… weet ik veel, je bent nogal groot en breed en je pakt zo'n pestkop aan. Dat was het toch?'

'Nee. Ik heb informatie nodig.'

'Ik hoop dat een van je superkrachten is dat je kogelwerend bent. Als je die lui kwaad maakt…'

'Ik zal voorzichtig zijn,' zei ik.

'Ik wil niet dat jou iets overkomt alleen omdat je mij te hulp geschoten bent, snap je?'

'Ja, dat snap ik,' zei ik op mijn verstandigste docententoon. 'Vertel me nu maar wat je weet.'

De jongen haalde zijn schouders op. 'Eddie is mijn bookma- ker. Dat is alles. Ik loop achter met de betalingen en hij vindt het fijn om mensen in elkaar te slaan. Maar hij stelt niet veel voor. Zoals ik al zei: hij werkt voor Danny Z., en dat is een hele hoge bij MM.'

'Wat is MM?'

'Ik zou nu mijn neus scheef moeten duwen als "onderwereld- gebaar", maar daarvoor doet-ie echt te zeer.'

Ik knikte. 'Danny Z. zit dus bij de maffia. Bedoel je dat?'

'Ik weet niet of je het zo moet noemen, eigenlijk ken ik dat woord alleen van hele oude films en zo. Ik kan je wel vertellen dat Danny Z. rechtstreeks voor het hoofd van MM werkt, en die man is een legende.'

'Hoe heet hij?'

'Meen je dat nou? Weet je dat echt niet? Hoe kun je hier wo- nen zonder dat te weten?'

'Ik woon hier niet.'

'O.'

'Ga je het me nog vertellen of niet?'

'Ik sta bij je in het krijt. Zoals ik al zei: Danny Z. is min of meer de rechterhand van MM.'

'En MM is...?'

Een oudere dame stapte tussen ons in. 'Hallo, Harold.'

Hij wierp haar een brede glimlach toe. 'Hallo, mevrouw H. Is het wat geworden met de petunia's?'

'Je had helemaal gelijk over de indeling van de plantenbakken. Daar ben je zó goed in.'

'Dank u wel.'

'Als je tijd hebt...'

'Ik help even deze meneer en dan kom ik meteen bij u.'

Mevrouw H. schuifelde weg. Harold keek haar glimlachend na.

'Harold,' zei ik, in een poging hem weer bij de les te krijgen. 'Wie is MM?'

'Kom op, man, lees je geen kranten? MM. Danny Zuker werkt rechtstreeks voor de grootste slechterik van allemaal: Maxwell Minor.'

Er viel iets op z'n plaats. Het moet van mijn gezicht te lezen zijn geweest, want Harold zei: 'Gast! Gaat het wel?'

Mijn hart sloeg op hol. Het bloed gonsde in mijn oren. Ik had het kunnen opzoeken op mijn iPhone, maar ik had een groter scherm nodig. 'Ik moet een computer hebben.'

'We mogen hier niet internetten van de baas. Geblokkeerd.'

Ik bedankte hem en snelde naar buiten. Minor. Die naam had ik eerder gehoord in verband met dit alles. Ik reed als een bezetene naar Northern Boulevard en zocht het internetcafé op waar ik laatst was geweest, Cybercraft. Dezelfde relaxte werkweigeraar stond achter de balie. Als hij me al herkende, liet hij dat niet blijken. Er waren vier computers vrij. Ik ging zitten en typte snel het adres in van de site met de New Yorkse kranten. In de archieven zocht ik weer op 25 mei, de dag nadat de foto van Natalie van de bewakingscamera was genomen. Het zoeken leek een eeuwigheid te duren.

Schiet op, schiet op…

En daar was de kop:

FILANTROOP NEERGESCHOTEN
Archer Minor geëxecuteerd in eigen kantoor

Het liefst had ik hardop 'Eureka!' geroepen, maar ik wist me te beheersen. Minor. Nee, dat kon geen toeval zijn. Ik klikte het artikel aan en las:

> Archer Minor, zoon van de beruchte maffialeider Maxwell Minor en groot voorvechter van de rechten van geweldsslachtoffers, is gisteravond geëxecuteerd in zijn kantoor in een wolkenkrabber aan Park Avenue. Het ziet ernaar uit dat de aanslag is aangestuurd door zijn eigen vader. Archer Minor stond bekend als de Minor-telg die het rechte pad had gekozen en veel werk verzette voor slachtoffers van misdrijven. Hij was zelfs zover gegaan om de afgelopen weken publiekelijk het gedrag van zijn vader aan de kaak te stellen en de officier van justitie bewijsmateriaal toe te zeggen om de misstanden van zijn familie aan te tonen.

Verder stonden er weinig details in het artikel. Ik ging terug naar de zoekmachine en zocht Archer Minor op. De afgelopen week had er minstens één bericht per dag over hem in de kranten gestaan. Ik nam ze vluchtig door op zoek naar een aanwijzing, een mogelijk verband tussen Archer Minor en Natalie. Mijn blik viel op een artikel dat twee dagen na de schietpartij was verschenen:

POLITIE NEW YORK ZOEKT GETUIGE VAN MOORD OP MINOR
Een bron bij de politie van New York beweert dat de NYPD

momenteel op zoek is naar een vrouw die mogelijk getuige is geweest van de moord op de plaatselijke held en voormalige gangsterzoon Archer Minor. De NYPD weigert rechtstreeks commentaar. 'We trekken actief diverse aanwijzingen na,' aldus Anna Olsen, woordvoerder van het bureau. 'We verwachten binnenkort tot arrestatie over te gaan.'

Het paste in het plaatje. Min of meer.

Ik riep de bewuste foto op, van Natalie in de lobby van een kantoorgebouw of iets dergelijks. Goed, en nu? Alles bij elkaar optellen. Op de een of andere manier was Natalie die avond daar geweest, in Minors kantoor. Ze had gezien dat hij werd vermoord. Dat zou de angst op haar gezicht verklaren. Ze ging ervandoor, in de hoop dat het allemaal vanzelf over zou gaan, maar de NYPD moet de bewakingsbeelden bekeken hebben en haar door de lobby hebben zien lopen.

Er speelde hier iets belangrijks, iets wat ik over het hoofd zag. Ik las verder:

Op de vraag naar een mogelijk motief antwoordde Olsen: 'Wij menen dat Archer Minor is vermoord omdat hij het juiste wilde doen.' Burgemeester Bloomberg noemde Archer Minor vandaag een held. 'Archer is ontstegen aan zijn achternaam en zijn familiegeschiedenis en is een groot New Yorker geworden. We zullen zijn niet-aflatende inspanningen voor de slachtoffers, zijn strijd om gewelddadige criminelen voor de rechter te slepen, nooit vergeten.'
Velen vragen zich af waarom Archer Minor, die pasgeleden de praktijken van zijn vader en diens als georganiseerd-misdaadsyndicaat bekendstaande bedrijf MM aan de kaak gesteld had, geen bescherming genoot. 'Dat was op eigen verzoek,' aldus Olsen. Een bron dicht bij Minors weduwe vertelde ons dat haar echtgenoot er zijn hele leven voor had gestreden om de misdaden van zijn vader te

compenseren. 'Aanvankelijk wilde Archer niets anders dan een goede opleiding genieten en het rechte pad bewandelen,' aldus deze bron, 'maar hoe hard hij er ook voor wegrende, hij kon nooit uit die afschuwelijke schaduw treden.'

Niet dat hij het niet heeft geprobeerd. Archer Minor kwam luid en duidelijk op voor de rechten van misdaadslachtoffers. Na zijn opleiding aan Columbia Law School werkte hij nauw samen met de politie. Hij vertegenwoordigde slachtoffers van geweldsdelicten en streefde naar langere straffen voor veroordeelden, en naar compensatie voor het leed dat zijn cliënten was aangedaan.

De NYPD wilde er niet over speculeren, maar een veelgehoorde – en schokkende – theorie luidt dat Maxwell Minor zijn eigen zoon heeft uitgeschakeld. Maxwell Minor heeft die beschuldiging niet rechtstreeks ontkend, maar hij gaf wel de volgende verklaring af: 'Mijn familie en ik gaan zwaar gebukt onder de dood van mijn zoon Archer. Ik wil de media vragen ons met rust te laten, zodat we naar behoren kunnen rouwen.'

Ik likte aan mijn lippen en klikte de volgende pagina aan. Toen ik de foto van Maxwell Minor zag, was ik allesbehalve verbaasd. Het was de man met het dunne snorretje die ik op de begrafenis van Otto Devereaux had gezien.

Langzaam viel alles op z'n plaats.

Ik besefte dat ik mijn adem had ingehouden. Nu leunde ik achterover en probeerde me te ontspannen. Ik vouwde mijn handen achter mijn hoofd en deed mijn ogen dicht. De tijdlijn met de verbindingspunten die ik in mijn hoofd had werd aangevuld met diverse nieuwe lijntjes. Natalie was in dat kantoor geweest op de avond van Archer Minors veelbesproken moord. Mijn theorie luidde dat ze getuige was geweest van de moord. Op zeker moment had de NYPD beseft dat Natalie de vrouw op de foto was. Ze vreesde voor haar leven en had besloten onder te duiken.

Ik kon wel verder zoeken, maar ongetwijfeld zou dan blijken dat er nooit iemand was veroordeeld voor de moord op Archer Minor. Daarom was de NYPD na al die jaren nog steeds op zoek naar Natalie.

Hoe was het gegaan?

Natalie had contact gezocht met Fresh Start. Hoe had ze hen gevonden? Ik moest het antwoord op die vraag schuldig blijven. Ik bedoel, hoe kom je erbij om Fresh Start in te schakelen, en hoe pak je zoiets aan? Waarschijnlijk was de organisatie vooral zelf alert op nieuwe mensen. Zoals Benedict, ofwel Jamal. Fresh Start benaderde degenen van wie werd gedacht dat ze hun hulp nodig hadden en die verdienden.

Hoe dan ook: Natalie was naar het 'Creatief bijtanken'-kamp gestuurd, dat op z'n minst voor een deel een dekmantel was voor Fresh Start – een hele goede dekmantel, mag ik wel zeggen. Misschien waren enkele deelnemers daar destijds wel echt met een artistiek doel geweest. Natalie paste in allebei de plaatjes. Ze had er openlijk rondgelopen en was toch verstopt geweest. Waarschijnlijk had ze opdracht gekregen in het kamp af te wachten hoe de zaak-Archer Minor zich zou ontwikkelen. Misschien zou de politie zonder haar de dader arresteren, dan kon ze haar gewone leven weer oppakken. Misschien was de NYPD er niet – of nog niet – in geslaagd de identiteit van de vrouw op de foto te achterhalen. Zoiets. Ik raadde maar wat, maar waarschijnlijk zat ik er niet ver naast.

Op zeker moment had de akelige waarheid zich aangediend en alle hoop tenietgedaan dat ze bij haar nieuwe vriend zou kunnen blijven. De keuze was duidelijk: verdwijnen of sterven.

Dus was ze verdwenen.

Ik las nog een paar artikelen over de zaak, maar trof weinig nieuws aan. Archer Minor werd geportretteerd als een soort heldhaftig raadsel. Hij was grootgebracht als slechtste aller slechteriken. Zijn oudere broer was 'op onderwereldwijze' geëxecuteerd, aldus de kranten, toen Archer nog een jonge student was. Archer werd geacht het familiebedrijf over te nemen. Het deed me een beetje denken aan *The Godfather*, alleen liet deze brave zoon zich niet overhalen. Archer Minor had niet alleen ronduit geweigerd om bij MM te gaan werken, hij had ook nog eens een niet-aflatende strijd gevoerd om het familiebedrijf te gronde te richten.

Weer vroeg ik me af wat mijn lieve Natalie zo laat op de avond in dat kantoor te zoeken had gehad. Misschien was ze er klant geweest, dat zou kunnen, maar dat verklaarde het late tijdstip niet. Misschien kende ze Archer Minor, al zou ik niet weten waarvan. Net toen ik het wilde opgeven en ik haar bezoekje als toeval wilde afdoen, stuitte ik op een klein, kleurloos overlijdensbericht.

What the…?

Ik moest mijn ogen dichtknijpen, erin wrijven en het overlijdensbericht nog eens van voren af aan lezen. Want dit kon niet waar zijn. Net toen ik het allemaal leek te snappen – en ik dacht enige vooruitgang te boeken – kreeg ik weer een dreun vanuit mijn blinde hoek:

Archer Minor (41) uit Manhattan, voorheen woonachtig Flushing, Queens, was senior partner bij advocatenkantoor Pashaian, Dressner en Rosenburgh, gevestigd in het Lock-Horne-pand aan Park Avenue 245 in New York City. Archer had vele onderscheidingen en eervolle vermeldingen ontvangen voor zijn charitatieve werk ontvangen. Na Saint Francis Prep was hij summa cum laude afgestudeerd aan Lanford…

30

Ik hoorde mevrouw Dinsmore zuchten door de telefoon. 'Jij was toch geschorst?'

'U mist me, geef het maar toe.'

Zelfs te midden van de almaar in omvang toenemende combinatie van afschuw en verwarring zorgde mevrouw Dinsmore ervoor dat ik weer met beide benen op de grond belandde. Er waren een paar constanten in mijn leven. Dollen met mevrouw Dinsmore was daar een van. Het was een geruststellend gevoel om vast te houden aan mijn eigen versie van dat ritueel terwijl de rest van de wereld om me heen langzaam maar zeker kantelde.

'Volgens mij valt onder een schorsing ook het verbod om personeelsleden te bellen,' zei mevrouw Dinsmore.

'Ook als het alleen voor de telefoonseks is?'

Ik kon haar afkeurende blik van tweehonderdvijftig kilometer afstand voelen.

'Wat moet je van me, grapjas?'

'Ik wil u om een heel grote gunst vragen.'

'En wat krijg ik daarvoor terug?'

'Hebt u me niet gehoord? Telefoonseks dus.'

'Jake?'

Ik geloof niet dat ze ooit eerder mijn voornaam had gebruikt. 'Ja?'

Haar stem klonk plotseling liefdevol. 'Wat is er aan de hand? Het is niets voor jou om geschorst te worden. Je bent hier een voorbeeld voor anderen.'

'Het is een erg lang verhaal.'

'Je vroeg laatst naar de dochter van professor Kleiner, de vrouw op wie je verliefd bent.'

'Ja.'

'Zoek je haar nog steeds?'

'Ja.'

'Heeft je schorsing daar iets mee te maken?'

'Inderdaad.'

Stilte. Toen schraapte mevrouw Dinsmore haar keel.

'Wat kan ik voor u doen, professor Fisher?'

'Een studentendossier.'

'Alweer?'

'Ja.'

'Daarvoor is toestemming van de student nodig,' zei mevrouw Dinsmore. 'Dat heb ik de vorige keer al gezegd.'

'En net als de vorige keer is de student dood.'

'O,' zei ze. 'Wat is zijn naam?'

'Archer Minor.'

Het bleef even stil.

'Hebt u hem gekend?' vroeg ik.

'Niet als student.'

'Maar…?'

'Maar ik kan me herinneren dat ik een paar jaar geleden in *Lanford News* heb gelezen dat hij was vermoord.'

'Zes jaar geleden.'

Ik startte de auto en hield de telefoon aan mijn oor.

'Eens kijken of ik het goed begrijp,' zei mevrouw Dinsmore. 'Jij bent op zoek naar Natalie Avery. Ja, toch?'

'Klopt.'

'En bij die zoektocht moest je de persoonlijke dossiers inzien van niet één maar twee vermoorde studenten.'

Gek genoeg had ik het zo nog niet bekeken. 'Ja, inderdaad,' zei ik.

'Als ik zo vrij mag zijn: dit klinkt niet echt romantisch.'

Ik zei niets. Er verstreken een paar seconden.

'Ik bel je terug,' zei mevrouw Dinsmore voordat ze ophing.

Verzorgingstehuis Hyde Park leek op een Marriott Courtyard-hotel. Op een van de betere Marriott Courtyards, moet ik eerlijk zeggen, met zo'n victoriaans prieeltje ervoor, maar het was allemaal wel heel erg standaard, onpersoonlijk en prefab. Het hoofdgebouw bestond uit drie verdiepingen, met neptorentjes in de hoeken. Op een enorm bord stond: INGANG VERZORGINGS-TEHUIS. Ik volgde het pad en liep over een rolstoelhelling naar de voordeur.

De vrouw aan de balie had een helmachtig suikerspinkapsel dat voor het laatst was waargenomen bij senatorsvrouwen rond 1964. Haar glimlach was zo houterig dat ik hem had kunnen gebruiken om iets op af te kloppen tegen ongeluk.

'Kan ik u helpen?'

Ik lachte en spreidde mijn armen. Ik had ergens gelezen dat je met gespreide armen open en vol vertrouwen overkomt, terwijl het tegenovergestelde zou gelden wanneer je je armen over elkaar slaat. Maar of het waar was? Ik voelde me alsof ik op het punt stond iemand op te tillen en af te voeren. 'Ik kom voor Sylvia Avery,' zei ik.

'Verwacht ze u?' vroeg Suikerspin.

'Nee, dat denk ik niet. Ik was toevallig in de buurt.'

Ze keek weifelend. Ik kan het haar niet kwalijk nemen. Er zijn vast niet veel mensen die spontaan binnenwippen in een verzorgingstehuis. 'Wilt u zich dan wel even inschrijven?'

'Natuurlijk.'

Ze haalde een uit de kluiten gewassen gastenboek tevoorschijn, zo een dat ik normaal gesproken associeer met bruiloften, begrafenissen en hotels in oude films, en schoof het me toe met een grote ganzenveerpen erbij. Ik vulde mijn naam in. De vrouw trok het gastenboek razendsnel naar zich toe.

'Meneer Fisher.' Ze las mijn naam uiterst traag voor. Toen keek ze me aan en knipperde met haar ogen. 'Mag ik vragen waar u mevrouw Avery van kent?'

'Via haar dochter Natalie. Het leek me leuk om haar een bezoekje te brengen.'

'Dat zal Sylvia vast op prijs stellen.' Suikerspin gebaarde naar links. 'Onze huiskamer is beschikbaar en zeer uitnodigend. Vindt u het goed om haar daar te treffen?'

Uitnodigend? 'Ja, hoor,' antwoordde ik.

Suikerspin kwam overeind. 'Ik ben zo terug. Maak het u gemakkelijk.'

Ik liep naar de beschikbare, uitnodigende huiskamer. De reden was me duidelijk. Suikerspin wilde de ontmoeting laten plaatsvinden in een openbare ruimte, voor het geval ik niet helemaal in de haak was. Begrijpelijk. Beter voorkomen dan genezen en dat soort dingen. De banken zagen er best mooi uit, met hun bloemetjesprint, en toch wekten ze geen comfortabele indruk. Niets hier wekte een comfortabele indruk. De inrichting was die van een modelwoning, erop gericht de sterke punten te benadrukken, maar de geur van ontsmettingsmiddel, extra sterke allesreiniger en – jawel, ik durf het te benoemen – oude mensen was onmiskenbaar. Ik bleef staan. In een hoek stond een oude vrouw met een looprekje in een sjofele badjas. Ze praatte tegen de muur en gebaarde er druk bij. Mijn nieuwe prepaid telefoon begon te trillen. Ik keek op het schermpje, maar ik had dit nummer maar aan één persoon gegeven. Mevrouw Dinsmore. In het vertrek hing een verbodsbordje voor mobiele telefoons, maar het zal inmiddels wel bekend zijn dat ik soms de grenzen opzoek. Ik ging in een hoekje staan, met mijn gezicht naar de muur, net als de oude dame met het looprek, en fluisterde: 'Hallo?'

'Ik heb het dossier van Archer Minor,' zei mevrouw Dinsmore. 'Zal ik het je mailen?'

'Dat zou fijn zijn. Hebt u het bij de hand?'

'Ja.'

'Staat er iets raars in?'

'Ik heb het niet gelezen. Raar in welk opzicht?'

'Zou u er gauw even naar willen kijken?'

'Waar moet ik op letten?'

Daar dacht ik over na. 'Misschien of er verband is tussen beide slachtoffers van moord. Hadden ze hun kamer in hetzelfde gebouw? Volgden ze misschien samen colleges?'

'Dat laatste is makkelijk. Nee. Archer Minor was al afgestudeerd voordat Todd Sanderson zich inschreef als student. Verder nog iets?'

Terwijl ik het rekensommetje maakte, omklemde een ijskoude hand mijn hart.

Mevrouw Dinsmore vroeg: 'Ben je daar nog?'

Ik slikte moeizaam. 'Was Archer Minor op de campus toen professor Kleiner ervandoor ging?'

Het bleef even stil. Toen mevrouw Dinsmore antwoordde, klonk haar stem van ver weg. 'Ik denk dat hij toen in zijn eerste of tweede studiejaar zat.'

'Zou u even kunnen kijken of...'

'Ik ben je voor.' Ik hoorde papiergeritsel, bladzijden die werden omgeslagen. Ik gluurde achterom. Vanaf de andere kant van het vertrek knipoogde de oude vrouw met het looprek in de sjofele badjas suggestief naar me. Ik knipoogde al even suggestief terug. Waarom ook niet.

Toen zei mevrouw Dinsmore: 'Jake?'

Weer mijn voornaam.

'Ja?'

'Archer Minor volgde bij professor Klein het vak staatsburgerschap en pluralisme. Volgens deze gegevens kreeg hij er een negen voor.'

Suikerpin kwam terug; ze duwde Natalies moeder voor zich uit in een rolstoel. Ik herkende Sylvia Avery van de bruiloft zes jaar terug. De tijd was toen al niet mild voor haar geweest, en zo te zien was dat er niet beter op geworden.

Ik had de telefoon nog aan mijn oor en vroeg aan mevrouw Dinsmore: 'Wanneer?'

'Wanneer wat?'

'Wanneer volgde Archer Minor dat vak?'

'Even kijken.' Ik hoorde mevrouw Dinsmore een kreetje slaken, maar ik wist het antwoord al. 'Dat was in het semester waarin professor Kleiner is vertrokken.'

Ik knikte. Vandaar die negen. Iedereen had dat semester een negen gekregen.

Mijn hoofd tolde als een kermisattractie. Nog enigszins versuft bedankte ik mevrouw Dinsmore en hing op toen Suikerspin met Sylvia Avery naar me toe kwam. Ik had gehoopt dat ze ons alleen zou laten, maar Suikerspin bleef staan. Ik schraapte mijn keel.

'Mevrouw Avery, u kent me misschien niet meer…'

'Natalies bruiloft,' zei ze zonder enige aarzeling. 'Jij was die kniesoor die ze had gedumpt.'

Ik wierp een blik in de richting van Suikerspin. Ze legde een hand op Sylvia Avery's schouder. 'Gaat het een beetje, Sylvia?'

'Natuurlijk gaat het,' snauwde ze. 'Ga weg en laat ons met rust.'

De houterige glimlach gaf geen krimp, terwijl hout toch aardig kan krimpen. Suikerspin liep terug naar de balie. Ze keek nog één keer onze kant op alsof ze wilde zeggen: ik mag dan hier zitten, ik houd jullie in de gaten.

'Je bent te lang,' zei Sylvia Avery tegen mij.

'Sorry.'

'Niks sorry. Ga als de donder zitten, anders krijg ik een stijve nek.'

'O,' zei ik. 'Sorry.'

'Weer dat ge-sorry. Ga zitten.'

Ik nam plaats op de bank. Ze bekeek me even aandachtig. 'Wat kom je doen?'

Sylvia Avery zag er in haar rolstoel klein en verschrompeld uit, maar wie lijkt er nou ooit groot en robuust in zo'n ding? Ik beantwoordde haar vraag met een wedervraag. 'Hebt u nog iets van Natalie gehoord?'

Ze keek me wantrouwend aan. 'Wie wil dat weten?'

'Eh, ik.'

'Ik krijg zo nu en dan een kaartje. Hoezo?'

'Maar u hebt haar niet meer gezien?'

'Nee. Maar dat geeft niet. Natalie is een vrije geest. Als je een vrije geest loslaat, vliegt hij weg. Dat hoort zo.'

'Weet u waar deze vrije geest naartoe gevlogen is?'

'Niet dat het je wat aangaat, maar ze woont in het buitenland. Hartstikke gelukkig met Todd. Ik verheug me op de tijd dat die twee aan kinderen beginnen.' Ze kneep haar ogen tot spleetjes. 'Hoe heette je ook alweer?'

'Jake Fisher.'

'Ben jij getrouwd, Jake?'

'Nee.'

'Ooit geweest?'

'Nee.'

'Een serieuze vriendin?'

Ik nam niet eens de moeite om antwoord te geven.

'Zonde.' Sylvia Avery schudde het hoofd. 'Zo'n grote, sterke man als jij. Je zou getrouwd moeten zijn. Bij jou voelt een vrouw zich veilig. Je hoort niet alleen te zijn.'

De wending die dit gesprek nam beviel me niet. Het werd tijd om over iets anders te beginnen.

'Mevrouw Avery?'

'Ja?'

'Weet u wat voor werk ik doe?'

Ze nam me van top tot teen op. 'Je ziet eruit als een rugbyer.'

'Ik ben docent aan een universiteit.'

'O.'

Ik draaide me naar haar toe, zodat ik haar reactie op mijn volgende woorden beter zou kunnen zien. 'Ik geef politicologie op Lanford.'

Het beetje kleur dat ze nog had gehad trok weg uit haar gezicht.

'Mevrouw Kleiner?'

'Zo heet ik niet.'

'Maar vroeger wel, hè? U hebt uw meisjesnaam weer aangenomen na het vertrek van uw man van Lanford.'

Ze sloot haar ogen. 'Van wie weet je dat?'

'Dat is een lang verhaal.'

'Heeft Natalie er iets over gezegd?'

'Nee,' zei ik. 'Nooit. Zelfs niet toen ik haar meenam naar de campus.'

'Mooi.' Ze bracht een trillende hand naar haar mond. 'Mijn god, hoe kan het nou dat jij dit weet?'

'Ik moet uw ex-man spreken.'

'Wat?' Ze zette grote angstogen op. 'Nee, dat kan niet...'

'Wat kan niet?'

Ze zat daar met haar hand voor haar mond geslagen en zei niets.

'Alstublieft, mevrouw Avery, het is heel belangrijk. Ik moet hem spreken.'

Sylvia Avery kneep haar ogen stijf dicht, als een klein kind dat een monster wil verjagen. Ik wierp een blik over haar schouder en zag dat Suikerspin openlijk nieuwsgierig naar ons zat te kijken. Ik forceerde een glimlach die al net zo nep was als de hare, om aan te geven dat alles oké was.

Sylvia Avery's stem was een fluistering. 'Waarom begin je daar nu over?'

'Ik moet hem spreken.'

'Het is al zo lang geleden. Weet je wat het me heeft gekost om daar overheen te komen? Weet je hoe pijnlijk dit is?'

'Het is niet mijn bedoeling om iemand pijn te doen.'

'Niet? Houd hier dan mee op. Waarom zou je die man in hemelsnaam willen vinden? Weet je wel wat zijn vertrek voor Natalie heeft betekend?'

Ik wachtte af in de hoop dat ze nog meer zou zeggen. Dat deed ze.

'Je moet het begrijpen. Julie was nog jong, zij herinnert zich haar vader amper. Maar Natalie? Die heeft het nooit kunnen verwerken. Ze kan hem niet loslaten.'

Haar hand ging weer trillend naar haar gezicht. Ze wendde haar blik af. Ik wachtte nog even, maar het was duidelijk dat Sylvia Avery voorlopig uitgepraat was.

Ik hield vol. 'Waar is professor Kleiner nu?'

'In Californië,' zei ze.

'Waar in Californië?'

'Dat weet ik niet.'

'In de buurt van Los Angeles? San Francisco? San Diego? Het is een grote staat.'

'Ik zeg toch dat ik het niet weet. We spreken elkaar niet.'

'Hoe weet u dan dat hij in Californië woont?'

Daar had ze niet van terug. Ik zag een schaduw over haar gezicht trekken. 'Dat weet ik niet,' zei ze toen. 'Misschien is hij wel verhuisd.'

Een leugen.

'U hebt tegen uw dochter gezegd dat hij hertrouwd is.'

'Inderdaad.'

'Hoe wist u dat?'

'Aaron had me gebeld om het te vertellen.'

'Ik dacht dat u niet met hem praatte.'

'Al een hele tijd niet meer.'

'Hoe heet zijn vrouw?'

Ze schudde haar hoofd. 'Dat weet ik niet. En als ik het wel wist, zou ik het je niet vertellen.'

'Waarom niet? Uw dochters, oké, dat begrijp ik. Dat deed u uit bescherming. Maar waarom zou ik het niet mogen weten?'

Haar blik schoot van links naar rechts. Ik besloot te bluffen.

'Ik heb in het huwelijksregister gekeken,' zei ik. 'U bent nooit van hem gescheiden.'

Sylvia Avery kreunde zacht. Suikerspin kon het onmogelijk gehoord hebben, maar ze spitste haar oren als een hond die geluiden hoort die niemand anders kan horen. Ik wierp Suikerspin nogmaals dat 'alles oké'-lachje toe.

'Hoe kan uw man hertrouwd zijn als u nooit van hem gescheiden bent?'

'Dat moet u aan hem vragen.'

'Wat is er gebeurd, mevrouw Avery?'

Ze schudde haar hoofd. 'Laat het rusten.'

'Hij is er niet vandoor gegaan met een studente, hè?'

'Jawel, wel waar,' zei ze. Ze deed een poging om vastberaden te klinken. Maar het lukte haar niet. Het klonk eerder defensief, ingestudeerd. 'Jawel, Aaron had een ander en heeft me in de steek gelaten.'

'U weet dat Lanford een heel kleine campus heeft, nietwaar?'

'Natuurlijk weet ik dat. Ik heb er zeven jaar gewoond. Wat dan nog?'

'Een studente die met haar studie stopt en ervandoor gaat met een professor, dat zou groot nieuws zijn geweest. Haar ouders zouden gebeld hebben. Het zou tot stafvergaderingen hebben geleid. Wat dan ook. Ik heb in de dossiers gekeken, en in de tijd dat uw man verdween, is er niet één studente vertrokken.'

Ook dat was bluf, maar ik had een goed punt. Op een campus zo klein als Lanford kon je nauwelijks geheimen bewaren. Als een studente ervandoor zou gaan met een professor, zou iedereen weten wie het was, en zeker mevrouw Dinsmore.

'Misschien zat ze op Strickland, die staatsopleiding daar verderop in de straat. Ja, dat was het, geloof ik.'

'Het is niet zo gegaan,' zei ik.

'Alsjeblieft,' zei mevrouw Avery. 'Wat wil je nou eigenlijk?'

'Uw man is verdwenen. En nu, vijfentwintig jaar later, is ook uw dochter spoorloos.'

Nu had ik haar aandacht. 'Wat?' Ze schudde net iets te fel haar hoofd, als een koppig kind. 'Ik heb je gezegd dat Natalie in het buitenland woont.'

'Nee, mevrouw Avery, dat is niet waar. Ze is nooit met Todd getrouwd. Dat huwelijk was nep. Todd was al getrouwd. En nog geen week geleden is hij vermoord.'

Die schok was haar te veel. Sylvia Avery's hoofd zakte eerst opzij en viel toen naar voren, alsof haar nek van rubber was geworden. Achter haar zag ik Suikerspin naar de telefoon grijpen. Met haar blik strak op mij gericht begon ze tegen iemand te praten. Het neplachje was verdwenen.

'Natalie was zo'n vrolijk meisje.' Sylvia's hoofd hing nog slap, met de kin op haar borst. 'Dat kun je je niet voorstellen. Of misschien ook wel. Jij hield van haar. Jij hebt de ware Natalie gezien, maar dat was veel later. Toen het weer was als voorheen.'

'Wat bedoelt u daarmee?'

'Toen Natalie klein was… Mijn god, dat kind lééfde voor haar vader. Als hij na zijn colleges binnenkwam, rende ze kraaiend op hem af.' Sylvia Avery hief eindelijk haar hoofd. Ze had een vaag lachje om haar mond; haar ogen zagen de verre herinnering. 'Dan tilde Aaron haar op en lachte ze zo hard…' Ze schudde haar hoofd. 'Wat waren we verdomd gelukkig.'

'Wat is er gebeurd, mevrouw Avery?'

'Hij is vertrokken.'

'Waarom?'

Ze schudde haar hoofd. 'Dat doet er niet toe.'

'Natuurlijk wel.'

'Arme Natalie. Ze kon het niet loslaten en nu…'

'Nu…?'

'Je begrijpt het niet. Je zult het nooit begrijpen.'

'Legt u het me dan uit.'

'Waarom zou ik? Wie denk je wel dat je bent?'

'Ik ben de man die van haar houdt. De man van wie zij houdt.'

Ze wist niet hoe ze daarop moest reageren. Haar blik was nog op de vloer gericht, bijna alsof ze de kracht niet had om zelfs maar op te kijken. 'Toen haar vader verdween, veranderde Natalie. Ze werd heel nors. Ik was mijn kleine meisje kwijt. Het was alsof Aaron haar geluk had meegenomen. Ze kon het niet aanvaarden. Waarom had haar vader haar in de steek gelaten? Wat had ze verkeerd gedaan? Hield hij niet meer van haar?'

Ik zag in gedachten mijn Natalie als kind, verloren en in de steek gelaten door haar eigen vader. Ik voelde pijn in mijn borst.

'Heel lang vertrouwde ze niemand meer. Je moest eens weten. Ze duwde iedereen van zich af, en toch gaf ze nooit de hoop op.' Ze keek me aan. 'Weet jij iets van hoop, Jake?'

'Ik denk het wel.'

'Niets is zo wreed als hoop. Dan kun je nog beter dood zijn.

Als je dood bent, komt er een einde aan de pijn. Maar de hoop laat je aldoor hoog in de lucht zweven, om je vervolgens met een klap te laten vallen. Hoop wiegt je hart in zijn hand en knijpt dan zijn vuist dicht. Telkens weer. Onophoudelijk. Dat is wat hoop met je doet.'

Ze legde haar handen in haar schoot en keek me doordringend aan. 'Dus heb ik geprobeerd die hoop weg te nemen.'

Ik knikte. 'U wilde dat Natalie haar vader uit haar hoofd zou zetten.'

'Ja.'

'Dus hebt u gezegd dat hij ervandoor was en dat hij u in de steek had gelaten?'

Ze kreeg tranen in haar ogen. 'Dat leek me het beste. Begrijp je? Ik dacht dat Natalie hem dan wel uit haar hoofd zou zetten.'

'U hebt tegen Natalie gezegd dat haar vader hertrouwd was. Dat hij andere kinderen had gekregen. Maar dat was gelogen, nietwaar?'

Sylvie Avery wilde geen antwoord geven. Haar gezichtsuitdrukking was harder geworden.

'Mevrouw Avery?'

Ze keek naar me op. 'Laat me met rust.'

'Ik moet weten...'

'Het kan me niet schelen wat jij moet weten. Laat me met rust.'

Ze reed achteruit, bij me vandaan. Ik pakte haar rolstoel beet. Die kwam met een ruk tot stilstand. De deken die ze op schoot had viel half op de grond. Toen ik omlaag keek, liet mijn hand zonder bevel van haar kant de rolstoel los. Haar rechterbeen was voor de helft geamputeerd. Ze trok de deken weer omhoog, langzamer dan nodig was. Ze wilde dat ik het zou zien.

'Diabetes,' zei ze. 'Drie jaar geleden moest het eraf.'

'Wat erg.'

'Geloof me, het stelde niks voor.' Ik stak mijn hand uit, maar ze sloeg hem weg. 'Dag, Jake. Laat mijn familie met rust.' Ze reed naar achteren. Ik had geen keus meer, ik moest tot de kern van de zaak komen.

'Kunt u zich een student herinneren die Archer Minor heette?'

Haar stoel bleef staan. Haar mondhoeken zakten slap naar beneden.

'Archer Minor volgde colleges bij uw man op Lanford,' zei ik. 'Weet u dat nog?'

'Hoe…?' Haar lippen bewogen, maar er kwam even geen geluid uit. Toen: 'Alsjeblieft.' Had haar stem al bang geklonken, nu klonk ze echt doodsbenauwd. 'Laat dit alsjeblieft rusten.'

'Archer Minor is dood. Vermoord.'

'Opgeruimd staat netjes,' zei ze, en onmiddellijk klemde ze haar kaken op elkaar, alsof ze spijt had van haar woorden.

'Vertelt u me alstublieft wat er is gebeurd.'

'Laat het gaan.'

'Dat kan ik niet.'

'Ik snap niet wat dit alles met jou te maken heeft. Het gaat je niet aan.' Ze schudde haar hoofd. 'Nu begrijp ik het wel.'

'Wat begrijpt u?'

'Dat Natalie op je viel.'

'Hoe bedoelt u?'

'Je bent een dromer, net als haar vader. Hij kon ook nooit iets loslaten. Sommige mensen zijn zo. Ik ben een oude vrouw. Luister naar me. De wereld is een puinhoop, Jake. Sommige mensen willen dat alles zwart-wit is. Die mensen moeten daar altijd voor boeten. Mijn man was zo iemand. En jij, Jake, met jou gaat het dezelfde kant op.'

Ik hoorde de verre echo van haar verleden, van Malcolm Hume en Eban Trainor, en van Benedict. Ik herinnerde mijn eigen overpeinzing, over hoe het had gevoeld om iemand een stomp te verkopen en zelfs een man te doden.

'Wat is er met Archer Minor gebeurd?' vroeg ik.

'Jij laat niet los. Je blijft graven tot ze er allemaal aan gaan.'

'Het blijft onder ons,' zei ik. 'Tussen deze vier muren. Vertelt u het me alstublieft.'

'En als ik dat niet doe?'

'Dan blijf ik graven. Wat is er met Archer Minor gebeurd?'

Ze wendde haar blik weer af en plukte met haar vingers aan haar lip alsof ze diep in gedachten verzonken was. Ik ging wat rechter zitten en probeerde haar in de ogen te kijken.

'Je weet toch dat de appel niet ver van de boom valt?'

'Ja.'

'Die jongen heeft het geprobeerd. Archer Minor wilde de appel zijn die na het vallen ver bij de boom vandaan rolde. Hij wilde een goed mens zijn, ontsnappen aan wat hij was. Aaron begreep dat. Hij probeerde hem te helpen.'

Ze nam de tijd om de deken in haar schoot recht te leggen.

'Wat is er gebeurd?' vroeg ik.

'Lanford was voor Archer veel te hoog gegrepen. Op de middelbare school kon zijn vader de docenten onder druk zetten, daar kreeg hij heel hoge cijfers. Ik weet niet of hij het eindexamen op eigen kracht heeft gehaald. Ik weet niet hoe hij langs de toelatingscommissie is gekomen, maar toen hij eenmaal studeerde, lag het niveau veel te hoog voor hem.'

Ze zweeg weer.

'Vertelt u alstublieft verder.'

'Dat is nergens voor nodig.'

Er schoot me iets te binnen wat mevrouw Dinsmore had gezegd toen ik haar die eerste keer naar professor Aaron Kleiner vroeg.

'Er is een fraudeschandaal geweest, nietwaar?'

Haar lichaamstaal zei me dat het raak was.

'Draaide dat om Archer Minor?'

Ze gaf geen antwoord. Dat was niet nodig.

'Mevrouw Avery?'

'Hij had een scriptie gekocht van een student die een jaar eerder was afgestudeerd. Die had er een negen voor gekregen. Archer had het stomweg overgetypt en ingeleverd. Geen woord veranderd. Hij dacht dat Aaron het zich vast niet zou herinneren. Maar Aaron onthoudt alles.'

Ik kende de regels. Op die vorm van fraude stond automatisch een definitieve schorsing van Lanford.

'Heeft uw man hem aangegeven?'

'Ik zei dat hij dat niet moest doen. Dat hij Archer nog een kans moest geven. Het ging me natuurlijk helemaal niet om die tweede kans. Ik wist het gewoon.'

'U wist dat zijn familie kwaad zou worden.'

'Aaron heeft hem toch aangegeven.'

'Bij wie?'

'Het hoofd van de faculteit.'

De moed zonk me in de schoenen. 'Malcolm Hume?'

'Ja.'

Ik leunde naar achteren. 'Wat zei Malcolm?'

'Hij wilde dat Aaron er verder geen werk van maakte. Zei dat hij daar thuis maar eens goed over na moest denken.'

Ik dacht terug aan de kwestie rond Eban Trainor. Had hij toen tegen mij niet min of meer hetzelfde gezegd? Malcolm Hume. Je wordt geen administrateur van het faculteitsbestuur zonder compromissen aan te gaan, zonder deals te sluiten en te onderhandelen, zonder in te zien dat er ook heel veel grijs ge-bied is in de wereld.

'Ik ben moe, Jake.'

'Er is iets wat ik niet begrijp.'

'Laat het los.'

'Archer Minor is nooit aangegeven. Hij is summa cum laude afgestudeerd.'

'We kregen dreigtelefoontjes. Een man drong het huis bin-nen terwijl ik stond te douchen. Ik kwam de badkamer uit en hij zat op mijn bed. Hij had foto's van Natalie en Julie in zijn hand. Hij zei niets. Hij zat daar maar op het bed met die foto's. Toen stond hij op en vertrok. Kun je je voorstellen hoe eng dat was?'

Ik dacht aan Danny Zuker die mijn huis was binnengedron-gen en op mijn bed had gezeten. 'Hebt u het uw man verteld?'

'Uiteraard.'

'En?'

Deze keer nam ze de tijd. 'Ik denk dat hij eindelijk het gevaar inzag. Maar toen was het te laat.'

'Wat heeft hij gedaan?'

'Hij is vertrokken. Voor ons allemaal.'

Ik knikte. Het was me nu duidelijk. 'Maar dat kon u niet tegen Natalie zeggen. Niemand mocht het weten. Dat zou levensgevaarlijk zijn. Dus zei u dat hij ervandoor gegaan was. En u bent verhuisd en hebt uw naam veranderd.'

'Ja.'

Maar ik miste nog iets. Ik miste een heleboel, vermoedde ik. Iets klopte er niet, er bleef in de verte iets knagen, maar ik wist nog niet wat het was. Hoe was Natalie bijvoorbeeld twintig jaar later in contact gekomen met Archer Minor?

'Natalie dacht dat haar vader haar in de steek had gelaten,' zei ik.

Ze sloot alleen maar haar ogen.

'Maar u zei net dat ze het niet kon loslaten.'

'Ze bleef erover doorgaan. Ze was zo verdrietig. Ik had dat nooit moeten zeggen. Maar wat had ik te kiezen? Alles wat ik deed, deed ik om mijn dochters te beschermen. Jij begrijpt dat niet. Jij begrijpt niet wat een moeder soms moet doen. Ik moest mijn meisjes beschermen, snap je?'

'Ja, dat snap ik,' zei ik.

'En moet je kijken wat ervan gekomen is; wat ik heb aangericht.' Ze sloeg haar handen voor haar gezicht en begon te snikken. De oude vrouw met het looprek en de sjofele badjas onderbrak haar gesprek met de muur. Suikerspin zag eruit alsof ze zich opmaakte om in te grijpen. 'Ik had een ander verhaal moeten bedenken. Natalie bleef maar aandringen en eiste dat ik haar vertelde wat er met haar vader was gebeurd. Ze hield niet op.'

Ik begreep het nu. 'Dus uiteindelijk hebt u haar de waarheid verteld.'

'Mijn leugen had haar hele leven verwoest, begrijp dat dan. Opgroeien met de gedachte dat haar vader haar dat had aangedaan. Ze moest het voor zichzelf kunnen afsluiten. Daar heb ik haar nooit de kans voor gegeven. Dus inderdaad, uiteindelijk vertelde ik haar de waarheid. Ik zei dat haar vader van haar hield, dat ze niets verkeerds had gedaan, en dat hij haar nooit, maar dan ook nooit in de steek zou laten.'

Ik knikte mee met haar woorden. 'Dus u hebt haar verteld over Archer Minor. Daarom is ze die dag naar hem toe gegaan.'

Ze zei niets, huilde alleen maar. Suikerspin kon het niet langer aanzien. Ze kwam naar ons toe.

'Waar is uw man nu, mevrouw Avery?' vroeg ik.

'Dat weet ik niet.'

'En Natalie? Waar is Natalie?'

'Dat weet ik ook niet. Maar Jake?'

Suikerspin was bij ons komen staan. 'Zo is het wel genoeg, lijkt me.'

Ik sloeg geen acht op haar. 'Wat wilde u zeggen, mevrouw Avery?'

'Laat het los. Voor ons allemaal. Wees niet zoals mijn man.'

31

Op de snelweg zette ik mijn iPhone aan. Ik dacht niet dat iemand me via mijn telefoon zou opsporen, maar mocht dat wel gebeuren, dan zou blijken dat ik op route 287 reed, ter hoogte van de Palisades Mall. Daar schoot niemand veel mee op. Ik zette de auto aan de kant van de weg. Er waren opnieuw twee mailtjes en drie telefoontjes van Shanta binnengekomen, het ene nog dringender dan het andere. In totaal had ze me nu vijf keer gemaild. De eerste twee keer vroeg ze me nog beleefd om contact met haar op te nemen. In de volgende twee was haar verzoek dringender. In de laatste e-mail gooide ze het grote net uit:

aan: Jacob Fisher
van: Shanta Newlin

Jake,
Negeer me niet. Ik heb een belangrijk verband gevonden tussen Natalie Avery en Todd Sanderson.
Shanta

Tjonge. Ik nam de Tappan Zee Bridge en stopte na de eerste afslag. Daar zette ik de iPhone weer uit en pakte een van de prepaid toestellen. Ik toetste Shanta's nummer in en wachtte. Ze nam op nadat de telefoon twee keer was overgegaan.

'Het is duidelijk,' zei ze. 'Je bent kwaad op me.'

'Je hebt de politie laatst mijn nummer gegeven. Dankzij jou konden ze me opsporen.'

'Klopt, maar het was voor je eigen bestwil. Ze hadden je wel kunnen neerschieten of arresteren wegens verzet.'

'Alleen verzette ik me niet. Ik was op de vlucht voor een stel mafkezen die me wilden vermoorden.'

'Ik ken die Mulholland, hij is oké. Ik wilde niet dat een of ander heethoofd je zou neerschieten.'

'Waarom zou iemand dat doen? Ik was niet eens verdachte.'

'Dat doet er niet toe, Jake. Je hoeft me niet te vertrouwen, dat is prima, maar we moeten praten.'

Ik zette de motor uit. 'Je hebt een verband gevonden tussen Natalie Avery en Todd Sanderson, zei je.'

'Klopt.'

'Wat voor verband?'

'Dat vertel ik je als ik je onder vier ogen spreek.'

Daar dacht ik even over na.

'Moet je horen, Jake, de FBI wilde je oppakken voor een uitgebreid verhoor. Ik heb gezegd dat ze het aan mij moesten overlaten.'

'De FBI?'

'Ja.'

'Wat moet die van me?'

'Kom nou maar gewoon hierheen, Jake. Het is oké, dat moet je van me aannemen.'

'Ja ja.'

'Je kunt met mij praten of met de FBI.' Shanta zuchtte. 'Als ik je vertel waar het over gaat, kom je dan naar me toe?'

Ik dacht weer even na. 'Ja.'

'Beloofd?'

'Ik zweer het met mijn hand op mijn hart. Vertel.'

'Het gaat om bankroven, Jake.'

De nieuwe ik, die de regels aan zijn laars lapte en grenzen opzocht, hield zich op weg naar Lanford niet aan de maximumsnelheid. Ik probeerde op een rijtje te zetten wat ik te weten was gekomen en beproefde de verschillende theorieën en hypothesen, waarna ik ze verwierp en ze vervolgens nog een keer bekeek. Aan de ene kant viel het allemaal op z'n plaats, aan de andere kant waren er stukjes bij die niet echt soepel in elkaar leken te passen.

Er was nog veel wat ik niet wist, waaronder de grote vraag: waar was Natalie?

Vijfentwintig jaar geleden was professor Aaron Kleiner naar het hoofd van zijn faculteit gestapt, professor Malcolm Hume, omdat hij een student had betrapt op het plagiëren (of eigenlijk stomweg kopen) van een scriptie. Mijn oude mentor had Aaron Kleiner gevraagd, in iets andere bewoordingen, om het erbij te laten zitten, zoals hij dat ook van mij had gevraagd in verband met Eban Trainor.

Ik vroeg me af of Archer Minor zelf Aaron Kleiners gezin had bedreigd of dat er huurlingen van MM aan te pas gekomen waren. Het deed er niet toe. Ze hadden Klein geïntimideerd en waren daarin zo ver gegaan dat hij had beseft dat hij moest verdwijnen. Ik probeerde me in zijn positie te verplaatsen. Kleiner moest doodsbang zijn geweest en het gevoel hebben gehad dat hij met zijn rug tegen de muur stond.

Bij wie zou hij hulp gezocht hebben?

Weer die eerste gedachte: Malcolm Hume.

En jaren later, toen Kleiners dochter in dezelfde positie verkeerde: doodsbang, met haar rug tegen de muur...

Alles wees naar mijn oude mentor. Ik moest hem echt spreken. Ik belde Malcolms nummer in Florida nog een keer en kreeg opnieuw geen gehoor.

Shanta Newlin woonde in een geschakeld herenhuis dat mijn moeder 'schattig' genoemd zou hebben, met rijk gevulde plantenbakken en boogramen. Alles was er volkomen symmetrisch. Ik liep het stenen trapje op en belde aan. Tot mijn verbazing deed er een klein meisje open.

'Wie ben jij?' vroeg het meisje.

'Ik ben Jake. En wie ben jij?'

Het kind was een jaar of vijf, zes. Ze wilde net antwoord geven op mijn vraag toen Shanta kwam aansnellen, met een gekweld gezicht. Ze droeg haar haar in een staartje, maar er hingen losse plukjes in haar ogen. Op haar voorhoofd stond zweet.

'Laat mij maar, Mackenzie,' zei ze tegen het meisje. 'Wat heb ik je nou gezegd over de deur opendoen als er geen grote mensen in de buurt zijn?'

'Niks.'

'Eh… ja, daar heb je gelijk in.' Ze schraapte haar keel. 'Je mag nooit de deur opendoen als er geen grote mensen in de buurt zijn.'

Het meisje wees naar mij. 'Hij is er toch? Hij is groot.'

Shanta wierp me een geërgerde blik toe. Ik haalde mijn schouders op. Er zat wel wat in. Shanta liet me binnen en zei tegen Mackenzie dat ze moest gaan spelen.

'Mag ik naar buiten?' vroeg Mackenzie. 'Ik wil op de schommel.'

Shanta keek vluchtig naar mij. Ik haalde nogmaals mijn schouders op. Ik werd er goed in, in dat schouderophalen. 'Goed, dan gaan we allemaal naar buiten,' zei Shanta, en haar glimlach was zo geforceerd dat ik bang was dat ze nietjes nodig had om hem op z'n plaats te houden.

Nog altijd had ik geen idee wie Mackenzie was of wat ze hier deed, maar ik had wel belangrijker dingen aan mijn hoofd. We liepen de tuin in. Daar stond een gloednieuwe cederhouten schommel met een bijbehorend hobbelpaard, een glijbaan, een speelfort en een zandbak. Voor zover ik wist woonde Shanta alleen, zodat dit nogal eigenaardig was. Mackenzie sprong op het hobbelpaard.

'Ze is de dochter van mijn verloofde,' legde Shanta uit.

'O.'

'We gaan in het najaar trouwen. Hij trekt hier bij me in.'

'Klinkt goed.'

We keken naar Mackenzie, die enthousiast zat te hobbelen op het paard. Ze wierp Shanta een dodelijke blik toe.

'Heb je als kind geen sprookjesboeken gelezen? Jij bent de boze stiefmoeder.'

'Dank je, je beurt me helemaal op.' Shanta richtte haar blik nu op mij. 'Jezus, je ziet er niet uit.'

'En nu moet ik zeker zeggen: "Had je die andere kerel moeten zien"?'

'Wat doe je jezelf aan, Jake?'

'Ik zoek de vrouw van wie ik houd.'

'Wil ze wel gevonden worden?'

'Het hart stelt geen vragen.'

'De penis stelt geen vragen,' zei ze. 'Het hart is meestal iets intelligenter.'

Een waar woord, dacht ik. 'Had je nou iets met een bankoverval?'

Ze schermde haar ogen af tegen de zon. 'Worden we ongeduldig?'

'Ik ben in ieder geval niet in de stemming voor spelletjes.'

'Dat snap ik. Weet je nog dat je me die eerste keer vroeg om Natalie Avery na te trekken?'

'Ja.'

'Toen ik haar naam door het systeem haalde, kreeg ik twee hits. De ene had te maken met de NYPD. Dat was nogal wat. Ze was voor hen van groot belang. Ik moest geheimhouding zweren. Jij bent een vriend van me, ik wil dat je me vertrouwt. Maar ik ben de politie ook verantwoording verschuldigd, ik mag mijn vrienden niet zomaar vertellen over lopende onderzoeken. Dat begrijp je toch wel?'

Ik gaf het kleinste knikje dat ik kon opbrengen, meer om haar aan te sporen door te gaan dan om mijn instemming te tonen.

'De andere hit trok nauwelijks mijn aandacht,' zei Shanta. 'Ze zochten haar niet actief en hoefden haar niet eens te spreken. Het was een terloopse vermelding.'

'Wat dan?'

'Daar kom ik zo op. Laat me even uitpraten, oké?'

Ik gaf weer een knikje. Eerst het schouderophalen, nu de knikjes.

'Dit is een kwestie van vertrouwen tonen,' zei ze. 'Ik hoef het je niet te vertellen, maar de NYPD heeft me toestemming gege-ven. Dat moet je wel weten: ik overtreed hiermee geen officiële regels.'

'Je hebt alleen het vertrouwen van je vriend geschonden.'

'Dat is onder de gordel.'

'Ik weet het.'

'En niet fair. Ik wilde je helpen.'

'Goed, het spijt me. Wat was er met de NYPD?'

Ze liet me een paar tellen zweten. 'De NYPD meent dat Nata-lie Avery getuige is geweest van een moord. Dat ze de moorde-naar heeft gezien en hem zou kunnen identificeren. Verder is de politie van mening dat de dader een kopstuk is binnen de geor-ganiseerde misdaad. Kort gezegd zou jouw Natalie ervoor kun-nen zorgen dat een van de belangrijkste onderwereldfiguren van New York achter slot en grenzen verdwijnt.'

Ik wachtte tot ze nog meer zou zeggen. Dat gebeurde niet.

'En verder?' vroeg ik.

'Dat is alles wat ik je kan vertellen.'

Ik schudde mijn hoofd. 'Je denkt zeker dat ik een of andere idioot ben.'

'Hè?'

'De NYPD heeft me ondervraagd, me opnamen van een bevei-ligingscamera laten zien en gezegd dat ze haar moesten spre-ken. Dat wist ik al. En wat belangrijker is: jíj wist dat ik dat al wist. "Vertrouwen tonen." Hou toch op. Jij hoopt mijn vertrou-wen te winnen door me iets te vertellen wat ik al weet.'

'Dat is niet waar.'

'Wie is er vermoord?'

'Dat mag ik je niet...'

'Archer Minor, de zoon van Maxwell Minor. De politie denkt dat Maxwell zijn eigen zoon heeft laten omleggen.'

Ze keek me verbijsterd aan. 'Hoe weet je dat?'

'Zo moeilijk was dat niet. Ik wil één ding van je weten.'

Shanta schudde haar hoofd. 'Ik mag niks zeggen.'

'Je moet me nog altijd "je vertrouwen tonen". Weet de NYPD

wat Natalie daar die avond te zoeken had? Dat is het enige waar ik benieuwd naar ben.'

Haar blik ging weer naar de speelhoek. Mackenzie was van het hobbelpaard geklauterd en liep naar de glijbaan. 'Dat weten ze niet.'

'Geen vermoeden?'

'De NYPD heeft de bewakingsbeelden van het Lock-Horne-gebouw bekeken. Er hangen daar behoorlijk geavanceerde camera's. Op de eerste video rende je vriendin door de gang van de tweeëntwintigste verdieping. Er waren ook beelden van haar in de lift, maar het duidelijkst was ze te zien – dat plaatje hebben ze jou ook getoond – toen zij de lobby op de begane grond uit kwam.'

'Zijn er geen opnamen van de moordenaar?'

'Meer kan ik je niet vertellen.'

'Ik zou bijna vragen "Kun je het niet of wil je het niet?" maar dat is zo'n goedkoop cliché.'

Ze fronste haar wenkbrauwen. Ik dacht eerst dat het een reactie was op mijn opmerking, maar toen zag ik dat het niet zo was. Mackenzie stond nu boven op de glijbaan. 'Mackenzie, dat is gevaarlijk.'

'Dat doe ik altijd,' kaatste het kind terug.

'Het kan me niet schelen wat je altijd doet. Ga alsjeblieft zitten en glijd gewoon naar beneden.'

Ze ging zitten, maar zonder te glijden.

'De bankoverval?' zei ik.

Shanta schudde haar hoofd. Ook deze handeling was niet gericht op mijn woorden, maar op het koppige meisje boven aan de glijbaan. 'Heb je iets gehoord over de enorme golf aan bankovervallen in en om New York?'

Ik dacht terug aan een paar artikelen die ik had gelezen. 'Ze slaan 's avonds en 's nachts toe, als de bank gesloten is. De media noemde de bankrovers De Onzichtbaren of zoiets.'

'Klopt.'

'Wat heeft dat met Natalie te maken?'

'Haar naam is opgedoken in verband met een van die beroof-de banken, en wel die in Canal Street in Manhattan twee weken geleden. De bank daar zou nog beter beveiligd zijn dan Fort Knox. Toch hebben de dieven twaalfduizend dollar aan contanten meegenomen en vierhonderd kluisjes opengebroken.'

'Twaalfduizend dollar is niet echt een kapitaal.'

'Klopt. Ondanks wat je in de film ziet, liggen er bij banken geen miljoenen dollars in de kluis. Maar die kluisjes kunnen een fortuin opleveren. Daar scoren ze mee. Toen mijn oma dood-ging, heeft mijn moeder haar vierkaraats diamanten ring in zo'n kluisje gelegd, om hem later aan mij te kunnen geven. Die ring is waarschijnlijk veertigduizend dollar waard. Wie weet wat er allemaal nog meer ligt? Bij een van de vorige bankroven is voor drie komma zeven miljoen aan claims ingediend bij de verzeke-ring. Natuurlijk liegen de mensen. Opeens lag er een peper-duur familie-erfstuk in dat kluisje. Maar je snapt wat ik bedoel.'

Ik snapte wat ze bedoelde. Het kon me alleen weinig schelen. 'En Natalies naam is opgedoken bij het onderzoek naar de bankroof in Canal Street.'

'Ja.'

'Hoezo dan?'

'Het is maar iets heel kleins.' Shanta hield haar duim en wijs-vinger een centimeter van elkaar om aan te geven hoe klein. 'Eigenlijk stelt het niks voor. Op zich zou het niet de moeite waard zijn.'

'Maar jij vindt het wel de moeite waard.'

'Nu wel, ja.'

'Hoezo?'

'Omdat jouw ware liefde me met iets te veel raadselen om-huld wordt.'

Dat kon ik niet ontkennen.

'Wat denk jij ervan?' vroeg ze.

'Waarvan? Ik weet niet wat ik hierover zou moeten zeggen. Ik weet niet eens waar Natalie is, laat staan hoe ze een héél klein beetje te maken zou kunnen hebben met een bankoverval.'

'Dat bedoel ik dus. Mij leek het ook onbenullig, tot ik die andere naam opzocht waar je het over had: Todd Sanderson.'

'Ik heb je niet gevraagd hem na te trekken.'

'Nee, maar dat heb ik toch gedaan. Ik kreeg twee hits. Natuurlijk allereerst het feit dat hij een week geleden is vermoord.'

'Wacht even. Heeft Todd ook iets met die bankroof te maken?'

'Ja. Heb je ooit iets van Oscar Wilde gelezen?'

Ik trok een gezicht. 'Ja.'

'Hij heeft een heel goede uitspraak: "Eén ouder verliezen mag nog als pech worden beschouwd, het verlies van beide ouders lijkt eerder te duiden op slordigheid."'

'Uit *The Importance of Being Earnest*,' zei ik, omdat ik nu eenmaal academicus was en het niet kon laten.

'Juist. Een van de mensen naar wie jij hebt geïnformeerd duikt op bij een bankoverval? Niet iets om je druk over te maken. Maar twee? Dat kan geen toeval zijn.'

En bovendien, dacht ik, was Todd Sanderson een week of wat na de bankroof vermoord.

'Was Todd Sandersons link met die bankroof ook heel, heel klein?'

'Nee. Maar wel klein, zou ik zeggen.'

'Wat dan?'

'Mackenzie!'

Ik draaide me om in de richting van de snerpende kreet en zag een vrouw die net iets te veel op Shanta Newlin leek naar mijn smaak: ze was even groot, ongeveer even zwaar en had hetzelfde kapsel. De vrouw zette grote ogen op, alsof er zojuist een vliegtuig was neergestort in de achtertuin. Ik volgde haar blik. Mackenzie stond weer rechtop op de glijbaan.

Shanta kon wel door de grond gaan. 'Sorry, Candace. Ik had nog zo gezegd dat ze moest gaan zitten.'

'Je had het gezégd?' herhaalde Candace op ongelovige toon.

'Het spijt me. Ik hield haar wel in de gaten, ik zit alleen even met een vriend te praten.'

'En dat is je excuus?'

Mackenzie ging zitten, met een glimlach alsof ze wilde zeggen: zo, mijn werk zit erop. Ze gleed de glijbaan af en rende naar Candace toe. 'Hoi, mama!'

Mama. Het verbaasde me niet.

'Ik laat je even uit,' probeerde Shanta nog.

'We zijn al buiten,' zei Candace. 'We lopen wel door de voortuin.'

'Wacht! Mackenzie heeft een heel mooie tekening gemaakt. Die ligt binnen. Ze wil hem vast graag mee naar huis nemen.'

Candace en Mackenzie waren al naar de voorkant van het huis gelopen. 'Ik heb thuis honderden tekeningen van mijn dochter,' riep Candace over haar schouder. 'Hou hem maar.'

Shanta keek het tweetal na. Haar anders zo militaire houding was verdwenen.

'Waar ben ik in godsnaam mee bezig, Jake?'

'Je doet je best. Je leidt je leven.'

Ze schudde haar hoofd. 'Dit komt nooit goed.'

'Hou je van hem?'

'Ja.'

'Dan komt het goed. Het zal alleen niet meevallen.'

'Hoe kom je aan die wijsheid?'

'Ik heb aan Lanford gestudeerd,' zei ik. 'En 's middags kijk ik vaak naar talkshows.'

Shanta draaide zich om en keek naar de speelset. 'Todd Sanderson had een kluis bij die bank in Canal Street,' zei ze. 'Hij was een van de slachtoffers van de roof, dat is alles. Oppervlakkig gezien stelt het niks voor.'

'Maar een week later werd hij vermoord.'

'Ja.'

'Wacht even. Denkt de FBI dat hij iets met die bankroven te maken heeft?'

'Daar mag ik geen informatie over geven.'

'Maar...'

Ik zag niet in wat voor verband er zou kunnen zijn – een beroofde bank in Manhattan en een moord in Palmetto Bluff.

'Maar nu…?'

'Nou ja, de naam van jouw Natalie is ook opgedoken.'

'Maar haar aandeel is heel, heel klein.'

'Ja.'

'Hoe klein?'

'Na een beroving als deze kijkt de FBI overal naar. En dan bedoel ik echt overal. Als er kluisjes worden opgeblazen, blijken mensen daar vaak belangrijke papieren in te bewaren: aandelen, wilsbeschikkingen, eigendomsaktes van huizen, dat soort dingen. Een groot deel daarvan is uiteraard op de grond beland. Wat moet een dief met die paperassen? Dus heeft de FBI alles doorgenomen en gesorteerd. Er was bijvoorbeeld een man die de auto van zijn broer op zijn naam had staan. Zo kwam de naam van die broer op de lijst terecht.'

Ik probeerde haar bij te houden. 'Even kijken of ik het heb gevolgd. Stond Natalies naam op een van de documenten die uit de kluis kwamen?'

'Ja.'

'Maar ze had daar zelf geen kluisje?'

'Nee. Het bewuste document is aangetroffen in een kluis die op naam stond van Todd Sanderson.'

'Wat was dat voor document?'

Shanta draaide zich om en keek me aan. 'Haar testament.'

32

Volgens Shanta wilde de FBI weten wat ik over dit alles zou kunnen vertellen. Ik zei naar waarheid dat ik van niets wist. Ik vroeg aan Shanta wat er in het testament stond. Dat was tamelijk simpel: al Natalies bezittingen moesten gelijk verdeeld worden tussen haar moeder en haar zus. Ze had bovendien laten vastleggen dat ze gecremeerd wilde worden, en interessant genoeg vroeg ze haar as te laten uitstrooien in het bos dat uitkeek over het terrein van Lanford. Ik dacht even na over dat testament. De plek waar het was gevonden. De oplossing lag nét buiten mijn bereik, maar het was alsof ik er pal boven cirkelde.

Toen ik wilde gaan, vroeg Shanta: 'Weet je zeker dat je hier niet een theorie over hebt?'

'Heel zeker.'

Maar ik had misschien wel een theorie. Die wilde ik alleen niet kwijt aan Shanna of de FBI. Ik vertrouwde haar voor zover je iemand kunt vertrouwen die je zojuist heeft laten weten dat haar loyaliteit allereerst bij de politie ligt. Het zou bijvoorbeeld rampzalig zijn als ik iets losliet over Fresh Start. Maar wat belangrijker was – van het allergrootste belang – was dat Natalie de politie niet had vertrouwd.

Waarom niet?

Het was iets waar ik nog niet eerder bij stilgestaan had. Natalie had kunnen getuigen en via de politie om bescherming kunnen vragen, bijvoorbeeld. Een andere identiteit of zo, na haar getuigenis. Maar dat had ze niet gedaan. Waarom niet? Wat

wist ze dat haar daarvan weerhield? En als zij de politie niet vertrouwde, waarom zou ik het dan in vredesnaam wel doen?

Ik haalde opnieuw mijn telefoon tevoorschijn en probeerde
Malcolm Hume te bellen in Florida. En weer werd er niet opgenomen.

Genoeg. Ik racete naar Clark House. Mevrouw Dinsmore
nam net plaats aan haar bureau. Ze keek naar me op door de
smalle glazen van haar leesbril. 'Jij hoort hier niet te komen.'

Ik deed geen moeite om me te verdedigen of ad rem te reageren. Ik vertelde haar dat ik Malcolm Hume niet kon bereiken.

'Hij is niet in Vero Beach,' zei ze.

'Weet u waar hij dan wel is?'

'Ja.'

'Mag ik het ook weten?'

Ze nam de tijd om een stapeltje papieren te schikken en er
een paperclip aan te bevestigen. 'Hij zit in zijn huisje bij Lake
Canet.'

Jaren geleden was ik eens uitgenodigd om daar met hem te
gaan vissen, maar ik had het aanbod afgeslagen. Ik heb de pest
aan vissen. Ik zie er de lol niet van in, maar ik ben dan ook nooit
het type geweest voor rustige zen-activiteiten. Ik kan mijn gedachten niet uitschakelen. Ik lees liever dan dat ik helemaal
niks doe. De hersenen bezighouden. Maar ik herinnerde me
dat het huisje al jaren in het bezit was van Malcolm Humes
schoonfamilie. Hij zei vaak lachend dat hij het prima vond om
zich een indringer te voelen, dan leek het meer op een vakantie-
oord.

Of de ideale plek om je schuil te houden.

'Ik wist niet dat hij dat huisje nog had,' zei ik.

'Hij komt er een paar keer per jaar. Dat vindt hij fijn, die afzondering.'

'Dat wist ik niet.'

'Hij vertelt het ook niet aan iedereen.'

'Maar wel aan u.'

'Tja,' zei mevrouw Dinsmore, alsof dat volkomen logisch

was. 'Hij krijgt daar niet graag bezoek. Hij wil alleen zijn, dan kan hij in alle rust schrijven en vissen.'

'Natuurlijk,' zei ik. 'Even weg van het hectische leven in de afgeschermde seniorenkolonie in Vero Beach.'

'Grappig.'

'Dank u.'

'Je hebt betaald verlof,' bracht ze me in herinnering. 'Misschien moet je gewoon... verlof houden.'

'Mevrouw Dinsmore?'

Ze keek naar me op.

'Weet u nog, alles waarmee u me de afgelopen tijd hebt geholpen?'

'De vermoorde studenten en vermiste professoren, bedoel je?'

'Ja.'

'Wat is daarmee?'

'Ik heb het adres van dat huisje aan het meer nodig. Ik moet professor Hume onder vier ogen spreken.'

33

Het leven van een universitair docent, zeker wanneer die op een kleine campus woont, is doorgaans vrij rustig. Je verblijft in de onwerkelijke wereld van de zogenaamde hogere educatie. Het is er aangenaam. Je hebt weinig reden om je buiten de campus te begeven. Ik had een auto, maar die gebruikte ik hooguit één keer per week. Ik ging lopend naar al mijn colleges. Ik liep naar het centrum van Lanford voor een bezoekje aan mijn favoriete winkels, kroegen, bioscoop, restaurants en wat al niet meer. Ik sportte in de geavanceerde fitnesszaal van de universiteit. Het was een geïsoleerd wereldje, niet alleen voor de studenten, maar ook voor degenen die er hun brood verdienden.

Het is als een dorpje in zo'n plastic schudbol met sneeuw erin, de sneeuwbolwereld van de niet-exacte wetenschappen.

Een dergelijk bestaan verandert je kijk op het leven, uiteraard, maar puur fysiek had ik waarschijnlijk in de dikke week na het zien van Todd Sandersons overlijdensbericht meer gereisd dan in de voorafgaande zes jaar bij elkaar. Dat is misschien wat overdreven, maar niet eens heel erg. De heftige aanvaringen, in combinatie met de stijfheid van het urenlange zitten, in deze auto en in het vliegtuig, slokte al mijn energie op. Ik had natuurlijk volop op adrenaline gedraaid, maar ik was ook al keihard geconfronteerd met het feit dat de aanmaak daarvan niet onbeperkt is.

Toen ik Route 202 verliet en heuvelopwaarts reed door het landelijke gebied langs de grens Massachusetts-New Hampshire, begon mijn rug op te spelen. Ik stopte bij Lee's hotdogkraam om even de benen te strekken. Op een bord voor de kraam werd een broodje gefrituurde schelvis aangeprezen. Ik koos toch maar voor een hotdog, een portie frites met gesmolten kaas erover, en cola. Het smaakte allemaal heerlijk en heel even, op weg naar dat afgelegen huisje, schoot de gedachte van een laatste avondmaal door mijn hoofd. Dat leek me geen gezonde instelling. Ik schrokte alles naar binnen, nam nog een tweede hotdog en stapte toen weer in de auto, merkwaardig opgepept.

Ik reed langs Otter River State Forest, nu nog maar zo'n tien minuten van het huisje van Malcolm Hume verwijderd. Ik had zijn mobiele nummer niet – ik wist niet eens of hij dat had – maar ik zou hem toch niet gebeld hebben. Ik wilde gewoon daarheen rijden en maar kijken hoe het liep. Professor Hume moest niet de tijd krijgen om zich op mijn komst voor te bereiden. Ik wilde antwoorden op mijn vragen hebben, en ik vermoedde dat mijn oude mentor die had.

Eigenlijk hoefde ik niet eens alles te horen. Ik wist genoeg. Maar ik moest me ervan verzekeren dat Natalie in veiligheid was, dat ze begreep dat een paar zeer foute figuren haar op het spoor waren, en indien mogelijk wilde ik kijken of ik niet óók kon verdwijnen en bij haar kon zijn. Jawel, ik was op de hoogte van de regels en de eed van Fresh Start en alles daaromheen, maar het hart luistert niet naar regels en eden.

Er moest iets op te vinden zijn.

Bijna miste ik het bordje ATTAL DRIVE. Ik sloeg links af het zandpad op en reed de berg op. Toen ik boven aankwam, lag Lake Canet weids onder me, spiegelglad. Mensen gebruiken nogal makkelijk het woord 'ongerept', maar dat begrip kreeg een geheel nieuwe betekenis toen ik het water van het meer zag. Ik zette de auto stil en stapte uit. De lucht had die frisheid die de indruk wekt dat één diepe snuif al een weldaad is voor je longen. De stilte en de roerloosheid waren bijna verpletterend. Ik wist dat als ik iets zou roepen, mijn kreet een echo zou veroorzaken die zou blijven nagalmen, die nooit helemaal zou verdwijnen. Mijn roep zou hier in de bossen voortleven, steeds gedempter en gedempter, maar nooit helemaal wegsterven. Het geluid zou zich voegen bij de andere geluiden uit het verleden, die op de een of andere manier eeuwig nagalmden; de lage brom van het weidse buitenleven.

Ik zocht naar een huisje aan het meer. Dat was er niet. Ik zag wel twee aanlegsteigers, met aan beide een kano gebonden. Verder niets. Ik stapte weer in mijn auto en reed naar links. Hier was de weg niet verhard. De auto stuiterde over het ruige terrein. De schokdempers werden op de proef gesteld en gebrekkig bevonden. Ik was blij dat ik een verzekering had afgesloten voor de huurauto, wat een bizarre gedachte was op een moment als dit, maar de geest laat zich niet leiden. Ik herinnerde me dat professor Hume vroeger een pick-uptruck met vierwielaandrijving had gehad, niet bepaald het soort vervoermiddel dat je verwacht van een niet-exacte wetenschapper. Nu wist ik waar die keuze door was ingegeven.

Een eindje verderop stonden twee pick-ups naast elkaar geparkeerd. Ik zette mijn auto erachter en stapte uit. Onwillekeurig merkte ik op dat er diverse bandensporen te zien waren in het zand. Of Malcolm was meerdere keren voor- en achteruit gereden, of hij had bezoek.

Ik wist niet wat ik daarvan moest denken.

Toen ik naar de heuvel keek en ik daar boven het huisje met de donkere ramen zag, kreeg ik tranen in mijn ogen.

Deze keer was er geen zachte ochtendgloed. Niet de roze weerschijn van een nieuwe dag. De zon ging onder achter het huisje en wierp lange schaduwen, waardoor datgene wat leeg en verlaten had geleken nu een nog zwartere en dreigender aanblik bood.

Het was het huisje van Natalies schilderij.

Ik liep de heuvel op naar de voordeur toe. Deze tocht had iets van een droom, bijna iets Alice in Wonderland-achtigs, alsof ik de werkelijkheid verliet en Natalies schilderij betrad. Bij de voordeur aangekomen zag ik dat er geen bel was. Toen ik aanklopte, doorkliefde het geluid de stilte als een pistoolschot.

Ik wachtte af, maar er kwam geen ander geluid.

Ik klopte nog een keer. Weer niets. Wat nu? Ik zou naar het meer kunnen lopen om te kijken of Malcolm op het water was, maar de roerloosheid waarvan ik eerder getuige was geweest leek erop te duiden dat het meer verlaten was. Bovendien waren er die bandensporen.

Ik pakte de deurknop beet. Draaide eraan. De deur was niet op slot – sterker nog, er zat niet eens een slot op, zag ik nu: geen sleutelgat in de deurknop zelf of elders in de deur. Ik duwde hem open en liep naar binnen. Het was er donker. Ik deed het licht aan.

Niemand.

'Professor Hume?'

Na mijn afstuderen had hij erop gestaan dat ik hem Malcolm noemde. Ik had dat nooit gekund.

Ik keek in de keuken. Niemand. Er was maar één slaapkamer. Ik liep erheen, om de een of andere reden op mijn tenen.

Zodra ik de slaapkamer in kwam, klopte mijn hart in mijn keel.

O, nee…

Malcolm Hume lag op zijn rug op het bed, met opgedroogd schuim op zijn gezicht. Zijn mond hing halfopen en zijn gezicht was vertrokken in een laatste, verstarde schreeuw van doodsnood.

Mijn knieën begaven het. Ik moest steun zoeken bij de muur. De herinneringen vlogen me aan en werden me bijna te veel: het eerste college dat ik bij hem had gevolgd in mijn eerste studiejaar (Hobbes, Locke en Rousseau), de eerste keer dat ik hem bezocht in het kantoor dat ik nu het mijne mocht noemen, (we bespraken de manier waarop in de literatuur wordt gesproken over wetshandhaving en geweld), de uren dat ik aan mijn scriptie had gewerkt (onderwerp: Recht en gerechtigheid) en de manier waarop hij me had omhelsd op de dag dat ik afstudeerde, met tranen in zijn ogen.

Achter me zei een stem: 'Je kon het niet laten.'

Ik draaide me met een ruk om en daar stond Jed, met een pistool op me gericht.

'Ik heb dit niet gedaan,' zei ik.

'Dat weet ik. Hij heeft het zelf gedaan.' Jed staarde me aan. 'Cyaankali.'

Ik dacht terug aan Benedicts pillendoosje. Alle leden van Fresh Start hadden er zo een, had hij me verteld.

'We hadden nog zo gezegd dat je je er niet mee moest bemoeien.'

Ik schudde mijn hoofd en probeerde helder te blijven, probeerde dat deel van mezelf dat alleen maar wilde instorten en rouwen duidelijk te maken dat dat nog even moest wachten. 'Dit hele verhaal is begonnen voordat ik erbij betrokken werd. Ik wist verdomme van niks totdat ik het overlijdensbericht van Todd Sanderson zag.'

Jed zag er opeens doodmoe uit. 'Dat maakt niet uit. We hebben je in alle toonaarden gevraagd erbuiten te blijven. Dat deed je niet. Het maakt niet uit of je schuldig of onschuldig bent. Je weet van ons bestaan, en wij hebben een eed afgelegd.'

'De eed om mij te vermoorden.'

'In dit geval wel, ja.' Jed keek weer naar het bed. 'Als Malcolm de zaak zo toegewijd was dat hij zichzelf dit heeft aangedaan, moet ik dan niet toegewijd genoeg zijn om jou te doden?'

Maar hij schoot niet. Jed verheugde zich er niet langer op om mij neer te schieten. Dat was anders geweest toen hij nog dacht dat ik degene was die Todd had vermoord, maar het idee om mij te doden alleen om me het zwijgen op te leggen viel hem zwaar. Hij keek nog een keer naar het lijk.

'Malcolm hield van jou,' zei hij. 'Hij hield van je als van een zoon. Hij zou niet willen...' Zijn stem stierf weg. Hij liet het pistool langs zijn lichaam zakken.

Ik deed aarzelend een stap in zijn richting. 'Jed?'

Hij keek me aan.

'Ik denk dat ik weet hoe de mannen van Maxwell Minor Todd hebben gevonden.'

'Hoe dan?'

'Eerst moet ik je iets vragen,' zei ik. 'Is Fresh Start begonnen met Todd Sanderson of Malcolm Hume of met… jou?'

'Wat heeft dat met dit alles te maken?'

'Vertrouw me nu maar even, oké?'

'Fresh Start is begonnen met Todd,' zei Jed. 'Zijn vader werd beschuldigd van een afschuwelijk vergrijp.'

'Pedofilie.'

'Ja.'

'Zijn vader heeft om die reden zelfmoord gepleegd,' zei ik.

'Je hebt geen idee wat dat bij Todd heeft aangericht. Ik was zijn huisgenoot en beste vriend, ik heb hem langzaam maar zeker zien instorten. Hij streed fel tegen de onrechtvaardigheid van dat alles. Hoe zou het zijn gelopen als zijn vader had kunnen verhuizen, vroegen we ons af. Maar zo'n beschuldiging blijft je natuurlijk achtervolgen. Je kunt er nooit aan ontkomen.'

'Behalve,' zei ik, 'door een nieuwe start te maken.'

'Precies. We beseften dat er mensen waren die op die manier gered moesten worden. Professor Hume zag dat ook in. Ook hij had iemand in zijn leven die een nieuwe start kon gebruiken.'

Daar dacht ik even over na. Ik vroeg me af of die 'iemand' soms professor Aaron Kleiner geweest kon zijn.

'Dus hebben we onze krachten gebundeld,' ging Jed verder. 'We vormden een groep onder het mom van een officiële liefdadigheidsinstelling. Mijn vader was hoofd van de federale politie; hij hielp mensen aan een nieuwe identiteit nadat ze een belastende getuigenverklaring hadden afgelegd. Ik kende alle regels. Ik had dat stuk grond met de boerderij geërfd van mijn opa. Daar maakten we een creatief kamp van. We leerden mensen hoe ze zich moesten gedragen met hun nieuwe identiteit. Als je van gokken houdt, ga je bijvoorbeeld niet naar Las Vegas of naar de paardenrennen. We werkten ook aan de psychologische kant. de mensen moest begrijpen dat verdwijnen een vorm van zelfmoord plus wederopstanding is: je brengt de ene mens

309

om en er staat een ander mens op. We zorgden voor een vlek-keloze nieuwe identiteit. We gebruikten misleidende informatie om stalkers op het verkeerde been te zetten. We voegden tatoeages en vermommingen toe die afleidden. In bepaalde gevallen paste Todd kosmetische chirurgie toe om het uiterlijk van een deelnemer te veranderen.'

'En daarna?' vroeg ik. 'Waar brachten jullie de mensen naartoe die geholpen werden?'

Jed glimlachte. 'Dat is het mooie. We brachten ze nergens naartoe.'

'Dat begrijp ik niet.'

'Jij blijft maar naar Natalie zoeken, maar je luistert niet. Niemand van ons weet waar ze is. Zo werkt het juist. Al zouden we het willen, dan nog zouden we je het niet kunnen vertellen. Wij verschaffen de benodigde middelen, en op zeker moment zetten we de persoon af op een station zonder te weten waar hij of zij naartoe gaat. Dat is onderdeel van het beveiligingsplan.'

Ik probeerde het tot me door te laten dringen, de notie dat ik haar onmogelijk zou kunnen vinden, dat we nooit meer samen zouden zijn. Het was te erg, verpletterend, om te bedenken dat dit alles van begin af aan volkomen zinloos was geweest.

'Op een bepaald moment,' zei ik, 'is Natalie naar jullie toe gekomen en heeft ze om hulp gevraagd.'

Jed keek naar het bed. 'Ze is naar Malcolm toe gegaan.'

'Waar kende ze hem van?'

'Dat weet ik niet.'

Maar ik wist het wel. Natalies moeder had haar dochter verteld over het fraudeschandaal rond Archer Minor en over haar vader die zich gedwongen had gezien om te verdwijnen. Natalie wilde haar vader opsporen, dus natuurlijk was Malcolm Hume een van de eersten geweest die ze had opgezocht. Malcolm had ongetwijfeld vriendschap met haar gesloten, met de dochter van zijn geliefde collega die gedwongen was geweest om te verdwijnen. Had Malcolm haar vader geholpen te vluchten voor de familie van Archer Minor? Dat wist ik niet. Ik vermoedde van wel. In ieder geval was Aaron Klein voor Malcolm de drijfveer geweest om zich aan te sluiten bij Fresh Start. Zijn dochter was iemand op wie hij onmiddellijk gesteld moest zijn geraakt en die hij onder zijn vleugels had genomen.

'Natalie is naar jullie toe gekomen omdat ze getuige was geweest van moord,' zei ik.

'Niet zomaar een moord. De moord op Archer Minor.'

Ik knikte. 'Ze had een moord zien plegen. Dus ging ze naar Malcolm toe. Malcolm bracht haar naar het kamp.'

'Eerst heeft hij haar mee hier naartoe genomen.'

Natuurlijk, dacht ik. Het schilderij. Geïnspireerd door dit huis.

Jed glimlachte.

'Wat is er?'

'Je begrijpt het niet, hè?'

'Wat niet?'

'Je had zo'n hechte band met Malcolm. Zoals ik al zei: hij hield van je als van van een zoon.'

'Ik volg je niet.'

'Zes jaar geleden, toen je hulp nodig had bij het schrijven van je proefschrift, was Malcolm Hume toch degene die jou dat schrijfkamp in Vermont aanraadde?'

Ik voelde een koude rilling mijn botten binnensluipen. 'Ja, hoezo?'

'Fresh Start bestaat natuurlijk niet uit ons drieën alleen. We hebben een toegewijde staf. Je hebt Cookie en enkele anderen ontmoet. Het is geen grote groep, zoals je zult begrijpen. We moeten elkaar door en door vertrouwen. Op zeker moment dacht Malcolm dat jij misschien een waardevolle toevoeging zou kunnen zijn.'

'Ik?'

'Daarom had hij je voorgesteld naar het kamp te gaan. Hij hoopte je te kunnen laten zien wat Fresh Start deed, zodat je je bij ons zou aansluiten.'

Ik wist niet wat ik moest zeggen, dus stelde ik de meest logische vraag: 'Waarom heeft hij dat niet gedaan?'

'Hij zag in dat je niet goed bij de organisatie paste.'

'Dat begrijp ik niet.'

'Het is een schemerwereld, Jake. Sommige dingen die we doen zijn niet legaal. We bepalen onze eigen regels. Wij beslissen wie onze hulp verdient en wie niet. De grens tussen onschuldig en schuldig is voor ons niet zo scherp.'

Ik knikte; nu begreep ik het. Het onderscheid tussen zwart en wit – en het grijze gebied. 'Professor Eban Trainor.'

'Hij had een regel overtreden. Jij wilde dat hij gestraft werd. Je zag de verzachtende omstandigheden niet.'

Ik dacht eraan terug hoe Malcolm Eban Trainor had verdedigd na het feest waarvan twee studenten met spoed naar het ziekenhuis waren overgebracht wegens alcoholvergiftiging. Nu zag ik de waarheid in. Professor Humes verdediging van Trainor was deels een test geweest – een test waarvoor ik in Malcolms ogen was gezakt. Maar hij had gelijk: ik geloof in regels en wetten. Als je je eenmaal op het hellende vlak begeeft, glijdt alles wat ons tot een beschaving maakt met je mee naar beneden.

Althans, zo had ik het tot een week geleden ervaren.

'Jake?'

'Ja?'

'Weet je echt hoe de familie Minor Todd Sanderson heeft kunnen opsporen?'

'Ik denk het wel. Jullie houden toch een administratie bij van Fresh Start?'

'Alleen via een webcloud. En om die te kunnen openen moeten er twee van ons drieën – Todd, Malcolm en ik – aanwezig zijn.' Hij knipperde met zijn ogen, wendde zijn blik af en knipperde nog een keer. 'Het dringt net tot me door dat ik als enige over ben. We kunnen nooit meer bij de administratie.'

'Maar sommige papieren moeten toch ook ergens fysiek opgeslagen zijn?'

'Zoals...?'

'Hun testament, bijvoorbeeld.'

'Ja, zulke dingen wel, maar die liggen ergens waar niemand ze kan vinden.'

'In een kluisje bij een bank in Canal Street, bijvoorbeeld?'

Jeds mond viel open. 'Hoe weet jij dat nou?'

'Er is daar ingebroken. Iemand heeft zich toegang verschaft tot de kluisjes. Ik weet niet precies hoe het is gegaan, maar Natalie was nog steeds heel belangrijk voor de familie Minor. Als je haar vond, kon dat een hoop geld opleveren. Dus ik denk dat iemand – de dieven, een van de agenten die de roof onderzocht – haar naam heeft herkend. De informatie is doorgespeeld aan de familie Minor. Die zagen dat de kluis op naam stond van ene Todd Sanderson in Palmetto Bluff, South-Carolina.'

'Mijn god,' zei Jed. 'Dus zijn ze bij hem langsgegaan.'

'Ja.'

'Todd is gemarteld,' zei Jed.

'Dat weet ik.'

'Ze hebben hem aan het praten gekregen. Er zijn grenzen aan de pijn die een mens kan verdragen. Maar Todd wist niet waar Natalie was, of wie dan ook. Snap je? Hij kon alleen maar vertellen wat hij wél wist.'

'Over jullie en het kamp in Vermont, bijvoorbeeld,' opperde ik.

Jed knikte. 'Daarom hebben we het kamp moeten sluiten. Daarom moesten we daar weg en hielden we vol dat er nooit iets anders was geweest dan een boerderij. Begrijp je wel?'

'Ja.'

Hij keek weer naar Malcolms lijk. 'We moeten hem begraven, Jake. Jij en ik. Hier op de plek waar hij zo van hield.'

En toen drong er iets tot me door dat maakte dat ik het ijskoud kreeg. Jed zag het aan mijn gezicht.

'Wat is er?'

'Todd heeft niet de kans gekregen om zijn cyaankalipil in te nemen.'

'Waarschijnlijk hebben ze hem verrast.'

'Ja, en nadat ze hem hadden gemarteld en hij jouw naam had genoemd, mag ik aannemen dat hij ook die van Malcolm heeft losgelaten. Ze zullen hun mannen wel naar Vero Beach hebben gestuurd, maar Malcolm was al vertrokken. Hij is naar dit huisje gegaan. Dat stond leeg. Maar die lui geven het niet zomaar op. Ze hadden net hun eerste aanwijzing in zes jaar gevonden en waren niet van plan het er nu bij te laten zitten. Ze zullen vragen gesteld hebben en persoonlijke gegevens hebben doorgespit. Ook al stond deze grond nog op naam van zijn overleden vrouw, ze hebben het huis toch gevonden.'

Ik dacht aan alle bandensporen buiten.

'Hij is dood,' zei ik met een blik op het bed. 'Hij heeft ervoor gekozen die pil in te nemen, en aan het nog niet ontbonden lichaam te zien, is dat nog maar kort geleden gebeurd. Waarom?'

'O, god.' Jed begreep het nu ook. 'Omdat Minors mannen hem gevonden hadden.'

Op het moment dat hij dat zei, hoorde ik auto's aankomen. Het was nu overduidelijk. Minors mannen waren hier al geweest. Malcolm Hume had hen zien aankomen en had het heft in eigen hand genomen.

Wat zouden ze vervolgens gedaan hebben?

Een val zetten. Ze moesten iemand hebben achtergelaten die het huis in de gaten hield, voor het geval er nog anderen zouden opduiken.

Jed en ik vlogen allebei naar het raam toen de twee zwarte auto's halthielden. Er stapten vijf gewapende mannen uit.

Een van hen was Danny Zuker.

34

De mannen liepen gebukt en verspreidden zich.
Jed stak een hand in zijn zak en haalde een pillendoosje tevoorschijn. Hij maakte het open en
wierp me de pil toe die erin zat.

'Die wil ik niet,' zei ik.

'Ik heb het pistool. Ik probeer ze tegen te houden, probeer jij
te ontkomen. Maar als dat niet lukt...'

Buiten hoorden we Danny roepen. 'Er is maar één uitweg!'
brulde hij. 'Kom naar buiten met je handen omhoog.'

We waren allebei op de grond gedoken.

'Geloof je hem?' vroeg Jed aan mij.

'Nee.'

'Ik ook niet. Ze laten ons nooit in leven. Het enige wat we nu
kunnen doen, is tijd rekken.' Hij kwam omhoog. 'Zoek aan de
achterkant een ontsnappingsroute, Jake. Ik hou ze hier bezig.'

'Wat?'

'Schiet op!'

Jed ramde zonder enige waarschuwing een raam en begon te
schieten. Binnen een paar tellen werd als reactie de zijkant van
het huis onder vuur genomen en sneuvelde de rest van de ramen. Het regende glasscherven.

'Wegwezen!' schreeuwde Jed.

Dat hoefde hij geen derde keer te zeggen. Ik tijgerde als
een commando naar de achterdeur. Het was mijn enige kans,
dat wist ik. Jed begon in het wilde weg te schieten, met zijn
rug tegen een van de muren. Ik kroop naar de keuken, nog al-

tijd laag over het zeil. Ik kwam bij de achterdeur.

Jed slaakte een triomfantelijke kreet. 'Eentje uitgeschakeld!'

Fijn. Nog maar vier. Weer geweervuur. Zwaarder deze keer. De wanden begaven het langzamerhand doordat de kogels het hout binnendrongen en verzwakten. Vanaf de plek waar ik stond zag ik Jed schieten, één keer, twee keer. Ik liep weer naar hem toe.

'Niet doen!' brulde hij.

'Jed...'

'Waag het niet! Wegwezen!'

Ik wilde hem helpen, maar ik zag in hoe overmoedig dat was. Hij zou er niets mee opschieten. Het stond gelijk aan zelfmoord. Jed slaagde erin overeind te komen en rende naar de voordeur.

'Oké!' riep hij. 'Ik geef me over.'

Jed had het pistool in zijn hand. Hij keek naar me om, knipoogde en gebaarde dat ik moest gaan.

Ik keek door het raam aan de achterkant en bereidde me erop voor om naar buiten te stormen. Het huis lag aan een bosrand. Ik kon het bos in vluchten en er het beste van hopen. Een ander plan had ik niet. Althans, niet een waar ik meteen wat aan zou hebben. Ik pakte mijn iPhone en zette hem aan. Er was bereik. Ik belde het alarmnummer en keek weer naar buiten.

Een van de mannen stond links achter het huis en hield de deur onder schot. Shit.

'*Nine-one-one*, wat kan ik voor u doen?'

Ik vertelde de telefoniste van de alarmlijn snel dat er werd geschoten en dat er minstens twee mannen geraakt waren. Ik gaf haar het adres en legde de telefoon weg, met de lijn nog open. Achter me hoorde ik Danny Zuker roepen: 'Oké, gooi eerst dat pistool naar buiten.'

Ik meende nu een glimlach op Jeds gezicht te zien. Hij bloedde. Ik wist niet hoe ernstig hij was geraakt, of zijn verwondingen dodelijk waren of niet, maar Jed wist het wel. Hij wist dat zijn leven voorbij was, wat hij ook deed, en dat leek voor hem een vreemde rust met zich mee te brengen.

Jed deed de deur open en schoot erop los. Ik hoorde een andere man schreeuwen van de pijn – misschien had weer een van Jeds kogels doel getroffen – en toen klonk het holle geplop van automatisch geweervuur dat vlees uiteenreet. Vanaf de plek waar ik stond zag ik Jeds lichaam naar achteren smakken, de armen boven zijn hoofd zwaaiend als in een macabere dans. Hij viel achterover het huis in. Nog meer kogels raakten zijn levenloze lichaam, dat hevig schokte.

Het was voorbij. Voor hem en waarschijnlijk ook voor mij.

Ook al was Jed erin geslaagd twee van de mannen uit te schakelen, dan zouden er nog drie over zijn – gewapend. Wat voor kans maakte ik? Ik had het in een paar milliseconden uitgerekend: vrijwel nul komma nul. Er was nu nog maar één optie: tijd rekken. Tijd rekken tot de politie er was. Ik bedacht hoe ver we hier van de bewoonde wereld waren, dacht aan de rit over de zandweg, waar ik de laatste kilometers niet één openbaar gebouw had gezien.

De cavalerie zou nooit op tijd komen.

Maar misschien wilde de familie Minor me levend te pakken krijgen. Ik was hun laatste kans om informatie over Natalie te krijgen. Daar kon ik nog een beetje mee tapdansen.

Ze naderden het huis. Ik zocht naar een schuilplaats.

Tijd rekken. Gewoon tijd rekken.

Maar ik kon nergens heen. Ik kwam omhoog en keek door het raam van de achterdeur. Daar stond de man me op te wachten. Ik spurtte de keuken door, terug naar de slaapkamer. Malcolm lag nog op dezelfde plek, maar ik had ook niet anders verwacht.

Ik hoorde iemand het huisje binnenkomen.

Ik zwaaide het slaapkamerraam open. Waar ik op rekende – het was mijn enige kans – was dat de man achter het huis alleen de deur in de gaten hield. Het slaapkamerraam was er rechts naast. Vanaf de plek waar de man had gestaan toen ik hem vanuit de keuken zag, zou hij dit raam niet kunnen observeren.

In de huiskamer hoorde ik Danny Zuker zeggen: 'Professor

Fisher? We weten dat je daar bent. Het wordt alleen maar erger als je ons laat wachten.'

Het raam piepte luid toen ik het opendeed. Zuker en een van zijn hulpjes kwamen op het geluid af gerend. Ik zag hen toen ik me uit het raam liet rollen en naar de bosrand sprintte.

Achter me werd het vuur geopend.

Ze wilden me dus niet levend hebben. Ik wist niet of het aan mijn verbeelding lag, maar ik zou gezworen hebben dat ik de kogels langs me heen voelde scheren. Ik rende door, draaide me niet om. Ik bleef maar...

Toen werd ik van opzij getackeld.

Het moest de man zijn die achter het huis had gestaan. Hij ramde ons beiden vanaf links tegen de grond. Ik balde mijn vuist en stompte hem keihard in het gezicht. Hij vloog naar achteren. Ik maakte me op om nog een keer te stompen. Weer raak. Hij viel slap neer.

Maar het was te laat.

Danny Zuker en het andere hulpje torenden boven ons uit. Ze hielden allebei hun wapen op me gericht.

'Je mag blijven leven,' zei Zuker eenvoudig, 'als je me vertelt waar ze is.'

'Dat weet ik niet.'

'Dan ben je me niets waard.'

Het was voorbij. Dat zag ik nu in. De man die me had getackeld schudde zijn hoofd. Hij krabbelde overeind en pakte zijn wapen. Daar lag ik dan, languit op de grond, omringd door drie mannen met pistolen. Ik kon geen kant op. Geen sirenes in de verte die me kwamen redden. Eén man stond links van me, de andere – de man die ik had gevloerd – rechts.

Ik keek op naar Danny Zuker, die op een afstandje was gebleven, en gooide mijn laatste weesgegroetje eruit: 'Jij hebt Archer Minor vermoord, hè?'

Dat had hij niet verwacht. Ik zag de verwarring op zijn gezicht. 'Hè?'

'Iemand moest hem het zwijgen opleggen,' zei ik, 'en Maxwell Minor zou nooit zijn eigen kind vermoorden.'

'Jij bent gek.'

De andere twee mannen wisselden een blik.

'Waarom zou je anders zo je best doen om haar te vinden?' zei ik. 'Het is al zes jaar geleden. Je weet best dat ze nooit zou getuigen.'

Danny Zuker schudde zijn hoofd. Op zijn gezicht was iets te zien wat op droefheid leek. 'Je hebt geen flauw idee, hè?'

Hij hief het pistool, bijna met tegenzin. Ik had mijn laatste troef verspeeld. Omdat ik niet op deze manier aan mijn einde wilde komen, op de grond tussen hen in, kwam ik omhoog en ik vroeg me juist af wat mijn laatste handeling zou zijn – toen die voor me werd verricht.

Er klonk één pistoolschot. Het hoofd van de man links van me spatte uit elkaar als een tomaat onder een zware laars.

De anderen – ik ook – keken in de richting waar het schot vandaan was gekomen. Ik herstelde me het snelst. Ik liet mijn instinct het weer overnemen en dook pal op de man af die ik had gestompt. Hij stond het dichtste bij me en hij was waarschijnlijk het zwakst, door mijn eerdere aanval.

Ik zou zijn pistool kunnen pakken.

Maar de man reageerde sneller dan ik had verwacht. Ook zijn instinct had het overgenomen, denk ik. Hij deed een stap naar achteren en richtte. Ik stond te ver van hem af om op tijd bij hem te zijn.

En toen spatte ook zijn hoofd uit elkaar, in een vuurrood waas.

Het bloed vloog me in het gezicht. Danny Zuker aarzelde geen moment. Hij dook achter me en gebruikte mij als schild, sloeg een arm om mijn hals en zette zijn pistool tegen mijn hoofd.

'Verroer je niet,' fluisterde hij.

Ik verroerde me niet. Het was nu stil. Hij bleef vlak achter me terwijl hij me in de richting van het huis duwde, zodat ik hem bescherming bood.

'Kom tevoorschijn!' riep Zuker. 'Kom tevoorschijn of ik knal zijn kop eraf!'

Er klonk geritsel. Zuker keek met een ruk naar rechts, maar hield mijn lichaam voor dat van hem. Hij draaide me verder naar rechts – in de richting waar het geritsel vandaan was gekomen. Ik keek naar de open plek.

Mijn hart stond stil.

Vanaf de heuvel, met het getrokken pistool nog in de hand... kwam Natalie aangelopen.

35

Danny Zuker nam als eerste het woord. 'Kijk kijk, wie we daar hebben.'

Mijn hele lijf was als verdoofd toen ik Natalie zag. We keken elkaar in de ogen en de wereld explodeerde op wel duizend verschillende manieren. Het was een van de heftigste ervaringen in mijn leven, deze eenvoudige blik in de blauwe ogen van de vrouw van wie ik hield. Zelfs nu, met een pistool tegen mijn hoofd, voelde ik een merkwaardige dankbaarheid. Als hij de trekker overhaalde, dan moest dat maar. In dit ene moment voelde ik me meer levend dan de afgelopen zes jaar. Als ik nu zou moeten sterven – en nee, dat wilde ik niet, ik wilde niets liever dan blijven leven, samen met deze vrouw – dan zou ik sterven als een completer mens, na een completer leven dan wanneer ik slechts enige ogenblikken eerder zou zijn omgekomen.

Met het pistool nog op ons gericht zei Natalie: 'Laat hem gaan.'

Ze liet me geen seconde los met haar blik.

'Ik dacht het niet, schat,' zei Zuker.

'Als je hem laat gaan, mag je mij hebben.'

Ik riep: 'Nee!'

Zuker duwde de mond van het pistool tegen de zijkant van mijn nek. 'Kop dicht.' Tegen Natalie zei hij: 'Waarom zou ik jou vertrouwen?'

'Als ik meer om mezelf gaf dan om hem,' zei Natalie, 'dan was ik niet uit mijn schuilplaats gekomen.'

Natalie hield haar ogen strak op mij gericht. Ik wilde protesteren. Deze ruil kon ik onmogelijk toestaan, maar iets in haar blik zei me dat ik me gedeisd moest houden, althans voorlopig. Ik dacht erover na. Het was alsof ze me met haar ogen dwong om haar te gehoorzamen, om dit op haar manier te doen.

Misschien was ze hier niet alleen. Misschien waren er nog anderen. Misschien had ze een plan.

'Goed dan,' zei Zuker, die mij nog steeds als levend schild gebruikte. 'Doe je wapen weg, dan laat ik hem gaan.'

'Mooi niet,' zei ze.

'O?'

'We lopen met hem naar zijn auto. Jij laat hem instappen. Zodra hij wegrijdt, doe ik mijn wapen weg.'

Dat leek Zuker te overwegen. 'Ik laat hem instappen. Jij gooit je wapen op de grond en dan rijdt hij weg.'

Natalie knikte weer en keek me strak aan; ze dwong me bijna met haar ogen om te doen wat zij wilde. 'Deal,' zei ze.

We liepen naar de voorkant van het huis. Natalie bleef op afstand, zo'n dertig meter achter ons. Ik vroeg me af of Cookie of Benedict of iemand anders van Fresh Start in de buurt was. Misschien zaten ze in hun auto te wachten, gewapend, klaar om Zuker met één pistoolschot uit te schakelen.

Toen we bij de auto kwamen, draaide Zuker zich zo dat zowel de wagen als mijn lichaam hem afschermde. 'Maak het portier open,' droeg hij me op.

Ik aarzelde.

Hij duwde het pistool weer in mijn nek. 'Openmaken.'

Ik keek weer naar Natalie. Haar zelfverzekerde glimlach drong door tot in mijn hart en vermorzelde dat als een eierschaal. Toen ik op de bestuurdersstoel ging zitten, besefte ik met stijgende afschuw waar ze mee bezig was.

Er was geen plan om ons allebei te redden.

Er waren geen andere leden van Fresh Start die zouden ingrijpen. Niemand die op de loer lag, klaar om tevoorschijn te springen. Natalie had mijn aandacht vastgehouden, had me die hoopvolle blik getoond zodat ik me niet zou verzetten, zodat ik niet het offer zou brengen dat zij mij wilde brengen.

Maar dat ging verdomme niet gebeuren.

De auto startte. Natalie liet haar wapen zakken. Ik had een seconde, niet meer, om toe te slaan. Het was zelfmoord, dat wist ik. Ik wist dat we dit onmogelijk allebei konden overleven. Zo had zij ook geredeneerd. Een van ons moest sterven. Uiteindelijk hadden Jed en Benedict en Cookie gelijk gehad: ik had er een puinhoop van gemaakt. Ik had koppig een of andere diepgewortelde de-liefde-overwint-alles-mantra aangehangen, en nu was er precies gebeurd waarvoor ze me hadden gewaarschuwd: Natalie keek de dood in de ogen.

Maar dat liet ik niet gebeuren.

Zodra ik in de auto zat, bleef Natalie staan en richtte ze haar aandacht op Danny Zuker. Zuker, die inzag dat het zijn beurt was, haalde het pistool weg uit mijn nek. Hij nam het over in zijn andere hand, zodat het wapen zo ver bij me vandaan was dat ik, achter het stuur gezeten, geen domme dingen kon doen.

'Jouw beurt,' zei Zuker.

Natalie legde haar wapen op de grond.

De tijd was om. Secondenlang had ik mijn zet uitgestippeld, exact berekend, het verrassingselement, alles. Nu aarzelde ik niet. Zuker zou de tijd niet krijgen om fatsoenlijk te richten, daar was ik tamelijk zeker van. Maar dat maakte niet uit, hij zou zich moeten verweren. Als hij dat deed door op me te schieten, zou hij Natalie de kans geven om ervandoor te gaan of, wat waarschijnlijker was, haar eigen wapen weer van de grond te rapen en te schieten.

Ik had geen keus. Ik zou nu niet wegrijden, zoveel was duidelijk.

Zonder waarschuwing schoot mijn linkerhand de lucht in. Daar had Zuker niet op gerekend. Hij had gedacht dat áls ik iets zou doen, ik naar zijn wapen zou grijpen. Ik pakte ruw zijn haar beet en rukte hem naar me toe. Zoals ik al had verwacht, zwaaide Danny zijn pistool mijn kant op.

Met mijn linkerhand trok ik zijn gezicht dichter naar me toe. Hij rekende erop dat mijn rechterhand naar zijn wapen zou tasten.

Niet dus.

In plaats daarvan duwde ik met mijn rechterhand de cyaankalipil die ik van Jed had gekregen in Zukers mond. Hij zette grote angstogen op toen het tot hem doordrong wat ik had gedaan. Dat bracht een aarzeling bij hem teweeg: het besef dat hij cyaankali in zijn mond had en hij er geweest zou zijn als hij die niet uitspuugde. Hij probeerde de pil naar buiten te werken, maar ik hield mijn hand voor zijn mond. Hij beet er hard in, waardoor ik het uitschreeuwde, maar ik trok mijn hand niet terug. Tegelijkertijd vuurde hij – hij richtte op mijn hoofd.

Ik dook weg.

De kogel raakte mijn schouder. Nog meer schreeuwende pijn.

Danny begon te schokken en probeerde zijn pistool te richten. Maar zover kwam hij niet. Natalies eerste kogel raakte hem in zijn achterhoofd. Ze schoot nog twee keer, maar dat was niet nodig geweest.

Ik liet me naar achteren vallen in de stoel, met mijn hand op mijn kloppende schouder, en probeerde het bloeden te stelpen. Ik wachtte tot ze naar me toe zou komen.

Maar dat deed ze niet. Ze bleef staan waar ze stond.

Ik had nog nooit zoiets moois en tegelijk zo verpletterends gezien als de uitdrukking op haar gezicht. Er liep een traan over haar wang. Ze schudde traag haar hoofd.

'Natalie?'

'Ik moet gaan,' zei ze.

Ik zette grote ogen op. 'Nee.' Nu hoorde ik eindelijk sirenes. Ik verloor veel bloed en voelde me slap. Dat deed er niet toe. 'Laat me met je meegaan. Alsjeblieft.'

Natalie trok een gekweld gezicht. De tranen stroomden nu volop. 'Ik kan er niet mee leven als jou iets overkomt. Snap je dat dan niet? Daarom ben ik destijds weggegaan. Dat je verdriet om me hebt, kan ik nog verdragen, maar je dood niet.'

'Zonder jou leef ik niet.'

De sirenes kwamen dichterbij.

'Ik moet gaan,' zei ze door haar tranen heen.

'Nee...'

'Ik zal altijd van je houden. Altijd.'

'Blijf dan bij me.' Ik hoorde zelf hoe smekend het klonk.

'Dat kan niet, dat weet je. Kom niet achter me aan. Ga me niet zoeken. Houd je deze keer aan je belofte.'

Ik schudde mijn hoofd. 'Vergeet het maar.'

Ze draaide zich om en liep de heuvel op.

'Natalie!' riep ik.

Maar de vrouw van wie ik hield liep mijn leven uit. Alweer.

36

Een jaar later

En student achter in de zaal steekt zijn hand op.
'Professor Weiss?'
'Ja, Kennedy?' zeg ik.
Zo heet ik nu, Paul Weiss. Ik werk aan een grote universiteit in New Mexico. De naam kan ik niet noemen, uit veiligheidsoverwegingen. Door alle lijken daar bij het meer zagen de gezagsdragers in dat ik misschien beter af zou zijn met een nieuwe identiteit. Dus nu woon ik in het westen van het land. Ik heb soms nog moeite met het hoogteverschil, maar over het algemeen bevalt het me hier goed. Dat verbaast me. Ik heb altijd gedacht dat ik aan de oostkust thuishoorde, maar ach, het leven is een kwestie van aanpassen.

Natuurlijk mis ik Lanford. Ik mis mijn oude leven. Met Benedict houd ik contact, al zou het beter zijn als ik dat niet deed. We gebruiken een e-mail dropbox en drukken nooit op 'verzenden'. We hebben een account aangemaakt bij America Online (lekker ouderwets), schrijven elkaar berichten en laten die staan bij de concepten. Daar kijken we zo nu en dan.

Het grote nieuws in Benedicts leven is dat het drugskartel dat het op hem gemunt had niet langer bestaat. De leden hebben elkaar uitgeroeid in een onderlinge strijd. Het komt er in het kort op neer dat hij eindelijk zou kunnen teruggaan naar Marie-Anne, maar de laatste keer dat hij haar Facebook-status bekeek, was 'heeft een relatie' veranderd in 'getrouwd'. De Facebookpagina's van beide echtelieden stonden vol met foto's van de bruiloft.

Ik spoor hem steeds aan om haar toch de waarheid te vertellen. Dat doet hij niet, want hij wil haar leven niet overhoop gooien, zegt hij.

Maar alles ligt tóch al overhoop in het leven, heb ik tegen hem gezegd.

Diepzinnig, hè?

Voor mij passen de resterende puzzelstukjes eindelijk in elkaar. Dat heeft lang geduurd. Een van de Minor-hulpjes die Jed had neergeschoten overleefde het bloedbad. Zijn getuigenis bevestigde wat ik al vermoedde: de bankrovers die De Onzichtbaren werden genoemd hebben ingebroken bij de bank aan Canal Street. In het kluisje van Todd Sanderson lagen testamenten en paspoorten. De Onzichtbaren hadden de paspoorten meegenomen in de veronderstelling dat ze die wel zouden kunnen verkopen op de zwarte markt. Een van hen had Natalies naam herkend – de familie Minor zocht nog altijd actief naar haar, zelfs na zes jaar – en had daar melding van gemaakt. De kluis stond op naam van Todd Sanderson, dus waren Danny Zuker en Otto Devereaux naar hem toe gegaan.

Hoe het daarna verderging weet je. Of althans grotendeels.

Maar veel dingen begreep ik niet. Een ervan had ik aangekaart bij Danny Zuker vlak voordat hij het leven liet: waarom was de familie Minor er zo op gebrand Natalie te vinden? Ze had toch tamelijk duidelijk gemaakt dat ze niet zou getuigen. Waarom moest alles weer opgerakeld worden, moest ze er met de haren bij gesleept worden, terwijl de kans groot was dat ze dan naar de politie zou stappen? Op een bepaald punt had ik nog gedacht dat Danny Zuker in werkelijkheid achter de moord zat, dat hij Archer Minor om het leven had gebracht en zich ervan wilde verzekeren dat de persoon die dat aan Maxwell Minor zou kunnen vertellen dood was. Maar dan begreep ik het nog niet, zeker niet na de verwarring die ik op zijn gezicht had gezien toen ik hem van de moord beschuldigde.

Je hebt echt geen flauw idee, hè?

Dat had Danny Zuker gezegd. En hij had gelijk gehad. Maar

langzaam was het tot me doorgedrongen, zeker toen ik me ging buigen over de centrale vraag die overbleef, nota bene dezelfde vraag waarmee het allemaal was begonnen: waar was Natalies vader?

Het antwoord heb ik bijna een jaar geleden gevonden. Twee dagen voordat ik naar New Mexico werd gestuurd, ben ik nog een keer bij Natalies moeder op bezoek gegaan in verzorgingstehuis Hyde Park. In een stomme vermomming. (Tegenwoordig is mijn vermomming eenvoudiger: ik heb mijn hoofd kaalgeschoren. Weg met die verstrooide-professorlook uit mijn jeugd. Mijn schedel glimt. Als ik een gouden oorbelletje in zou doen, zouden de mensen me aanzien voor Mr. Clean van de schoonmaakmiddelen.)

'Deze keer moet u me de waarheid vertellen,' zei ik tegen Sylvia Avery.

'Ik heb je de waarheid verteld.'

Ik begreep dat mensen een nieuwe identiteit nodig hadden en moesten verdwijnen nadat ze waren beschuldigd van pedofilie, nadat ze een drugsbende tegen zich in het harnas hadden gejaagd, mishandeld waren door hun man of getuige waren geweest van een criminele afrekening. Maar ik snapte niet waarom een man die betrokken was geraakt bij een fraudeschandaal op een kleine universiteit voorgoed zou moeten verdwijnen – zelfs nu nog, na de dood van Archer Minor.

'Natalies vader is er niet vandoor gegaan, hè?'

Ze gaf geen antwoord.

'Hij is vermoord.'

Sylvia Avery leek te zwak om nog te protesteren. Ze zat daar roerloos als een rotsblok.

'U hebt tegen Natalie gezegd dat haar vader haar nooit in de steek zou laten.'

'Dat zou hij nooit doen,' zei ze. 'Hij hield zielsveel van haar. En van Julie. En van mij. Aaron was een heel goede man.'

'Te goed. Hij zag alleen maar zwart en wit.'

'Ja.'

'Toen ik tegen u zei dat Archer Minor dood was, zei u: "Opge-ruimd staat netjes." Is hij degene die uw man heeft vermoord?'

Ze liet haar hoofd hangen.

'Niemand kan u nog kwaad doen,' zei ik, wat maar gedeelte-lijk waar was. 'Heeft Archer Minor uw man vermoord? Of was het iemand die door zijn vader was gestuurd?'

En toen zei ze het. 'Archer zelf.'

Ik knikte. Dat dacht ik al.

'Hij kwam naar ons huis met een pistool,' zei Sylvia. 'Hij eiste dat Aaron hem de papieren gaf waaruit bleek dat hij fraude had gepleegd. Hij wilde namelijk echt aan de schaduw van zijn va-der ontsnappen, en als iemand zou horen dat hij vuil spel had gespeeld...'

'Dan zou hij precies zo zijn als zijn vader.'

'Juist. Ik heb Aaron gesmeekt naar hem te luisteren. Maar dat deed hij niet. Hij dacht dat Archer blufte. Dus zette Archer het pistool tegen Aarons hoofd en...' Ze sloot haar ogen. 'Hij glim-lachte erbij. Dat is me het sterkst bijgebleven. Archer Minor glimlachte toen hij schoot. Hij zei dat ik de volgende zou zijn als ik hem de papieren niet gaf. Natuurlijk heb ik ze gegeven. Daarna kwamen er twee mannen langs die voor zijn vader werkten. Ze namen Aarons lichaam mee en een van hen zette me op een stoel. Hij zei dat als ik er ooit iemand over vertelde, ze mijn dochters de gruwelijkste dingen zouden aandoen. Ze zouden hen niet alleen vermoorden, zei hij, maar eerst gruwe-lijke dingen met hen doen. Dat bleef hij maar benadrukken. Ik moest zeggen dat Aaron weggelopen was. Dus dat deed ik. Ik heb de leugen al die jaren volgehouden om mijn meisjes te be-schermen. Dat begrijp je toch wel?'

'Ja, dat begrijp ik,' zei ik treurig.

'Ik moest bij iedereen de indruk wekken dat mijn arme Aaron de slechterik was. Zodat zijn dochters niet naar hem zouden blijven vragen.'

'Maar Natalie trapte daar niet in.'

'Ze bleef doorzeuren.'

'En zoals u al hebt verteld: ze werd heel somber door die leugen. Door het idee dat haar vader haar in de steek gelaten had.'

'Dat is een afschuwelijke gedachte voor zo'n jong meisje. Ik had iets anders moeten bedenken, maar wat?'

'Ze bleef maar aandringen.'

'Ze kon er niet over ophouden. Ze ging zelfs naar Lanford om met professor Hume te praten.'

'Maar Hume wist het ook niet.'

'Nee. Ze hield er niet over op.'

'En dat had haar in de problemen kunnen brengen.'

'Ja.'

'Dus besloot u haar de waarheid te vertellen. Haar vader was niet weggelopen met een studente. Hij was niet weggelopen uit angst voor de familie Minor. U vertelde haar uiteindelijk het hele verhaal: dat Archer Minor haar vader in koelen bloede had vermoord, met een glimlach op zijn gezicht.'

Sylvia Avery knikte niet. Dat was niet nodig. Ik nam afscheid en vertrok.

Nu wist ik dus waarom Natalie die avond nog zo laat in die kantoorflat was geweest. Nu wist ik waarom Natalie bij Archer Minor was langsgegaan op een tijdstip dat er zeker niemand anders meer zou zijn. Nu wist ik waarom Maxwell Minor naar Natalie was blijven zoeken. Niet uit angst dat ze zou getuigen.

Maxwell Minor is een vader die de moord op zijn zoon wil wreken.

Ik weet het niet zeker. Ik weet niet of Natalie Archer Minor heeft doodgeschoten met een glimlach op haar gezicht, of dat het wapen per ongeluk is afgegaan, of dat Archer Minor haar bedreigde toen ze de confrontatie met hem aanging, of dat het misschien zelfverdediging was. Dat vraag ik niet eens.

De oude ik zou het hebben willen weten. De nieuwe ik niet.

Het college is afgelopen. Ik loop het terrein over. Nergens is de hemel zo blauw als in Santa Fe. Ik scherm mijn ogen af tegen de zon en loop verder.

Vandaag een jaar geleden keek ik, met de kogel nog in mijn schouder, toe hoe Natalie bij me vandaan liep. Ik riep 'Vergeet het maar' toen ze me wilde laten beloven dat ik niet achter haar aan zou komen. Ze wilde niet naar me luisteren en liep door. Dus stapte ik uit de auto. De pijn in mijn schouder stelde niets voor vergeleken met de pijn die ik voelde omdat ze weer bij me wegging. Ik rende naar haar toe, sloeg mijn armen om haar heen, ook de pijnlijke schouder met de kogelwond, en drukte haar tegen me aan. We knepen allebei onze ogen stijf dicht. Ik hield haar vast en vroeg me af of ik ooit eerder zo'n tevreden gevoel had ervaren. Ze begon te huilen. Ik trok haar nog steviger tegen me aan. Ze legde haar hoofd tegen mijn borst. Heel even probeerde ze zich van me los te maken. Heel even maar. Ze wist dat ik haar deze keer niet zou laten gaan.

Wat ze ook gedaan mocht hebben.

Ik heb haar nog steeds niet laten gaan.

Even verderop staat Diana Weiss, de vrouw die dezelfde trouwring draagt als ik. Ze heeft besloten om op deze prachtige dag de tekenles buiten te geven. Ze loopt van de ene leerling naar de andere, geeft commentaar op hun werk en helpt indien nodig.

Ze weet dat ik het weet, ook al hebben we het er nooit over gehad. Ik vraag me af of dat heeft meegespeeld bij haar vertrek die eerste keer, of ze het gevoel had dat ik niet zou kunnen leven met de waarheid van wat ze had gedaan. Misschien had ik dat destijds ook wel niet gekund.

Maar nu wel.

Diana Weiss kijkt naar me op als ik aan kom lopen. Haar glimlach is zo stralend dat de zon erbij verbleekt. Vandaag straalt mijn mooie vrouw nog meer dan anders. Dat denk ik misschien omdat ik bevooroordeeld ben – of misschien denk ik het omdat ze zeven maanden zwanger is van ons kind.

Haar les is afgelopen. De leerlingen dralen nog wat en verspreiden zich dan langzamerhand. Als we eindelijk alleen zijn pakt ze mijn hand, kijkt me in de ogen en zegt: 'Ik hou van jou.'

'Ik ook van jou.'

Ze glimlacht naar me. Het grijze gebied heeft geen schijn van kans bij die glimlach. Het verdwijnt en maakt plaats voor de schitterendste kleuren.